KB236933

한국소설의 시학과 해석

양진오

새미

국립중앙도서관 출판시도서목록(CIP)

(한국소설의)시학과 해석 / 양진오 지음. -- 서울 : 새미, 2004
    p. ;   cm

ISBN 89-5628-105-X 93800

813.609-KDC4
895.7309-DDC21   CIP2004000500

책을 내며

●●●────────────

한 편의 논문을 쓰는 일이 여간 어려운 게 아니다. 날이 갈수록 깊어가는 이 어려움 앞에서 괜히 마음이 곤혹스러워진다. 진정 공부의 부족을 실감한다. 이건 괜한 겸사가 아니다. 한 편의 논문을 마무리할 때마다 나는 공부의 부족을 크게 절감하고 있다. 더 두려운 건 공부의 부족이 좀처럼 해결될 문제로 보이지 않는다는 거다. 전공 분야와 관련된 서적들과 논문들을 읽거나 스스로 적지 않은 시간을 할애하여 논문을 집필하고 있지만 뒤돌아서면 미몽 안에 갇힌 나를 발견하게 된다.

그런데도 논문을 쓰는 일을 포기할 수 없다. 역량과 공부의 부족을 느끼고 있지만 그렇다고 하던 공부를 당장에 그만둘 수도 없다. 보통 딜레마가 아니다. 현재로서는 이렇게 생각한다. 우공이산(愚公移山)의 태도로 하던 일을 해야 한다고 말이다.

이 우공이산의 태도가 학자된 자가 받아들여야 하는 운명적 행로가 아닐까 한다. 역량과 공부의 부족을 반성하면서 학자된 자의 본분이라 할 수 있는 전공 분야 연구에 몰두할 수밖에 없다고 생각한다. 다행스럽게도 논문의 수준이 일신우일신의 경지에 도달할 수 있다면 더 바랄 나위가 없다. 그러나 아직은 그런 수준이 아니다.

근대문학 전공자들이 한 둘이 아니고 그들이 출간한 주목할 만한 연구 업적들도 수를 헤아릴 수 없을 정도로 많다. 해마다 열리는 전공학회에서 청취하게 되는 소장학자들의 논문들은 나에게 전공분야의 앎을 깊게하는 기쁨도 여러 차례 제공했다. 그러나 여전히 우리나라 근대문학 연구의 수준은 연구자들의 분발을 좀더 요구할 정도로 미진한 실정이다. 발굴해야 할 자료들은 아직도 부지기수며 좀더 세련되고 깊이 있는 재해석을 요구하는 작품들도 많다. 또한 작가들의 완벽한 연보 고증도 필요하고 우리나라 문학 작품 해석에 긴요한 문학이론에 관한 활발한 논의도 필요한 실정이다. 할 일은 이렇게 많지만 나의 연구 속도는 더디고 연구 성과는 그렇게 만족스럽지가 않다.

이 책은 두 영역으로 구분된다. 하나는 개화기 문학의 연구 영역이고 또 하나는 근대문학의 연구 영역이다. 개화기 문학의 연구 영역에서 내가 주되게 견지한 문제의식은 이인직, 이해조, 안국선 중심으로 고착화된 기존의 연구 풍토를 확장하는 데 있었다. 개화기로 불려지는 한국사의 특수한 시기에 발표된 여러 유형의 서사문학 작품들을 간과한 채 이인직, 이해조, 안국선 중심으로 그 연구 방향을 지속한다는 건 문제가 많다고 생각하고 있다. 이 방면의 자료 발굴과 개화기의 여러 작품들이 지니고 있는 당대적인 의미와 문학사적 의의를 동시에 파악할 수 있는 작품 연구에 앞으로도 몰두할 계획이다. 근대문학의 연구 영역에서 나는 연구의 논점을 예술가의 발견, 여성 육체의 재현, 민족을 상상하는 방식, 모티프 연구, 과학의 문제 등으로 다양하게 확장했다. 요컨대 근대문학작품을 좀더 다양한 해석의 지평 속에 위치 시켜 놓고 작품의 문학적 의미를 탐구하려고 했다.

이 책에 수록될 논문들의 교정지를 받아보고 읽어보는 과정에서 새롭게 고쳐야 할 대목들을 발견할 수 있었으나 크게 손대지 않고 그대로 남겨놓았다. 독자들의 이해와 질정을 바란다.

책을 출간하는 과정에서 제일 먼저 서강대학교 국어국문학과 명예교수로 재직 중이신 이재선 교수님께 감사의 인사를 올리고 싶다. 이재선 교수님께서는 이 아둔한 제자가 찾아뵐 때마다 읽어야 할 책들의 목록을 말씀해주시면서 언제나 공부하는 학자로 살아가기를 충고해주셨다. 큰 은혜를 입었다. 또한 박철희 교수님, 작고하셨으나 언제나 내 마음에 존재하시는 성현경 교수님께도 고개를 숙여 감사의 인사를 올린다. 마지막으로 이 책의 출간을 흔쾌하게 허락해주신 정찬용 사장님께 깊은 감사의 인사를 전한다.

2004년 2월
신라 천년의 시간이 고이 간직된 경주에서 저자

차 례

제2부 근대소설의 시학과 해석

제1부
개화기 소설의 시학과 해석

- 개화기 소설, 낯설지만 매력적인 세계
- 식민담론의 소설화와 차이의 수사학
- 강요된 근대와 역사적 서사의 근대적 기원
- 신소설이 재현하는 20세기 초반의 한반도 현실
- 기독교 수용의 문학적 방식과 그 의미에 관한 연구
- 개화기 소설의 시점과 서술

개화기 소설, 그 낯설지만 매력적인 세계

-새롭게 주목해야 하는 소설을 중심으로-

1. 문학사의 진실

우리나라에서 중 고등학교를 다닌 사람들이라면 누구나 이광수의 『무정』이란 작품이 '최초의 근대소설'이라고 얘기할 줄 아는 상식을 지니고 있다. 이 상식은 입시위주의 중 고등학교 교육에 힘입어 우리 국민들에게 일종의 진실처럼 인지되어 버렸다. 『무정』의 문학사적 의의를 묻는 문제 -물론 대단히 소박한 차원에서-가 국어과 문제로 여러 차례 출제된 까닭에 이 작품명과 그것의 문학사적 의의를 의외로 많은 국민들이 기억하고 있다는 것이다.

그런데 이와 같은 상식은 한국근대문학사를 오해하게 하는 결과를 강하게 낳고 말았으니, 엄밀히 말하자면 상식과는 거리가 먼 몰상식이라고 말해야 한다. 교사나 학생들이나 너무도 오랜 세월 동안 이광수의 『무정』을 우리나라 최초의 근대소설로 '외우면서' 마치 이 작품이 나오기 이전에는 아예 소설이 존재하지 않았던 것처럼 알고 있었으니 참으로 우스운 상식이었다고 말할 수 있다.

이처럼 사람의 앎이란 터무니없을 정도로 소박할 수 있겠으나 문학사의 진실은 그렇지 않다. 문학사의 진실은 한 천재적 작가에 의한 장르의 출현과 전개, 완성을 허용하지 않는다. 이광수의 『무정』이 '최초의 근대소설'로 탄생하기까지에는 다양한 서사장르의 활발한 교섭과 접촉의 과정이 요구되었다. 이런 과정이 전혀 없었는데, 이광수의 『무정』이 어느날 갑작스럽게 독자들에게 자기 모습을 드러냈다고 우리는 상상할 수 없다.

이광수의 『무정』이 출간되기 이전의 역사의 시간을 우리는 흔히 개화기로 부른다. "밖으로부터 밀어닥치는 외세·제국주의의 침략과 이에 대응하는 민족적 자주 정신의 확립이 긴요하면서도 또 한편으로는 전근대적인 사회 체제를 혁신해 가야 했던 두 개의 착잡하고 거창한 과제를 안고 있었던 시대"1)인 개화기는 그 유례를 찾아보기 어려울 정도로 여러 유형의 소설들이 갈등하고 경쟁한 시대이기도 했다.

이러한 갈등이 일어나게 된 중요한 계기 중의 하나는 서양소설(novel)의 국내 유입이다. 오늘날 많은 독자들은 소설을 서양소설로 이해하고 있지만 본래 동아시아에서 소설은 역사, 패관잡기, 이야기책 등 광의적인 범주의 독서물을 지칭하고 있었다. 그러나 서양소설은 상대적으로 그 범주가 제한되고 있었으니 그것은 흔히 "형태적인 측면에서 인물들이 등장하고, 그 인물들이 사회 환경과 자연 환경 아래에서 서로 관계를 맺으며 행동하고, 행동이 서로 결합하여 사건을 만들고, 사건이 플롯을 통해 유기적으로 결합하여 이야기를 구성하고, 이야기는 작가에 의해 정교하게 고안된 화자나 작중인물의 입을 빌려 독자에게 문자를 통해 전달되는 독서물"2)로 정의되고 있다.

개화기에 전개된 노블과 전통소설의 경쟁은 노블의 승리로 일단락된다. 노블의 지구적 현존이라고 부를 정도로 노블의 영향력은 19세기말부터 비서구 지역에서도 확대되었으니 우리나라라고 예외일 수 없었다. 그렇지만 노블의 승리는 노블의 일방적인 승리만은 아니었다. 노블의 승리는 비노블적인 서사장르들을 흡수하면서 전개된 승리였다. 흔히 최초의 근대소설

---

1) 이재선, 『한국소설사』(민음사, 2000), p.57.
2) 김진곤 편역, 『이야기, 小說, novel』(예문선원, 2001), p.21.

로 거론되는 『무정』에도 비노블적인 속성이 잔존하고 있으며 근대소설을 표방한 기타 소설들에도 이런 속성들이 강하게 잔존하고 있으니 노블의 승리는 비노블적인 장르들을 받아들이면서 성취된 것이라고 말하는 이유가 여기에 있다.

노블중심적인 관점에서 보자면, 개화기 소설은 한 마디로 미달 수준의 예들일 수 있다. 그러나 문제는 이 소설들에 있는 게 아니라 노블중심적인 관점에 있다. 노블중심적인 관점이 문제가 될 수밖에 없는 이유는 비노블적인 서사장르를 소멸되어야 할 운명에 놓인 불완전한 서사장르로 파악하고 있으며 나아가 비노블적인 서사장르의 소멸을 당연한 현상으로 인정하기 때문이다. 노블중심주의적 소설관으로 보자면 노블의 형식과 내용과 거리가 먼 개화기 소설들은 미달된 소설로 보일 수밖에 없는데, 사실 이러한 견해는 보편타당한 진실을 지닌 견해라고는 말하기 어렵다. 그러므로 개화기 소설의 실상을 알고자 하는 이들은 이 시기의 소설들이 미달된 소설이 아닐까 하는 혐의에 자기를 구속시킬 필요가 없다.

2. 허명 개화와 식민화를 비판하는 소설 : 「소경과 앉은뱅이 문답」, 「거부오해」

잘 알려진 대로, 현대문학은 자율성의 지위를 강력하게 확보하면서 자기 생명력과 정체성을 유지하고 있다. 장르론적인 측면만이 아니라 제도론적인 측면에서도 현대문학은 자율성의 지위를 확정하면서 존재하고 있다.

그러나 개화기의 문학은 이와 같은 자율성의 지위를 전적으로 확보할 수 없었던 문학이었다. 이렇게 얘기할 수 있는 단적인 이유를 제공하는 것은 개화기 소설의 발표 매체다. 개화기 소설들의 대부분은 당시 창간된 신문에 주로 발표되었다. 현재 알려진 바로는 1894년에 창간된 『한성순보』

에 「신진사문답기」(1896년), 「기문전」(1897년) 등 17편의 소설이 『대한일보』에 6편, 『대한매일신보』에 7편, 『제국신문』에 12편, 『대한민보』에 11편의 소설이 실려 있는 등 개화기 신문들은 사회비판적이며 계몽적인 소설들을 적지 않게 발표했다.[3]

이런 예에서 확인되듯, 오로지 문학작품만을 게재한 문예지의 창간은 1920년대에 와서야 비로소 가능한 일이었으며 개화기에는 신문이 소설의 발표를 가능하게 한 중심 매체로 작용했다. 이런 까닭에 개화기 신문에 실린 소설은 기본적으로 정치계몽적이고 사회비판적인 성격을 띨 수밖에 없었다. 당대의 개화기 신문이 지향하는 정치계몽적 사상이 소설에 압도적인 영향을 미치게 되었으니 신문은 소설의 의미형성을 정치계몽적이고 사회비판적인 방향으로 나가게 하는 소설의 형성 장소로 작용하게 된다. 이런 점을 염두에 놓고 볼 때, 독자들이 특히 주목해야 하는 신문은 『대한매일신보』다.[4]

1904년 2월에 일어난 러일전쟁을 취재하기 위해 한국에 왔던 영국인 배설(裵說:Ernest Thomas Bethell)이 양기탁 등 민족진영 인사들의 도움을 받아 7월 18일에 창간한 『대한매일신보』는 1910년 6월 조선총독부의 기관지로 전락하기까지 식민통치의 부당성과 허명 개화의 문제를 독자들에게 널리 알린 신문으로 유명하다. 이 신문은 논설란을 빌려 애국계몽운동의 정신을 적극적으로 고양시키는 전략을 취했는데, 문제는 이러한 전략이 독자들을 '정서적으로' 감화시키기 어렵다는 데에 있었다. 논설은 기

---

3) 조남현 「한국 근대소설 형성과정과 작가의 초상」, 『한국현대문학사상연구』(문학동네, 2001), p.15.

4) 이광린 교수에 따르면, "구한말, 좀더 정확히 표현한다면 1904년에서 1910년까지 7,8개의 한국어 신문이 서울에서 간행되었다. 황성신문, 제국신문, 대한매일신보, 만세보, 대한민보, 경향신문, 국민신보 등이 그것이었다. 이 중에서 당시의 한국민으로부터 가장 열렬한 지지를 받았고, 또 언론창달에 크나큰 공헌을 하였던 신문은 두 말할 것도 없이 대한매일신보였다." 이광린, 「「대한매일신보」 간행에 대한 일고찰」, 이광린·유재천·김학동 『대한매일신보연구』(서강대학교 인문과학연구소, 1986), p.1.

본적으로 추상적인 논리의 세계에 머물고 있는 장르인 까닭에 독자들을 정서적으로 감화시킨다는 것은 용이하지 않았던 것이다.

이와 같은 문제를 해결하기 위해 제시된 대안이 잡보란에 실린 소설들이다. 잡보란의 소설들은 형식과 내용 면에서 완결된 미학을 강조하는 서구적 근대소설과는 거리가 멀다. "도입부의 상황묘사와 결말부분의 노래체를 빼면 이 작품의 구성은 순수한 문답체로 되어"5) 있다고 말해도 좋을 정도로 잡보란의 소설들은 대화로만 전개되고 있다. 신소설의 대표적인 예인 이인직의 「혈의 누」가 보여주던 장르적 형식과 거리가 먼 순수한 문답체로만 구성된 소설이었으니 서사성보다는 대화성이 강한 소설이었다.

이런 작품들에서 주목해야 할 점은 대화의 내용이다. 잡보란의 소설들은 구체적인 일상의 세계에서 일어나는 문제들, 특히 사회적인 쟁점들을 날카롭게 비판하는 특징을 예외 없이 보여준다. 당대 독자들이 피부로 체감하는 사회 쟁점들을 실감실정의 어법으로 잡보란의 소설들은 전하고 있다는 것이다. 그렇기에 잡보란의 소설들은 논설이 독자들에게 전달해줄 수 없는 현실의 구체성을 감각적으로 전달해주는 미덕을 지닌다.

「소경과 앉은뱅이 문답」(『대한매일신보』, 1905), 「거부오해」(『대한매일신보』, 1906) 등은 『대한매일신보』에 수록된 소설들 중에서 대표적안 예이다. 아쉽게도 이 두 작품의 작가는 현재까지 전혀 알려져 있지 않고 있다. 개화기 문학은 작가의 독립적 지위를 확보하기 이전 시기의 문학이어서 이 작품들의 지은이를 우리가 알기는 아주 어려운 일인데, 아마도 신문사의 편집진 중에 누군가가 이 두 작품을 쓰지 않았을까 미루어 짐작할 따름이다.

독자들은 이 두 소설을 소경과 앉은뱅이, 거부와 같은 사회 약자들의 불만과 농담의 기록으로 읽어서는 안 된다. 이 두 소설의 진의는 당대 사

---

5) 김윤식 · 정호웅, 『한국소설사』(예하, 1993), p.20.

회의 핵심 모순에 대한 폭로와 비판에 놓여 있다. 소경, 앉은뱅이, 거부 등의 대화는 처음에는 농담처럼 전개되지만 종국에 가서는 당대 사회의 핵심 모순인 식민화의 문제에 닿고 있다.

이런 까닭에 「소경과 앉은뱅이 문답」이나 「거부오해」는 허명 개화와 1905년 전후 한반도에 전개된 식민 통치의 부조리한 모순을 날카롭게 비판하는 정치소설의 면모를 지니는 문학사적 의의를 성취하고 있다. 이 점을 간과하고 작품을 읽는다면 작품의 진의를 놓치기 십상이기에 식민화라는 시대성의 문제에 이 작품들이 어떻게 접근하는가를 고찰할 필요가 있다.

「소경과 앉은뱅이 문답」의 두 주인공은 사회 변동이 급속하게 전개되는 개화기에서 소외된 인물들로 여겨진다. 단지 신체적인 불구자가 아니라 개화기의 뒤처진 인물로 해석될 수 있다는 것이다. 소경의 직업은 점을 치는 일이고 앉은뱅이의 직업은 망건을 만드는 일로 이 두 일 모두 개화기에서는 수요가 없는 것이기에 이들의 빈궁한 처지는 충분히 짐작되고도 남음이 있다.

이런 점을 고려해서 보자면 「소경과 앉은뱅이 문답」은 개화의 미명 아래 소외된 민중의 처지에서 개화의 본질을 비판하는 소설로도 읽힐 수 있다. 이들이 주고받는 대화 속에서 당시의 개화는 형식을 중시하는 허명 개화라는 문제점이 비판되고 있으며 진정으로 중요한 것은 실질적인 개화라는 점이 부각된다. 신구 화폐교환으로 인한 전황사태의 발생, 조정의 무능, 허명 개화세력들의 허위성에 관해 대화하던 소경과 앉은뱅이는 이 시대의 본질적인 문제인 식민화의 문제까지 접근한다.

> 그 말 말게. 이 근래 각부 대신네들 출입시에 보겠으면 기구도 굉장하데. 순검 병정 옹위하고 일 헌병 일 순사가 좌우로 보호하여 추종이 벌떼 같으니 그 영광이 어떠하며 그 위엄 어떠한가. 사람마다 못 하리라.
> 이 사람 명담이로다. 그네들의 부귀 영총을 의논하면 수모 수모 당세의 제일이라. 그 악명 그 신세는 우리만도 못하도다. 화당금옥의 금의옥식은

만민의 고혈이요, 거마복중의 영광 위엄은 나라의 난신이라.
　　자주권리 반점 없이 외국인을 외뢰하여 전국 이익 주워가며 황실이권
빼앗아다 외국으로 돌려 보내어 강토는 점점 줄어가고 황권은 날로 미약
하여 만민은 도탄이요, 도적은 봉기하니 국세의 위급함은 조석이 난보로
다.　　　　　　　　　　　　　　　　　　　－「소경과 앉은뱅이 문답」에서

　"일 헌병 일 순사"의 보호를 받는 위정자들, "자주권리 반점 없이 외국
인"에게 의뢰하면서 "부귀 영총"을 누리는 위정자들이 한 둘이 아니라는
소경과 앉은뱅이의 대화에는 일본 식민지로 전락하는 대한제국의 초라한
위상과 이런 정세에 영합하는 부패 관료들에 대한 날카로운 비판이 반영
되어 있다.

　이처럼 「소경과 앉은뱅이 문답」은 허명 개화의 실상을 폭로하면서 실
질적인 개화의 필요성을 촉구하고 나아가 식민화의 문제를 날카롭게 폭로
하고 비판하는 정치소설의 가능성을 성취하고 있다. 「거부오해」 역시 날
카로운 정치적 비판을 함축하는 소설로 언어 유희적 기법으로 무능한 정
부를 비판하고 식민통치의 전위기구인 통감부의 조선 진출의 부당성을 풍
자하면서 식민화라는 당대의 민감한 사회적 쟁점을 제기한다.

　「거부오해」의 거부는 외견상 영락없는 바보처럼 보인다. 그런데 그렇지
가 않다. 바보는 바보이되 똑똑한 바보, 풍자할 줄 아는 바보가 바로 거부
인 까닭이다. 「거부오해」의 작가는 풍자의 극적인 효과를 거두기 위해서
거부와 같은 바보형 인물을 설정하고 있는데, 이는 성공적인 결과를 낳고
있다. 거부는 정부조직을 정부조짚으로, 시정개선의 시정을 종로의 장사
꾼으로, 통감부의 통감(統監)을 경서 통감(通鑑)이 아니냐고 능청스럽게
비꼬아 웃음을 유발하지만 이 웃음 뒤에는 친일세력들이 포진한 정부와
식민화의 문제를 비판하는 풍자가 놓여 있다. 요컨대 「거부오해」에서의
거부는 언어의 의미를 반전시키는 언어 유희적 방식으로 친일적 정부와
조선의 식민화 현상을 비판하고 있다.

러일전쟁 직후 일본의 조선 진출은 노골적으로 전개되는데, 이에 따라 우리 관료들 중에는 친일단체 일진회에 가입하거나 친일 내각에 참여하는 훼절을 서슴지 않는 이들이 적지 않았다. 정부조직이 정부조짚이 아니냐는 거부의 오해에는 친일내각 위주의 정부 조직에 대한 야유와 조소가 반영되어 있다. 그리고 우리나라에도 통감이 있는데 왜 굳이 일본에서 통감을 들여오느냐는 거부의 힐난에는 사실 조선의 식민화 현상이 부당하다는 날카로운 풍자가 반영되어 있다.

이처럼 순전히 대화체로만 구성된 「소경과 앉은뱅이 문답」과 「거부오해」는 노블의 관점으로 보자면 전혀 소설처럼 보이지 않지만 1905년을 전후로 본격적으로 전개된 친일적 정부의 등장과 식민화의 문제를 비판하고 풍자하는 개화기의 독특한 서사의 한 사례로 기억되기에 충분한 자질을 갖추고 있다.

3. 기독교 수용의 문학적 의미 : 「몽조」, 「다정다한」

「몽조」(『황성신문』, 1907)의 작가로 추정되는 반아 석진형의 구체적인 행적은 최종고, 최원식 교수에 의해 오늘날 많은 부분이 밝혀지고 있다.[6] 여기서는 두 교수의 연구를 참고해 반아의 신원과 행적을 간단하게 정리하기로 하겠다.

반아의 본래 이름은 석진형으로 고종 14년, 서기 1877년 경기도 광주 남한산성 아래의 조그만 마을에서 태어난다. 본관은 충주이며 그의 가정은 가난했다. 후손의 구전에 따르면 조대감댁 아들을 2년 동안 가르치다가 그 댁의 배려로 두 사람이 함께 일본으로 유학을 떠날 수 있었다. 이

---

6) 최종고, 「반아 석진형」, 『사법행정』, 1984년 5월호.
   최원식, 「반아 석진형의 「몽조」」, 『한국계몽주의문학사론』(소명출판, 2002)

때의 나이 22세였다.

1902년 일본 호오세이대를 졸업한 석진형은 귀국 후 2년 간 할 일 없이 지내다가 러일전쟁이 발발하는 1904년 11월 20일에서 이듬해 1월까지 군부 주사로 취직하게 되었다. 1905년 4월에 개교한 보성전문학교 강사로 초빙되어 1912년 12월까지 이 학교에 출강한다. 같은 해 7월 25일부터 이듬해 6월까지 법부의 법률기초위원으로 활동하고 12월 13일에 법관양성소 교관으로 임명되어 채권법, 국제공법 등을 강의했다.

『소년한반도』,『대한자강회월보』 등에 논설을 기고하던 반아는 1907년 8월 12일부터 9월 17일까지『황성신문』에 소설「몽조」를 연재한다. 1924년에는 충청남도 지사로 임명되었고 1926년에는 전라남도 지사로 임명된다. 1946년 2월 24일 향년 69세로 서거한다.

일본 호오세이대를 졸업한 이후 1946년 서거에 이르기까지 석진형의 삶은 친일파의 삶을 연상시킨다. 적지 않은 개화주의자들이 개화의 이상과 식민화의 현실 사이에서 방황하다가 친일의 길을 걸어간 것처럼 석진형도 친일의 길을 걷게 된다. 그렇다고 해서「몽조」가 적극적으로 친일을 옹호한 소설이라는 말은 아니다.「몽조」가 비중 있게 다루는 문제는 친일이나 개화가 아니라 전혀 다른 지점에 있다. 그 전혀 다른 지점이 어디일까? 이를 알아보는 게「몽조」의 올바른 독법일 수 있다.

"문학사상으로 보아 신소설시대의 작품이며, 주제적 내용은 사회와 정치의 개혁과 국권의식의 고양을 좌절시키는 당대의 인간성과 사회성의 병리를 비판하는 의도에 입각하는 작품"[7], "구소설적 면보다 신소설적 면이 단연 두드러지는 소설"로 "사실적 묘사, 평민의식, 개화사상, 사회비판사상을 반영하는 특징을 지닌 주목할 만한 작품"[8], "이인직의「단편」(1906)과 진학문의「요조오한」(1909)이 꽁뜨적이라면「몽조」는 꽁뜨를 넘어서

---

7) 이재선,『한국개화기소설연구』(일지사, 1972), p.56.
8) 송민호,『한국개화기소설의 사적연구』(일지사, 1975), pp.124~125.

단편소설에 더욱 가깝다"[9]는 평가를 받고 있다.

이와 같은 연구자들의 평가에 걸맞게 「몽조」는 개화기 소설 중에 단연 돋보이는 사례에 속한다. 이렇게 얘기할 수 있는 결정적인 근거는 소설의 시작 단계에서부터 나타난다.

> 으르렁 뚜루루 하루 열 두 시간 한시 육십분 일분 육십초간에 시시때때로 구르고 헤어지고 뭉치고 퍼지어 간신히 진정코자 하나, 내 마음이라도 마음대로 진정치 못하고 이따금 조는 것과 같이 깜박하여 알지 못하는 동안에 떨어진 바늘과 자를 다시 거두어 들고 다시 앉았다가 벌떡 일어서서 안방도 열어 보고 또다시 마당을 향하여 내다보다가 가만히 몸을 돌리어 봉창 앞으로 가까이 앉으면서 땅이 꺼지는 듯이 한숨을 지고 내어다보니
>
> — 「몽조」에서

'어느 어느 대왕'이라는 클리쉐로 장식되는 구소설의 면모를 완전히 일신한 「몽조」의 시작 단계에서 독자들이 특히 주목해 볼 대목은 "하루 열두시간 한시 육십분 일분 육십초"와 같은 서양의 시간관념을 빌려 작중인물의 초조한 심리를 그려내는 방식이다. 서양의 시간관념이 이 소설의 서사 진행을 결정적으로 관여하는 영향력을 발휘하고 있지는 않지만 서양의 시간관념으로 소설의 시작을 열어가는 방식 자체는 대단히 인상적인 것이다. 「몽조」가 그 수많은 개화기 소설 중에서도 돋보이는 사례에 속한다는 말은 이렇게 시작단계부터 확인되고 있다. 요컨대 「몽조」는 소설의 시작 단계에서부터 현실성의 감각을 인상적으로 드러냄으로써 전통소설들과는 다른 분위기를 연출하고 있다.

그런데 「몽조」의 현실성은 소설이 본격적으로 전개되어가는 과정에서 더욱 명료하게 드러나고 있다. 위 예문에서 하루 종일 "땅이 꺼지는 듯이 한숨을" 내쉬는 작중인물은 일본유학을 다녀왔으나 사형 당해 죽은 개화

---

9) 최원식, 위의 책, p.302.

지식인 한대홍의 아내다. 한대홍은 우리나라가 국제사회의 한 일원으로 참여해야 하는데, 그렇게 하기 위해서는 아시아에서 먼저 개화한 일본과 손을 잡아야 한다는 정치적 발상을 품었던 개화 지식인으로 일면 친일적 면모를 드러내기도 하지만 "당시 동아시아의 지식인들 심지어 중국에서조차도 메이지유신을 모델로 나라의 개혁을 도모한"[10] 사정에 비춰보면 한일합방을 당연하게 여긴 노골적인 친일주의자는 아닌 듯 하다.

소설의 시작단계부터 작가는 개화 지식인 한대홍을 사형 당해 죽은 인물로 설정하고 있는데, 이와 같은 설정은 개화의 고난과 승리로 귀결되는 당시 개화기 소설의 정형화된 인물 설정 방식과는 다르다. 작가는 개화 지식인 한대홍을 처음부터 죽은 인물로 설정함으로써 개화가 무조건적으로 승리한다는 개화의 낭만적 이상주의를 거부한다. 작가가 이 소설에서 그려내려는 것은 개화의 이상이 아니라 개화의 비극적 현실이며 이 현실을 극복하는 방법이다. 이 점을 부각시키기 위해 작가는 다음의 두 가지의 문제를 중요하게 서술한다. 하나는 개화 지식인 한대홍의 죽음으로 인해 받게 되는 가족들의 고통이며 다른 또 하나는 기독교의 영향력 증대이다.

한대홍의 아내 정씨부인은 어린 아들과 딸 그리고 하인과 함께 힘겨운 살림을 살고 있다. 가장이 없는 까닭에 경제적으로 궁핍한데다가 어린 아들 증남이의 철없는 행동 때문에 마음의 상심도 보통 큰 게 아니다. 한가위가 되어도 집안은 적막하여 정씨부인의 괴로움은 깊어 가는데, 증남이는 정씨부인의 마음을 헤아리지 못하고 철부지 장난만 거듭하고 있다. 마치 정씨부인은 고난 받는 여인의 전형처럼 보일 정도로 경제적으로, 정신적으로 곤궁하기 이를 데 없다.

흥미로운 점은 한대홍의 친구 박주사가 정씨부인을 알게 모르게 돕는 후원자 역할을 한다는 데 있다. 박주사는 "주인공이 위기에 빠질 때마다

---

10) 최원식, 위의 책, p.305.

나타나는 산신령 같은 구원자의 계통에" 속하는 "구소설적 인물설정"11)
이어서 이런 인물의 설정 자체가 합리성을 띤다고 볼 수 없겠으나 직접
친구의 부인을 만나지 않고 증남이를 통해 서신을 전하거나 앞서 걸으며
정씨부인에게 한대홍의 묘지를 안내하는 장면 등은 대단히 현실적인 성격
을 띤다고 할 수 있다. 요컨대 박주사의 설정 자체는 비합리적이지만 박주
사의 존재 양상은 현실성을 띤다고 할 수 있다.12)

그런데 작가는 이 소설의 결말을 논란이 될 만한 방식으로 처리한다.
박주사는 소설 결말부에서 돌연 자취를 감춘다. 그 대신 작가는 기독교를
전파하는 정동 교회 소속의 여성 전도사를 갑작스럽게 등장시켜 한대홍의
아내로 하여금 기독교로 귀의하게 한다. 한대홍의 죽음, 가족들의 고난,
박주사의 협조 등으로 전개되던 소설이 갑작스럽게 여성 전도사를 등장시
키는 결말로 나가고 있는데, 이는 서사 전개의 개연성 부족이란 문제를 낳
을 수밖에 없다. 그렇지만 이를 개연성의 부족으로만 얘기해서는 결말의
의미를 확인할 수 없다. 이 결말의 의미를 「다정다한」(태극학보, 1907)에
서 다시 확인해 보기로 하자.

「다정다한」의 작가 장응진은 1880년 3월 15일 황해도 장진에서 태어나
16세까지는 고향에서 한문을 배웠다. 선친 장응택의 영향으로 신학문을
배우게 된 장응진은 1897년 서울로 유학을 와 관립영어학교에 입학한다.
이 기간에 장응진은 영어학교의 대표로 독립협회가 주관한 만민공동회에
참여했다가 당국의 탄압을 받게 되자 1898년 그의 나이 19세에 일본 유학
을 가게 된다.

일본 고등학교 수리과에 입학한 후 태극학회의 회원으로 참여하게 된
장응진은 본격적으로 문필 활동을 전개한다. 1906년 9월 태극학회 초대

---

11) 최원식, 위의 책, p.307.
12) 박주사만이 아니라 증남이, 검둥 어미 모두 현실적 성격을 선취한 작중인물들로 나
  타나고 있다.

회장으로 선출된 장응진은 『태극학보』의 편집 및 발행인으로 있으면서 이 잡지에 「다정다한」을 발표한다. 삼성 김정식의 행적을 소설화한 작품으로 알려진 「다정다한」은 실제 사건이었던 개혁당 사건 혹은 조선협회사건을 사실적으로 반영하고 있다.[13] 이런 점에서 「다정다한」은 소설이면서 동시에 개화기의 사회적 실상을 파악케 하는 사회사적 참고자료로서도 손색이 없다.

삼성 선생은 "원래 품성이 탁월하고 지기가 활달한" 사람으로 "불세의 대사업을 성하여 일세의 이목을 경동하며 천추의 웅명을 유전"하려는 의욕을 지니고 있었다. 외국으로 나가 신지식을 배우고 "건양 원년에 귀국한 삼성 선생은 경무국장의 영직을" 받게 된다. 어느날 당국에서는 경무국장에게 "민회를 도륙하는" 명령을 하달한다. 민회를 도륙하라는 명령의 배경은 이렇다. 만민공동회를 주관한 "독립협회는 당국의 사주를 받은 보부상들에게 테러를 당하는 일대 참극"을 겪게 되는데, 이 과정에서 "각 학교 학도는 일시에 동맹휴학하며 각 상점은 철전맹기하여 만국일창으로 민회에 가세"하는 일이 일어나게 된다. 이에 당국은 민회를 없애버리기 위해 경무국장에게 민회를 도륙하는 명령을 하달하게 되지만 경무국장은 이 명령을 거부한다.

당국은 명령을 거부한 삼성 선생을 목포 경무관으로 이직시킨다. 목포 경무관으로 부임한 삼성 선생은 두 가지 악습을 고치는 개혁을 단행한다. 하나는 합법적인 근거 없이 자행되는 민간인 태형을 없애는 일이고 다른 또 하나는 사당 철폐다. 그런데 "구습을 일소청신하고 인민보호의 실을 익거"하려던 삼성 선생의 개혁은 오히려 면직이라는 결과를 낳는다. 독자들은 연이어 전개되는 삼성 선생의 이직과 면직의 고행을 보면서 정치적 악습과 일상의 구습을 일신하는 작업이 생각처럼 쉽지 않다는 점을 깨닫

---

13) 장응진의 행적에 대해서는 김윤재의 논문을 참고.
  김윤재, 「백악춘사 장응진 연구」, 『민족문학사연구』12호, 1988년 상반기, p.192.

게 된다. 삼성 선생의 고행은 이른바 개혁의 아이러니를 독자들에게 흥미롭게 보여준다.

상경한 삼성 선생은 아동교육에 헌신하고자 소학교를 신축설립하려고 하지만 당국은 이를 불허하고 삼성 선생을 투옥시킨다. 삼성 선생을 "일본협회사건"의 공범으로 몬 정부 내의 수구세력들은 삼성 선생만이 아니라 "평양인으로 미국 갔다온" 젊은 개화 지식인들을 대대적으로 검거하는 만행을 자행하게 되는데, 이는 이 시기에 일어난 사건이기도 했다. 그런데 이 소설의 결말은 흥미롭다. 왜냐하면 「몽조」의 결말처럼 「다정다한」의 결말도 기독교로의 귀의로 마무리되기 때문이다. 다른 점이 있다면 「다정다한」의 삼성 선생은 몽조의 정씨부인보다 더욱 적극적으로 기독교로 귀의한다는 것이다.

"옥중생활 일 년을 지낸 후에" "옥관의 후의로 오륙 인"이 "일실에 회합하고 신체를 자유로 운동"하면서 지내게 되는데, 이 오륙 인은 "단좌하여 고담 소화와 신문 등으로 무료의 세월을 보내며 혹은 자미로 책자를 구하면" 서로 돌리며 볼 수 있는 기회를 점차로 갖게 된다. 그러던 어느 날 이 오륙 인 중 한 사람이었던 삼성 선생은 『천로역정』 한 권을 구독하게 되고 이를 계기로 예수를 믿는 신자로 변모하게 된다. 요컨대 「다정다한」은 개화의 승리보다는 개화 지식인의 고난과 기독교로의 귀의를 강조함으로써 독자들에게 개화기에서의 기독교의 의미를 숙고하게 하는 문제작이라고 할 수 있다.

공교롭게도 「몽조」와 「다정다한」의 결말은 기독교와의 만남으로 처리되고 있다. 이런 까닭에 「몽조」와 「다정다한」을 기독교를 옹호하는 종교 소설의 한 사례로 여기려는 독자들도 있을 수 있다. 그러나 독자들이 이 두 소설을 읽으면서 더 중요하게 고려해야 하는 논점은 거기에만 있지는 않다. 외래종교로서의 기독교는 그 당시에 사회적 전망을 상실한 개화 지식인이나 그 가족들에게 새로운 전망을 보여주는 '또 하나의 신문명'일 수 있다. 이에 대해서는 약간의 설명이 필요하다.

일본과 강화도 조약을 체결한 이후 조선에서는 두 가지의 운동이 대립적으로 전개된다. 하나는 유생들에 의해 주도되는 위정척사운동이었으며 다른 또 하나는 젊은 개화 지식인들에 의해 전개된 개화 운동이었다. 당시의 젊은 개화 지식인들은 아시아에서 가장 먼저 근대화한 일본과 연대하여 개화 운동을 추진하려 했는데, 그 대표적인 예가 갑신정변이다. 그러나 갑신정변은 청나라의 개입으로 실패로 돌아가고 갑신정변의 주역들은 일본으로 집단 망명을 하기에 이른다. 김옥균과 함께 갑신정변의 주역이었던 서재필은 1895년 미국에서 귀국해 『독립신문』을 창간하고 독립협회를 결성해 정부 내의 수구세력 비판에 앞장을 섰다. 그러나 1898년 수구 세력은 독립협회를 해산시키고 이승만, 이상재, 이원긍, 유성준, 홍재기, 안국선, 김정식, 이준 등을 체포하기에 이른다. 이들이 옥에 갇히자 아펜젤러, 언더우드, 게일, 헐버트 등 선교사들은 이들의 석방 운동을 펼치면서 이들이 투옥된 감옥 안으로 신앙 서적을 넣어주게 되었으니, 이들의 대부분이 기독교 신자로 개종하는 일이 일어난다. 「몽조」와 「다정다한」은 이처럼 19세기말부터 이 땅에서 펼쳐진 격동의 근대사를 반영하고 있다. 위정척사 운동을 펼친 유생들과는 달리 일본과 연대하여 개화 운동을 주도하다가 수구 세력에 의해 처참하게 사형당하거나 핍박당하는 젊은 개화주의자들. 그들은 기독교에 의탁해 종래와는 다른 사유와 삶의 태도로 그들에게 주어진 삶을 걸어갈 준비를 하고 있었던 것이다.

4. 개화기 지식인들의 우울한 절망 : 「요조오한」

현재 「요조오한」(『대한흥학보』, 1909)의 작가에 관한 정확한 신원 확인은 밝혀지지 않고 있다. 현재로서는 주종연 교수에 의해 제기된 추정[14] —

이 소설의 작가가 진학문이라는—이 대단히 신빙성 있게 받아들여지고 있는데, 이런 추정은 별 다른 반론 없이 학계에서 인정되고 있으므로 「요조오한」의 작가를 진학문으로 알아도 그리 문제 될 것이 없을 듯 하다.

1894년에 태어난 진학문은 열 세살이 되던 1907년 일본에 건너가 게이오의숙 보통부에 입학한다. 그러나 학비조달이 여의치 않아 귀국해 보성고보를 다니고 졸업하게 된다. 1913년에는 다시 일본으로 건너가 와세다대학 영문과에 입학한다. 그러나 곧 중퇴하여 1916년에 도쿄 외국어대학교 러시아어과에 입학한다. 이른 나이에 시작한 일본 유학생활에서 진학문은 최남선, 최두선, 신익희, 장덕수, 최승만 등 여러 젊은 사람들과 교류하게 되고『학지광』창간 멤버로 활약하기도 한다. 1922년에는『동명』의 편집인 겸 발행인으로 활동하기도 한다.

「요조오한」에서의 요조오한은 두 평 정도의 일본식 다다미방을 일컫는다. 구체적으로 말하자면, 일본 동경으로 유학을 온 함영호의 하숙방이다. 소설은 함영호의 하숙방 정경을 묘사하면서 시작하는데, 이 정경이 자못 흥미롭다.

> 이층 위 남향한 요조오한이 함영호의 침방, 객실, 식당, 서재를 겸한 방이라. 장방형 책상 위에는 산술교과서와 수신교과서와 중등외국지지 등 중학교에 쓰는 일과책을 꽂은 책가가 있는데, 그 옆으로는 동떨어진 대륙 문사의 소설이나 시집 등의 역본이 면적 좁은 게 한이라고 늘어 쌓였고,

---

14) 주종연 교수에 따르면 "몽몽이 순성 진학문의 초기 필명일 수 있는데 그 이유로는 첫째, 몽몽은『학지광』3,4,5,6호에 몽몽이란 필명으로 문예물을 발표하고 있다. 그런데 당국에 의해 발매금지를 당한 7,8,9호 이후에 몽몽이란 필명은 자취를 감추고 그 대신 제 10호부터 순성이란 필명이 등장하여 체홉의 단편을 번역하고 있다. 순성이 몽몽의 역할을 이어가고 있는 것이다. 둘째, 몽몽이란 필명으로 발표된 「요조오한」과 순성이란 필명으로 발표된 「부르지짐」은 작품의 배경과 시점이 너무도 유사하다. 셋째,『학지광』에서 다양한 문필활동을 펼친 최승만과 진학문은 당시 동경 외국어학교 노문학과에 재적하였고 특히 러시아 문학에 누구보다 조예가 깊어 이의 소개에 앞장 섰던 바 몽몽과 순성은 동일 인물이란 증언 등이다."
주종연,『한국소설의 형성』(집문당, 1987), p.175.

신구간의 순문예잡지도 두 세 종 놓였으며, 학교에 매고 다니는 책보자는
열십자로 매인 채 그 밑에 바랐으며 벽에는 노역복을 입은 고리키와 바른
손으로 볼을 버틴 투르게네프의 소조가 걸렸더라.　　－「요조오한」에서

　　유학생 함영호가 기거하는 하숙방 정경을 묘사하는 이 대목에서 눈에
띄는 것은 신구간의 순문예잡지와 고리키와 투르게네프 같은 러시아 작가
들의 작은 초상화가 걸려 있다는 서술이다. 일본에 유학한 학생들이 외국
문학, 그 중에서도 러시아 문학에 크게 경도되었다는 점을 독자들은 이 대
목에서 추측할 수 있다. 나라의 운명이 일본의 식민지로 전락되어가는 우
울한 상황에서 정신적 방황을 거듭할 수밖에 없었던 유학생들이 러시아
문학이 그려내는 사상의 번민에 크게 매료되었다는 것을 짐작할 수 있다.
　　이 소설은 함영호의 방을 묘사한 이후 함영호를 방문한 친구 채군과의
대화로 전개된다. 물론 이 두 사람의 대화가 이루어지는 공간은 함영호의
하숙방이다. 마치 이 하숙방은 역동적으로 변화하는 세계와는 거리를 둔
격리의 공간처럼 보이며 사회적 전망을 상실해가는 조선의 젊은 지식인들
의 답답한 심리가 투영된 자폐적 공간처럼 보이기도 한다.
　　이런 방에서 전개되는 두 사람의 대화는 소통 단절의 이미지를 떠올리
게 한다. 이들의 대화가 생산적인 의미를 생성하는 대화가 아니라는 것이
다. 「소경과 앉은뱅이 문답」, 「거부오해」 등에서 확인할 수 있었던 신랄한
비판과 풍자도 두 사람의 대화에서 나타나지 않는다. 그들의 대화는 대화
이기는 하되 소통하는 대화가 아니라 단절되는 대화다. 본국의 형편을 묻
는 함영호의 물음에 채는 딱히 할 말이 없노라고 답변을 회피한다. “개성
의 발휘는 지금 나의 희망욕구”라는 함영호의 말에 채는 “시대의 희생”을
여러 번 되뇌인다. 이처럼 이들의 대화는 서로 겉도는 무의미한 중얼거림
처럼 들리기도 한다.
　　그러나 함영호와 채군 사이에 나타나는 대화의 난맥상을 화법 차원의

문제로 돌려서는 안 된다. 더 중요하게 파악해야 할 문제는 이 젊은 유학생의 관계를 소통 단절의 관계로 변질시키는 "적자포복입정"15)의 사회 분위기, 곧 식민화의 현실화이다. 식민화 현상이 초래하는 뼈아픈 문제 중의 하나가 피식민지인들의 소통 단절에 있다는 점을 감안하자면 우리는 이 두 젊은 유학생들에게서 식민화의 심리적 징후를 발견할 수 있는 것이다.

「요조오한」은 「몽조」, 「다정다한」에 비해 서술이 대단히 짧아서 소품에 머문다는 인상을 준다. 시점 처리의 미숙성도 여러 대목에서 나타나는 등 문제점이 한 둘이 아니다. 그러나 함영호도 그렇거니와 채군은 식민화가 현실적으로 대두되는 절망적 상황 앞에서 무력한 고뇌를 저작하기만 하는 지식인의 표상처럼 그려지고 있다는 점에서 「요조오한」은 1920년대에 본격적으로 전개된 지식인 소설의 전사적 성격을 띤다는 평가를 받을 만하다. "적자포복입정"으로 표현되는 시대적 전환기 속에서 조선의 젊은 지식인들이 어떤 고뇌에 빠졌는가를 이해케 하는 문제성을 「요조오한」은 압축적으로 드러내고 있는 것이다. 예컨대 아래와 같은 대목을 보라.

> 불 끄고 누운 뒤에도 두 사람의 이야기는 끊이지 아니하는데 본국형편에 관하여는 여러 번 물으나 채의 대답은 오직 적자포복입정의 한마디뿐이요, 그대로 "그저 견인하여, 견인하여야 하오. 우리는 천생이 연애와 사상과 사위의 자유공권을 박탈 당하였습네다. 그 중 사상으로 말하면 겉으로 드러나지 아니하니깐 얼만큼 자유가 있을까!" 하더라.
> 때때, 야순하는 경목 소리가 캄캄한 속으로서 들린다.
>
> — 「요조오한」에서

본국 형편을 묻는 함군의 물음에 채는 어린아이가 우물에 들어가는 형국이라는 비유로 상황의 위급성을 얘기해주고 곧이어 우리는 "연애와 사상과 사위의 자유공권을 박탈" 당한 자유가 없는 처지와 다름없다고 자조

---

15) 아이가 우물가로 기어간다는 의미.

하고 있다. "불 끄고 드러 누운 뒤에도" 두 젊은이의 대화는 끊어지지 않고 이어지지만 그 대화는 무력하며 우울하다. "적자포복입정"으로 비유되는 식민화 현실이 대두하는 상황 앞에서 무력하기만 조선 젊은이들의 괴로운 자의식을 독자들은 「요조오한」에서 확인할 수 있다.

5. 토론과 연설의 소설화 : 「경세종」

아시아에서 우리나라처럼 기독교[16]가 빠른 시일 내에 전파되고 다양한 계층의 광범위한 지지를 받은 나라도 드물다. 우리나라는 일본과 강화도 조약을 체결한 이후 유럽과 미국 등과도 문호를 개방하는 조약을 체결하게 되었고 이에 따라 유럽과 미국에서 파견된 선교사들의 조선 입국이 가능하게 되었다. 유림세력의 견제가 있었지만 1895년에 정동교회가 착공되고 1903년에는 YMCA의 전신인 황성기독교청년회가 결성되는 등 기독교는 신속하게 우리나라에 뿌리를 내린다. 뿐만 아니라 우리나라에 파견된 선교사들은 본국 정부와 교회의 지원을 받으며 한글판 성경을 제작하거나 민간학교를 개교하면서 빠른 속도로 교세를 넓혀가기 시작한다. 수구세력의 잔존, 젊은 개혁 지식인들의 저항, 일본의 대조선 영향력 증대 등이 뒤엉킨 시대적 격변기에서 기독교는 때로는 개혁의 계기로, 때로는 신문명의 계기로 당시의 많은 젊은 개화 지식인들에게 수용된다. 「경세종」 (광학서포, 1909)은 바로 이와 같은 지점에서 탄생한 소설이다.

「경세종」의 지은이 김필수는 1872년 생으로 일찍이 신자가 되어 남장로교 선교사 레이놀즈 목사의 어학선생으로 전주지방에 있다가, 레이놀즈 목사를 따라 1902년부터 서울에 와 있었다. 상경 후 김필수는 우리나라 기독교단의 지도자로 떠오른다. 1903년 YMCA 창립 총회에서 이사로 선

---

16) 여기서 기독교는 개신교를 의미한다.

출되었으며 1905년 YMCA 이사직에서 물러난 후 1907년에는 제7회 기독교 세계기독학생연맹 세계대회에 7인의 한국대표로 참석하고 1918년 YMCA 회관에서 장로교와 감리교의 두 교파 지도자가 모여 결성한 조선예수교장감연합협의회에서 초대회장으로 초대되었다.17)

「경세종」은 한국 기독교사에서 큰 비중을 차지하는 김필수의 작품이기에 독자들은 이 작품에 적지 않은 기독교적 요소가 반영되리라는 것을 짐작할 수밖에 없다. 그런데 우리가 이 작품을 주목해야 하는 이유가 기독교적 요소의 반영에만 있는 것은 아니다. 「경세종」은 「금수회의록」에 비해 독자들에게 상대적으로 덜 알려진 작품이지만 토론과 연설의 소설화 사례로 기억할 만한 작품으로 이해해야 한다.

개화기의 익숙한 풍경 중의 하나는 토론과 연설회의 개최였다. 사회적 발언 형식으로서 토론과 연설은 개화기의 수많은 대중들에게 열렬한 환영을 받았다. 개화기는 달리 말하자면, 토론과 연설의 시대였다고 할 수 있다. 이에 대한 흥미로운 예를 안자산의 『조선문학사』에서 확인할 수 있다.

> 동시에 연설하고 토론하는 기풍이 도처에 일어나니 열 살 짜리 어린아이라도 능히 만인 가운데 우뚝 서서 열변을 토한다. 당시 소학교에서 나와 동창하던 장용남, 태억석 두 아이는 독립협회에 나가 웅변으로써 만민을 곡하게 한 일이 기억나며, 나와 열 살 아이로 또한 토론과 연설을 하여 선생의 칭찬을 받은 일이 생각나도다.18)

열 살 어린아이들 사이에서도 연설하고 토론하는 기풍이 일어났다고 하니 토론과 연설이 이 시기에 당시 대중들로부터 얼마나 큰 호응을 받았는가를 짐작할 만하다. 「금수회의록」의 저자인 안국선은 『연설법방』이란 책을 저술하기도 했는데, 이 책은 제목 그대로 연설하는 방법—웅변가의

---

17) 김필수의 생애는 최원식의 위의 책을 참고. 최원식, 위의 책, pp.249~250.
18) 안자산, 최원식 역, 『조선문학사』(을유문화사, 1984), p.193.

최초, 웅변가 되는 법방, 연설자의 태도, 연설가의 박식, 연설과 감정, 뿔르타스의 연설, 안토니의 연설, 연설의 숙습, 연설의 종결 등—에 대한 자세한 설명을 하고 있다.

각종 협회와 학회에서도 연설과 토론회를 적극 개회하기도 하였다. 한 예로 서재필의 지도 하에 학생들이 중심이 되어 조직한 협성회는 총 50회의 토론을 개최하기도 하였다. 전 사회적으로 토론과 연설을 고취하는 분위기가 크게 고양되어 나간 것이다. 이처럼 「경세종」은 토론과 연설의 유용성이 그 어느 시대보다도 긍정적으로 평가받은 개화기의 산물이다.

이 소설은 개화기의 대표적인 우화소설의 하나로 열네 마리의 동물을 등장시켜 인간의 교만과 타락을 비판하고 있다. 열네 마리의 동물 중에서 회장을 맡은 양이 연회의 취지를 설명하면서 인종의 시조인 아담이 하나님의 명령을 거역하는 죄를 지어 타락하게 되었으니 인간은 하나님께 반성해야 한다고 목소리를 높인다. 연회의 취지를 설명하는 양 회장의 연설은 마치 기독교 교회의 찬양 예배를 연상케 하지만 다행스럽게도 양 회장의 연설 이후에 전개되는 동물들의 연설은 기독교 복음주의에만 함몰되지 않는다.

연회에 참석한 동물들의 연설은 하나같이 일관된 방식으로 진행되는데, 자기 종족에 대한 인간들의 상투적 관념의 부당성을 거론하고 뒤이어 인간에 대한 비판으로 나간다. 예컨대 이런 식이다.

> 박쥐가 하는 말이 나는 금수 사이에 중보자 올시다. 다 세상 사람들이 흔히 하는 말이 간사한 자는 박쥐라하니 우리의 본성을 알지 못하고 하는 말이 올시다. 짐승 총중에 가면 짐승 노릇하고 새 총중에 가면 새 노릇하는 것은 새와 짐승 두 사이에 중립당이 되자는 목덕이올세다. (…중략…) 우리는 짐승편에 가든지 새편에 가든지 서로 화합하기를 위주하느라고 짐승도 되고 새도 되어 일신양역하여 화복하것마는 저 인류들은 이편에 오면 저편을 이간하고 저편으로 가면 이편을 참소하여 양편에 다 화의만 끊어 놓을 뿐만 아니라 나중에는 제 몸까지 화를 면치 못하게 되오니 이것

이 자작얼이 아니 오니까.   —「경세종」에서

　박쥐는 인간들이 자기 종족을 간사하다고 하지만 이는 박쥐의 본성이
아니라고 항변한다. 박쥐는 짐승도 되고 새도 되면서 두 종족 사이에 화목
을 도모하지만 인류들은 이편저편 다니면서 이간하고 참소하여 더 큰 문
제만을 만들어 놓는다고 비판한다. 박쥐만이 아니라 다른 동물들도 이런
방식으로 연설을 전개한다. 자기들의 본성을 오해하는 인간들을 비판하고
뒤이어 인간이 더 문제라고 연회에 참석한 동물들은 말하고 있다. 요컨대
「경세종」의 동물들은 자기 종족의 본성을 왜곡하는 인간 중심적인 관점과
윤리 부재와 도덕 결여의 인간세태를 비판하는 이중 비판의 방식으로 연
설을 진행하고 있다. 「경세종」은 기독교적 우화소설이기는 하되 기독교를
맹신하는 복음주의에 함몰되지 않으면서 조선 사회의 낙후성을 비판하는
면모를 보여주고 있는 까닭에 주목할 소설이 되고 있다.

> 　이 세계를 비교하여 보면 몇 백년 전에 유로바나 아메리카나 다 캄캄
> 한 밤과 같이 문명치 못하고 그 때에 아세아는 낮과 같이 문명한 빛이더
> 니 지금은 유로바와 아메리카는 광명한 낮이 되고 먼저 문명하던 아세아
> 는 도로혀 광명한 빛이 있으나 보지도 못하고 (…중략…) 백인종들이 종
> 교의 힘으로 교육하여 저렇듯 강성한 것이올세다마는 문명의 열매되는 각
> 종 기계와 물건은 취하여 가지나 문명된 그 종교는 알아볼 생각도 없는고
> 로 눈이 있어도 마땅히 볼 것을 보지 못하게 되였으니 일향 저 모양으로
> 지내면 백인종의 노예되기는 우리가 눈 깜짝할 동안 된 것인 줄 확실히
> 아나이다.   —「경세종」에서

　아시아와 유럽, 아메리카와의 문명 역전 현상의 이면에는 교육과 종교
의 힘이 있는데, 우리는 아직도 이를 모르고 있으니 문제라고 올빼미가 개
탄하고 있다. 우리가 하는 교육이란 칠세에 겨우 입학하여 천지현황을 외
우는 것인데, 이런 교육으로는 역전된 문명을 되돌릴 수 없고 아예 백인종

의 노예가 될 수 있다고 경고하고 있다. 올빼미의 이런 경고가 문제가 없다고는 말할 수 없겠으나 대한제국이 서양의 물질만이 아니라 정신을 체득해야 위기를 극복할 수 있다는 주장, 달리 말해 서도서기를 추구해야 한다는 주장은 그 자체로 논쟁적인 의미를 지닌다고 할 수 있다.

양 회장의 연회 개최 설명에 이어 사슴, 원숭이, 까마귀, 제비, 올빼미, 고슴도치, 박쥐, 공작, 나비, 개미, 자벌레, 나귀, 캥거루, 호랑이 등이 등장해 일장 연설을 하고 곧이어 친목 연회를 기념하는 사진을 찍음으로써 소설은 마무리되는데, 흥미로운 점은 이들의 친목 연회를 몰래 경청하는 존재를 어리석은 호화자제나 이들에게 빌붙은 풍수들로 설정하고 있다는 데 있다. 소설의 교훈적 효과를 극대화하기 위해 작가는 인간과 동물의 관계를 '어리석은' 인간과 '지혜로운' 동물로 역전시키면서 인간의 전면적 반성을 촉구하고 있다. 그리고 인간의 반성은 하나님의 율법을 온전하게 준수할 수 있을 때 진정한 의미를 지니게 된다고 더불어 충고하고 있다.

「경세종」에는 기독교를 복음주의적 차원에서 옹호하는 대목들이 적지 않게 나온다. 그렇지만 앞서 애기했듯, 「경세종」은 기독교 복음주의를 맹신하는 소설은 아니다. 「경세종」의 대목 대목들에는 당대 한국 사회의 병리적 현상, 외세의 개입에 관한 비판이 적지 않게 노출되어 있으니 우리는 이를 주목할 필요가 있다.

6. 오락으로서의 소설과 눈부신 미완의 소설: 『목단화』, 『송뢰금』

개화기 신소설의 '대표적인 작가'로 이인직, 이해조, 안국선 등을 거론하는 관행이 있지만 이런 관행이 신소설의 전체적인 실상을 이해하는데 유익한 도움을 준다고는 볼 수 없다. 일단 이런 관행이 오래갈수록 거론되지 않은 나머지 작가들의 작품은 마치 하찮은 신소설처럼 여겨지는 또 다른 관행이 생길 수 있으니 이제는 개선되어야 할 문제이다.

김교제의 『목단화』(광학서포, 1911), 육정수의 『송뢰금』(박문서관, 1908)도 이런 사례에 속하는 신소설 작품이다. 역설적인 말이지만 이 두 작품은 당대 독자들에게는 홍미롭게 읽힌 작품이었으나 이인직, 이해조, 안국선 중심의 개화기 문학 연구가 관행화되면서 그 존재를 서서히 감추고 말았다. 이인직, 이해조, 안국선 중심의 개화기 신소설 연구의 관행을 고쳐 김교제, 육정수 만이 아니라 알려지지 않은 신소설 작가와 작품의 실상과 면모를 회복하는 출판 및 문학연구 작업은 이제 더 이상 미룰 수 없는 과제다.

1911년 광학서포에서 간행된 김교제의『목단화』는 구소설적 성격이 혼재된 신소설이다. 이 두 성격의 혼재가『목단화』에만 나타나는 현상은 아니어서 이를 두고 굳이『목단화』의 문학적 특징이라고 강조할 필요는 없다. 왜냐하면 전통의 습속과 근대의 새로움이 중첩된 개화기의 시대적 성격을 반영이라도 하듯 구소설적 성격을 노출한 신소설이 한 두 편이 아니기 때문이다.

주목해야 하는 것은 이런 작품일수록 개화와 완고라는 두 대립적 가치를 지향하는 인물들을 배치해 놓고 작품의 의미를 형성해 나간다는 데 있다. 구체적으로 말하자면 개화의 가치를 지향하는 이참판, 이참판의 외동딸 정숙 등을 긍정적인 인물로 완고의 가치를 지향하는 후취부인 서씨, 섬월이 등을 부정적인 인물로 설정하는 인물들의 이항 배치를 통해 서사를 전개한다는 것이다. 홍미로운 점은 김교제가 이 두 대립적 가치를 구소설적인 플롯 방식 ─권선징악을 연상시키는─ 으로 처리함으로써 좀더 대중들의 취향에 부합하는 대중문학 작가의 면모를 보여주고 있다는 것이다. 이를 더 설명하면 이렇다.

이참판이 수구파에 몰려 제주도로 유배를 가게 됨에 따라 정숙은 서씨부인과 서씨부인의 몸종인 섬월로부터 지속적인 모함과 압박을 받는다.

작가는 정숙을 수난의 현장으로 내모는 서씨부인을 악인형 계모의 전형처럼 묘사할 뿐만 아니라 전통의 습속에 길들여진 우둔한 여성으로 묘사한다. 반면에 작가는 정숙을 수많은 구소설에서 볼 수 있었던 수난 당하는 여성 주인공의 후예처럼 묘사하면서 이 소설의 서사를 전개해 간다. 여기서 주목해야 하는 것은 서씨부인으로 상징되는 완고와 정숙으로 상징되는 개화의 코드를 작가가 정치성의 문제 혹은 사상성의 문제로 전유하지 않는다는 데 있다. 김교제는 이 두 코드를 독자들의 흥미와 재미를 촉발하는 대중소설의 코드로 활용하고 있으며 이런 점에서 김교제는 개화기의 대중소설 작가라는 지위를 인정받을 수 있다.

의주 황동지에게 구조된 정숙이가 의주 일대에서 여성계몽운동을 펼치면서 마치 시대의 선각자처럼 활약하기는 하지만 새로운 세계를 탐색하기 위해 길을 떠난 「혈의 누」의 옥련과는 달리 집으로 복귀하여 아버지 세계에 안주해 버리고 있는 모습에서 작가가 개화와 완고를 이인직과 이해조와는 달리 좀더 오락성의 차원에서 전유하고 있다는 점을 확인할 수 있다. 그러나 이를 굳이 문제로만 볼 필요는 없다. 왜냐하면 『목단화』는 개화기 신소설의 대중소설적 양상을 확인케 해주는 좋은 사례가 되기 때문이다.

한반도를 둘러싼 제국주의 전쟁인 러일전쟁을 주된 배경으로 깔고 있는 『송뢰금』은 두 개의 이야기로 구성되어 있다. 하나는 김주사 가족의 이산 이야기이며 다른 또 하나는 근암을 중심으로 한 사업 이야기이다. 그런데 이 소설은 미완으로 마무리되는 까닭에 이 별도의 두 이야기가 어떻게 유기화되면서 하나의 이야기로 정리되는가를 살펴볼 수는 없다.

그렇지만 『송뢰금』은 미완의 소설이기는 하되 러일전쟁이 국내에 미친 영향, 사기 행각에 가까운 한국인들의 노동이민 문제, 토착자본 형성의 가능성과 한계 등을 그려내고 있다는 점에서 대단히 주목할 만한 소설이다. 또한 작품 해석에 긴요한 한시를 소설의 여러 대목에 배치하는 구성 방식도 예사롭지 않은 소설이다.

김주사는 가족을 국내에 두고 하와이로 노동이민을 간, 오늘날로 말하자면 하위직 공무원으로 가족들을 하와이로 불러들인다. 주사의 신분에서 하와이 노동자로 이민갈 수밖에 없었던 궁핍한 경제적 상황에 관한 묘사와 이런 사태를 촉발시킨 러일전쟁의 설정 등에서 우리는 국제적 차원에서 사태를 분별하는 작가의 너른 안목을 확인할 수 있으며 이는『송뢰금』이 비록 미완성 소설이기는 하지만 만만치 않은 문학사적 위상을 지닌 작품이 되는 이유이기도 하다.

하와이로 먼저 노동이민을 떠난 김주사와 합류하려는 가족들의 계획은 생각처럼 쉽지 않았으니 김주사의 딸 계옥이가 여러 차례 안질 검사에서 탈락된 까닭이다. 미국인 의사가 미국으로 노동이민을 떠나려는 한국인들을 줄 세워 놓고 안질 여부를 검사해 출입을 허락하는 장면은 근대국가로의 편입은 육체관리의 근대적 기준을 통과해야 가능하다는 것을 암시하는데 이는 여타의 신소설에서는 발견할 수 없는 국가 간 이동에 관한 구체적인 묘사이다.

노동이민을 허락받은 김주사의 처와 어린 아들은 계옥만을 일본에 남겨두고 하와이로 떠나는데, 홀로 남겨진 계옥의 모습은 수많은 신소설에서 볼 수 있었던 지혜로운 개화 여성과 별 다른 차이가 없어 보인다. 계옥에게는 과년한 까닭에 가족을 따라 미국으로 이민가기보다는 결혼이나 하라는 외할아버지의 요청을 받아들이지 않고 자기 미래를 스스로 결정하려는 주체적 여성으로서의 당당함이나 괴로운 심사를 자주 토로하는 어머니를 오히려 위로하는 현명함이 있지만 아쉽게도 소설이 미완인 까닭에 계옥이가 어떤 성취를 얻는가를 확실히 알기는 어렵다.

이 소설의 또 하나의 이야기를 이끌어가는 중심인물은 근암 이충국이다. 이충국은 사농공상의 위계화된 질서를 재편하려는 중인으로 상업을 일으켜 국가를 부강케 하는데 진력하려고 한다. 주목해야 하는 것은 이충국이 상업에 매진하게 된 동기다. 이충국은 사리사욕의 동기로 상업행위에 몰두하지는 않는다. 국가부강이라는 원대한 목표를 성취하기 위해 이충국은 상업을 중시하고 있다.

고루한 인습에 빠져 주색잡기를 즐기는 지방관리를 질책하는 장면이나 다른 나라와의 무역을 도모하려는 장면 등에서 우리는 어쩌면 이충국이야말로 근대의 운용 방식이 자본에 있음을 간파한 시대의 선각자가 아닐까 하는 생각을 갖게 된다. 그러나 이충국의 목표는 좀처럼 성취되지 않는다. 이충국과 뜻을 같이한 한봉기는 사업비용을 횡령해 일본으로 도망가 버리고 동지였던 우초는 주색에 빠지면서 이충국의 원대한 목표는 지속적으로 지연되어 간다. 급기야 한봉기를 만나려고 일본으로 온 이충국은 육혈포 테러를 당하게 되었으니 이충국은 더 아픈 좌절을 겪게 된다. 그러나 소설은 바로 이 대목에서 미완의 상태로 끝나버리고 있으며 이런 까닭에『송뢰금』이 그려낸 러일전쟁 직후의 한반도 정세와 노동이민의 실상에 관한 구체적인 묘사와 사농공상의 전통적 관념을 극복하려는 그 진지한 문제성은 영원한 답보의 상태에 머물게 되었다.

2

식민담론의 소설화와 차이의 수사학

-이인직의 「혈의 누」를 중심으로-

1. 근대문학의 연구방향과 이인직의 「혈의 누」

최근 들어 탈식민주의 문학이론이 한국근대문학 연구자들과 문학 이론가들의 관심을 끌고 있다. 이 관심이 때로는 번역1)의 형태로 때로는 단일 논문2)의 형태로 제출되는 등 그 어느 때보다도 우리나라에서 탈식민주의 문학이론이 관심을 끌고 있다.

어떻게 하여 이런 현상이 일어나게 된 걸까? 이 현상 뒤에는 20세기 초반 우리나라의 행보가 근대국민국가의 완성으로 나가기보다는 일본제국의 식민지로 변질되어 버린 슬픈 현실이 자리한다. 또한 이 현상 뒤에는

---

1) 빌 애쉬크로프트, 이석호 옮김, 『포스트콜리니얼 문학이론』(민음사, 1996)
  은구기 와 씨용오, 이석호 옮김, 『탈식민주의와 아프리카 문학』(인간사랑, 1999)
  프란츠 파농, 이석호 옮김, 『검은 피부, 하얀 가면』(인간사랑, 1999)

2) 이경원, 「오루노코에 나타난 반식민주의의 겉과 속」, 『안과 밖』2호, 1997년 상반기
  이석구, 「식민주의 역사와 탈식민주의 담론」, 『외국문학』50호, 1997년 봄호
  이석구, 「식민주의 문학과 '차이'의 정치학」, 『외국문학』53호, 1997년 겨울호
  하정일, 「탈식민주의 시대의 민족 문제와 20세기 한국문학」, 『실천문학』53호, 1999년 봄호
  서강목, 「탈식민주의 시대에 다시 읽는 은구기」, 『실천문학』55호, 1999년 가을호
  박종성, 「탈식민주의 담론에서 제3의 길찾기」, 『실천문학』55호, 1999년 가을호
  이우학, 「콘라드의 서술기법과 식민주의 담론」, 석경징·전승혜·김종갑 편, 『서술이론과 문학비평』(서울대학교 출판부, 1999)
  김승희, 「김수영의 시와 탈식민주의적 반언술」, 『한국문학이론과 비평학회』5집, 1999

해방 이후 우리나라의 행보가 식민지 유산의 청산으로 나가기보다는 식민지 유산이 지속된 슬픈 현실이 자리한다. 요컨대 탈식민주의 문학이론에 대한 관심은 '문학'이론에 대한 관심이라기보다는 오랜 세월 타자의 지위에 머물렀던 우리들의 현실을 각성하는 의의를 더 강하게 띤다. 이러한 각성이 자연스럽게 탈식민주의 문학이론에 대한 관심으로 이어진 것으로 보인다.

사실 탈식민주의 문학이론이라는 용어가 정립되지 않았던 과거에도 "현대 한국 문학의 발생과 전개를 이야기할 때, 삶의 가장 큰 테두리가 되는 것은 식민지라는 상황이다. 우리는 이 테두리를, 일제 하에 쓰인 문학을 평가하는 데 있어서 늘 기억해야 한다"3)는 발언, 요컨대 식민지적 상황을 고려하지 않는 근대문학 연구가 얼마나 위험한가를 알려주는 발언이 제출된 바 있다. 식민지적 상황을 고려하며 근대문학 연구를 논의해야 한다는 발상은 이처럼 우리들에게 낯선 것은 아니다.

그러나 이러한 발상이 체계적인 이론으로 좀더 정리되어 이해된 것은 우리나라에서는 1980년대 후반부터이다. 1980년대 후반부터 국내에 알려지기 시작한 탈식민주의 이론은 기본적으로 식민화의 경험을 지닌 지역들의 정치, 경제, 문화를 제국 지배 후유증으로부터 완전히 치유해내려 한다는 점에서 나아가 대체로 주체와 객체, 중심과 주변, 문명과 야만, 그리고 유럽과 비유럽을 이분법적으로 나누어 전자에게 긍정적 가치를 부여하는 제국중심주의의 문제점을 극복하고자 한다는 점에서 인류 문화의 새로운 기획을 담보해낼 연구 영역으로 평가받아 왔다.4)

그런데 냉철하게 따져 보면, 탈식민주의 이론이 우리 국문학계의 생산적이며 논쟁적인 담론, 진정한 의미의 주류 담론으로 정착되었다고 판단하기는 어렵다. 아직은 관심에 머무르는 정도라고 말해야 할 만큼 이 방면

---

3) 김우창, 『궁핍의 시대』(민음사, 1977), pp.13~14.
4) 서강목, 위의 논문, p.261.

의 업적은 미미한 실정이다. 한국근대문학의 기원, 그 형성의 맥락, 개별 작품의 해석 방법론 등 그 어느 하나의 테마를 주목해 보더라도 탈식민주의의 문제가 진지하고 깊게 논의된 사례를 찾아보기가 어렵다.

그러나 연구 전망은 그리 어두워 보이지 않는다. 탈근대보다는 근대를 더욱 깊이 고민해야 한다는 연구자들의 최근 반성, 근대를 깊이 고민하되 '보편적' 근대가 아니라 비서구 근대 혹은 복수의 근대, 이질적인 근대를 고민해야 한다는 연구자들의 최근 태도는 탈식민주의 연구 전망을 밝게 한다.

여기서 우리는 21세기 한국근대문학 연구의 방향을 가늠해 볼 수 있다. 그 방향의 핵심에는 근대에 대한 우리들의 고민이 축적되어 있다. 과연 근대는 초월적이며 가치 중립적인 개념인가? 과연 근대는 보편적인 의미로 인지되는 개념인가? 근대를 초월적, 가치 중립적, 보편적 현상이나 개념으로 판단할수록 근대의 실험실로 비유되는 식민지 문제 혹은 우리 근대의 특수성을 간과할 수밖에 없다. 21세기의 한국근대문학 연구는 이처럼 슬픈 상처로 얼룩진 우리 근대의 맨 얼굴을 강렬하게 인식하며 진행되어 나가야 하리라 본다.

근대문학 연구의 방향을 이처럼 가늠할 경우, 반드시 독해해야 하는 텍스트가 있으니 바로 이인직의 「혈의 누」이다. 그의 소설이 당대의 누구보다도 탈식민주의적 경향을 보여주기에 그렇게 얘기해야 하는 걸까? 그렇지는 않다. 왜 이인직의 「혈의 누」를 이 시점에서 다시 읽어야 하는지 그 이유를 설명해 보기로 하겠다.

신소설을 주도한 이인직은 "가장 우수한 신소설작가일 뿐만 아니라 신소설이란 양식을 창조한 사람, 그의 소설의 영향을 받아 다른 사람들도 신소설이란 것을 쓰게 되고 독자도 그를 통하여 신소설이란 것을 알게 되었다"는 평가, "현대소설의 건설자인 이광수와 계보적으로 연결되는 사람"이라는 평가5)를 받는 작가로 일반적으로 알려져 있다.

그런데 현재까지 밝혀진 그의 이력을 살펴보노라면 개화기 최고의 친일작가가 이인직이라는 사실이 자연스레 확인된다. 1900년 2월 39살의 나이로 관비유학생에 선발되어 일본 유학길에 오른 이인직은 1900년 9월 동경정치학교에 입학하고 1903년 7월 16일 정치학교를 졸업한다. 그리고 1902년 1월 28일, 29일에 일본의 도신문사(都新聞社)에 일어로 된 습작소설 「과부의 꿈」을 발표하기도 했다.

국내 귀국 이후 「혈의 누」와 「귀의 성」을 발표하면서 당대의 일급 작가로 떠오른 이인직은 그런데 소설만을 쓴 전업 작가는 아니다. 그는 한일합방의 막후협상에 깊이 관여한 정치가이기도 했고 『만세보』의 주필이기도 했다. 이인직은 1916년 11월 25일 죽기 전까지 소설가로 정치가로 저널리스트로 활동하는데, 그 활동은 하나같이 적극적이고 자발적인 친일주의자의 활동이었다.

이인직의 이런 행보 때문에 연구자 중에는 그의 문학적 위상을 폄하하기도 한다. 요컨대 친일문학이기 때문에 살펴볼 만한 근대문학이 아니라는 논리이다. 그러나 이러한 논리는 재고되어야 한다. 오히려 친일문학이기 때문에 더 집중적으로 살펴야 하는 문제성을 그의 작품은 지니고 있다고 봐야 한다. 달리 말해 식민주의를 옹호하는 작품들이 식민지 권력과 이데올로기를 재생산하는 미학적 방식을 살펴야 하고 어떤 수준의 정치적 욕망이 상상적으로 표명되는가를 살펴야 하고, 작품들의 서사적 전략들을 이인직의 작품에서 살펴야 한다.

한국근대문학의 진정한 탈식민주의적 전통의 확립을 위해서라도 필자는 이인직의 「혈의 누」 그리고 친일적 경향을 보여주는 작품들을 다시 읽어봐야 한다고 생각한다. 필자는 이인직의 「혈의 누」를 읽어보되 첫째, 이 소설의 성격을 식민주의 담론의 소설화로 입증할 예정이고 둘째, 「혈의

---

5) 임규찬 · 한지일 편, 『임화 신문학사』(한길사, 1993), pp.156~157.

누」의 서사적 특징을 논의할 예정이다.6)

2. 「혈의 누」: 식민담론의 소설화

「혈의 누」는 과거 소설과는 달리 변화하는 국제적 역학 관계와 그와 관련된 조선의 지위를 반영하는 소설이라는 점에서 주목할 만하다. 중국과 조선의 지위 하락, 일본의 지위 상승 등 새롭게 재편된 동아시아의 역학 관계를 묘사하며 「혈의 누」는 전개되어 나간다. 과거 소설들이 '숙종대왕 즉위초, 송문제 즉위, 조선국 세종조' 등으로 소설의 시작을 열어간 반면 「혈의 누」는 '일청전쟁의 총소리'로 소설의 시작을 열어 간다.7) 동아시아 역학 관계의 변동을 예고하는 소리 상징으로 「혈의 누」는 소설의 시작을 여는 것이다. 요컨대 「혈의 누」는 추상적인 중세의 시간에서 시작하는 소설이 아니라 동아시아 세 나라의 파경적인 충돌과 이 충돌의 근본 동인인 일본 제국주의의 역학을 보여주며 시작하는 소설이다. 「혈의 누」를 읽을 때 이 맥락—동아시아의 국제적 관계—을 간과해버린다면 「혈의 누」의 특수성을 제대로 판단하기 어려워진다.

이런 까닭에 「혈의 누」는 "청일전쟁의 틈바구니에서 절실하게 느껴지는 자주 의식의 각성, 신학문의 섭취에 따르는 정치개혁 및 자유결혼·조혼폐지·재가허용을 내포한 신결혼관 등이 그 중추적인 것"8)으로 이루어

---

6) 연구 텍스트는 동아출판사에서 1995년에 간행한 한국소설문학대계시리즈 1권인 『신소설』에 실린 「혈의 누」다. 인용 페이지는 괄호로 처리한다.

7) 김윤식·정호웅의 『한국소설사』에 따르면 "청일전쟁(1894)이 이 작품의 머리에 비석 모양 놓여 있다. 이 사실이야말로 이 작품 이해의 실마리이다. 이인직이 「혈의 누」를 썼다기보다는 청일전쟁이라는 정치적 사건이 이 작품을 쓴 것이다. 그것은 보다 구체적으로 말하자면, 청일전쟁을 일청전쟁이라 일컫는 독특한 정치적 감각이 「혈의 누」를 만들어내었다는 의미"이기도 하다. 김윤식·정호웅 『한국소설사』(예하, 1993), p.35.

진 소설로만 그 내적 의미를 파악할 수는 없다. "이인직이 구질서에의 철저한 개혁을 의식한 나머지 신교육·신결혼관 등의 사회개혁적인 개화를 추진한 것은 어느 면에서나 사실이나, 제국주의 일본의 대륙정책이란 위기와 긴장이 전개되는 청일전쟁이 몰고올 위협을 투시하지"9) 못한 작가라는 점을 고려한다면 「혈의 누」를 마냥 새로운 문명을 예찬하거나 새로운 인간관을 보여주는 소설로만 평가하기는 어려워진다.

그렇다면 과연 「혈의 누」의 본질적 성격을 어떻게 설명해야 할까? 필자는 「혈의 누」의 본질적 성격을 식민담론의 소설화로 파악하고 있다. 이렇게 「혈의 누」를 식민담론의 소설화라는 논점으로 살펴볼 경우 반드시 거론해야 하는 문제가 있다. 바로 동아시아 연대론이다.

동아시아 연대론은 "동양대국의 안전을 보존하기 위해서 무엇보다 순치관계에 있는 한·중·일 삼국이 일치단결하여 대동합방 높은 의리로 공존공영을 추구해야 한다는 주장"으로 요약된다.10) 관보인 『한성순보』와 『한성주보』는 중국과 일본에서 논의되는 공영론에 높은 관심을 보이면서 중국과 일본의 후원을 얻어야 한다고 주장했고, 민간 신문인 『독립신문』은 "오늘날의 일본은 황인종의 앞으로 나아갈 움싹이며 안으로 정치와 법률을 바르게 할 거울이며 밖의 도적을 물리칠 장성"11)이기 때문에 일본과 '대동합방하는 의리'를 모색해야 한다고 주장하기도 했다.12) 이 주장의 몇 가지 예를 보기로 하자.

> 아셰아에는 다른 대륙보다 더 큰 일이 만히 싱겻는디 데일 인도에 흑사병과 흉년이 몃 만명 인구를 쓰러 갓고 또 근일에 인도 셔북 변방에 토

---

8) 전광용, 『신소설 연구』(새문사, 1986), p.91.

9) 이재선, 『한국개화기소설연구』(일지사, 1972), pp.113~114.

10) 김민환, 『개화기민족지의 사회사상』(나남, 1988), p.64

11) 『독립신문』, 1899년 11월 9일 논설.

12) 개화기 신문 논설에 나온 연방안에 대해서는 김민환 교수의 위의 책을 참고.

민들이 닉란을 이릇키 영국 군스가 죽은 즈이 몃 빅명이요 아직 쓴지도
구 일이 굿이 아니 낫더라 청국셔는 올 일년에 흔 스업이 남의게 즈쥬 권
리와 디면 쎗기는 일문 흐엿는지라 년전에 청국이 일본의게 그럿케 셔럼
을 당흐엿신직 셰계 사름이 싱각 흐기를 그 싸흠 이후에는 청이 완고흔
싱각을 내여 버리고 분이 나셔도 아모죠록 나라를 기명 흐야 다시 욕을
당흐지 아니 홀가 알았더니 그저 흔몸을 씨지 못흐고 못된 완고흔 일문
흐다가 아라샤의게 만쥬와 요동을 쎗기고 덕국의에 교쥬를 쎗기며 불란셔
는 복건성을 츠지 흐겟다고 흐며 영국셔는 양즈강 근쳐에 잇는 큰 셔음들
을 츠지 흐겟다 흐며 일본셔는 위해위를 내 놋치 아니 흐겟노라고 흐며
젼국 인민은 도탄에 들어 죽을 디경이요 관원들은 밤낫 협잡과 도적질에
눈이 불거 나라 망흐는것은 싱각지들을 아니 흐고 뎨 몸에 유죠흔 일문
흐랴고들 흐니 청국 스셰가 대단히 위터 흐고 쳥국 쓴닭에 동양 졔국이
미구에 구라파 슉디가 될터이니 엇지 흔심치 아니 흐리요[13]

위 사설에서 '동양은 도탄에 **빠져** 죽어가는 대륙'으로 묘사된다. 다른
대륙보다 큰 일이 많이 생기는 대륙이 동양이라고 한다. 인도에는 흑사병
이 나돌고 청국은 다른 나라에 권리를 박탈당할 만큼 동양은 위기에 직면
해 있다고 사설은 보도하고 있다. 이 사설에서 묘사되는 동양은 붕괴 일보
직전의 초라한 몰골이라고 해도 지나친 표현이 아니다. 특히 붕괴되어 가
는 중국의 모습은 당대 지식인들에게 위기의식을 지니게 하기에 충분하
다. 이처럼 19세기 후반에 제기된 동아시아 연대론은 서양에 의해 조장된
동양의 위기 상황을 타개하기 위한 방법론으로 제기된다. 요컨대 동아시
아 연대론은 서양에 대한 대타적 위기의식으로 형성되어 서양의 독선과
횡포를 극복하려는 동양의 국제적 협력의 방안으로 제기된다. 또 다른 예
를 보기로 하자.

아셰아에 있는 각국들도 셔로 흔 대륙에서 사는 직무와 졍의들을 싱각
흐야 셔로 도와주고 셔로 붓도두어야 할 터이요 쏘 그 쑨이 아니라 별노

---

13) 『독립신문』, 1897년 12월 28일.

> 히 대한과 일본과 청국은 다만 ᄀ치 혼 아셰아 속에서 살 쑨 아니라 죵즈
> 가 ᄀ흔 죵즈인 고로 신톄모발이 셔로 ᄀ고 글을 셔로 통용ᄒ며 풍속에
> 더 ᄀ한 것이 만히 잇ᄂ지라 이 세 나라이 별노히 교계롤 친밀히 ᄒ야 셔
> 로 보호ᄒ고 셔로 도와주며 아모죠록 구라파 학문과 교육을 본밧아 어셔
> 속히 동양 삼국이 릉히 구라파의 침범흠을 동심으로 막어야 동양이 구라
> 파의 속디가 아니될 터인디 청국이 이 형편을 모르고 그져 구습에 져져
> 형세 위급흔 품이 대한보다 더 위퇴ᄒ니 엇지 동양을 대ᄒ야 흔심흔 일이
> 아니리요[14]

　이 사설에서 주목해 볼 대목은 "대한과 일본, 청국이 같은 종자인 황인
종"이므로 일치 단결해야 한다는 종족주의다.[15] 동양 삼국이 연대해야 근
거로서 종족의 동일성이 전제되고 있다. 그러나 이 자체가 동아시아 연대
론의 취약성을 반영한다. 면밀하게 고찰해 보면, 동양 삼국은 과거부터 연
대의 전통을 수립해 온 적이 거의 없었다. 서로 의사를 소통할 공통의 언
어를 사용해 본 경험이 없고, 일상 생활 방식이 다르고 서로에 관한 관심
이 결여되어 있었다는 사실을 상기해 보면 동양 삼국이 사실은 얼마나 소
원했는가를 짐작할 수 있다.[16] 종족의 유사성이 동아시아 국가들의 연대
근거가 될 수 없음은 너무도 분명하다. 그럼에도 불구하고 종족이 유사하
다는 그 빈약한 근거로써 연대의 정당성을 적극적으로 옹호하고 있으니
19세기 후반의 동아시아 연대론이 얼마나 비합리적이며 낭만적인가를 파

---

14) 김민환, 위의 책, pp.66~67.
15) 당대 우리 지식인들은 종족주의를 동아시아 연대의 기본적인 조건으로 인식한 것으
　　로 보인다. 예컨대 안중근 같은 지식인도 "일본과 러시아의 다툼은 황백 인종의 경
　　쟁"으로 해석할 만큼 종족주의는 당대의 지식인들에게 일급 화두로 이해되고 있다.
　　안중근은 "지금 서양 세력이 동양으로 뻗쳐오는 네덜란드를 동양 인종이 일치 단결
　　해서 극력 방어해야 함이 제일의 상책"이라고 『동양 평화론』에서 말한 바 있다. 안중
　　근의 『동양 평화론』은 다음의 책을 참고.
　　최원식 · 백영서 엮음, 『동아시아인의 '동양' 인식』(문학과 지성사, 1997)
16) 고병익, 「동아시아 나라들의 상호 소원과 통합」, 정문길 · 최원식 · 백영서 · 전형준
　　엮음, 『동아시아, 문제와 시각』(문학과 지성사, 1995), pp.23~31.

악할 수 있다.

그런데 1905년 을사보호조약 이후의 동아시아 연대론은 그 성격이 달라진다. 사실상 일본의 식민화가 결정된 을사보호조약 이후의 동아시아 연대론은 조선의 식민화라는 현실을 인정해주는 방향으로 나간다. 요컨대 이 시기의 동아시아 연대론은 제국주의 일본으로의 조선 병합을 옹호하는 식민담론의 전형적 성격을 띠게 된다. 이런 성격은 1906년 7월 20일자 『만세보』의 사설에 더욱 분명하게 나타나기도 한다. 만세보에 사설「삼진연방」을 보기로 하자.

一進하야 日本을 合하고 再進하야 間道를 索還하고 三進하야 滿洲를 蓮絡한 然後에 東洋에 一大聯邦을 作하야 經濟上大進步를 研究치 아니하면 不可하도다

否즉 國家는 滅亡淵에 將陷할 것이오 人種은 또한 減縮的에 漸入할 뿐이라 盰라 我國에 鐵血宰相 같은 人物이 無하면 我國民에 悲觀이 日至하리로다

今에 我國現狀을 論홀진디 財政은 本年度歲入이 八百五十萬元에 不過 호고 陸軍은 萬名에 未過호고 海軍은 影子도 無호니 而今世界에 如此혼 國家에는 비록 良平이 모를 劃호고 列强과 敢히 幷肩치 못호거놀 허믈며 李址鎔갓튼 政治家와 李根澤갓튼 軍家와 閔泳綺갓튼 經世家가 一國 重要 혼 任에 在호니 諸씨가 과연 國家棟梁의 材인가 盰라 國家進步의 如何를 可知호리로다

且國民程度는 卑劣이 莫甚호니 假使自今으로 始호야 孜孜히 敎育을 無 호더리도 旣往四十以上된 人物은 其腦力이 舊習에 腐敗혼 자라 固執의 性 을 必也 未改홀지니 도로혀 文明的 妨害物도 되고 敎育上 反對物도 될 쑨 이라 엇지 國家有益物이 되리오

但靑年後進의 聰明혼 腦力으로 新知識에 進取호게 홀 짜름이니 如此히 二三十年을 過호면 頑固輩는 年年敗亡에 向호야 減數되고 新知識 靑年은 年年增進혼지라 此時에 至호면 我國에 大人物이 無홀리는 업슬지나 然호 느 此後 二三十年이면 世界列强의 進步가 맛당히 如何홀넌지 世人의 推測 도 有호고 吾人은 絶規롤 不禁호노라

我國이 日靑日露 〇吸에 隨호야 或 吉夢도 往事이오 悲觀도 往事이라

往事는 說호야도 無益호거니와 來頭는 往事의 影響과 關係가 密接호니 此
間에 在호야 大進步가 無호면 大悲觀이 必至호리라 余는 智識은 비록 卑
賤호는 熱血은 徒　호야 三寸의 舌이 時時不平을 告호느 言論 自由를 不
得홈으로 意思表示를 不能호고 啞者의 외마디 소리호듯 進步進步進步進
步하 호면셔 如何히 進步호라는 方針에 無言홈음 自笑自歎홀 쑨이라

『만세보』의 주필이 누구인가? 바로 이인직이다. 이인직은 1906년『국
민신보』의 주필을 거친 후 곧『만세보』의 주필로 자리를 옮긴다. 그리고
1906년 7월 22일부터 10월 10일까지 쓰인 소설이「혈의 누」이다. 정리하
자면 동양에 일대 대연방을 건설하자는 취지의 7월 20일자 사설이 나온
후 7월 22일부터「혈의 누」가 연재되는 것이다. 논설「삼진연방」과 소설
「혈의 누」시간 격차는 불과 이틀이다.「혈의 누」가 심미적인 소설이라기
보다는 당대의 민감한 정치적 논리, 더 정확하게 말해 식민담론을 표상화
한 소설이라고 말해도 좋을 근거는 이처럼 명확하다.「삼진연방」에서 주
장된 동아시아 연대론의 당위성은「혈의 누」에서도 확인할 수 있다.[17]

> 구씨의 목적은 공부를 힘써 하여 귀국한 뒤에 우리나라를 독일국같이
> 연방도를 삼되, 일본과 만주를 한데 합하여 문명한 강국을 만들고자 하는
> 비사맥같은 마음이요, 옥련이는 공부를 힘써 하여 귀국한 뒤에 우리나라
> 부인의 지식을 넓혀서 남자에게 압제받지 말고 남자와 동등 권리를 찾게
> 하며, 또 부인도 나라에 유익한 백성이 되고 사히상에 명예 있는 사람이
> 되도록 교육할 마음이라.(61)

논설「삼진연방」에서 거론한 동양에 일대 대연합을 세워야 한다는 진
술은 "우리나라를 독일국같이 연방도를 삼되, 일본과 만주를 한데 합하

---

17) 양문규에 따르면 "1864년 명치유신으로 근대국가를 수립한 일본은 곧 조선침략을
생각했고 이러한 침략의 독아를 위장한 것이 '동양평화론', '아세아연대론' 등이다.
양문규,「이인직과 이광수 문학에 나타난 식민지 근대와 민족문제」, 민족문학사연구
소,『민족문학사연구』(소명출판, 1998), p.55.

여"라는 위 인용문의 진술과 상응한다. 그런데 이는 우연한 상응이 아니다. 작의(作意)가 분명한 상응이다. 이로 미루어 볼 때, 이인직의 「혈의 누」는 민족 국가의 탄생을 옹호하는 소설이 아니라 일본과의 합병을 옹호하는 전형적인 식민담론을 옹호하는 소설로 보인다. 이 소설은 조선을 연방 체제로 이끌어가야 한다는 식민주의 담론을 서사적으로 표현한다는 평가를 받을 수 있다.

그런데 보다 엄밀히 분석해 보면, 19세기 후반부터 전개된 동아시아 연대론은 애초부터 근대국민국가의 형성을 고민하지 않은 채 제국주의 일본과의 연대를 기획하고 있다는 점에서 문제의 소지를 안고 있다. 동아시아 연대론은 언론마다 나타난 내용의 편차가 어떻든지 간에 조선의 식민화를 합리화하는 속성을 내포한다는 점에서 문제적이다. 안타깝게도 동아시아 연대론을 주장한 당대의 지식인들은 그들의 주장이 일본 제국주의를 충분히 정당화하거나 합리화하는 속성을 지니고 있다는 사실을 인식하지 못했다.[18)]

「혈의 누」가 10여 년간에 걸친 한 여인의 기구한 운명을 보여주기도 하고 새로운 결혼관을 보여주기도 하고 반봉건 의식을 드러내는 소설이기는 하지만 그보다는 식민담론으로 변질된 동아시아 연대론을 적극 옹호한 소설이라는 사실을 더욱 주목해야 한다. 이 점을 간과해 버린다면 식민주의의 발흥과 불가분의 관계를 맺는 우리 근대소설의 성격을 해명할 수 없게 된다. 우리 근대소설의 기원으로 인정받는 작품 중의 하나인 「혈의 누」는

---

18) 최원식 교수에 따르면 "요컨대 서구에 대항하기 위한 아시아 국가의 연방책을 지향하는 타루이의 대동 합방론이건, 투쟁적인 유럽 문명을 넘어선 아시아문명의 정신적 가치를 설교하는 오까꾸라의 아시아 문명 우월론이건 그 모든 일본의 아시아주의는 결국 대동아공영권으로 귀결되는 일본민족주의의 변형이며 동아시아 연대론은 결국 대동아 공영론에 포섭되어버리는 파국을 드러낸다."
최원식, 「탈냉전시대와 동아시아적 시각의 모색」, 『생산적 대화를 위하여』(창작과 비평사, 1997), p.414.

동아시아 연대론이라는 당대의 정치적 담론—물론 이 정치적 담론의 본질성은 식민주의이다.—을 서사적으로 진술한 소설임을 우리는 주목해야 한다.

3. 「혈의 누」의 서사적 특징: '차이'의 수사학

두 번째로 논의해야 하는 문제는 「혈의 누」의 서사적 특징이다. 필자는 이 문제를 논의하기 위하여 조선을 관리 받아야 할 타자, 일본과 미국을 문명의 주체로 파악하는 작가의 이항 대립적 인식이 「혈의 누」에서 상상적으로 표현되고 있다는 점을 주목하려 한다.

소설은 사회의 여러 가지 양상을 포괄적으로 재현하는 서사 양식으로 정의될 수 있다. 특히 개화기의 작가들에게 소설은 당대 사회의 삶을 재현하는 사회적 형식이면서 자기가 속한 사회를 향해 논평하고 발언하면서 자기의 정치적 욕망을 상상적으로 표현하는 담론으로 받아들여진다. 이인직에게 소설은 사회를 재현하고 논평하는 형식이면서 그의 정치적 욕망을 상상적으로 표현하는 수사적 행위가 반영되는 실천적 담론으로 여겨지고 있다. 그런데 이인직은 당대의 사회를 재현하든 논평하든 혹은 상상적으로 표현하든 기본적으로 지구세계를 중심으로서의 제국과 주변으로서의 식민지로 나누어 보는 이항 대립적 인식에 토대를 두는 특징을 보여준다. 이 점은 「혈의 누」의 시작 장면에서부터 나타나고 있다.

「혈의 누」의 시작 장면에서부터 조선은 기본적으로 혼란한 공간, 전쟁이 발발한 공간, 붕괴되는 공간으로 묘사된다. 그 예를 보면 다음과 같다.

> 일청전쟁의 총소리는 평양 일경이 떠나가는 듯하더니, 그 총소리가 그
> 치매 사람의 자취는 끊어지고 산과 들에 비린 티끌뿐이라.
> 평양성의 모란봉에 떨어지는 저녁 볕은 뉘엿뉘엿 넘어가는데, 저 햇빛
> 을 붙들어매고 싶은 마음에 붙들어매지는 못하고 숨이 턱에 닿은 듯이 갈

팡질팡하는 한 부인이 나이 삼십이 될락말락하고 얼굴은 분을 따고 넣은
듯이 흰 얼굴이나 인정 없이 뜨겁게 내리쪼이는 가을볕에 얼굴이 익어서
선앵둣빛이 되고 걸음걸이는 허둥지둥하는데 옷은 흘러내려서 젖가슴이
다 드러나고 치맛자락은 땅에 질질 끌려서 걸음을 걷는 대로 밟히니 그
부인은 아무리 급한 걸음걸이를 하더라도 멀리 가지도 못하고 허둥거리기
만 한다.(11)

"일청 전쟁의 총소리", "산과 들의 비린 티끌", "허겁지겁 도망가는 한
여인"이 만들어내는 조선의 풍경은 혼돈 그 자체이다. 조선의 파경이 확
연하게 드러나는 풍경이다. 전쟁으로 야기된 황폐함이 시작 장면부터 재
현된다는 사실을 우리는 주목해야 한다. 요컨대 「혈의 누」는 시작 장면부
터 조선의 파경을 지시하는 기표들인 전쟁, 총소리 등으로 서술된 소설이
라고 할 수 있다.

그런데 이 혼돈의 기표들은 서사가 진행됨에 따라 반복적으로 나타나
는 특징을 보여준다. "화약 연기는 구름에 비 묻어 다니듯이 평양의 총소
리가 의주로 올라가더니 백마산에는 철환 비가 오고 압록강에는 송장으로
다리를 놓는다"는 표현을 주목해 보자. 이 표현에서 화약 연기, 철환 비
등은 전쟁과 연관되는 기표들인데 이 기표들 또한 식민지 조선의 파경을
상징적으로 보여준다. 면밀하게 살펴보면 식민지 조선의 파경을 의미하는
기표들은 이 외에도 더 발견된다. '더운 송장 새 귀신', '계엄', '피란', '울
음 천지', '송장 천지', '피란꾼 천지', '난리', '근심' 등은 조선의 파경을
강화하는 기표들의 계열들이다. 요컨대 「혈의 누」는 이 부정적 기표들을
시작장면에서부터 반복적으로 배열하면서 식민지 조선의 극단적인 파경
이라는 의미를 강화하는 소설로 볼 수 있다.19)

---

19) 작가는 논평적 서술자를 통해 조선의 정치 체제를 강력하게 비판하면서 전쟁의 원
   인을 조선의 내적 모순에서 찾는다. 논평적 서술자에 따르면 "평안도 백성은 염라대
   왕이 둘인데 하나는 황천에 있고 하나는 평양 선화당에 앉아 있다." 이 비판이 의미
   없는 비판은 아니다. 민중 억압적인 봉건적 정치 체제를 비판하는 효력을 지닌다. 그

　그런데 「혈의 누」에서 조선의 지위는 다음과 같은 장면에 의해 철저하게 타자의 지위 혹은 주변적 지위로 규정되어 버린다. 그 장면은 어떤 장면인가?

> 　항구에는 배 돛대가 삼대에 들어서듯 하고, 저자거리에는 이층 삼층집
> 이 구름 속에 들어간 듯하고, 지네같이 기어가는 기차는 입으로 연기를 확
> 확 뿜으면서 배는 천동지동하듯 구르며 풍우같이 달아난다. 넓고 곧은 길
> 에 갔다왔다하는 인력거 바퀴 소리에 정신이 없는데, 병정이 인력거 둘을
> 불러서 저도 타고 옥련이도 태우니 그 인력거들이 살같이 가는지라.(33)

　일본으로 입양되는 옥련의 시선에 포착되는 근대화된 일본의 풍경이다. 폐허로 변한 조선과는 달리 일본의 풍경은 역동적이다. '배와 이층 삼층 건물들', '기차', '넓고 곧은 길'이 동시에 만들어내는 이 풍경은 조선에서는 볼 수 없는 근대적 풍경이다. 이 근대적 풍경에는 혼란이 보이지 않고 역동적인 활력이 보인다. 폐허화된 조선, 전장으로 변해버린 조선과는 전혀 다른 세계이다. 이 세계는 식민지 조선의 파경과는 확연한 차이를 드러낸다. 이 차이는 일본과 조선이 평화와 전쟁, 활력과 쇠퇴, 정상과 비정상의 대립짝으로 구성된 관계임을 말해주는 차이이기도 하다. 또 다른 예를 보기로 하자.

> 　그 길로 황빈까지 가서 배를 타니 태평양 넓은 물에 마름같이 떠서 화
> 살같이 밤낮없이 달아나는 화륜선이 삼 주일 만에 상항에 이르러 닻을 주
> 니 이곳부터 미국이라. 조선서 낮이 되면 미국에는 밤이 되고 미국에서 밤
> 이 되면 조선서는 낮이 되어 주야가 상반되는 별천지라.(49)

런데 이 비판은 여기서 더 확산되지 않는다. 논평적 서술자의 비판이 조선 파경의 원인 제공자인 일본을 향하지는 않는다. 이 뿐이 아니다. 작가는 하인 막동이의 목소리를 빌려 일청 전쟁도 민영춘이라는 양반이 청인을 불러오게 되어 발발하게 되었다고 말하는 등 조선에서 벌이는 일본의 전쟁 행위를 합리화시킨다. 요컨대 작가는 때로는 논평적 서술자의 목소리로 때로는 작중인물의 목소리를 빌려 파경의 원인을 조선 내부에서 찾는다.

여기서 미국은 조선과는 완전히 지리적으로 반대 방위에 위치하는 별천지로 묘사된다. 별천지로 묘사되는 미국으로 편입한 옥련은 청국 개혁당의 강유위의 협조를 얻어 화성돈에서 고등소학교를 졸업하게 된다. 여기에 함축된 사회문화적 의미는 간단하지 않다. 이 소설의 여주인공이 조선을 떠나 일본에 이어 미국에서 공부를 하는 현상의 이면에는 여전히 조선과 미국을 이항 대립적 관계로 파악하는 규정성이 내포되어 있다. 조선이 가족의 해체, 상징 질서의 해체가 이루어지는 변방이라면 미국은 가족들의 만남과 상징 질서의 습득이 이루어지는 문명 세계로 부각되고 있다. 또 다른 예를 보기로 하자.

> 미국 화성돈에 어떠한 호텔에서는 옥련의 부녀와 구씨가 솔밭같이 늘어앉아서 그렇듯 희희낙락한데 세상이 고르지 못하여 조선 평양성의 북문 안에 게딱지같이 낮은 집에서 삼십 전부터 남편 없고 자녀 간에 혈육 없고 재물 없이 지내는 부인이 있으되, 십 년 풍상에 남보다 많은 것이 한 가지 있으니 그 많은 것은 근심이라.(62)

여기에서 우리는 제국으로서의 미국과 식민지로서의 조선의 이항 대립적 관계를 또다시 판독할 수 있다. 미국 화성돈과 관련된 공간은 화려한 호텔이며 그 호텔에는 옥련의 부녀와 구씨가 희희낙락하게 생활하는 반면 조선과 관련된 공간은 게딱지 같이 낮은 집이며 이 집에는 옥련이의 어머니가 홀로 생활하고 있다. 이처럼 미국과 조선은 완전히 상반되는 관계로 묘사되고 있다. 요컨대 제국으로서의 미국과 식민지로서의 조선의 관계는 앞에서 본 일본과 조선의 관계와 상동적이다. 그러니까 이 소설에서 일본과 조선, 미국과 조선의 관계는 이항 대립적 관계가 동일한 형태로 반복된다고 볼 수 있다.20)

---

20) 제국으로서의 일본은 외적으로만 조선과 다른 세계가 아니라 풍속도 이질적이다. 그 예를 보면 다음과 같다. "조선 풍속 같으면 청상과부가 시집가지 아니하는 것을 가장 잘난 일로 알고 일평생을 근심중으로 지내나, 그러한 도덕상의 죄가 되는 악한

이렇게 볼 때, 「혈의 누」에서 조선과 제국의 관계는 객관적으로 묘사된 관계라기보다는 이항 대립적으로 묘사된 관계라고 보아야 한다. 그리하여 식민지에 속하는 형상이나 인물, 사건은 부정적으로 묘사되는 반면 제국에 속하는 형상이나 인물, 사건은 긍정적으로 묘사된다고 보아야 한다. 정리하자면 조선은 '울음 천지', '송장 천지', '피란꾼 천지'의 세상 등 부정적인 기표들로 묘사되는 반면 일본과 미국은 안정되고 활기차고 역동적인 기표들로 묘사되고 있다는 것이다. 그래서 조선과 제국의 관계는 이항 대립적 개념들이 추출될 수 있는 쌍들로 계열화[21]되는 관계로 파악된다.

식민지(조선)	제국(일본, 미국)
혼란	질서
타락	순수
정체	역동
전쟁	평화
병	건강

그런데 조선과 제국의 대립적 관계는 봉합되거나 뒤바뀌는 관계가 아니다. 이 관계는 영원한 차이를 형성하는 관계이다. 이인직은 이 관계를

풍속은 문명한 나라에는 없는 고로, 젊어서 과부가 되면 시집가는 것은 천하만국에 부끄러운 일이 아니라. 정상 부인이 어진 남편을 얻어 시집 간다." 이처럼 일본은 새로운 풍속을 성취한 공간으로 묘사된다. 반면 조선은 조선인들의 무능에 의해 피폐해진 나라이며 악한 풍속을 여전히 지닌 나라로 묘사된다.

21) 제국주의와 식민주의에는 끝없는 순환하는 관념이 있다. "한편으로는 품위 있는 남녀로 하여금 머나먼 영토들과 그곳의 주민들은 복종시키려 한다는 생각이며, 또 한편으로는 제국의 중심 에너지를 충전시켜서 그러한 품위 있는 신사 숙녀들로 하여금 제국주의를 통해 종속적이고도 열등하며 덜 발달된 사람들을 다스려야 한다는 사명감을 갖도록 해주는 것이다."
에드워드 사이드, 김성곤·정정호 옮김, 『문화와 제국주의』, (창, 1995), p.57.

전복하려 하거나 반성적으로 고찰하려 하지 않는다. 그의 소설들 특히 「혈의 누」는 이데올로기적으로 제국과 조선의 이항 대립적 관계를 구조화한다. 제국과 조선의 관계를 반성적으로 혹은 비판적으로 묻는 소설의 출현은 더 오랜 시간을 기다려야 했다.

4. 맺음말

21세기의 한국근대문학 연구는 식민지적 근대의 특수성을 더욱 사유하며 이루어져야 한다는 의견을 피력한 필자는 이인직의 「혈의 누」를 두 가지 논점으로 다시 해석해 보았다. 논점의 첫 번째는 식민담론의 소설화이며 두 번째는 차이의 수사학이다.

이 소설은 『만세보』의 논설 「삼진연방」과 그 이전부터 각 신문에서 꾸준하게 제기된 동아시아 연대론을 서사적으로 구성한 작품이라는 점에서 근대국민국가의 탄생을 옹호하는 소설이 아니라 일본과의 합병을 옹호하는 소설로 보인다. 우리 근대소설의 기원으로 인정받는 작품 중의 하나인 「혈의 누」는 동아시아 연대론이라는 당대의 정치적 담론─물론 이 정치적 담론의 본질성은 식민주의이다─을 서사적으로 진술한 소설임을 우리는 주목해야 한다고 필자는 생각한다.

이인직은 당대의 사회를 재현하든 논평하든 혹은 상상적으로 표현하든 기본적으로 세계를 중심으로서의 제국과 주변으로서의 식민지로 나누어 보는 이항 대립적 인식에 토대를 두고 소설을 서술하는 특징을 보여준다. 요컨대 제국과 조선은 봉합될 수 없는 확연한 '차이'를 드러내는 관계임을 「혈의 누」는 일관되게 표현하고 있다.

3

강요된 근대와 역사적 서사의 근대적 기원

1. 반성의 화두

21세기의 한국 사회를 전망하는 글들이 여러 매체를 통해 제출되고 있다. 이 글들은 21세기의 한국 사회를 여러 각도로 관측하면서 우리들의 삶이 지금과는 현격하게 달라지리라 예고하고 있다. 그런데 21세기라고 하여 '갑자기' 우리들의 삶의 형태와 수준이 지금과 현격하게 달라질 것 같지는 않아 보인다.

21세기는 20세기와 지속적으로 '연관되는' 시간이며 현실이고 역사일 수밖에 없는 까닭이다. 21세기를 20세기와는 '전혀 다른' 새로운 세기로, 20세기와는 '분리된' 세기로 인식하는 발상법에는 20세기를 청산해야 할 낡은 세기로 인식하는 오류가 내포되어 있다는 점을 겸허하게 반성해야 한다.

21세기에 관한 현명한 전망과 기획이 담보되려면 20세기에 대한 반성이 전제되어야 할 것이다. 그렇지 않은 21세기의 전망은 사이비 전망이라는 비판을 받을 수밖에 없다. 전망은 반성적 성찰을 통해 이루어질 수 있다는 점. 달리 말해 반성적 성찰을 결여한 전망 모색은 진정성을 상실한다는 점을 유념하면서 이 글을 열어갈 계획이다.

여기서 잠시 개화기로 부르는 일백 년 전의 삶의 현장으로 시선을 돌려보기로 하자. 시선을 일백 년 전의 개화기로 돌릴 경우, 우리는 근대를 강요하는 서양 및 일본의 제국주의의 위협 앞에서 초라하게 서 있는 조선의 실상을 떠올리게 된다. 개화기 혹은 강요된 근대 형성기로 시선을 돌릴 경우, 조선의 식민화로 요약되는 역사적 맥락에 대한 사고는 참으로 중요하다고 생각된다. 이 역사적 맥락에 대한 사고가 결여된 채 진행되는 개화기 문학연구는 논의의 설득력을 얻기 어렵다. 한국근대문학의 기원 내지 형성에 관한 논의도 그렇다. 조선의 식민화로 요약되는 역사적 맥락을 사고하며 근대문학의 기원 내지 형성을 논의해야 한다는 얘기다. 이렇게 얘기하는 이유는 강요된 근대의 결과물인 조선의 식민화가 당대 사회를 규율하는 사회적 조건을 창출할 뿐만 아니라 근대문학의 형성 및 전개 과정에서도 결정적인 영향력을 미쳤기 때문이다.

이 자리를 빌려 환기하고 싶은 대목은 우리의 근대가 서양과는 전혀 다르다는 점이다. 우리의 근대는 서양 및 일본 제국주의의 관리를 받는 강요된 근대라는 점이 강조될 필요성이 있다. 근대 자체가 명암을 동시에 내포하는 이율배반적 성격을 지닌다고 할 경우 우리의 근대는 명보다는 암에 가까운 근대였다고 말할 수 있다. 한 마디로 말해, 상처로 얼룩진 근대가 우리의 근대라고 고백해야 한다.

사정이 이런데도 지난 1990년대 국내 지식인들은 상처로 얼룩진 근대를 고민하기보다는 탈근대 혹은 근대 이후를 논의하는데 열성을 보여주었다. 존재하는 얼룩진 근대를 고민하지 않고 부재하는 탈근대 혹은 근대 이후를 더욱 고민하는 역설을 보여주었다는 비판적인 평가에서 우리들은 자유롭지 않다. 탈근대 담론은 1990년대 한국 지식인들에게 각광받는 주류 담론으로 인정받았지만 이 담론은 한국 사회의 성격과 조응되어 형성된 담론이기보다는 유행의 차원으로 형성된 담론이어서 한국 사회를 적극 관찰하는 결과를 산출하지는 못하고 있다는 비판을 이 시점에서 되새길 필요가 있다.

이런 점에서 1990년대의 탈근대 담론에는 한국 사회에 대한 적극적이고 능동적인 자기 이해의 관점이 결여되어 있다는 비판을 받을 수 있다.

예컨대 푸코의 사상은 그 사상의 전반이 총체적으로 이해되면서 한국 사회를 적극적으로 이해하는 인식론으로 활용되었다기보다는 푸코 사상의 일부 국면만이 두드러지게 수용되는 식이었다. 어디 푸코만 그러한가. 푸코를 위시한 프랑스 담론에 대한 이해는 한국 사회의 적극적이고 능동적인 자기 이해의 측면보다는 유행의 수사학 정도로 받아들여졌다.[1]

최근 들어 한국 지식인 담론의 유행의 풍토를 반성하는 목소리들이 나타나고 있어서 그나마 다행이라고 생각되는데, 이렇게 애기할 수 있는 주된 근거는 근대성 연구의 쟁점화다. 국문학 연구자들 사이에서 근대성 연구가 쟁점화 된다는 말은 한국근대문학의 기원 및 형성에 대한 탐구가 이 나라의 역사적 현실에 착근되어 논의된다는 말을 기본적으로 의미한다. 이 시기의 한국문학 연구자들이 대면해야 하는 최고의 화두, 반성의 화두로 떠오른 근대성. 과연 이를 어떻게 고찰해야 하는 걸까?

2. 신채호의 문학: 근대문학의 한 기원

근대성 연구의 쟁점화를 의미 있는 주제로 받아들일 경우 우리는 이광수의 『무정』을 근대문학의 기원으로 설정하는 연구 풍토를 다시금 반성적으로 검토해야 한다. 이광수의 『무정』은 여전히 여러 연구자들에게 한국 근대소설의 기원으로 인정받고 있다. 이광수의 『무정』을 계기로 근대문학이 시작되었다는 믿음은 이제 믿음을 뛰어넘어 국문학계의 관행적 진실로 정착된 인상을 준다. 그러면 다음의 예문을 읽어보기로 하자.

　　『무정』은 그 일련의 표현 형태에 있어서 근대소설의 면모를 갖춘 최초

---

1) 철학자 이정우는 프랑스의 철학자들은 사회 전체와 대화하고자 노력, 비현실적 추상화를 일삼지 않으려는 노력을 보여주지만, 한국에서는 프랑스 철학의 이러한 장점들이 삭제된 채 유입된다고 비판하고 있다.

의 작품이다. 마찬가지로, 근대의 문턱에 들어서면서 이른바 '신소설'이 제기하고 있는 개화기 인간의 사회 과정 내지는 사회 변화에의 적응의 문제의 한 정점을 대표한다.

　전통적인 가치가 평가절하되고 소실되는 사회적 유동성 가운데서 새로운 근거 가치와 의미를 어떻게 형성해야 하며, 또 이를 문학적으로 어떻게 굴절해야 하는가의 문제를 그 나름으로는 진지하게 그리고 있기 때문이다.2)

　이광수의 소설은 이념과 서사구조면에서 논란의 여지가 많음에도 불구하고, 근대문학 초창기에 뛰어난 업적을 이루고 있어 문학사적 의의는 결코 적은 것이 아니다. 그가 인물형상화와 주제의 통합 및 그럴듯함을 이끄는 사건 배치와 내면묘사의 발전된 형태를 예술적으로 구현했고 또 상대적으로 보아 신소설이 실현했던 상투적 계몽 의식을 한층 심화시킨 점도 인정받아야 할 것이다.3)

　『무정』은 우리 근대소설의 문을 연 것이기에 문학사적인 의미에서 기념비적이며 작가 춘원이 그때까지 전생애의 투영이기에 춘원의 모든 문자 행위 중에서도 기념비적인 것이 아닐 수 없다. 『무정』은 시대를 그린 허구적 소설이지만 동시에 고아로 자라 교사에까지 이른 춘원의 정직한 자서전이기도 하다.4)

위의 예문에서 확인되듯 이광수는 '근대소설의 개척자'로 널리 인정받는 문인이다. 그의 존재는 우리 근대문학의 출발을 알리는 예광탄으로 비유될 수 있다. 임화가 말한 대로 "그는 개화기의 신소설과 염상섭 김동인을 이어준 근대문학 형성의 교량 역할을 담당한 작가"로 그가 문학사에서 차지하는 비중은 간단치 않다.

그럼에도 불구하고 이광수의 문학은 강요된 근대의 억압성에 대한 통찰이 부족하다는 점을 우리는 파악할 필요가 있다. 그의 문학이 새로운 언

---

2) 이재선, 『한국현대소설사』(홍성사, 1978), p.204.
3) 신동욱, 「1920년대 소설」, 김동욱·이재선 편, 『한국소설사』(현대문학, 199), p.397.
4) 김윤식, 「『무정』의 문학사적 성격」, 『김윤식전집2』(솔, 1996), p.126.

어 의식 내지 반봉건적 계몽 의식을 보이는 점 그리하여 근대문학의 기원을 열어간 공로는 어느 정도 인정받을 수 있지만 이광수의 문학이 강요된 근대의 횡포와 억압적 규율에 관해서는 통찰이 결여되어 있다는 점은 비판적으로 인식되어야 한다.

계속해서 『무정』을 놓고 논의를 해보기로 하자. 『무정』은 기본적으로 조선을 개화 이전의 미개 공간으로 서구를 개화된 공간으로 설정하고 서술되는 소설이다. 더 자세하게 말하자면, 『무정』에서 미국은 조선을 구원하는 유토피아의 공간으로 조선은 낙후된 디스토피아의 공간으로 이해된다는 얘기다. 이렇게 『무정』은 미국을 강요된 근대의 기원으로 파악되지 않고 있다. 아래의 예문을 읽어보기로 하자.

> 형식과 선형은 지금 미국 시카고 대학 사년생인데 내내 몸이 건강하였으며 금년 구월에 졸업하고는 전후의 구라파를 한번 돌아 본국에 돌아올 예정이며 (…중략…) 병욱은 음악학교를 졸업하고 자기의 힘으로 돈을 벌어서 독일 백림에 이태 동안 유학을 하고 금년 겨울에 형식의 일행을 기다려 시베리아 철도로 같이 돌아올 예정이며 영채도 금년 봄에 동경 상야 음악학교 피아노과와 성악과를 우등으로 졸업하고 아직 동경에 있는 중인데 그 역시 구월경에 서울로 돌아오겠다.5)

『무정』의 스토리를 기억하는 독자들은 이 예문이 어떤 사건의 서술 직후에 나타나고 있는가를 이미 알고 있다. 이 예문은 삼랑진 홍수 사건에 이어 나타난다. 삼랑진 홍수 사건은 조선의 피폐하고 낙후된 현실을 상징적으로 재현하는 장면이다. 형식, 선형, 병욱, 영채 등은 조선의 낙후된 현실을 뒤로 하고 서구와 일본의 제국주의 국가 안으로 편입하여 이른바 선진학문을 학습하지만 이 과정에는 제국주의 국가들에 대한 비판적 관점은 결여되어 있다.

---

5) 이광수, 『무정』(동아출판사, 1995), p.377.

그런데 이러한 왜곡된 인식은 『무정』 이전의 소설들—이른바 신소설로 불리는—에서도 어렵지 않게 확인되고 있다. 그 대표적인 예가 이인직의 소설이다. 이인직은 그의 소설에서 서양이나 일본을 질서, 순수, 역동, 평화, 건강의 이미지로 묘사하고 조선을 혼란, 오염, 정체, 전쟁, 병의 이미지 묘사한다.

> 세상에 제 목적을 제가 자기하는 것같이 즐거운 일은 다시 없는지라. 구완서와 옥련이가 나이 어려서 외국에 간 사람들이 이렇게 야만되고 이렇게 용렬할 줄 모르고 (…중략…) 미국 화성돈의 어떠한 호텔에서는 옥련의 부녀와 구씨가 솔밭같이 늘어앉아서 그렇듯 희희낙락한데, 세상이 고르지 못하여 조선 평양성 복문 앞에 게딱지 같이 낮은 집에서 삼십 전부터 남편 없고 자년간에 혈육없고 재물 없이 지내는 부인이 있으되6)

이 예문에서 확인되듯 조선인은 야만이나 용렬 혹은 부재와 결손의 상태로 표현된다. 그런데 어디 이인직만 이러 했을까? 이인직만이 아니라 이 시기의 소설가들은 강요되는 근대의 억압성을 오히려 예찬하는 그릇된 인식의 태도를 보여주는 경향이 있었다. 서양과 일본은 개화한 나라이고 식민지 조선은 개화 이전의 완고한 나라라는 논리, 서양과 일본은 가치의 중심 내지 근원으로 여기고 조선은 서양과 일본의 종속 내지 부차적인 변수로 여기는 논리를 신소설 작가들은 소유하고 있었다. 그리하여 그들은 강요된 근대가 가져오는 파국을 외면하거나 통찰하지 못하는 한계를 드러내고 있었다.

그런데 이광수는 신소설 작가들의 한계를 문제적인 한계로 인식하여 새로운 인식의 지평을 열어나가지는 못했다. 이광수의 『무정』은 내용과 형식면에서 근대소설의 성취를 보여준다는 평가를 받을 만한 소설이지만 강요된 근대의 억압성과 대결하는 응전 의식이 결여되었다는 문제점을 보

---

6) 이인직, 「혈의 누」, 『신소설』(동아출판사, 1995), pp.61~62.

여준다.7) 이렇게 볼 때 한국 근대문학의 형성은 시작단계에서부터 상처를 안고 있다고 해도 과언은 아니다. 더군다나 이 상처는 1910년 이후 우리 나라가 일본에 의해 병합되면서 더욱 깊어졌으니 우리 근대문학은 한 평론가의 지적처럼 '궁핍한 시대의 문학'으로 비유될 정도다.

이러한 정황을 감안한다면, 신채호의 존재는 단연 우람해 보인다. 그의 존재는 강요되는 근대의 억압성에 저항하는 문학을 기획하고 실천했다는 점에서 단연 돋보인다. 비록 그 저항의 기획과 실천이 철저하게 좌절되고 그 스스로도 국내를 떠나 중국으로 망명하는 등 불행한 삶을 살아가게 되지만 신채호가 보여준 저항의 의미는 소중하다. 도대체 그는 어떤 방식으로 강요된 근대의 억압성에 저항했는가? 신채호의 방식은 '민족의 발견'과 이를 통한 제국주의 국가들에 대한 저항으로 요약될 수 있다.

여기서 잠깐 논의를 우회하기로 하자. 탈민족이라는 용어가 우리 사회 지식인들 사이에서 활발하게 회자되는 현실이다. 또한 민족주의의 과잉이 염려된다는 취지의 글이 날이 갈수록 작성되고 발표되는 현실이다. 필자는 탈민족주의 논리가 민족주의의 과잉이 초래하는 폭력성을 반성시킬 수 있다는 점에서 일면적 진실성을 지닌 논리라는 생각을 한다. 탈민족주의 담론들이 경고하는 민족주의의 인종주의적 요소, 패권주의나 국수주의로 비약될 가능성 등은 경청해야 할 대목들이라고 생각된다.

---

7) 신채호는 이인직류의 신소설이 민족 사상이 결여되었다하여 강력하게 비판한다. 그런데 그의 비판은 신소설에만 한정되지 않는다. 그의 비판은 문화와 사상 전반으로 확대된다. 김영민 교수에 따르면 단재는 "조선 내에서 진정으로 조선인을 위해 할 수 있는 일은 기존의 그릇된 체제와 질서 속의 형상들을 모두 파괴하고 그 위에 새로운 질서를 형성하는 일이 되어야 했다. 그런데 파괴되어야 할 낡은 질서 가운데 하나는 바로 문학을 포함한 사상 전반이었다. 단재는 노예적 문화 사상을 파괴할 것을 적극 주장한다. 그는 기존의 종교, 윤리, 문학, 미술, 풍속, 습관들이 강자를 옹호하던 문화 사상이며 강자의 오락을 공급하던 제구들이며 일반 민중을 제창하기 위해서는 노예적 문화사상을 파괴함이 필수적이라는 것이다." 김영민, 『한국근대소설사』(솔, 1997), p.313.

그런데 민족주의 담론의 일면적 진실은 어디까지나 일면적 진실로 그치고 있다. 역설적이지만 탈민족주의 담론의 이론가들이 그들의 논리를 지지하는 이 시점에서도 지구세계의 현실은 국가와 민족 단위로 강력하게 구조화되어 있다. 우리가 살아가는 이 현실이 세계화와 정보화로 요약되는 현실이고 그에 따라 국가와 민족 단위의 경계를 가로지르는 인종과 물품과 자본의 이동이 활발하게 전개되는 상황이지만 이 이동이 곧 국가와 민족의 경계 해체를 의미하지는 않는다는 말이다. 물품과 자본, 인종은 국가와 민족의 경계를 가로지르며 활발하게 이동하고 있지만 지구국가들의 현실 관계는 국가와 민족 단위의 경계를 강화하고 있다. 과연 이 복잡하고 기묘한 현실을 탈민족이라는 말로 두루뭉술하게 승인할 수 있을까? 더군다나 우리 사회에서 제기되는 탈민족주의 담론은 우리의 근대와 민족을 철저하게 고민한 후 제기된 문제의식이기보다는 민족에 대한 환멸을 깔고 제기된 측면이 강하기 때문에 우리 사회와 지구국가들의 복잡한 현실을 파악하는 적합한 담론으로 인정받기는 어렵다. 탈근대, 탈민족을 논의하기에 앞서서 상처로 얼룩진 우리의 근대와 민족을 논의 주제로 설정하는 지적 판단력이 아쉬운 현실이다.

다시 원래 논의로 돌아가기로 하자. 강요된 근대에 저항하는 신채호의 방식은 민족의 발견으로 나타난다고 했다. 여기에는 설명이 필요하다. 신채호가 발견한 민족은 중세의 왕권을 옹호하는 백성이라는 의미의 민족이 아니다. 그가 발견한 민족은 기본적으로 서양과 일본 제국주의 열강이 추진한 강요된 근대에 저항하는 역사적 민족이다.

신채호는 이처럼 저항하는 역사적 민족을 발견하면서 민족주의를 설계한다. 그러니까 신채호의 민족주의는 제국주의 국가의 식민화 전략에 대응하는 담론 전략으로 볼 수 있다. 이러한 전략은 지배받아야 할 타자 혹은 관리 받아야 할 타자로 규정된 한국 사회 내지 한국인들이 사실은 자기 정체성을 확보한 주체임을 강조한다. 그리하여 신채호의 민족주의는 억압받는 한국인들의 존재의 의의를 밝혀주기도 한다.

민족의 옹호 논리는 자연스럽게 그의 사유 속에서 한국의 역사를 새롭게 발견하자는 논리와 결합하게 된다. 널리 알려진 대로 개화기에 이르러 국가적, 민족적 위기가 점차 고조되면서 이 위기를 타개하고 국가의 독립과 발전을 도모하려는 선각자와 지식인들의 노력이 사회 각 분야에서 일어나기 시작한다. 특히 국권과 민권운동으로서의 민족주의 운동은 사실상 국권을 침탈당한 1905년 이후부터는 사회 각 분야에서 더욱 저항적인 성격으로 변모되어가며 이에 따라 역사를 존중하자는 존사 경향은 더욱 확대된다.

사회적으로 확산된 역사 존중의 분위기는 당대의 지식인들로 하여금 자국의 역사를 옹호하는 다양한 유형의 역사지향담론—예컨대 역사 사설, 논문, 저서, 국사 교과서—들을 발표하게 했다. 신채호는 당대의 지식인들 중에서 남달리 역사지향담론을 여러 매체에 적극 발표한 지식인이었다. 그만큼 그는 이 시기의 지식인들 중에서도 예외적이라고 할 정도로 역사 인식이 각별한 존재였다. 그는 왕권 체제를 옹호하거나 제국주의를 예찬하는 역사가 아니라 저항하는 민족을 발견하고 확인하는 역사 인식이 예리한 지식인이었다. 그에 따르면,

> 역사는 인류 사회의 아와 비아의 투쟁이 시간부터 발전하며 공간부터 확대하는 심적 활동의 기록이니, 세계사라 하면 세계 인류의 그리 되어 온 상태의 기록이며 조선사라면 그리되어 온 기록이니라. 무엇을 아라하며 무엇을 비아라 하느뇨. 깊이 팔 것 없이 얕게 말하자면, 무릇 주관적 지위에선 자를 아라 하고 그 외에는 비아라 하나니, 이를테면 조선인은 조선을 아라 하고 그 외에는 비아라 하나니, 이를테면 조선인은 조선을 아라하고 영·미·법·노 등을 비아라 하고 (…중략…) 그리하여 아에 대한 비아의 접촉이 극에 달할수록 비아에 대한 아의 분투가 더욱 맹렬하여, 인류사회의 활동이 휴식될 사이가 없으며 역사의 전도가 완결될 날이 없나니, 그러므로 역사는 아와 비아의 투쟁의 기록이니라.[8]

이렇게 말할 때 역사는 상고주의적 관점에서 과거를 예찬하는 강담적 성격과는 거리를 멀리 둔다. 즉 역사지향담론에서의 역사의 개념은 제국주의 국가의 식민화 전략에 대응하는 저항적인 특성을 획득한다. 그에게 역사는 과거의 어떤 순간을 지칭하지 않는다. 그에게 역사는 점차적으로 혼란을 더해가는 실제적인 현실을 의식적으로 조정하는 총체적인 진리로 작동한다. 요컨대 역사는 실제 세계의 혼란스러움을 판정하는 진리의 최종심급으로 작동한다. 그리하여 역사지향담론에서의 역사는 유토피아적인 계기를 강력하게 함축한다. 위기의 실제 세계를 발전적으로 극복하려는 유토피아적인 열망이 역사지향담론에 함축되어 있는 것이다.

강요된 근대에 저항하는 신채호의 민족주의나 역사관은 당대의 지식인들에게 널리 유포된 아시아 연대론과는 그 성격이 확연하게 다르다. 당대의 지식인들 중에는 「혈의 누」의 구완서처럼 "공부를 힘써 하여 귀국한 뒤에 우리나라를 독일국같이 연방도를 삼되, 일본과 만주를 한데 합하여 문명한 강국을 만들고자 하는 비사맥 같은 마음"을 지닌 이가 적지 않았고 "일대연방을 작하여 경제상 대진보를 연구"하자는 신문 논설의 주장을 지지하는 이들이 적지 않았다. 그러나 문맥만으로 보건대도 「혈의 누」에서 표명된 연방주의나 신문 논설의 일대연방론이 얼마나 현실성이 없는가를 어렵지 않게 파악할 수 있다. 과연 조선이 일본과 만주를 합하여 문명한 강국을 만들 수 있는 국가적 역량을 지니고 있었는가? 「혈의 누」와 당대 신문의 논설에서 나타나는 연방국가 설립 주장의 이면에는 일본이 주도하는 식민화 전략에 대한 자발적 승인이 은폐되어 있다. 근대일본의 대표적인 지식인으로 평가되는 福澤諭吉은 이렇게 말한다.

병비를 바탕으로 한 서영제국의 문명은 동아로 진전하여 합방을 꾀하고 있다. 이와 같이 긴박한 상황에 처해있는 아세아 국가들이 서양의 침입

---

8) 『단재신채호전집』(상)(형설출판사, 1976), p.31.

을 방지하기 위해 협심 노력하여야 함은 자연의 이치이다. 그러나 문제는 누가 아세아의 지도자가 될 것인가 하는 현실적인 사실이다. 냉정하게 판단하여 일본 이외에는 아세아의 지도자가 될 능력을 소유한 국가가 아시아에는 존재하지 않는다.9)

福澤諭吉에 따르면 아시아의 지도자는 일본이며 이는 당대의 현실적인 사실이다. 그렇다면 그의 말에서 아시아의 지도자란 말은 무엇을 의미하는가? 바로 제국주의 일본을 가리키는 말이 아닌가? 한 마디로 말해 동아시아 연대론, 탈아론, 연방주의는 일본의 제국주의를 옹호하는 수사적 전략들로 볼 수 있다. 안타깝게도 동아시아 연대론을 주장한 당대의 지식인들은 그들의 주장이 일본의 제국주의를 충분히 정당화하거나 합리화하는 속성을 지니고 있다는 사실을 인식하지 못했다.10) 반면 신채호는 동아시아 연대론이나 탈아론에는 저항하는 민족주의를 옹호함으로써 민족 보존의 의식을 심화하고 우리의 정체성을 되묻는 의식을 심화하는 비판적 지식인의 면모를 보여준다.

3. 마무리하며

여기서 되묻고 싶다. 한국근대문학의 형성을 논의할 때 신채호의 존재를 어떻게 인식해야 하는지에 대해서 말이다. 그 동안의 연구 관행으로 보자면 이광수의 존재는 한국근대문학의 형성을 논의할 때 반드시 거론되어야 하는 문인으로 인정된다. 반면 신채호는 그렇게 비중 있는 문인으로 인정되지 않았다. 그렇게 평가되는 이유는 한두 가지가 아니지만 아마도 신

---

9) 김민환, 『개화기민족지의 사회사상』(나남, 1988), p.76.
10) 이런 점에서 김민환 교수는 "이 공영론이야말로 일본의 한국 침략을 합리화시키고 민족 세력의 대일 저항력을 둔화시켰을 개연성이 크다는 점에서 개화기 민족지가 제시한 자주독립사상의 가장 치명적인 약점"이었다고 말한다. 김민환, 앞의 책, p.77.

채호가 이광수에 비해 문학 그 자체에 대한 자의식이 부족하다는 점이 큰 이유로 꼽힐 수 있으리라 본다. 이광수가 서양의 문학 개념으로부터 자기의 문학을 출발한 반면 신채호는 그렇지 않았다. 지식의 교양이 전통 한학에 닿아 있는 신채호는 한문으로 사유했고 한문체로 소설을 발표했다. 이런 연유로 소설에 대한 신채호의 인식은 이광수와 달랐다. 이광수가 소설을 허구로서의 소설로 인식하고 있다면 신채호는 소설을 역사로서의 소설 달리 말해 소설을 경험적 서사로 인식하고 있었다. 게다가 신채호는 전통적인 서사양식인 전(傳)을 수용하여 「이순신전」이나 「을지문덕전」 등을 발표하기도 했다. 이런 점에서 보자면 신채호는 재래의 문학 관습에 철저히 순응하는 전통주의자로 평가받을 수도 있다. 신채호는 새로운 문학에 대한 자의식이 이광수에 비해 상대적으로 결여된 작가라는 점. 바로 이 점 때문에 신채호는 한국근대문학 형성을 논의할 때 이광수에 비해 상대적으로 그 존재가 적극 고려되지 않았다.11)

그러나 한국근대문학의 형성과 관련하여 그의 존재는 더욱 평가되어야 하리라 생각된다. 그렇게 생각하는 이유는 그의 소설이 역사적 서사의 근대적 기원에 해당된다는 점에서 그렇다. 신채호의 소설은 목적론적으로 어떤 유토피아를 지향하고 새로운 세계의 현현을 욕망하고 당대의 현실적 모순을 상상적으로 해결하려 했다는 점에서 역사적 서사의 특징을 지닌다.

근대문학의 형성과 관련하여 신채호의 존재가 다시 평가되어야 하는 이유는 그의 소설이 역사적 서사의 근대적 기원이며 그 기원이 제국주의가 강요하는 근대에 저항하면서 시작되기 때문이다. 그러니까 그의 소설은 통사적 측면에서는 황석영의 『장길산』 조정래의 『태백산맥』, 『아리랑』 등의 문학적 전사(前史)이며 당대의 공시적 측면에서는 서양과 일본의 제

---

11) 그러나 신채호는 전양식을 탈피해 현실 우의의 환상적 서사 양식으로 전환하여 「꿈하늘」(1916), 「용과 용의 대격전」(1928) 등을 발표하거나 국문체로 소설을 발표하는 변모된 모습을 보여주기도 했다.

국주의적 담론에 대응하는 대항 담론으로서의 성격을 지닌다. 다시 되묻고 싶다. 신채호의 문학과 그의 존재를 우리는 어떻게 이해해야 하는가?

신소설이 재현하는 20세기 초반의 한반도 현실

—『송뢰금』에 나타난 러일전쟁의 문제를 중심으로—

1. 연구방향

먼저 이 논문의 연구방향을 밝히고자 한다. 필자는 이 논문에서 우리 개화기 신소설이 러일전쟁 전후의 한반도 현실을 어떻게 재현하는가를 밝힐 계획이다. 그 동안 개화기 신소설에 관한 연구는 여러 방향에서 진행되어 왔다. 신소설 형성 요인에 관한 연구, 개별 작가론 및 작품론에 관한 연구, 비교문학적 연구 등 1970년대 초반부터 개화기 신소설에 관한 연구는 여러 방향에서 전개되어 왔다.

그러나 신소설을 사회학적 층위에서 읽는 연구, 요컨대 개화기 신소설을 시대적 재현물로 상정하고 여기서 한 시대의 정치적, 경제적, 사회적 쟁점을 읽어내는 연구는 부족한 실정이다. 이 논문은 바로 이런 문제의식을 바탕에 깔고 개화기 신소설의 심층에 흐르는 주요한 쟁점을 읽어내려는 목적으로 작성되고 있다.

19세기 말과 20세기 초반의 한반도는 예측할 수 없는 격동을 겪었다. 일본과 서구열강의 압력으로 문호를 연 조선은 이 격동의 한 가운데로 내몰렸다. 이 격동을 스스로 관리해보기 위해 국호를 대한제국으로 바꾸고 직제를 서구식으로 개편해 보기도 했지만 대한제국의 국력은 터무니없이 미약했다. 한반도의 운명을 '자주적으로' 관리해 보려는 개혁 세력들의 노력이 없는 것은 아니었으나 한반도를 식민지화하려는 제국주의 열강들의 거친 공세 앞에서 그런 노력은 무위로 그치고 말았다. 밖으로는 제국주의 열강들의 공세를 물리치고, 안으로는 봉건 체제를 청산하면서 근대국민국가를 완성하려는 개화파들의 시도는 지지부진한 결과를 낳았고 오히려 열강들에게 국내 정치에 개입하는 빌미만 제공해 주었다.

개화기 신소설은 바로 이런 착잡한 시대적 배경 아래에서 형성되었다. 신소설 연구가 어떤 방향에서 진행되더라도 연구자와 독자들이 기억해야 하는 것은 신소설이 한반도를 장악하려는 제국주의 열강의 공세와 아래로부터 분출되는 새로운 정치 체제에 대한 열망이 고조되어가던 시대의 문학적 산물이라는 점을 언제나 상기해야 한다. 즉 개화기 신소설은 그 어떤 문학보다도 '당대적 성격'이 강하게 함축된 특징을 지니고 있다는 말이다. 이런 점을 염두에 두고, 이 논문에서는 러시아와 일본이 한반도의 완전 장악을 위해 일으킨 전쟁인 러일전쟁 전후의 시대적 쟁점을 우리 신소설이 어떻게 관찰하면서 격동의 현실을 재현하고 있는가를 주되게 밝힐 계획이다.

1904년 일본함대가 뤼순군항을 공격함으로써 시작된 러일전쟁은 일본이 한반도 장악을 독점화할 목적으로 일으킨 사건이었다. 청일전쟁의 승리로 고무된 일본은 러시아, 프랑스, 독일의 삼국간섭으로 인해 그들의 본래 계획대로 한반도로 진출할 수 없었다. 러시아는 이 기회를 살려 한반도로 적극 진출하면서 일본과 대결 전선을 형성했다. 러일전쟁이 발발하기 이전 러시아는 한반도뿐만 아니라 극동지역에서 유리한 조건을 확보하고 있었다. 러시아는 보하이만의 요항 뤼순과 다롄을 차지해 중국에서 전략적 우위를 누리고 있었을 뿐만 아니라 다른 어떤 열강들이 따라올 수 없을 정도로 대한제국과 돈독한 관계를 유지하고 있었다. 러시아인 알렉세프가 대한제국의 제정고문 및 관세장에 임명되거나 로한은행이 개설되었으며 러시아에 가깝고 일본과는 먼 이용익이 정부의 재정을 관리하고 있어서 일본으로서는 보통 위기가 아니었다. 이 위기를 일거에 해결하는 방법이 전쟁이었다.

일본의 개전 준비는 용의주도했다. 일본은 일백년 가까이 유럽에서 사사건건 러시아와 충돌한 영국을 후방 지원 세력으로 끌어들이는 영일동맹을 1902년 체결했다.[1] 일본은 영국에 이어 미국을 전쟁 후원 세력으로 끌어들였다. 한편 일본의 언론단체와 지식인들은 러시아는 문명의 적이라는 전쟁 논리를 일본 국민들에게 지속적으로 유포하면서 전쟁의 정당성을 확산시켜 나갔다. 전제국가인 러시아가 만약에 일본을 이긴다면 인민들에 대한 압제가 심해지겠지만 일본에 패하면 전제세력이 붕괴하기 때문에 러시아 인민들이 안녕복지가 증진될 수밖에 없다는 논리가 일본 내에서 유포되어간 것이다.[2]

드디어 한반도의 운명을 결정하는 러시아와 일본간의 전쟁이 1904년 발발한다. 결과는 이 전쟁을 차분하게 준비한 일본의 승리였다. 이 전쟁의 승리로 일본은 한반도의 유일한 식민 본국이라는 지위를 국제적으로 인정받는다. 전쟁을 승리로 이끈 일본은 1905년 서울에 통감부, 1910년에 총독부를 설치한다. 러일전쟁의 승리 이후 일본의 한반도 진출은 이렇게 가속화되었다.

그렇다면 이 시기의 신소설은 과연 이 러일전쟁 전후의 국내 정세를 어떻게 재현하고 있을까? 이를 살펴보기로 하자.

---

1) 일본이 얼마나 영국을 열광적으로 추종했는지에 대해서는 박지향 교수의 책에 상세히 정리되어 있다.
  박지향, 『일그러진 근대』(푸른역사, 2003)
2) 가토 요코, 박영준 옮김, 「여섯번째 강의: 왜 러시아는 문명의 적으로 간주되었는가?」, 『근대일본의 전쟁논리』(태학사, 2003), pp.122~151.

2. 『송뢰금』의 작가 육정수와 줄거리

청일전쟁의 격동을 민감하게 관찰하는 개화기 신소설이 있다. 바로 이인직의 「혈의 누」다. 이인직의 「혈의 누」는 중국 중심의 동아시아의 국제질서가 붕괴되는 지점에서 서사를 시작한다. 「혈의 누」의 그 유명한 시작 장면이 이를 입증한다.

> 일청전쟁의 총소리는 평양 일경이 떠나가는 듯하더니, 그 총소리가 그 치매 사람의 자취는 끊어지고 산과 들에 티끌뿐이라.
> 평양성의 모란봉에 떨어지는 저녁 볕은 뉘엿뉘엿 넘어가는데, 저 햇빛을 붙들어매고 싶은 마음에 붙들어매지는 못하고 숨이 턱에 닿은 듯이 갈팡질팡하는 한 부인이 나이 삼십에 될락말락하고,
> — 이인직의 「혈의 누」에서

평양 일대에서 일어난 일청전쟁 때문에 갈팡질팡하며 피란하는 한 부인이 옥련의 모친이다. 이 모친의 딸이 「혈의 누」의 주인공 옥련이다. 어머니와 헤어지게 된 옥련은 일본군인의 입양으로 일본으로 건너가게 되고 거기서도 얼마 있지 않아 미국으로 이민을 떠난다. 그리고 미국 화성돈에서 옥련은 금의환향할 만반의 준비를 마치게 된다. 이런 점에서 보자면 이인직은 청일전쟁을 옥련으로 상징되는 젊은 세대들의 자기발전의 계기로 인식하는 것으로 보인다.

그렇지만 본래 청일전쟁은 조선 민중의 시각에서 보자면 결코 긍정적으로 인정할 수 없는 참화였다. 그러나 이인직은 이 전쟁을 조선 민중의 시각으로 그리지는 않는다. 아쉽게도 그는 이 전쟁을 철두철미하게 일본의 시각으로 그려낸다. 이런 점은 그의 또 다른 소설 「은세계」에서도 확인된다. 「은세계」의 결말 대목이다.

> 그렇게 결딴 난 나라를 황제 폐하께서 등극하시면서 덕을 헤아리시고

> 힘을 헤아리셔서 나라 힘에 미쳐 갈 만한 일은 일신 개혁하시니, 중앙정부
> 에는 매관매직하던 악습이 없어지고 지방에는 잔학생령하던 관리가 낱낱
> 이 면관이 되니, 융희 원년 이후로 황제 폐하께서 백성에게 학정하신 일은
> 무엇이오?   — 이인직의 「은세계」에서

「혈의 누」가 중국 중심의 동아시아 국제 질서를 붕괴시킨 청일전쟁을
묘사하면서 시작하는 소설이라면 「은세계」는 일본이 강제적으로 추진한
고종의 폐위와 순종의 등극을 개혁으로 묘사하면서 끝나고 있다. 이인직
에 따르면, 순종이 등극하면서 "중앙정부에는 매관매직하던 악습이" 사라
지고 "지방에는 잔학생령하던 관리"가 면관된다고 했는데, 이는 과장된
진술로 보인다. 「은세계」에서도 독자들이 확인할 수 있는 것은 작가의 일
본 중심 시각이다.

1900년 2월 서른아홉 살의 나이에 관비유학생의 신분으로 일본으로 건
너가 일본정치학교를 다니고 도신문사(都新聞社)에서 견습한 경험이 있는
이인직은 청일전쟁, 고종의 퇴위와 순종의 등극을 "국리민복"이 될 사건
으로 인식하면서 이 두 편의 소설을 발표했다. 이와 같은 이인직의 현실
인식을 과연 어떻게 파악해야 하는 걸까? 적극적인 친일주의자의 행보를
보여 주면서 청일전쟁과 고종의 퇴위를 개혁의 계기로 묘사한 이인직의
이 현실 인식을 정당하다고 평가할 수는 없다. 그렇지만 그 시각이 철저하
게 일본 중심적이고 그에 따라 조선 민중과는 거리를 둔 현실 인식이었지
만 이인직처럼 이렇게 청일전쟁과 그 이후에 전개된 한반도의 현실을 국
제적 차원에서 예민하게 고찰한 작가도 드물다고 할 수 있다.

그렇다면 이런 수준으로 러일전쟁을 주목하는 개화기 신소설이 있을
까? 바로 그 예가 육정수의 『송뢰금』이 아닐까 한다.3) 『송뢰금』이 러일전

---

3) 『송뢰금』에 관한 연구로는 최원식 교수의 「제국주의와 토착자본」이 있다. 최원식, 「
  제국주의와 토착자본」, 임형택 · 최원식 편, 『전환기의 동아시아 문학』(창작과비평
  사, 1985)

쟁 그 자체의 전개 과정을 치밀하게 그려낸 소설은 아니다. 그렇지만 러일전쟁의 발발이 서사 전개에 긴요한 계기가 될 뿐만 아니라 작중인물의 행동과 심리에 지대한 영향을 미친다는 점에서 『송뢰금』은 개화기 신소설 중에서 러일전쟁의 현실을 최고 수준으로 재현한 사례가 된다고 할 수 있다.

먼저 『송뢰금』의 작가 육정수의 행적을 정리할 필요가 있다. 현재로서는 육정수의 행적을 정확하게 정리할 수 없기에 알려진 내용만을 정리하면 다음과 같다.

육정수는 1885년 2월 25일 충북 옥천생으로 1896년 배재학당에 입학하여 제1회 졸업생이 되었고, 1905년부터 YMCA에 투신하여 봉사하다가 1949년 4월 4일 별세했다.4) 육정수는 이승만, 주시경, 신흥우, 안창호 등과 함께 독립협회의 전위조직인 협성회 운동의 비상한 감격 속에서 학도 시절을 보내기도 했다.5) 『장학월보』에서 세 번이나 입선한 경력6)을 바탕으로 1908년 박문서관에서 『송뢰금』이란 신소설을 발간하여 개화기 소설가로 지위를 굳힌 육정수는 잡지나 신문의 현상문예모집의 입선으로 문단에 데뷔하여 작가로까지 성장한 좋은 선례를 남기고 있다.7)

그런데 특이한 점이 있다. 육정수가 미국의 이민대행기관인 동서개발회사8)에서 통역관 겸 사무관으로 일했다는 사실이다. 감리교 신자이면서 YMCA 실무진으로 일하기도 했던 육정수는 이 회사에 있으면서 한국인

---

4) 전택부, 『한국기독교청년회운동사』(정음사, 1978), p.55.

5) 최원식, 위의 논문, p.156.

6) 2호에 「혈(血)의 영(影)」으로 2등 입선, 4호에 「과라(蜾蠃)의 자(子)」로 등외 입선, 5호에 「수륜(水輪)의 성(聲)의 성」으로 2등 입선했다.

7) 주종연, 『한국소설의 형성』(집문당, 1987), p.143.

8) 동서개발회사 사장은 그 유명한 미국인 데슬러(D. Deshler)다. 1896년 한국에 도착하여 1902년까지 머무는 동안 여러 사업에 손을 댄 데슬러는 인천 내동에 회사를 만들어 이민사업에도 손을 댔다. 데슬러는 영어를 잘 하는 통역과 조수들을 『황성신문』을 통해 모집했으며 인천 감리교회 목사인 존스(George Herber Jones)가 데슬러의 후원자 역할을 했다.

신자들에게 하와이로의 노동이민을 권유하고 이민 사무를 맡아준 일을 했을 것으로 추측된다. 『송뢰금』에 하와이 노동이민과 관련된 대목이 적지 않게 나오거니와 이는 작가의 동서개발회사에서 통역과 사무를 본 경험이 없었다면 나오기 어려운 대목이다.

육정수의 행적을 정리하는 과정에서 우리가 주목해야 하는 건 육정수가 이인직과는 다른 경로로 학문을 배우고 사회활동을 했다는 거다. 그는 일본 유학생도 아니었으며 일본에 우호적인 단체에 관여하지도 않았다. 그는 미국인 북감리교 선교사 아펜젤러가 설립한 학교인 배재학당 출신이며 미국의 대표적인 개신교인 감리교 신자였다. 그는 이렇게 개화기의 미국통이었다. 그런 까닭에 그는 이인직처럼 러일전쟁을 일본의 시각으로 그려내지는 않았다. 바로 이 점이 중요하다. 그는 러일전쟁을 "국리민복"의 계기로 인식하지는 않았다.

그렇지만 그는 러일전쟁을 조선 민중의 시각으로 비판한 건 아니다. 이 점이 배재학당의 출신이며 미국 감리교 신자인 육정수의 한계가 될 수 있다. 그렇지만 이인직과 비교해보자면 이 전쟁을 좀더 객관적으로 때로는 비판적으로 바라본 것은 사실이다. 육정수가 조선 민중의 시각을 선취해 러일전쟁을 비판한 것은 아니었으나 일본과는 거리를 둠으로써 상대적으로 이 전쟁이 왜 문제가 되는가를 보여준 것은 사실이라는 말이다.

이 소설은 국내 독자들에게 그 내용이 잘 알려지지 않은 소설이므로 이해의 편의를 돕기 위해 줄거리를 요약해 보도록 하겠다. 줄거리는 여성 주인공 계옥을 중심으로 한 줄거리와 남성 주인공 근암을 중심으로 한 줄거리 두 가지로 정리될 수 있다.

① 계옥을 중심으로 한 줄거리

계옥은 하와이로 이민을 간 김주사의 딸로 어머니, 남동생 한봉과 함께 원산에 거주하고 있다. 어느날 계옥의 외삼촌이 자형의 편지를 계옥 가족에게 전해준다. 편지에 따르면 김주사는 "졸연히 일어난 풍파"로 인해 현재 가족과 헤어져 미국 영지인 하와이에서 노동생활을 하고 있다. 김주사는 아내에게 남매를 데리고 하와이로 오기를 권유하고 있다.

계옥의 외할아버지 박사과는 마음이 답답한 딸이 석왕사로 절 구경을 간다 하기에 여행 차비를 한다. 박사과는 외손녀 계옥을 혼인시켜 국내에 거주시키려 한다. 김주사 아내도 계옥을 혼인시키고 국내에 남도록 하려 한다. 그러나 계옥은 외할아버지와 어머니의 바람과는 달리 미국으로 가려고 한다. 석왕사에 계옥 가족이 도착한다.(석왕사에는 허암과 근암이 이미 체류 중이다.) 원산으로 귀환한 계옥 가족은 원산 항구에서 윤선을 타고 부산항에 도착한다. 계옥 가족은 대련환을 타고 신호에 도착한다.

그러던 어느날 계옥 가족과 미국 이민 희망자들이 안질 검사를 받는다. 이 검사에서 계옥은 탈락하고 어머니와 남동생은 합격한다.(이 시기에 러일전쟁에서 일본이 승리 했다는 승전 소식이 전해진다.) 어머니와 남동생 한봉은 먼저 하와이로 건너가고 계옥은 일본에 남는다. 어느날 계옥의 하숙방에 한봉기(혼인 대상자로 거론된)가 방문한다. 계옥은 한봉기 면전에서 다시 한번 결혼 의사 없음을 밝힌다.

② 근암을 중심으로 한 줄거리

근암과 우초는 석왕사에서 체류 중에 계옥 일행을 만난다. 근암과 우초는 계옥의 신상을 궁금히 여기며 그녀의 행보를 주시한다. 어느날 절구경 온 군수가 근암 우초를 연회장으로 불러들인다. 근암과 우초는 군수에게 다스리는 고을의 인구가 얼마이며 군내에 상업이 흥한가를 묻는다. 이에 관해 아무런 답변을 못하는 군수를 근암과 우초가 책망한다.

어느날 "본점 사무장 한봉기, 은행 임치금 추심 일본 도주"라고 적힌 전보를 받은 근암은 이 사건의 실상을 확인하려고 원산을 거쳐 부산으로 내려간다. 우초는 근암이 없는 사이에 기녀 농매에게 빠져 사업자금을 횡령한다. 원산으로 귀환한 근암은 우초가 사업자금을 횡령해 농매와 가까워진 일을 거론하면서 우초를 책망한다.

새로운 사업을 도모하기 위해 서울로 온 근암은 다시 부산에서 대례환 편으로 대판항으로 들어간다. 그러던 어느 날 근암은 신교에서 육혈포 테러를 당한다.

그런데 이 소설은 아쉽게도 상편만으로 끝난 미완성 소설이다.9) 그 끝을 작가가 미완의 영역으로 남겨 놓은 소설이다. 그렇기 때문에 동떨어져 전개되는 계옥을 중심으로 한 줄거리와 근암을 중심으로 한 줄거리가 어떻게 유기적으로 연결되는지 알 수 없다. 어머니와 남동생을 하와이로 먼저 보내고 홀로 일본에 남게 된 계옥과 일본 신교에서 육혈포 테러를 당한 근암을 작가가 어떻게 처리하려고 했는지 추측할 순 없다.

그럼에도 불구하고 이 미완의 소설은 두 가지의 주목할 만한 사회적 쟁점을 제기하고 있다. 그 쟁점의 하나는 이민의 사회사이며 다른 또 하나는 경제의 종속이다.

3. 이민의 사회사

『송뢰금』의 줄거리를 정리하는 과정에서 발견되는 문제적 현상 중 하나는 하와이 노동이민의 사실주의적 재현이다. 하와이로의 최초의 이민은 1902년 12월 22일 시작된다. 일본으로 가는 기선 켄카이호에 오른 102명의 이민자들은 1903년 정월 초하루가 지나자마자 동서양기선회사의 기선

---

9) 이 소설이 미완성된 이유를 알 수는 없지만 이렇게 추측할 수 있다. 러일전쟁 전후에 전개된 식민화되어가는 우리 사회의 성격과 일본 중심 시각과는 거리를 둔 이 소설의 내적 성격의 불일치 때문에 소설을 완성시키지 않았을까 추측할 수 있다. 그렇지만 이는 어디까지나 추측에 속한다.

인 갤릭호를 타고 하와이로 간다. 그리고 두 번째 이민단은 1903년 2월 10일 인천을 떠나 나가사키로 출발한다.[10] 『송뢰금』은 바로 이 현상의 과정과 문제점을 날카롭게 포착한다.

『송뢰금』은 이렇게 1902년부터 시작된 하와이 노동이민의 실상에 구체적으로 접근하는 소설이다. 줄거리 요약에서 확인할 수 있듯, 계옥의 아버지는 러일전쟁의 전운이 원산까지 미치자 이를 빌미로 하와이로 노동이민을 떠난다. 청일전쟁도 그렇지만 러일전쟁이 우리 민족의 디아스포라의 계기가 된다는 것을 여기서 알 수 있다.

실제로 그랬지만 19세기 말부터 우리 민족의 이산 체험은 가속화되어 간다. 가까이로는 러시아와 만주로 대규모 이민을 갔을 뿐만 아니라 멀리로는 하와이, 멕시코로 이민을 간 게 역사적 사실이다. 『송뢰금』에 나타나는 계옥 가족의 하와이행 시도는 실제 당시에 있었던 역사적 사실을 일정하게 반영하고 있다. 이는 계옥 가족만의 시도가 아니라 19세기 말부터 한반도를 떠나 새로운 삶의 근거지를 마련하려고 한 조선 민중들의 시도를 반영한다고 할 수 있다. 요컨대 『송뢰금』은 20세기 초반에 실제로 진행된 이민에 근접해 그 실상을 구체적으로 재현하는 문학사적 의의를 성취하고 있다.

『송뢰금』은 하와이 노동이민의 한 계기가 되었던 러일전쟁의 진행 국면을 아래와 같이 긴박하게 묘사하고 있다.

> 포성이 사면에 일어나 보통문으로 사람이 물 끓듯이 밀어 나가며 아비는 아들을 부르며 형은 아우를 찾아 곡성이 예서 제서 나고, 평양성내가 하룻밤으로 다 죽는 것처럼 떠들어 피난할 때도 떨어지지 아니하고 대포소리가 연기 나는 곳에 들리며 오양환 고물이 웅덩이 불거진 개 자빠지듯 원산 앞바다에 가라앉으며, 일아병선은 영흥만 부근으로 왕래하여 원산이

---

10) 한국인들의 하와이 이민에 관해서는 웨인 패터슨의 책을 참고. 웨인 페터슨, 정대화 옮김, 『아메리카로 가는 길: 한인 하와이 이민사, 1896~1910)』(들녘, 2002)

> 포격된다 포격된다 풍설에 사람이 잠을 못 잘 때에도, 모녀 떨어져 피할
> 생각은 없던 계옥이 모녀가 마음이 어떻게 떨어지고 세상 고생을 얼마나
> 겪었던지 신호 객중에 모녀 떠날 의론이 작정이 되어 원산으로 편지를 부
> 치고 그 답장을 기다리는데, 이날부터는 서로 떠난 후 후일을 부탁하기에
> 언론이 일층 변하더라.   — 『송뢰금』에서

전쟁 상황이 긴박하게 압축 묘사된 대목이다. 평양 일대에서 펼쳐진 전
투로 헤어지게 된 가족과 영흥만 부근으로 왕래한다는 러시아, 일본 병선
에 관한 묘사는 『송뢰금』이 러일전쟁과 긴밀하게 연관된 소설이라는 사실
을 환기시킨다. 이 피란의 와중에서 김주사는 멀리 하와이로 노동이민을
떠난다. 오늘날로 말하자면 하위 공무원인 김주사는 러일전쟁의 기운이
고조되어가자 가족들을 뒤로 하고 떠난 미국 하와이에서 가족들에게 편지
를 보낸다. 그 편지 내용은 아래와 같다.

> 졸연히 일어난 풍파는 집일이 창황하여 평양으로 낙향함은 시세 초정
> 함을 기다리더니, 하래 동풍에 전운이 몽몽하여 칠성문 외에 포성이 진동
> 하고 대동강상에 전선이 편만하여 일어나는 전장이 쉬지 아니하매, 돌연
> 히 권솔을 데리고 초초한 행장으로 양덕 맹산에 수원을 거사리여 마진개
> 높은 영을 넘을 제, 두남리를 가리켜 잠시 우거를 뜻함은 그곳에 말씀한
> 바라. 기년을 지나매 세상사는 나날이 달라가고 돌아오는 겁운은 쉬지 아
> 니하여 일아 개장이 다시 되매, 삼천리 넓은 땅에 낙토가 바이없어 도처에
> 수운이라. 내두사를 생각하면 십년 칠실지우는 포화 환영이 될 듯 일어나
> 는 마음은 진정키 어려운 중, 생애는 두절하여 타향 생소한 땅에 처자가
> 기갈을 이기지 못하리니, 천번만번 헤아리다가 몸을 들어 망망한 파도 위
> 에 부치어 이곳에 다다름이 어찌 한양 목멱산 아래에 일찍이 뜻하던 바이
> 며 두남리 서실에 계아를 가르치던 바리요. 집을 떠난 지 해가 바뀌어 구
> 추가 당전하니 신상태평 하시며 계아 남매도 충실한지 염염간절하오. 이
> 곳은 상년 동짓달 초생에 이곳에 내도하여 몸은 무고하고, 하는 바는 주경
> 야독을 본받을 따름이요, 이곳은 미국영지인데 농장의 이가 풍족함으로
> 노동생활 하는 자에게 일대 취집처라 범백이 어찌 본국에 있음 같으리요
> 마는, 근근히 지나면 족히 한 집을 수제할지라. 생활하는 방편은 계아 외

가에 자세히 말씀하였으나, 봄 되기를 기다려 계아 남매를 데리고 이곳으로 오시면 일가에 단취를 가히 이룰 것이요, 또한 이후로 한봉이 장성함을 기다려 미국으로 향하여 공부를 가르쳐 오는 날 나의 뜻을 이어 국가의 한 재목이 되어 동포에게 돕는 힘이 있게 하면 좋을 듯하오. 진사집에도 말씀하였거니와 오는 때 같이 오면 튼튼할 듯 사람이 세상에 나매 고초우환을 순수함이 가하니 본향을 떠남으로 개의 마시옵고 평양으로 낙향함과 원산으로 떠남과, 또한 다시 이곳으로 옴이 무슨 다름이 있으리오. 오죽 도로 원근뿐이라. 또한 나뭇잎이 가을을 당하매 뿌리로 향하는 것과 같이 이곳으로 오더라도 종당은 조국으로 돌아갈 터이니 부디 주저 말고 결정하시오. 마침 수중에 있는 돈 일화 백원 보내니 그곳 개발회사에 추심 하여 쓰시오. 들어오는 방편은 그 회사에 물으면 자세히 지시할 듯하오. 총총 그치옵.

　　팔월 초일일 이곳 김경식 상장
　　미국영지 하와이골로아 한인농장유

　이 편지에서 주목해야 하는 것은 "이곳은 미국영지인데 농장의 이가 풍족함으로 노동생활 하는 자에게 일대 취집처라 범백이 어찌 본국에 있음 같으리요마는, 근근히 지나면 족히 한 집을 수제할지라"라는 대목이다. 모든 일이 본국 같지 않지만 노동생활하는 자에게는 하와이가 적당하다는 김주사의 편지만으로 보자면 하와이 노동이민이 고행의 현장 같지는 않아 보인다.

　작가 스스로 하와이 노동이민 현장을 다녀온 일이 없기에 아마도 이 이상으로 그 실상을 더 정확하게 말하기는 어려울 수도 있다. 그리고 실제로 이미대행기관의 직원이었던 작가였기에 이 실상을 부정적으로 그리려고 하지 않을 수도 있다.

　그렇지만 육정수는 이 소설의 어느 한 대목에서 하와이 노동 이민의 사기성을 폭로함으로써 좀더 이 문제를 고민하는 모습을 보여주기도 한다. 석왕사에서 놀러온 이 지역의 군수가 근암과 그의 동료 우초를 불러들이는데 이 자리에서 노동이민의 문제가 거론된다.

> (군) "글 읽는 소리 듣고 반가워 청하였소. 글은 무엇까지 보셨소?"
> (근) "백일장 보이시렵니까?"
>   "아니오. 심심하기에 담화나 하자고 오랬소."
> (우) "영감은 심심 파적 하시려고 선비 공부하는 것을 부르시면, 선비는
>   공부하느라고 여쭈어 볼 말씀을 좀 여쭈어 보오리까!"
> (군) "어찌 소년의 말이 그리 불공이 나오."
> (근) "시골 촌맹이 어법진회를 어찌 아오리까. 영감께서 고을을 다스리시
>   니 본군에 호구가 얼마나 됩니까."
> (군) "그것을 내가 아오. 이방이 알 일이지."
> (근) "이 고을 물산은 하여하오며 외국에 수출입품 비교가 어떠하옵니까?"
> (군) "그것은 나더러 물을 것이 아니요, 외국 수출입품은 원산감리가 알지
>   요."
> (근) "군내에 어느 곳이 상업이 승하며, 어느 곳이 농업에 적의하옵니까?
>   생등은 상민이기로 이것을 주의하와 여쭈어 보옵니다."
> (우) "농업이야 아마 영성할 터이지. 농민이 미국으로 가는 것을 보면
>   ……."
> (군) "무식한 백성이 모르고 가지요. 저희가 어찌 속내를 알고……."
> (근) "무슨 속내가 있습니까?"
> (군) "미국 놈이 사가는 것이지."
> (근) "진실로 그러면 왜 금치 않으십니까?"
> (군) "내가 권리가 있소"
> (근) "외부에 보고를 하시지요."
> (군) "내가 원 노릇을 며칠이나 하려고 그러겠소."

석왕사에 놀러 온 군수가 근암과 우초를 불러들이자 근암과 우초가 군
수에게 군의 살림 규모와 미국 이민의 문제점을 묻는다. 군수는 미국 이민
을 무식한 백성이 모르고 하는 일이며, 미국의 사기라고 비판한다. 국가
공무원인 군수의 이 말은 당시 이민을 바라보는 정부의 시각이 될 수도
있다. 그렇지만 군수는 이렇게만 문제를 거론하지 이 문제를 해결할 의향

은 없다. 외부에 보고를 하라는 근암의 충고에 군수는 "내가 원 노릇을 며칠이나 하려고 그러겠소"라고 말하며 이 문제를 회피한다. 군수의 책임 회피는 제국주의 열강에 굴복한 대한제국 관료들의 무능과 부패를 암시하고도 남음이 있다.

바로 이 대목, 근암이 그를 연회장에 불러들인 군수에게 이민의 불법성을 비판하는 장면은 노동이민의 사기성을 폭로하는 문제성을 지닌다. 그렇지만 아쉽게도 『송뢰금』에서 이 문제가 더 본격적으로 해부되지는 않고 있다. 작가가 이 문제를 이렇게 대화 과정에서 일면 제기할 뿐 심층적으로 천착하지 않는다는 말이다.

그럼에도 불구하고 이 대목은 노동이민의 속성이 미국과 같은 열강이 주도한 사기였다는 것을 강하게 입증시키고 있다. 군수와 근암이 주고받는 대화 속에서 미국 이민의 본질적 성격은 일부분 폭로되고 있거니와 이는 하와이가 살 만하다는 김주사의 전언과는 구별되는 대목이다. 실제로 러일전쟁이 본격적으로 일어나기 전에 이 땅에서 있었던 미국 이민은 그 문제점이 보통 심각한 게 아니었다. 황현의 『매천야록』에도 이 문제점이 거론되고 있거니와 미국이나 멕시코로의 이민은 노동인권의 개념이 적용되지 않는 제국주의 열강들의 사기에 가까웠다.

노동 이민의 사기성이라는 문제와 함께 주목해야 하는 문제는 노동이민의 근대적 관리 시스템의 재현이다. 계옥 일행은 하와이로 건너오라는 김주사의 편지를 받고 우여곡절 끝에 원산에서 부산을 거쳐 일본 고베에 도착한다. 그러나 여기서 맘대로 하와이로 건너갈 수는 없다. 미국인 의사에게 안질 검사를 받아야 하고 이 검사에서 탈락되면 일본에 남아야 한다.

계옥 일행 중에서 어머니와 동생 한봉은 안질검사에 합격해 하와이행 배에 오를 수 있었지만 계옥은 안질검사에 불합격 처분을 받아 이 배에 오를 수 없는 사태가 발생한다. 계옥은 연이어 안질검사에서 불합격 처분을 받게 되어 결국 홀로 일본에 남게 되었다. 미국인 의사가 동양인의 안질 여부를 확인하는 이 대목은 노동 이민자들의 국가 간 경계 이동 과정에 기본적으로 의학적 관리 시스템이 작동했다는 것을 흥미롭게 보여주고 있다. 적어도 비서구에서 서구로 이행한다는 것은 서구에서 요구하는 의학적 관리 기준에 합당해야 한다는 걸 이 대목은 말해주고 있다.

4. 경제의 종속

러일전쟁에서 승리한 일본은 1905년부터 한반도에서 통감 정치를 전격 실시한다. 통감 정치에 대한 비판적이면서 풍자적인 고찰이 적지 않았는데, 「소경과 앉은뱅이 문답」, 「거부오해」 등 『대한매일신보』에 수록된 소설들이 대표적인 예이다. 개화기의 단편서사에 해당하는 이 작품들은 1905년 서울에 설립된 일본 통감부를 강하게 문제 삼고 있다. 특히 이 단편서사들은 통감부 설치 전후로 대두된 사회적 문제인 경제의 종속 문제를 전면에 드러내놓고 비판하고 있다. 바로 이 점을 주목해야 한다.

통감 정치의 실시는 달리 말하자면 우리나라가 일본에 경제적으로 더욱 급속하게 종속되어 간다는 것을 의미한다.11) 『송뢰금』은 바로 이와 같은 실상을 날카롭게 포착하고 있다. 이 소설의 줄거리가 계옥을 중심으로 한 줄거리와 근암을 중심으로 한 줄거리로 나뉜다고 할 때 경제의 종속 문제는 근암을 중심으로 한 줄거리에서 확인할 수 있다. 이 줄거리가 주되게 강조하는 사건은 근암의 사업도모와 그 처절한 실패다.

먼저 근암 이충국의 출신을 잘 살펴볼 필요가 있다. 근암 이충근은 서울이 고향으로 정통 사대부의 후예는 아니다. 그런 까닭에 근암은 개화기에 새롭게 전개되는 사회 변동에 큰 반발 없이 적응할 수 있는 내적 여건

---

11) 이 시기 경제적 종속의 문제에 관해서는 왕현종 교수의 책을 참고. 왕현종, 『한국 근대국가의 형성과 갑오개혁』(역사비평사, 2003)

이 있었다. "남은 집이 있어 가거니와 나는 어디로 찾아갈꼬. 나는 새도 저녁에는 집을 찾아 드는데, 오죽 나는 잘 곳이 없구나. 어느 곳이든지 내 신 벗어 놓는 곳이 나의 집이지"라는 근암의 한탄은 근암이 번성한 가문의 자손이 아니라는 것을 다시 한번 확인시켜준다. 요컨대 근암은 사농공상의 위계를 중시하는 정통 사대부의 세계관과는 거리를 둘 수 있는 여건을 지닌 신분이고 그만큼 문제적 인물이 될 여지가 충분하다.

근암 이충국은 전통 사대부와는 달리 상업이 국가부강의 요체하고 생각하는 사려 깊은 민간 사업가다. 더 자세히 말하자면, 근암은 갑오정권의 등장 이전까지 봉건적 특권을 누리면서 국내 경제를 장악한 보부상들과는 그 성격과 지위가 다른 사업가다. 근암은 민씨 정권의 특권적 보호를 받으면서 그 반대급부로 정치자금을 제공한 보부상들과는 달리 비록 그 수준이 초보적이기는 하지만 자본주의적 경제 질서에 부응하는 민간 사업가다. 요컨대 근암의 사고 및 행동 방식은 서구적 의미의 부르주아에 가깝다고 말할 수 있다.

그런데 이 소설이 보여주는 것은 근암의 좌절이다. 이 좌절은 근암의 개인적 실수에서 기인하는 좌절이 아니라 경제적 식민화라는 더 큰 차원의 구조적 문제에서 기인하는 좌절이다. 근암의 동료들이 근암을 배반해 사업자금을 횡령하거나 기생과 놀면서 사업을 도모하지 않고 있어서 근암이 사업에 실패한 것은 아니다. 더 중요한 이유는 일본의 경제적 식민지로 급격하게 전락한 대한제국의 여건이다.

"1894년 갑오정권은 조선후기 이래 발전하는 국내 상품유통의 확대에 기반하여 상업자본을 육성하고 국가적 차원에서 자본주의 경제구조로 개편하려는 정책을 취하고 있었다."[12] 그러나 갑오정권의 경제개혁은 일본의 집중적인 견제로 소기의 성과를 거둘 수 없었고 러일전쟁 직후인 1905

---

12) 왕현종, 앞의 책, p.311.

년부터는 주도적으로 경제개혁을 단행할 수 없었다. 대한제국의 경제구조는 일본의 식민지를 떠받드는 하위 단위로 강제 편입되어 갔다. 요컨대 이 소설은 근암을 자조론을 신봉하는 사업가로 묘사하고 있지만 그의 의욕과는 달리 왜 사업에 실패할 수밖에 없었는지, 달리 말해 대한제국이 봉착한 경제적 종속의 문제를 날카롭게 주목하고 있다.

그런데 이와 함께 더 문제가 되는 것은 근암의 사업구상 내용이다. 근암은 1차 산업 위주의 사업론을 피력한다. 그 내용은 아래와 같다.

> 한성에 중앙 본점을 두고 각지에 지점을 설치하여 내국물화를 수출시켜 지방 각지에 개발을 시작하면 그 재미가 나지. 원산의 굴밭과 북관의 북어와 동해 고래잡기로 어업개발을 시작하고, 강원도 삼림과 삼남의 미간지에 개척 식목으로 통업을 주장하며, 함평에 광산으로 금을 산출케 한 후 각처에 소출로 운송 편리처에 제조공장을 설치하면, 우리나라 천산물이 수출은 될지언정 외국의 인조품이 우리나라 영해에 하륙될 것이 몇 가지나 될꼬. 이로 각 실업단체를 조직하면 저 정당사회의 빈말보다 나을지라. 국가에 유사한 때를 당하면 전국에 국채 응모가 풍유할 것이요, 승평한 때는 태극국기에 상선이 반도 삼면에 연락할지니 세상에 사업이 예서 더 큰 것이 있을까!

근암은 1차 산업위주의 자원을 해외에 팔면 외국의 인조품들이 국내에 별로 들어올 수 없다고 그의 동료에게 설명하지만 이런 설명은 열강들에 의해 경제적 종속국으로 전락한 우리나라의 상황을 깊이 있게 고찰하지 않은 단견이라고 할 수 있다. 실제로 당시 조선의 무역구조는 주로 미곡, 대두, 우피 등 농축산물이나 금 은 동 광산물 등 1차 산업의 수출에 지나지 않았고 수입의 경우 면직물이나 방적사 등이 비약적으로 확대되고 있었다. 1차 산업 수출의 비중이 높아진다고 해서 열강들의 물품이 수입이 안 되는 경제 구조가 아니었다. 반면 일본 내의 분위기는 이와는 대조적이다.

그렇다면 일본은 어떨까? 러일전쟁을 승리로 이끈 일본은 한반도 진출을 가속화한다. 전쟁 기간 동안에 한반도와 일본 간에 윤선 통행이 금지되었으나 전쟁이 완료되자 윤선 값이 폭등하게 되었고 일본 쪽에서는 한반도로 진출하는 교두보를 확보하기 위해 윤선을 대량 구입한다. 그러나 근암은 윤선을 구할 수도 없었거니와 별다른 사업방책을 구체적으로 설계하고 이를 수행할 처지도 아니다.

> 세계풍운은 진세에 변천이 무상하고 우승열패의 세는 둘이 같이 서지 못하여 양녘 신구세 교환시에 큰 소문 하나가 남풍을 따라 들어오니, 일본 국내 처처에 호외신문이 눈발 같이 날리며 집집마다 일장국기를 내달며 노소남녀 상하귀천이 무비 질기어 뛰며, 뛰다가 웃으니 기쁜 기색은 일본 전국에 가득하고 제등행렬의 경축은 거리거리 벌려 서서 만세 소리가 공중에 사무치는 것은, 요양 봉천이 일아전쟁에 함락된 후 아국의 동양근거지로 만전불패하게 굳게 쌓고 극동 일판을 석전지세를 삼자하던 여순구 함락과 제독 수항한 소문이라.

한적한 대한제국과는 달리 일본은 러일전쟁이 승리로 돌아가자 "제등행렬의 경축"이 요란하고 "만세 소리가 공중에" 사무친다. 일본의 국운이 고조되는 순간이다. 한반도로의 진출이 활발하게 모색되며 이를 반증이라도 하듯 이미 말한 바와 같이 갑작스럽게 기선 수요가 일어 "윤선값"이 폭등하기도 한다. 그러나 이는 어디까지나 일본 쪽의 사정이다. 일본은 바야흐로 한반도의 식민지화를 본격적으로 추진하려는 그 순간, 즉 대한제국을 경제적으로 식민화하는 절차에 들어가고 있다. 요컨대 『송뢰금』은 경제적 종속국으로 전락한 우리나라의 빈곤한 처지와 상대적으로 경제적 활기를 띠는 일본의 번성을 흥미롭게 포착하고 있다.

4. 맺음말

개화기 신소설은 당대적 성격이 강한 문학이다. 그 형상화의 방식과 수준은 오늘날의 문학과 비교해보자면 세련미가 없는 뒤떨어진 문학이라는 느낌을 줄 수 있지만 그 성격만큼은 당대성을 적극적으로 선취한 사례들이다.

필자는 개화기 소설의 이런 점을 주목하면서 특별히 러일전쟁 전후 한반도의 현실을 재현한 작품인 『송뢰금』을 분석하고 있다. 왜 하필 러일전쟁일까? 개화기는 역사적 격변의 시대로 한반도의 운명과 민중의 삶에 강력한 영향을 미친 사건들이 비일비재했다. 그 중 하나가 러일전쟁이다. 러일전쟁은 일본의 한반도 강점을 촉진하는 계기가 된 국제 전쟁이었다. 한반도의 운명을 가름한 전쟁이 바로 러일전쟁이었다. 러일전쟁을 승리로 이끈 일본은 1905년 서울에 통감부를 1910년에 총독부를 설치했다. 타 열강들의 예상을 벗어날 정도로 발 빠른 식민화 정책을 일본은 진행해 나갔다.

『송뢰금』 작가 육정수는 배재학당 출신의 소설가로 동서개발회사에서 통역 겸 사무를 본 직원이기도 했다. 육정수의 소설 『송뢰금』에서 필자는 이민의 사회사와 대한제국의 경제적 종속 두 문제를 고찰했다. 이민의 사회사에서 필자가 주목한 것은 노동 이민의 사기성과 근댓적 의학 관리 시스템의 출현이었다. 그리고 경제적 종속의 문제에서는 왜 근암과 같은 서구적 의미의 부르주아의 사업이 실패로 돌아갈 수밖에 없었는가를 중점적으로 살폈다.

그런데 이 소설은 상권으로 마무리된 미완성 소설이다. 그래서 계옥을 중심으로 한 줄거리와 근암을 중심으로 한 줄거리가 어떻게 유기적으로 결합되어 한 편의 서사를 창출하는지 알 순 없다. 그럼에도 불구하고 이 소설은 러일전쟁이라는 당대의 국제적 사건과 한반도에서 살아간 사람들의 운명이 어떻게 연결되는가를 주목한 소설임에는 틀림 없다. 이 대목이 바로 송뢰금의 문학사적 성취에 해당한다고 하겠다.

5

기독교 수용의 문학적 방식과 그 의미에 관한 연구

―「몽조」와 「다정다한」을 중심으로―

1. 연구방향의 설정

"20세기 초 우리의 중세 전통 사회가 변동하면서 근대의 들머리로 접어드는 시대에 이루어진 한 문학 형태"[1]로 정의되는 개화기 신소설에 관한 연구는 그 동안 여러 방향에서 전개되어 왔다. 개화기 신소설의 형성 요인 및 수용 조건에 관한 연구, 개별 작가 및 작품들에 관한 연구, 비교문학적 연구 등 이 분야에 관한 연구가 여러 방향에서 진행되어 왔다.

그러나 여전히 개화기 신소설 연구는 연구자들의 사려 깊은 관심을 요구하고 있다. 왜냐하면 이인직, 이해조, 안국선 중심의 연구 관행은 지금도 개선되지 않고 있으며 개화기 신소설의 의미를 새롭게 규명하는 연구 방법도 그렇게 만족스러운 수준을 확보했다고는 흔쾌하게 인정할 수 없기 때문이다.[2] 이렇게 개화기 신소설 연구를 문제 삼게 될 때, 주목할 수 있는 연구 주제 중 하나가 기독교 수용의 문학적 방식과 그 의미에 관한 논의다.[3]

---

1) 이재선, 『한국소설사』(민음사, 2000), p.57.
2) 최근 들어 이인직, 이해조, 안국선 중심의 연구 관행이 서서히 바뀌고 있지만 연구 대상으로 설정되지 않은 개화기 소설들은 여전히 많은 편이다.
3) 이 방면의 대표적인 연구 업적들은 아래와 같다.
   조신권, 『한국문학과 기독교』(연세대출판부, 1983)
   이인복, 『한국문학과 기독교사상』(우신사, 1987)

개화가 시대적 과제로 대두된 19세기 말과 20세기 초의 한국 사회에서 기독교를 어떤 관점으로 이해하느냐의 문제는 중요한 의의를 지니고 있었다. 적어도 이 시기 한국 사회에서 기독교는 개화를 지지한 젊은 관료, 지식인, 막연하나마 외래 문명을 선호한 민중들에게 서구적 근대성의 상징으로 이해되고 있었던 까닭이다. 요컨대 기독교를 긍정적으로 바라본다는 말은 서구적 근대성을 긍정적으로 바라본다는 말이며 이와는 반대로 기독교를 부정적으로 바라본다는 말은 서구적 근대성을 부정적으로 바라본다는 말과 상통할 정도로 기독교는 서구적 근대성과 등가의 용어로 받아들여지는 인식의 패러다임이 이 시기에 형성되었다.

개화 논리에 반발하는 위정척사계열 유학자들의 강력한 제동이 없는 것은 아니었으나 개화를 시대적 과제로 받아들이는 분위기가 20세기 초부터 강력하게 한국 사회를 지배하면서 기독교는 널리 각광받는다. 기독교를 당장 받아들여야 한다는 논리를 펼친 이들은 급진개화론자들이었다. 동도서기론을 주장한 온건개화론자들은 이용후생에 도움이 되는 '기'만을 받아들이고 기독교는 멀리하자고 주장했지만 급진개화론자들은 여기에 만족하지 않았다. 급진개화론자 중 하나인 박영효는 1888년 1월 13일자로 고종에게 올린 8개항의 상소문에서 신교의 자유를 허락하도록 요청했다.[4]

이민자,『기독교 문학과 기독교사상 연구』(집문당, 1989)

김경완,『한국소설의 기독교 수용과 문학적 표현』(태학사, 2000)

이길연,『한국근·현대 문학 기독교문학 연구』(국학자료원, 2001)

위 연구들은 기본적으로 기독교를 개화사상의 형성, 한국근대문학의 형성에 결정적인 영향을 미친 서구의 종교, 즉 서구문화의 상징으로 전제하고 있다. 그러면서 위 연구들은 기독교 사상을 반영하는 우리 문학 작품을 선별해 놓고 이 작품들에 어떤 성격의 기독교 사상이 투영되고 있는가를 분석하고 있다. 요컨대 영향론 및 반영론의 관점에서 우리 근대문학과 기독교의 관계를 밝히고 있다. 그런데 필자가 이 논문에서 중점적으로 논증하려고 하는 것은 기독교를 우리 문학이 어떻게 수용하는가의 문제, 즉 기독교 수용의 문학적 방식과 그 의미의 해명에 있다.

4) 여기에 대해서는 이만열 교수의 논문을 참고.

이처럼 박영효를 위시한 급진개화론자들은 국가를 부강케 하는 교육, 의료, 기술의 도입 등 근대화 운동의 한 방편으로 기독교를 인식했다. 요컨대 이들은 "상제로 대주제를 삼고 기독으로 대원수를 삼고 성신으로 검을 삼고 믿음으로 방패를 삼아 용맹 있게 앞으로 나아가면 누가 죄를 자복치 아니하며 누가 명을 순종치 아니하리오. 지금 예수교로 종교를 삼는 영 미 법 덕국의 진보된 영광이 어떠하뇨. 우리 동포들도 이것을 부러워하거든 그 나라들의 숭봉하는 종교를"5) 좇아야 한다고 생각했다.6)

그런데 그 동기가 어디에 있든 기독교의 우리나라 유입은 문학 방면에도 적지 않은 영향을 미치게 되었으니 일련의 개화기 신소설 중에는 기독교적 세계관을 문학적 주제로 표현하거나 기독교에 귀의하는 작중인물의 행로를 서사적으로 표현하는 사례들이 나타나게 된다. 요컨대 기독교적 신앙과 기독교적 인간의 탄생을 예찬하고 발견하는 일련의 소설들이 이 시기에 나타난다.

본격적인 논의로 들어가기에 앞서서 필자가 이런 작품들을 주목하게 된 이유를 간단히 밝히기로 하겠다. 이미 말한 대로, 우리나라의 기독교 수용은 국가의 부국강병을 성취하려는 급진개화론자들에게 적극적인 지지를 받았다. 기독교 수용이 곧 서구적 근대성 수용과 직결된다고 판단한 급진개화론자들은 기독교를 수용하지 않고서는 국가의 부국강병이 요원하다고 생각했다.

이만열, 「한말 기독교 사조의 양면성 시고」, 『한국기독교와 민족의식』(지식산업사, 1991), p.209.

5) 「서호문답」, 『대한매일신보』, 1908.3.12.

6) 기독교의 우리나라 유입을 정리한 대표적 업적으로 이만열 교수의 저서들이 있으며 필자는 이만열 교수의 저서에서 이에 관한 자세한 정보들을 확인했다. 이만열 교수에 따르면 이 시기에 기독교에 입교한 부류는 크게 두 가지였다. "그 하나는 개화파 인사들이나 관료들로서, 이들은 개화 구국을 위해서 기독교를 찾았"고 다른 하나의 부류는 "봉건 지배층과 외세로부터 압박받는 민중들로서, 그들은 이들 압제자들로부터 생명과 재산을 보호받기 위해서 기독교에" 입교했다. 이만열, 위의 책, p.259.

그런데 흥미로운 것은 우리나라의 기독교 수용 현상을 서술한 이 시기7) 의 문학 작품들이 기독교를 부국강병의 계기로만 인식하지 않았다는 데 있다. 급진개화론자들은 기독교 수용을 부국강병의 계기로 이해했지만 이 에 관한 문학적 표현은 그렇게 단선적으로 나타나지 않고 있기에 이에 관 한 연구는 좀더 섬세하게 진행될 필요가 있다고 필자는 생각하게 되었다. 요컨대 19세기 말 기독교를 부국강병의 계기로만 인식하던 급진개화론자 들의 기독교에 관한 일면적인 이해와는 달리 실질적으로 기독교의 수용이 이루어지던 시기의 문학 작품들은 기독교를 더 깊은 차원에서 사유하고 있다는 것이다.

필자가 연구 대상으로 설정한 「몽조」와 「다정다한」은 기독교를 부국강 병의 계기로만 이해하는 게 아니라 더 근본적으로는 한 개인의 내면적 번 민과 관련되는 사적인 문제의 형성과 해결, 종래의 공적영역과는 질적으 로 구분되는 종교적 공동체의 탄생과 형성에 관련되는 문제라는 것을 말 해주고 있다. 이처럼 기독교 수용의 문학적 표현은 부국강병의 계기로만 나타나지 않는 문제성을 지니고 있다.

특히 개화를 이상주의적 차원에서 서술하기보다는 개혁의 좌절과 굴절 곧 개화기의 입체성을 현실주의적 차원에서 서술하는 이 논문의 연구 대 상인 「몽조」와 「다정다한」은 개혁이 좌절된 지점에서 개혁과는 다른 차원 의 개인적인 활로 혹은 새로운 성격의 사회적 전망을 모색하기 위해 기독 교를 수용하는 양상을 보여주고 있어 그 문제성이 간단하지 않다.

필자가 주목하는 것은 바로 이 대목이다. 19세기 중후반부터 본격적으 로 제기되고 전개된 개화파들의 개화·개혁운동은 1905년 일제 통감부의 조선 진출 이후로 더 이상 시대적 추동력을 확보할 수 없었다. 무능한 대 한제국 정부는 주체적으로 개혁 프로그램을 실천할 역량이 부족했을 뿐만

---

7) 구체적으로 말하자면, 본 연구 논문의 연구 대상 작품들이 발표된 1907년을 가리킨다.

아니라 아래로부터 분출되는 근대적 개혁의 열망을 억압하는 반동적 성격이 강했다. 또한 조선의 식민지를 추구하는 일본은 개화파들의 입지를 일정하게 친일파로 분산시키면서 조선의 근대화를 목표로 하는 개화파들의 개혁운동을 왜곡해 버림으로써 개화파들의 입지를 축소시켜 버렸다.

1905년 이후 우리나라에는 애국계몽운동으로 표현되는 지식인들의 치열한 정치사회적 각성이 없는 것은 아니었지만 또 다른 한편으로는 지식인들 사이에서 더 이상의 정치개혁은 가능하지 않다는 회의도 만만치 않았다. 요컨대 독립협회를 강제적으로 해산시키는 대한제국의 수구적 행태, 러일전쟁의 승리로 조선에 대한 배타적 독점을 강화한 일본의 위세 앞에서 개화파들의 입지는 위축될 수밖에 없었고 그에 따라 자기역할을 상실한 개화파들은 일본에 편승하거나 아니면 기존의 정치운동과 결별한 새로운 차원의 전망을 모색해야 하는 상황에 마주하게 되었다. 필자가 연구 대상으로 설정한 두 편의 소설은 바로 이와 같은 시대적 모순 속에서 작성된 사례들이다. 개화의 이상주의가 그 자취를 감춰가는 지점에서 발표된 이 두 편의 소설은 각각 기독교 수용을 중요한 문학적 주제로 처리하되 대단히 주목할 만한 방식으로 처리하고 있다. 필자는 바로 이 문제를 해명하려고 하고 있다.

이 문제를 해명하는 것은 이인직, 이해조, 안국선 중심의 개화기 소설 연구 관행을 개선하는 의의가 있을 뿐만 아니라 기독교 수용을 서술하는 개화기 소설들의 문학적 특징과 의미를 규명하는 의의가 있다. 또한 개화의 현실주의를 서술한 작품들의 서사 구성 방식의 특징을 해명하는 의의를 아울러 지니기도 한다.8)

---

8) 이 논문에서 말하는 기독교는 개신교를 의미한다. 그리고 연구 대상 텍스트의 출처는 다음과 같다. 이재선 역주의 『한말의 신문소설』(한국일보사, 1975)에 실린 「몽조」와 소재영 · 김영완 공편의 『개화기 소설』(숭실대학교, 1999)에 실린 「다정다한」을 연구 대상 텍스트로 설정했다. 인용 면수는 괄호로 처리할 예정이다.

2. 「몽조」: 개인의 죄의 고백과 회개

「몽조」9)는 1907년 8월 12일에서 동년 9월 17일까지『황성신문』에 24회 연재된 소설이다. 그 동안 「몽조」는 "문학사상으로 보아 신소설시대의 작품이며, 주제적 내용은 사회와 정치의 개혁과 국권의식의 고양을 좌절시키는 당대의 인간성과 사회성의 병리를 비판하는 의도에 입각하는 작품"10), "구소설적 면보다 신소설적 면이 단연 두드러지는 소설"로 "사실적 묘사, 평민의식, 개화사상, 기독교사상을 반영하는 특징을 지닌 주목할 만한 작품"11), "이인직의 「단편」(1906)과 진학문의 「요조오한」(1909)이 꽁뜨적이라면 「몽조」는 꽁뜨를 넘어서 단편소설에 더욱" 가까운 작품12), "인간이 죄를 회개하고 하나님께 돌아오면 모순된 사회 속에서도 평안히 지낼 수 있으며, 누구든지 예수 그리스도를 믿으면 구원을 얻게 된다는 기독교 진리를 문학적으로 형상화한 작품"13), "1905년 을사조약 이후 실질

---

9) 최원식 교수는 「몽조」를 쓴 작가를 반아 석진형으로 추정하고 있다. 최원식 교수에 따르면, 반아의 본래 이름은 석진형으로 고종 14년, 서기 1877년 경기도 광주 남한산성 아래의 조그만 마을에서 태어난다. 본관은 충주이며 그의 가정은 가난했다. 후손의 구전에 따르면 조대감댁 아들을 2년 동안 가르치다가 그 댁의 배려로 두 사람이 함께 일본으로 유학을 떠날 수 있었다. 이 때의 나이 22세였다. 1902년 일본 호오세이대를 졸업한 석진형은 귀국 후 2년 간 할 일 없이 지내다가 러일전쟁이 발발하는 1904년 11월 20일에서 이듬해 1월까지 군부 주사로 취직하게 되었다. 1905년 4월에 개교한 보성전문학교 강사로 초빙되어 1912년 12월까지 이 학교에 출강한다. 같은 해 7월 25일부터 이듬해 6월까지 법부의 법률기초위원으로 활동하고 12월 13일에 법관양성소 교관으로 임명되어 채권법, 국제공법 등을 강의했다.『소년한반도』,『대한자강회월보』등에 논설을 기고하던 반아는 1907년 8월 12일부터 9월 17일까지『황성신문』에 소설 「몽조」를 연재한다. 1924년에는 충청남도 지사로 임명되었고 1926년에는 전라남도 지사로 임명된다. 1946년 2월 24일 향년 69세로 서거한다. 여기에 대해서는 다음 논문을 참고. 최원식, 「반아 석진형의 「몽조」」,『한국계몽주의문학사론』(소명출판, 2002), pp.287~309.

10) 이재선,『한국개화기소설연구』(일지사, 1972), p.56.

11) 송민호,『한국개화기소설의 사적연구』(일지사, 1975), pp.124~125.

12) 최원식, 위의 책, p.302.

13) 김경완, 위의 책, p.90.

적인 주권이 상실된 암울한 현실 가운데 개인과 가정은 물론 민족적인 부활이라는 새로운 전망을 제시하고자 하는 작자의 현실인식과 대응양상을 함축"14)한 작품으로 평가를 받아 왔다.

필자는 이와 같은 「몽조」에 관한 기존 논의를 참고하되 이 논의들이 기독교 수용의 문학적 방식에 관해서는 다소 소홀하다는 점에 주목해 논의를 펼칠 계획이다. 그러면 논의의 편의를 위해 이 소설의 줄거리를 요약하되, 소설의 서술이 한대홍의 아내를 주된 서사 대상으로 삼아 이루어지고 있으므로 한대홍의 아내 정씨부인을 주어로 요약해 보기로 하겠다.

① 정씨부인이 남편의 친구 박주사로부터 남편 한대홍의 편지를 받는다.
  (한대홍은 일본에 유학하여 정치학을 공부한 개화주의자로서 귀국해 사회개량과 정치개혁을 주장하다가 옥에 갇혀 있다가 처형당한다.)
② 정씨부인이 남편의 친구 박주사로부터 돈을 받는다.(박주사는 한대홍의 절친한 친구로 한대홍의 유족을 돕는다.)
③ 정씨부인이 돈 열 냥을 몰래 가져간 증남이를 심하게 야단치면서 남편의 유지를 환기시킨다.
④ 정씨부인이 증남과 함께 남편의 묘소를 찾는다.
⑤ 정씨부인이 집으로 찾아온 교회 여전도사를 만난다.
⑥ 정씨부인이 여전도사의 전도에 관심을 표명한다.
⑦ 정씨부인이 기독교에 귀의한다.

이처럼 「몽조」는 사회개량과 정치개혁에 헌신하다가 옥사한 한대홍의 아내인 정씨부인 및 그 가족이 체험하는 가난과 궁핍, 정신적인 곤궁함이 강조된 줄거리(①,②,③,④)와 정씨부인이 정동교회 여전도사를 만나 기독교 신앙에 귀의하는 과정이 강조된 줄거리(⑤,⑥,⑦)로 구성되어 있다. 이런 점에서 ①,②,③,④를 「몽조」의 전반부 서사를 구성하는 줄거리로 ⑤,⑥,⑦을 후반부 서사를 구성하는 줄거리로 구분할 수 있다.

---

14) 이길연, 위의 책, p.52.

「몽조」의 줄거리 요약에서 확인할 수 있듯, 개화의 성취를 위해 헌신하다가 옥사한 남편을 둔 한 여성의 시련(①,②,③,④)과 기독교의 귀의(⑤,⑥,⑦)로 이어지는 이 소설은 개화의 승리와 성취를 형상화한 개화기 신소설―좀더 정확히 말하자면, 개화의 이상주의를 그린 신소설―과는 전혀 다른 서사적 구도를 띠고 있어 그 문제성이 간단하지 않다.[15) 요컨대 「몽조」의 서사는 개화의 이상주의를 그린 신소설의 서사와는 구분되는 차이성을 드러낸다는 말이다.

개화의 이상주의를 그린 대표적인 신소설 작품인 이인직의 「혈의 누」는 "미국 화성돈에 다섯 해를 있어서 하루도 학교에 아니 가는 날이 없이 다니며 공부를 하는데, 재주 있고 부지런한 사람으로, 그 학교 여학생 중에는 제일 칭찬을 듣는"[16) 옥련이라는 한 탁월한 신여성을 주인공으로 설정하고 있다. 어디 「혈의 누」만 그러한가? 「은세계」에도 "사범학교까지 졸업한 후에 근심을 잊어버리기 위하여 음악학교에서 공부"[17)한 옥순이를 그의 남동생 옥남과 함께 주인공으로 설정하고 있다. 김교제의 신소설 「목단화」에 나오는 여성 주인공 정숙은 "지금 이십세기 신풍조를 당하여 우리 여자된 동포는 절대적 관념이 없으면 도저히 아니 될 줄 아오" "태서의 여자들은 농상공업과 기타 제반 사업의 발명 연구함을 남자에게 양두치 않고 생명, 재산을 남자에게 의뢰치 아니하는 고로 국민의 당연한 자격을 손실치 아니"[18)한다는 대중 연설을 할 줄 아는 신여성이다. 요컨대 개화기 신소설의 여성 주인공들은 잘 알려진 대로 여성 교육의 필요성을 자각하거나 가정이라는 사적영역을 탈피해 공적영역에서 신분 상승을 추구하는 신여성의 자질을 과시하고 있다.

---

15) 논자에 따라서는 기독교 귀의로 마무리되는 「몽조」의 결말을 작위적인 것으로 파악할 수 있지만 이러한 결말이 지니는 문제성은 사실 그리 간단하지가 않다.

16) 이인직, 「혈의 누」, 『신소설』(동아출판사, 1995), p.51.

17) 이인직, 「은세계」, 『신소설』(동아출판사, 1995), p.322.

18) 김교제, 「목단화」, 『한국신소설선집』03(서울대학교출판부, 2003), p63.

개화를 상징하는 여성 주인공들이 설정되는 개화기 신소설은 대개 개화와 완고라는 대립적인 코드로 서사를 구성한다. 작중인물의 배치뿐만 아니라 핵심 사건의 전개도 이 두 대립적 코드의 계열화로 나타나기 마련이다. 대개 이런 소설들은 개화의 성취와 완고의 패배로 결말을 마무리하면서 두 코드의 대립을 해소한다.

개화의 이상주의를 그린 신소설의 이와 같은 특징—특히 주인공으로 설정된 여성 주인공의 특징—에 비춰 보면, 「몽조」는 참으로 독특하고도 예외적인 성격을 지닌 사례라고 할 수 있다. 왜냐하면 「몽조」의 정씨부인은 신식 여성 교육의 필요성을 자각한 인물도 아니며 더군다나 가출 모티프를 활용해 전통적인 사적영역을 탈피하는 여성도 아니기 때문이다. '정씨부인'이라는 고소설식 인물 명명법이 암시하듯, 그녀는 여러 개화기 신소설에서 마치 스테레오 타입형처럼 등장한 재기 발랄하고 의욕이 충만한 신여성과는 거리가 먼 '구'여성이다. 옥련이가 "입으로 조선말은 하더라도 마음에는 서양 문명한 풍속이" 젖은 신여성이라면 정씨부인은 남편의 절친한 친구 박주사와도 유별의 도리를 준수하는 구여성이다. 요컨대 개화를 이상주의적 차원에서 서술하는 신소설들이 개화와 완고의 대립을 강조하면서 개화를 성취하는 여성 인물을 설정하는 방식으로 서사를 진행시켜 나간다면 「몽조」는 이와 같은 구도를 탈피한다. 기본적으로, 개화와 완고의 대립항이 「몽조」의 서사를 이끌어가는 동력이 없다는 말이다. 이미 말했지만, 「몽조」는 개혁이 좌절된 지점에서 시작하는 소설로 시작단계에서부터 이와 같은 대립항은 효력을 잃고 있다.[19] 그 대신 「몽조」가 비중 있게 형상화하는 것은 세상살이의 방도를 잃은 한 구여성의 시련과 이 여성의 문제 해결 방식이다. 요컨대 「몽조」에서는 개화와 완고의 대립보다는 한 여성의 고난과 고난 해결의 수순이 더 중요한 핵심서사로 부각된다.

---

19) 한대홍의 서신이 이를 입증하는 서사적 장치로 기능하고 있다.

이를 자세히 보기로 하겠다.

"태서 신세계의 문명을 들이어 인민동포 형제의 지식 정도를 넓히고자" 했으나 "뜻있고 이루지 못할 뿐 아니라 도리어 죄의 이름을 쓰고 돌아가니 진실로" 안타깝다는 자기연민이 강하게 투영된 남편 한대흥의 서신[20]을 받은 정씨부인은 남편의 죽음이 어떤 의미를 지니는가를 판단할 만한 안목이 없는 구여성으로 그려지고 있다. 그런데 이때 이 구여성의 의미를 좀더 헤아릴 필요가 있다. 정씨부인이 구여성이라고 해서 정씨부인을 완고에 집착하는 인물로 볼 수는 없다. 정씨부인은 신여성의 계보에 속하지도 않지만 신여성을 질시하고 억압하는 악처 내지 완고형 계보에 속하는 인물도 아니다. 흥미롭게도, 전통적인 현모양처를 연상시키는 정씨부인은 개화기 신소설의 주요한 여성 인물 유형인 신여성과 완고한 악인형에 속하지 않는 예외적인 사례에 속한다.[21] 정씨부인은 급격한 사회 변동에 적

---

20) 참고로 한대흥의 서신을 인용하면 다음과 같다.

"증남 어머니 보시오.

옥 속에서 여러 해포를 지내는 동안에 부인에게 근심과 걱정을 날로 더하게 한 일은 이제에 이르러 생각하니 도무지 흘러가는 물거품과 사라지는 봄눈과 같이 되었도다. 일찍이 바다 밖에 놀아 우리나라가 청국에 속방이 되어 기반을 벗지 못하고 세계에 병신구실함을 분히 여겨, 동양에 먼저 열린 이웃 나라와 서로 손을 이끌고 세계 여러 나라 틈에 들어가 한 가지 반열에 참여하기 위하여, 정치를 개혁하여 국가의 기초를 튼튼히 하고 태서 신세계의 문명을 들이어 안민동포 형제의 지식 정도를 넓히고자 하였더니, 세상에 좋은 일은 마가 많다 함과 같이 하늘의 이치와 사람의 일이 어그러짐이 많아 일은 이루지 못하고, 도리어 한갓 죄의 이름만 쓰고 옥 속에서 여러 해를 지내는 동안에 이루 말하기 어려운 형벌과 이루 말하기 어려운 고생을 다 지내다가, 밝는 날은 사형의 집행을 당하여 다시 이 세상에 있을 수 없는 황천객이 되겠으니, 슬프다. 사람의 죽는 일은 언제라 죽지 아니함을 기약하리오마는, 뜻있고 이루지 못할 뿐 아니라 도리어 죄의 이름을 쓰고 돌아가니 진실로 어여쁘다."(pp.134~135) 한대흥은 이 서신의 전후맥락으로 보건대 친일 개화 지식인 그룹의 한 일원으로 보인다. 한일합방 이후 국내에 형성된 친일파라는 말은 아니다. 일본의 힘을 빌려 정치개혁을 도모한 김옥균, 박영효, 윤치호를 추종한 인사로 보인다는 말이다. 한대흥의 서신은 중국 중심의 동북 아시아 국제 질서의 개편, 정치 체제 재편 등 개혁 운동의 가능성과 좌절을 압축해 보여주고 있다.

21) 구한말의 지식인과 양반, 유생들이 『황성신문』의 구독자였다. 전통적인 현모양처 스

응이 안 되는 구여성이기는 하되 그렇다고 해서 폭력과 술수로 자기를 위장하는 악인형 구여성도 아니다.

이와 같은 정씨부인에게 남편의 죽음은 이중의 시련을 가져다주는 서사적 사건이다. 남편의 죽음은 정씨부인을 위시한 유가족들의 생계를 위협하는 경제적 시련을 초래할 뿐만 아니라 가장 결손으로 인한 불안감과 고독감의 증대 등 정씨부인의 정신적 시련을 초래한다는 점에서 이중의 시련을 초래하는 사건이라는 말이다. 한대홍의 서신이 정씨부인에게 배달된 후로 「몽조」의 서사는 이 이중의 시련을 극대화하는 방향으로 진행되어 가는데, 이 과정에서 정씨부인은 경제적 궁핍으로 인한 생계 위협과 남편의 죽음으로 인한 죄책감에 시달리는 상심한 여성으로 그려지고 있다.

"나이 여덟살 때에 어머니를 이별"한 정씨부인은 악인형 계모 아래에서 "덧 없고 정 없는 세월"을 보내며 자라다가 한대홍에게 시집을 온 인물이다. 친모와의 결별, 계모의 박대와 같은 불행한 성장의 계기를 남편과의 결혼으로 개선한 정씨부인은 남편 한대홍마저 옥사하자 "이렇다고 돌아서서 의논할 곳도 없고 저렇다고 돌아서서 부탁할 곳도 바이" 없는 고립무원의 처지가 되어 버리고 만다.[22]

이처럼 「몽조」의 전반부는 개혁운동에 관여하다가 옥사한 남편을 둔 한 여성의 이중적 시련을 중점적으로 서술하고 있다. 이미 말했지만, 이 이중의 시련을 체험하는 정씨부인에게서 우리는 개화기 신소설의 신여성들에게서 볼 수 있었던 자기갱신의 행보를 전혀 찾아볼 수 없다. 정씨부인에게는 그 어떤 근대적 징표가 육화되어 있지 않은 것이다.

오히려 이 정씨부인은 남녀유별의 도리와 여필종부라는 전통적 생활윤리의 징표를 구현하고 있다. 문제는 정씨부인이 유교 중심의 전통적 생

타일의 정씨부인의 설정은 신문의 성격과 불가분의 관계가 있어 보인다.

[22] 남편의 친구 박주사가 정씨부인과 그 가족을 후원하는 조력자 역할을 맡기는 하지만 그 역할은 제한된 역할로 그치고 있다.

활 윤리가 어떤 한 개인 혹은 어떤 한 가족의 고난을 구원해주는 힘이 없는 시대를 살아간다는 데 있다. 역설적이지만, 정씨부인은 전통적 생활 윤리를 고수하면 고수할수록 더 곤궁해지는 사회에 존재하고 있다. 이럴 때 주목해야 하는 것은 정씨부인의 시련—특히 정신적 시련—이 어떻게 해결되느냐의 문제, 곧 정씨부인의 시련이 해결되는 방식이다. 정씨부인의 시련은 고소설이나 당대의 일반적 신소설과는 다른 방식으로 해결되고 있으니 그것이 바로 기독교의 구원론의 결말 설정이다.

여기서 기독교는 고난과 시련에 처한 여성을 구원하는 '전적으로 새로운' 문제 해결 방식이라고 할 수 있다. 전적으로 새롭다는 말은 고립무원의 위기에 놓인 여성의 문제를 해결하는 방식이 종래와는 질적으로 다르다는 것을 의미한다. 이를 좀더 자세히 설명해 보기로 하겠다.23)

마가복음 중심의 기독교 교리를 직접 연설하는 방식으로 처리한 이 소설의 후반부는 「몽조」의 결말을 기독교 수사학으로 장식한다. 하느님, 권능, 회개, 은택, 마귀와 같은 어휘로 구성된 이 기독교 수사학은 「몽조」의 결말을 작위적으로 끝내는 문제점을 불러일으키면서도 이 소설을 구원의 서사로 부각시키는 효과가 있다. 그런데 이 구원의 서사에서 특히 주목해야 하는 것은 한 개인의 내면에 형성된 죄를 인정하고 고백하라는 회개의 요청이다.

어떠한 사람이든지 회개하고 하느님을 믿는 마음으로 나아가면 물에

---

23) 「몽조」의 전반부가 정씨부인의 고난을 중점적으로 서술하고 있다면 「몽조」의 후반부는 이 여성의 기독교 귀의를 중점적으로 서술하고 있다. 논자들에 따라서는 정씨부인의 고난을 서술한 「몽조」의 전반부와 기독교로의 귀의를 서술한 「몽조」의 후반부를 서사적 인과관계가 결여된 설정으로 비판할 수도 있다. 그러나 꼭 그렇게만 볼 수는 없다. 왜냐하면 한 여성의 고난을 중점적으로 서술한 「몽조」의 전반부는 기독교 수용의 상황적 조건을 서술하고 있고 이 소설의 후반부는 기독교 수용의 실질적 구현을 서술한다고 볼 수 있기 때문이다. 이런 점에서 「몽조」의 전반부와 후반부는 이질적인 관계라기보다는 내적인 필연성으로 연결된 서사로 볼 수 있다.

빠졌던 사람 건지는 것 같이 얼른 손을 주시면서 어서빨리 올라 오너라
하시고서 이 세상의 마귀시험 속으로부터 구하여 주시는 하느님이오(170)

회개하고 믿고 나아가 구하면 자연히 이룰 수 있는 것이오(171)

언제든지 그 자식이 회개하고 착한 마음으로 그 부모 앞에 나타나면
내자식 아니라고 등을 밀어 내쫓겠오.
우리가 회개하고 믿는 마음으로 우리 구세주 앞으로 나아가면 손목을
얼른 잡으시고 어서 오너라 어디 갔더냐 내가 어이 그리 나를 멀리하려
하느냐 하시고 잘 인도하여 주실 터이오.(171)

하느님을 믿고 회개하고 일하고 보면 이에 이르러 족할 것이오.(174)

누구든지 진실한 마음으로 믿고 회개하고 나아가면 하느님의 열쇠를
받아 맡을 수 있소.(174)

이와 같이 여전도사는 기독교의 전형적인 코드인 '회개'를 집중적으로
강조하면서 정씨부인에게 하느님을 순종하라고 설득하고 있다. 이에 대해
정씨부인은 "내가 전생에 죄를 많이 지어 죄가 있어 그러한가. 전생 후생
은 불도에서 중이 말하는 것인데 야소교에서도 죄를 말하나. 내가 이생에
서 지은 일이 무엇인가. 죄 있다고 하는 말에 내가 잘못하여 증남 아버지
가 아마 돌아갔나 보다. 그것이 아마 죈가본다"라고 민감하게 반응한다.
이러한 반응에 이어 정씨부인은 아래와 같이 여전도사에게 울며 고백한
다.

하느님을 믿으면 내 속에 뭉친 이 생각이 다 풀어지고 근심이 없겠오.
믿다 뿐이겠오. 아마 내가 다 죄가 많아 바깥 남정도 돌아갔지요. 어떻게
회개하나. 잘 믿고 구하면 돌아갔던 사람이라도 다시 살아올 수가 있겠오.
네에. 그러면 믿다 뿐이겠오. 이 내 몸이 부서져서 콩가루 세모래가 되더
라도 믿다 뿐이겠오. 네. 이내 머리를 베어 신을 삼아 신고라도 가다 뿐이
겠오. 에구구 어찌하면 회개하나. 하느님 마옵소서.(175)

여전도사의 등장과 이어지는 교리 설명 그리고 정씨부인의 심적인 동요와 반응은 이 소설의 최종적 성격을 구원의 서사로 만들어 간다. 그런데 여기서 잘 살펴야 하는 것은 정씨부인과 여전도사의 만남의 형식과 그 의미다. 이 두 여성의 만남은 기독교 수용이 가문이나 가족과 같은 전통적인 인간관계의 형식을 탈피하면서 이루어진다는 것을 의미한다. 이 두 여성의 만남에서 우리가 확인할 수 있는 것은 근대적 종교성의 형성이다. 요컨대 이 두 여성의 만남과 대화는 종교가 외적 형식의 의례적 절차가 아닌 한 인간 내면의 문제가 된다는 것을 말해주고 있다.

여기서 강조되는 인간 내면의 문제는 죄의 고백이다. 잘 알려진 대로, 기독교는 인간의 실존 조건에 제약이 있게 된 원인으로 죄의 관념을 전제한다. 여전도사가 원죄의 기독교적 의미를 정통하게 이해하면서 정씨부인에게 기독교를 선교한다고 보기 어렵고 또한 정씨부인이 이 말의 의미를 이해하면서 기독교에 귀의한다고 볼 수는 없지만 두 여성의 만남과 대화는 종교가 인간의 내적인 측면에서 요청되는 사적인 행위라는 것을 말해주고 있다.[24]

이처럼 「몽조」의 결말은 기독교 귀의가 한 여성의 회개 문제와 관련되는 대단히 사적인 문제라는 것을 말해주고 있다. 적어도 정씨부인의 기독교 귀의는 국가부강의 계기와는 그 차원을 달리한다는 말이다. 그녀의 기독교 귀의는 한 개인의 죄의 형성과 인정, 고백의 문제 곧 종교적 근대성의 문제가 되고 있다는 것을 환기시키고 있다. 요컨대 정씨부인의 기독교 귀의는 국가부강을 도모하는 차원이 아니라 자기 죄를 인정하고 구원 받으려는 방식, 달리 말하자면 개인을 단위로 한 죄의 인정과 구원이라는 방

---

24) 정씨부인은 죄를 기독교적 의미의 원죄가 아니라 자기 부덕의 결여와 같은 전통 윤리의 차원에서 이해하고 있다. 정씨부인에게서 기독교 교리와 전통 윤리는 서로 충돌하지 않고 공존하고 있다. 여필종부의 관념이 내재화된 정씨부인에게 기독교는 낯선 종교가 아니라 자기를 반성하게 하는 미덕을 지는 윤리적 종교로 받아들여지고 있다.

식으로 기독교를 수용하려는 양상으로 나타나고 있다.

「몽조」의 줄거리 요약 및 분석에서 확인할 수 있었지만, 「몽조」는 개화파 남편을 잃은 한 여성의 시련과 시련의 해결이라는 두 줄거리로 진행된다. 좀더 필자의 논점에 의거해서 이 줄거리를 보자면 전자의 줄거리는 기독교 귀의의 상황적 조건—남편의 옥사, 가계의 궁핍, 죄책감의 형성—을 나타내고 후자의 줄거리는 기독교 귀의를 나타낸다고 해석될 수 있다. 요컨대 「몽조」는 여러 문제에도 불구하고 기독교 수용의 상황적 조건과 그 결과를 서술한 소설, 즉 기독교 수용의 문제를 당대의 그 어떤 소설보다 중요한 문학적 주제로 취급한 소설이라고 하겠다.

3. 「다정다한」: 종교적 공동체의 탄생과 새로운 자기역할의 모색

「다정다한」은 1907년 1월 24일과 2월 24일자로 간행된 『태극학보』 통권 6호와 7호에 실린 백악춘사 장응진의 작품이다.25) 「다정다한」은 "미신타파, 기독교 전교 등 신소설적 요소가 다분히 반영된 작품" "서교에 의한 근대화과정을 작품화한 시초"26), "애국 애민정신 미신타파정신 인재양성 의지가" 강한 "하나님 중심의 신앙과 삶에의 추구를 기독교적으로 형상화

---

25) 작가 장응진은 1880년 3월 15일 황해도 장진에서 태어나 16세까지는 고향에서 한문을 배웠다. 선친 장응택의 영향으로 신학문을 배우게 된 장응진은 1897년 서울로 유학을 와 관립영어학교에 입학한다. 이 기간에 장응진은 영어학교의 대표로 독립협회가 주관한 만민공동회에 참여했다가 당국의 탄압을 받게 되자 1898년 그의 나이 19세에 일본 유학 길에 오른다. 일본 고등학교 수리과에 입학한 후 태극학회의 회원으로 참여하게 된 장응진은 본격적으로 문필 활동을 전개한다. 1906년 9월 태극학회 초대 회장으로 선출된 장응진은 『태극학보』의 편집 및 발행인의 역할을 담당하면서 이 잡지에 「다정다한」을 발표한다. 「다정다한」은 『태극학보』 6호, 7호의 잡보란에 실렸다. 장응진의 행적에 대해서는 김윤재의 논문을 참고. 김윤재, 「백악춘사 장응진 연구」, 『민족문학사연구』12호, 1988년 상반기,

26) 송민호, 위의 책, pp.121~126.

한 작품"27), "부조리한 현실을 개혁하고 부패한 관료와 봉건적 잔재인 구습을 타파"하고자 한 작품28), "삼성 김정식의 행적을 소설화"하고 "실제 사건이었던 개혁당 사건 혹은 조선협회사건을 직접적으로 반영"한 작품 등으로 평가받아왔다.29)

필자는 이와 같은 「다정다한」에 관한 기존 논의를 참고하되 이 논의들이 기독교 수용의 문학적 방식에 관해서는 다소 소홀하다는 점에 주목해 논의를 펼칠 계획이다.

「몽조」보다 대략 칠 개월 빨리 발표된 이 작품은 「몽조」와 마찬가지로 개혁의 이상주의보다는 개혁의 현실주의를 그리는 작품이다. 개혁의 성취를 그리지 않고 개혁의 좌절로부터 소설의 시작과 전개를 열어가고 진행시킨다는 점에서 「몽조」와 「다정다한」은 일치되는 특성이 있다. 요컨대 「다정다한」도 「몽조」처럼 개화의 이상주의를 그린 작품과는 반대 자리에 위치하는 작품이다. 그렇지만 이 소설은 「몽조」와는 다른 방식으로 소설의 서사를 만들어간다. 「몽조」가 가정이라는 사적영역에 존재하는 한 구 여성을 서사의 주체로 설정해 서사를 만들어간다면 「다정다한」은 공적영역에 존재하는 한 개혁 관료를 서사의 주체로 설정하면서 서사를 만들어간다. 주목해야 할 점은 「다정다한」이 삼성 선생으로 불리는 이 개혁 관료의 퇴출—정치적 성격의 공적영역에서 타의로 퇴출—사건을 핵심 사건으로 서술한다는 데 있다.

줄거리 요약 및 분석에서 더 자세하게 확인되겠지만, 「다정다한」의 전반부 서사가 집중적으로 보여주는 것은 한 젊은 관료와 수구 세력의 대립이다. 이 두 세력의 대립은 삼성 선생의 기독교 귀의 이전까지 지속적으로 작동하면서 「다정다한」의 서사를 구성한다. 이 소설에 등장하는 일련의

---

27) 소재영·김영완 공편, 『개화기소설』(숭실대출판부, 1999), p.55.
28) 이길연, 위의 책, p.62.
29) 김윤재, 위의 논문, p.192.

사건들 예컨대 경무국장 재직 시 독립협회 회원들을 도륙하라는 당국의 명령을 거부한 사건, 이로 인해 목포 경무관으로 좌천된 사건, 목포 경무관 재직 시 빈민 노동자들의 권리를 신장시키기 위해 해당 조문을 고친 사건, 교육사업에 매진하다가 당국에 붙잡힌 사건 등은 하나같이 개혁과 수구라는 정치적 코드의 긴장 관계 속에서 나타나는 사건들이다.

그런데 개혁과 수구의 대립적 관계는 개혁의 좌절, 수구의 승리로 귀결된다. 이에 따라 「다정다한」은 정부 내 수구 세력들의 견제와 억압으로 인해 정치적 공적영역에서 퇴출당하면서 감금되는 정치범으로 전락하고 만 삼성 선생의 운명을 보여준다. 바로 이 대목부터 나타나는 문제 해결 방법은 「몽조」와는 같으면서도 다르다. 두 소설 공히 결말부에 이르러 기독교를 서사 주체들의 위기 해결 방법으로 설정하는 일치된 면모를 보여주기도 하지만 각 서사 주체들이 기독교를 서로 다른 계기로 활용한다는 차이를 보여주기도 한다. 「몽조」가 고난 받는 한 여성의 개인적 구원에 초점을 맞추고 있다면 「다정다한」은 남성 중심의 신앙 공동체의 탄생과 이를 계기로 한 종교적 전망의 창출, 새로운 사회적 역할의 모색에 초점을 맞추고 있다. 이 때 세심하게 살펴야 할 것은 이 남성들의 성격이다. 개혁과 수구 간의 대립이 교차하는 근대 태동기에 형성된 개혁적 정치그룹 출신인 이들은 수구 권력의 견제로 인해 정치적 공적영역에서 설 자리를 잃어가면서 공적인 과제를 수행할 역할을 상실한 신진 세력들이다. 이 소설은 바로 이러한 신진 인사 중 하나인 삼성 선생의 행보를 집중적으로 조명하고 있다.30)

그러면 논의의 편의를 위해 「다정다한」의 줄거리를 요약해보기로 하되

---

30) 실존 인물인 삼성 김정식 선생은 종로에서 보름 가까이 개최된 만민공동회 강제 해산 사건(1898년 12월), 개혁당 사건(1901년)에 관련된 인물이다. 개혁당 사건은 정부 내 수구 세력들이 조작한 사건으로 일본에 망명한 박영효와 공모 정부를 전복하려 했다고 하여 이상재, 이원긍, 유성준, 김정식, 이승인, 홍재기, 안국선, 김린, 신흥우, 윤시용 등이 검거되었다. 김정식은 투옥된 지 3년 만에 석방되었다.

삼성 선생을 주어로 해보기로 하겠다.

① 건양 원년이 되어 삼성 선생이 경무국장의 직을 임명 받는다.
② 당국에서 독립협회 회원들을 피살하라는 명령을 내리자 삼성 선생이
   이를 거부한다.
③ 삼성 선생은 목포 경무관으로 이직하는 명령을 받는다.
④ 목포 경무관으로 이직한 삼성 선생은 법적 근거 없이 역군들을 태형에
   처하는 패장들의 관행을 개선한다.
⑤ 삼성 선생이 목포 인민들의 경외하는 신당을 철폐한다.
⑥ 사직하게 된 삼성 선생이 상경해 아동교육에 헌신하기 위해 소학교를
   신축하다가 당국에 체포된다.
⑦ 옥중에서 삼성 선생은 『성서』와 『천로역정』을 읽으며 기독교에 귀의한다.
⑧ 삼년 만에 석방된 삼성 선생은 사회사업에 헌신한다.

「다정다한」의 줄거리는 기독교 귀의 이전, 즉 삼성 선생이 주도한 개혁 조치가 좌절되면서 정치적 공적영역에서 퇴출되는 과정을 서술한 줄거리와(①,②,③,④,⑤,⑥) 그 이후 옥중에서 몇몇 동지들과 함께 기독교에 귀의하면서 종교적 전망을 탐색하는 줄거리(⑦,⑧)로 구분될 수 있다. 이 두 줄거리의 내용을 좀더 자세히 살펴보기로 하겠다.

삼성 선생은 "원래元來 품성品性이 탁월卓越하고 지기志氣가 활달闊達한" 사람으로 "불세不世의 대사업大事業을 성성하여 일세一世의 이목耳目을 경동驚動하며 천추千秋의 웅명雄名을 유전遺傳"하려는 의욕을 지닌 개혁 인사로 "외국外國의 신지식新知識을 은연隱然 자수自修함으로 무료無聊의 세世를 파波하"다가 "건양建陽원년元年 돌아와서 천운天運이 태회泰回에 국운國運이 유신維新하사 경무국장警務局長의 영직榮職을 배명拜命" 받게 된다. 어느날 당국에서는 경무국장에게 "민회民會를 도륙屠戮"하라는 명령을 하달한다. 민회를 도륙하라는 명령의 배경은 이렇다. 만민공동회를 주관한 독립협회는 당국의 사주를 받은 보부상들에게 테러를

당하는 일대 참극을 겪게 되는데, 이 과정에서 "각각各 학교學校 학도學徒는 일시一時에 동맹휴학同盟休學하며, 각각各 상점商店은 철전맹기撤廛盟起하여 만국일창萬國一唱으로 민회民會에 가세加勢"하는 일이 일어나게 된다. 이에 당국은 민회를 없애버리기 위해 경무국장에게 민회를 도륙하는 명령을 하달하지만 경무국장은 이 명령을 거부한다.

이처럼 삼선 선생은 독립협회 및 만민공동회 중심의 개혁 노선을 취하면서 정부 내의 수구세력과 반목한다. 이 반목은 이미 앞에서 말한 바와 같이 개혁과 수구라는 정치적 코드의 대립으로 이해될 수 있다. 그런데 「다정다한」의 서사 전반부를 이끌어가던 이 두 코드의 대립은 수구의 승리로 귀결된다. 이 결과 삼성 선생은 목포 경무관으로 이직해야 했는데, 목포 경무관 재직 시 삼성 선생은 사당을 철폐하는 사건을 주도한다. 이 사건은 삼성 선생이 추구하는 정신적 가치가 어디를 향하는가를 암시하기에 그 의미가 중요하다.

목포 경무관으로 이직한 삼성 선생은 "일인一人이 팽돈烹豚을 큰 그릇에 담아가지고 남북南北으로 순회巡回하다가, 약략略 일시간一時間 후後에야 주과酒果와 겸兼하여 주석酒席에 내이거늘, 선생先生이 심중心中에 자사自思" 하기를 "필시必是 우매愚昧한 인민등人民等이 또 귀신이나 신당神堂 등속等屬을 숭배崇拜"한다고 생각하기에 이른다. 그리하여 삼성 선생은 "즉시卽時 역군役軍과 순검巡檢을 솔거率去하여 해신당該神堂을 소기燒棄"해버린다. 이에 군중들 사이에서 삼성 선생은 "천주교인天主敎人이 아니면 야소교인耶蘇敎人이라"라는 소문이 크게 퍼지지만 그는 이에 개의치 않고 자기 직무를 수행한다.

이처럼 「다정다한」은 삼성 선생의 기독교 귀의를 다룬 결말을 제시하기 이전부터 전통 무속 신앙을 철폐되어야 할 미신으로 여김으로써 상대적으로 기독교를 문명의 종교로 인정하는 양상을 취하고 있다. 비록 「다정다한」은 이 대목에서 전통 무속 신앙과 기독교의 관계를 미신과 문명의 종교라는 구도로 외현화하고 있지는 않지만 상대적으로 전통 신앙을 폄하하고 기독교에 우호적인 시선을 보내는 것은 사실이다. 요컨대 사당 철폐를 주도한 삼성 선생의 행동의 동기나 정신적 태도 등에서 우리는 기독교적 감각을 이미 습득한 한 관료를 볼 수 있다.

목포 경무관 자리를 그만두게 된 삼성 선생은 상경해 아동교육에 헌신하고자 소학교를 신축 설립하려고 하지만 당국은 이를 불허하고 삼성 선생을 투옥시킨다. 삼성 선생을 "일본협회사건"의 공범으로 본 정부 내의 수구세력들은 삼성 선생만이 아니라 "평양인으로 미국 갔다온" 젊은 개화 지식인들을 대대적으로 검거하는데, 이로써 개혁과 수구의 대립은 수구의 대대적인 승리로 마감된다.

이와 같은 줄거리 요약 및 분석에서 확인할 수 있듯, 이 소설의 전반부(줄거리 ①,②,③,④,⑤)는 정부 내 수구 세력에 밀려 공적영역에서 강압적으로 퇴출당하면서 정치적 전망을 잃어가는 한 개혁 관료의 행로를 중점적으로 서술하고 있다. 이제 삼성 선생은 자의가 아니라 타의에 의해 공적영역에서 자기역할을 포기해야만 하는 철저하게 좌절한 인물로 그려지고 있다. 그는 더 이상 자기 존립의 근거를 확보할 수 없는 시대의 희생자로 전락하고 말았다.

이에 따라 「다정다한」의 결말은 개혁과 수구라는 정치적 코드의 대립으로 더 이상 서술될 수 없는 서술상황에 봉착한다. 이제는 어떤 코드의 대립적 설정이 아니라 수구세력에 의해 공적영역에서 퇴출당한 삼성 선생의 위기를 해결하는 방법의 모색이 중요한 문제로 부각된다. 바로 이 방법이 기독교의 설정이다. 「몽조」와 마찬가지로 「다정다한」 역시 결말을 기독교의 설정으로 처리한다.

이와 같은 기독교 설정은 「다정다한」의 최종적 성격을 구원의 서사로 만들어간다. 그런데 구원의 양상은 「몽조」와 「다정다한」이 동일하지 않다. 「다정다한」의 삼성 선생은 「몽조」의 정씨부인과는 달리 기독교 귀의를 한 개인의 문제로 받아들이지는 않는다. 삼성 선생은 그와 유사한 처지의 정치범들과 함께 기독교 귀의를 종래의 정치적 전망과 결별하고 종교적 전망을 모색하는 계기로 받아들이면서 새로운 활로를 실천하려고 한다.

수인이 된 삼성 선생은 "옥관獄官의 후의厚意로 오륙五六 인人"과 함께 "일실一室에 회합會合하고 신체身體를 자유自由로 운동運動"하면서 지낸다. 이 오륙 인은 "단좌團坐하여 고담古談 소화笑話와 신문新聞 등等으로 무료無聊의 세월歲月을 보내며, 혹或 자미滋味있는 책자册子를 구求"(63)하다가 옥중에 유입된 기독교 책을 읽게 된다.

어느날 삼성 선생은 『천로역정』 한 권을 구독하면서 기독교에 긍정적인 관심을 표명한다.31) 더 자세히 말하자면, 삼성 선생은 "영인 번연약한"이 "실정失睛한 여식女息을 데리고 십이十二 년간年間 옥중獄中에서 고생하며 저작著作"한 『천로역정』을 읽으며 기독교의 구원적 성격을 발견한다. 삼성 선생은 "야소교"에서 구원의 가능성을 발견하면서 그 자신이 기독교 신자로 변모할 뿐만 아니라 그와 유사한 처지의 정치범들과 신앙 공동체를 결성하는 변모를 보여준다.

여기서 흥미로운 점은 삼성 선생의 기독교 귀의가 어느 누구로부터 교리를 들으며 이루어지는 게 아니라 기독교 텍스트들을 읽으며 이루어진다는 데 있다. 「몽조」의 정씨부인이 정동교회 소속의 여전도사의 교리 연설을 들으며 기독교로 귀의한 반면 문식성의 능력을 겸비한 삼성 선생은 기독교 텍스트들을 집중 강독하며 기독교로 귀의하고 있다. 이 과정에서 주

---

31) 여기에 대해서는 이광린 교수의 연구가 있다. 이광린 교수에 따르면, "한글로 된 책 중에서 많이 빌어 간 순서대로 그 횟수를 적어보면 『신약전서』 110, 『그리스도신문』 70, 『국문독본』 67, 『스민필지』 51, 『텬료력뎡』 50회이고 漢文으로 된 책은 『新約聖書』 35, 『萬國痛史』 24, 『泰西新史』 23, 『牖蒙千字』 21, 『張袁兩友相論』 21, 『舊新約全書』 19회로 되어 있다. 한글 책은 일반 잡범들이 읽었기 때문에 횟수가 많았다. 한편 한문 책은 정치범들이 주로 읽었고 중국에서 들여온 것이었다. 물론 한글로 된 『신약젼서』와 『그리스도신문』은 정치범들이 많이 읽었다." 이광린, 「구한말 옥중에서의 기독교 신앙」, 『한국개화사의 제문제』(일지사, 1986), p.232.

목해야 하는 것은 삼성 선생이 기독교 텍스트를 자기 동일시의 태도로 읽고 있다는 점이다. 오랜 투옥에도 불구하고 "자기自己의 운명運命을 자위자락自慰自樂"하며 『천로역정』을 저술한 작가를 삼성 선생은 인생의 귀감으로 여길 뿐만 아니라 그 또한 『천로역정』의 저자와 같이 "부세浮世의 고락苦樂을 냉시冷視"할 수 있기를 바라고 있다. 이처럼 삼성 선생은 『천로역정』이란 텍스트에서 기독교적인 삶의 스타일을 발견할 뿐만 아니라 자기의 불행을 반전시킬 기독교의 구원 가능성을 주목한다.

『천로역정』을 완독한 삼성 선생은 옥내에 유입된 기독교 서적을 집중적으로 읽으면서 더욱 적극적으로 기독교 신앙에 정신적으로 의탁한다. 하루는 "인류人類의 죄罪를 대속代贖하여 십자가상十字架上에 이슬로 소거消去한 야소耶蘇와 같이 이 애자愛子의 생명生命을" 대신해 바다로 뛰어든 한 여성 이야기를 기록한 책을 읽고 삼성 선생은 감화받는데, 이 책 역시 삼성 선생에게는 기독교적인 삶의 스타일의 중요성을 깨닫게 하는 사례가 되고 있다.

이런 점에서 삼성 선생의 옥중 체험은 기독교의 종교적 전망을 집중적으로 탐색하는 반전의 계기가 된다고 할 수 있다. 옥중 체험을 계기로 삼성 선생은 정치적 공적영역으로의 복귀보다는 종교적 전망을 탐색하는 삶을 모색한다. 이 대목에 관한 소설의 진술이 그리 구체적이지 않다는 문제점이 있기는 하지만 이 소설의 결말은 기존의 정치적 공적영역으로 복귀하지 않고 새로운 영역을 모색하는 삼성 선생과 그 일행들의 행보를 보여준다는 점에서 의미 심장하다. "청천백일하靑天白日下에 무죄방면無罪放免하는 몸이 되어, 삼三 년年만에 옥문獄門을 사출辭出하고, 세상世上에 나와서도 차유지단此有志團은 옥중서약獄中誓約을 불변不變하고, 상제上帝의 뜻을 받들어 사회사업社會事業과 공공자선公共慈善 등等 사업事業을 일심一心으로 경영經營하는데, 선생先生은 지금至今도 일신一身을 구세救世에 자위自委하여 전도사업傳道事業에 열심熱心 종사從事함내다. 아멘"(65)으로 마무리되는 「다정다한」의 결말 대목은 삼성 선생의 삶이 정치와는 결별하고 복음 및 전도 사업에 집중되리라는 걸 예고한다.

결국 개혁과 수구의 대립, 수구의 승리로 이어지던 「다정다한」은 결말에 이르러 상제, 사회사업, 공공자선, 전도사업, 아멘과 같은 기독교적 용어의 대치로 구성된 삼성 선생의 새로운 행보를 요약 서술해주면서 그 끝을 맺고 있다. 여기서 한 번 더 주목해야 할 문제는 삼성 선생의 기독교 귀의가 한 개인의 귀의가 아니라 공적영역에서 퇴출당한 동일한 처지의 정치범들과 함께 이루어지는 집단적 귀의라는 점이다. 이들은 비록 기존의 정치적 공적영역으로는 복귀하지 않지만 사회사업, 공공자선, 전도사업과 같은 문명화 및 복음화 사업에서 자기역할을 발견하고 이를 수행하면서 기독교적 전망을 사회 내에서 실천하려고 한다.

이런 점에서 삼성 선생의 기독교 귀의는 기존의 정치적 공적영역으로는 복귀하지 않되 종교적 차원의 영역―사회사업, 공공자선, 전도사업 등의―에서 자기역할을 탐색하는 대안적 성격이 강하다. 「몽조」의 기독교 귀의가 한 개인의 귀의였다면 「다정다한」의 기독교 귀의는 공동의 정치적 신념을 추구하다가 몰락한 남성들이 새로운 활로를 만들어보려는 집단적 귀의이자 동시에 정치와는 결별하고 새로운 사회적 역할을 모색하려는 대안적 성격이 강한 귀의라고 할 수 있다.

「다정다한」의 줄거리 요약 및 분석에서 확인할 수 있었지만, 「다정다한」은 정부 내 수구세력들에 의한 공적영역으로부터의 삼성 선생 퇴출과 기독교 귀의라는 두 줄거리로 구성된다. 그리고 이 두 줄거리는 「몽조」에서 확인한 바와 같이 기독교 귀의의 상황적 조건―정치적 공적영역에서의 퇴출, 면직―을 나타내는 줄거리와 기독교 귀의의 양상을 나타내는 줄거리로 분별된다고도 해석될 수 있다. 기독교 귀의를 중요한 문학적 주제로 취급하는 이 두 소설은 다같이 전반부 서사에서 기독교 귀의의 상황적 조건을 서술하고 후반부 서사에서 기독교 귀의의 양상을 서술하고 있다.

4. 맺음말

개화기 소설 연구는 그 동안 질과 양의 면에서 주목할 만한 업적을 적지 않게 배출했다. 그렇지만 여전히 이 방면에 관한 연구는 여전히 연구자들의 활발한 연구를 요청하고 있다. 이렇게 개화기 소설의 연구 주제를 문제 삼게 될 때 외면할 수 없는 연구 주제 중 하나가 기독교 수용의 문학적 방식에 관한 연구다.

19세기 후반의 급진개화론자들은 기독교를 부국강병의 계기로 받아들였다. 그들은 서구와 같은 수준의 부국강병을 성취하기 위해서는 서구의 종교인 기독교를 받아들여야 한다는 논리를 개진했다.

그런데 필자가 주목한 것은 이런 부분이 아니다. 기독교가 실질적으로 유입되던 시기의 개화기 신소설들은 기독교를 부국강병의 계기로만 서술하지 않는다. 개화기 신소설들 특히 필자가 연구 대상으로 설정한 「몽조」와 「다정다한」은 기독교를 한 개인적인 내면적인 죄의 고백과 관련되는 사적인 문제로 서술하거나 종래의 공적영역과는 그 성격이 상이한 종교적 공동체의 탄생과 형성에 관련되는 문제로 서술하고 있다. 필자는 이런 점에 주목하면서 이 두 소설이 기독교를 어떤 문학적 방식으로 수용하는가를 살펴보았다.

필자는 먼저 반아 석진형의 작품으로 알려진 「몽조」가 기독교를 어떻게 수용하는가를 밝히기 위해서 줄거리를 요약했다. 「몽조」의 줄거리를 분석한 결과 「몽조」는 사회개량과 정치개혁에 헌신하다가 옥사한 젊은 개혁파인 한대홍의 아내인 정씨부인 및 그 가족이 체험하는 가난과 정신적인 죄책감이 강조된 줄거리와 정씨부인이 정동 교회 여전도사를 만나 기독교에 귀의하는 줄거리로 분별된다는 것을 알 수 있었다. 더 요약하자면 개화의 성취를 위해 헌신하다가 옥사한 남편을 둔 한 여성의 시련을 서술하는 줄거리와 기독교의 귀의를 서술하는 줄거리로 이 소설은 구성되어 있다는 것이다.

「몽조」의 줄거리에서 우리가 주목해야 하는 것은 개화를 이상주의적 차원에서 서술한 소설들처럼 개화와 완고의 대립항이 「몽조」의 서사를 이끌어가는 동력이 없다는 것이다. 「몽조」는 개혁이 좌절된 지점에서 시작하는 소설로 개화의 성취가 이 소설의 주된 과제가 아니다. 「몽조」가 비중 있게 다루는 문제는 세상살이의 방도를 잃은 한 여성의 시련과 이 여성의 문제 해결 방식이다.

여기서 기독교는 고난과 시련에 처한 여성을 구원하는 전적으로 새로운 문제 해결 방식이라고 할 수 있는데, 특히 「몽조」의 결말에는 마가복음 중심의 기독교 구원론이 설정되어 있다. 정동교회 여전도사의 등장과 이어지는 교리 설명 그리고 정씨부인의 심적인 동요와 반응의 과정 속에서 우리가 확인할 수 있는 것은 근대적 종교성의 형성이다. 요컨대 두 여성의 만남과 대화는 종교가 외적 형식의 의례적 절차가 아닌 한 인간의 내면의 문제가 된다는 것을 말해주고 있다.

즉 정씨부인의 기독교 귀의는 국가부강의 계기가 아니라 자기 죄를 인정하고 구원 받으려는 방식, 달리 말하자면 개인을 단위로 한 죄의 인정과 구원이라는 방식으로 기독교를 수용한다고 말할 수 있다.

백악춘사 장응진의 「다정다한」의 줄거리는 삼성 선생이 주도한 개혁 조치가 좌절되면서 정치적 공적영역에서 퇴출되는 과정을 서술한 줄거리와 그 이후 옥중에서 몇몇 동지들과 함께 기독교에 귀의하면서 종교적 전망을 탐색하는 줄거리로 구분된다. 이처럼 줄거리 요약 및 분석 과정에서 파악되듯, 이 소설은 특히 전반부 서사는- 정부 내 수구 세력에 밀려 공적영역에서 강압적으로 퇴출당하면서 정치적 전망을 잃어가는 한 개혁 관료의 행로를 중점적으로 서술하고 있다.

이에 따라 「다정다한」의 결말은 개혁과 수구라는 정치적 코드의 대립으로 서술될 수 없는 서술 상황에 봉착한다. 이 소설이 주되게 살피려는 건 어떤 코드의 대립적 설정이 아니라 수구세력에 의해 공적영역에서 퇴출당한 삼성 선생의 위기를 해결하는 방법의 모색이다. 「다정다한」은 결말에 이르러 상제, 사회사업, 공공자선, 전도사업, 아멘과 같은 기독교적 용어의 대치로 구성된 삼성 선생의 새로운 행보를 요약 서술해주면서 그 끝을 맺고 있다.

여기서 한 번 더 주목해야 할 문제는 삼성 선생의 기독교 귀의가 한 개인의 귀의가 아니라 공적영역에서 퇴출당한 동일한 처지의 정치범들과 함께 이루어지는 집단적 귀의이며 동시에 종교적 전망과 이를 근거로 한 새로운 자기역할의 모색이었다.

위 두 편 소설의 줄거리 요약 및 분석에서 확인할 수 있었지만 이 두 편 소설의 서사는 기독교 수용의 상황적 조건을 서술한 줄거리와 기독교 귀의의 양상을 서술하는 줄거리로 구성되어 있다. 두 편 소설 모두 기독교를 수용할 수밖에 없는 상황적 조건을 전반부 서사에서 서술하고 있고 그에 상응하는 결과를 후반부 서사에서 서술하고 있다.

6

개화기 소설의 시점과 서술

1. 신문과 기자—소설가의 출현

개화기 소설의 시점을 보다 면밀하게 탐구하기 위해서는 개화기 소설 작가들의 사회적 지위와 그들의 직업 양상을 주목해 볼 필요가 있다. 먼저 여기에 대해 간단하게 논의를 하고 다음으로 개화기 소설의 시점에 관해 집중적으로 논의해 보기로 하겠다.

개화기에 눈에 띄게 증가한 민간 신문 창간은 개화기 소설 형성에 결정적인 도움을 제공했다.『대한매일신보』에는「소경과 앉은뱅이 문답」,「이태리국아마치전」,「향로방문의생이라」,「청루의녀전」,「거부오해」,「수국제일위인이순신」,「동국도걸최도통」 등등이 연재되었고『만세보』에는「혈의 누」,「귀의 성」 등등이 연재되었다. 이처럼 새롭게 창간된 민간 신문들은 소설 생산의 새로운 물질적 조건으로 작용하면서 당시 작가들에게 소설을 연재할 기회를 부여해 준 게 사실이었다.

그렇다면 각종 개화기 신문에 소설을 연재한 이 새로운 유형의 소설가들을 어떻게 이해할 수 있을까? 이 질문의 의미가 제대로 탐구되기 위해서는 개화기 소설가들의 대다수가 기자—소설가였다는 사실에 주목해야 한다. 기자—소설가는 말 그대로 기자이면서 동시에 소설가라는 이중의 지위를 반영한다. 신문 창간의 홍기였던 개화기의 소설가들은 대부분 신문사 기자로도 활약했는데, 바로 이런 맥락에서 기자—소설가의 출현은 전문 문인이 등장하기 이전의 한 양상으로 이해될 수 있다. 참고로 이해조의 「화의 혈」((1))과 「탄금대」((2))의 후기를 보도록 한다.

(1) 긔쟈왈 소셜이라 ᄒᆞᆫ는 것은 미양 빙공착영(憑空捉影)으로 인정에 맛도록 편즙ᄒᆞ야 풍속을 교정ᄒᆞ고 사회를 경영ᄒᆞᆫ는것이 데일 목덕인즁 그와 방불 사름과 방불 사실이 잇고보면 애독ᄒᆞ시는 렬위부인 신ᄉᆞ의 진진ᄒᆞᆫ 즈미가 일층 생길것이오. 그사름이 희ᄀᆞᄒᆞ고 그 ᄉᆞ실을 경계ᄒᆞᆫ는 됴흔영향도 업지안이홀지라 고로 본긔쟈는 이 소셜을 긔록홈이 스ᄉᆞ로 그 즈미와 그 영향이 잇슴을 바ᄅᆞ고 ᄯᅩ바ᄅᆞ노라

(2) 긔자 소셜을 져슐홈이 임의십여지 광음이라 날로 붓슬드러 수천만언을 긔록홈이 실로 지리신산홈을 왕왕견디기 얼온쩌가 만으나 흔갓결심ᄒᆞ기를 아모조록 힘과 정신을 일칭 더 ᄒᆞ야 악ᄒᆞᆫ 즈을 징계ᄒᆞ고 챡ᄒᆞᆫ즈를 찬양ᄒᆞ며 혹은 직설도 ᄒᆞ며 혹 풍즈도 ᄒᆞ야 ᄉᆞ름에 칠정에 각측될만ᄒᆞᆫ 공젼졀후의 신소셜을 져슐코져 ᄒᆞ나 마냥 묫슬들고 조희에 림홈이 싱각이 삭막ᄒᆞ고 문견이 고루ᄒᆞ야 ᄆᆞ음과 글이 긋지 못홈으로 애독졔씨의 진진ᄒᆞᆫ 취미를 돕지 못ᄒᆞ얏도라.

'나는 기자'라는 사실을 분명히 의식하는 예문들이다. 이 예문에서 확인되듯, 개화기 소설가들은 소설만을 전문적으로 창작하는 문인이었다기보다는 신문사 기자로 재직하면서 당대의 사건을 취재한 언론인이기도 했다. 기자라는 자의식이 강한 이들을 과연 소설가로 볼 수 있을까하는 의문이 나올 정도로 이 시기의 작가들은 기자적 자의식이 강했다. 문제는 기자의 의미다.

다시 한 번 「화의 혈」과 「탄금대」의 후기를 보도록 한다. 여기서 우리는 그 어떤 표현보다 '기자왈'이라는 표현을 주목할 수 있는데, 여기서 기자는 전문 직종으로 분화된 언론인을 의미하지는 않는다. 여기서 기자는 전적으로 저널리스트의 의미를 구현한다기보다는 당대 현실의 기록자(recoder)의 의미를 구현한다고 봐야 한다.

바로 이러한 맥락에서 기자―소설가 위상은 고찰되어야 한다. 그들은

신문이라는 공론 토론장에 편입되어 그들이 속한 세계를 다양하게 서술하려고 한 존재들이었다.[1] 그러면서 그들은 세계의 실상을 비판적으로 보도하거나 논증했다. 이처럼 그들은 문예학적인 혹은 미학적인 관심에 전적으로 경도된 소설가들은 아니었다. 기자-소설가들은 당대의 현실 국면에 적극적으로 응전하면서 당대 현실의 실상을 독자들에게 보고하거나 특정한 이념의 정당성을 주장하려 했다. 그렇다면 이들은 어떤 서술 방식으로 당대의 현실을 보고하거나 특정 이념을 정당화했을까? 바로 이러한 문제를 시점론으로 논의할 계획이다.

본고에서는 「소경과 앉은뱅이 문답」, 「이순진전」, 「혈의 누」의 세 작품을 대상으로 논의를 전개할 계획이다.

2. 관찰적 시점과 보고적 서술 : 「소경과 앉은뱅이 문답」

1905년 11월 17일 『대한매일신보』에 연재되기 시작한 「소경과 앉은뱅이 문답」은 이재선 교수에 따르면 "서술적 방법이 갖는 요약이나 장면의 구성양식으로 이루어진 것이 아니라, 복술을 하는 장님과 망건 장이인 앉은뱅이의 대화만의 연속"[2]으로 이루어진 대화체 소설이다.

「소경과 앉은뱅이 문답」을 노블의 관점에서 고찰할 경우, 긍정적인 평가를 내리기 어렵다. 그러나 그 문학사적 위상은 간단하지 않다. 「소경과 앉은뱅이 문답」의 문학사적 위상을 "정치소설의 자생적인 한 모습[3]으로 매김할 정도로 이 작품이 근대문학사에서 차지하는 위상은 결코 가볍지 않다. 「소경과 앉은뱅이 문답」의 문학사적 위상을 염두에 두고, 이제부터

---

1) 개화기 소설의 정론성 내지 공론성은 이와 같은 맥락에서 살펴져야 한다.
2) 이재선, 『한국개화기소설연구』(일조각, 1972), p.61.
3) 김윤식 · 정호웅, 『한국소설사』(예하, 1993), p.20.

는 이 작품의 시점과 서술의 문제를 탐구해 보기로 하겠다.

「소경과 앉은뱅이 문답」4)은 누구의 시점에 의해서 서술되는가? 이 질문에 대한 해명을 위한 근거로 아래의 예문을 참고하기로 한다.

> 일전에 어떠한 소경 하나가 막대를 두덕거리고 모처 망건 가게 앞으로 지나가는데 그 곳에서 망건 일하는 앉은뱅이가 그 소경을 불러 가로되,
> "여보게, 그 동안 어찌하여 오래 만나지 못하였나?"
> 소경이 대답하되, "자연 그렇게 되었네마는 그 동안 술이나 잘 먹었나."
>
> "여보게, 아무 말 말게 말하면 기가 막히네. 술을 먹기는커녕 술 먹는 사람의 입도 구경 못하였네. 전일에는 가로상에 술 먹고 주정하는 자도 많더니 근일에는 별로 얻어 볼 수 없네. 아마 후주 죄인으로 잡혀갈까 두려워할인지."
> "아니 돈이 귀하여 그렇지. 신화 한 푼 얻어 보기는 하늘에 별따기요, 구화조차 구경할 수 없으니 어느 결에 술 먹을 수 있으며 먹은들 취할 수 있겠나, 전에는 내가 문수 소리를 지르고 돌아다니며 이 집 저 집에서 불러들여 하루 못 벌어도 삼사십 냥이더니 근일에는 다리에 가래토시가 서도록 다녀도 삼사푼을 구경치 못하니 참 살 수 없어."

적어도 위 예문에서만큼은—특히 밑줄 대목을 중심으로— 우리는 서술자의 존재를 인지할 수 있다. 그러나 소경과 앉은뱅이의 대화가 전개되면서 서술자의 존재는 사라지고 있어서 독자들은 더 이상 서술자의 존재를 인지할 수 없다. 그러면 서술자의 존재를 끝까지 인지할 수 없는가? 그렇지는 않다. 소경과 앉은뱅이의 대화가 끝나갈 무렵 독자들은 서술자의 존재를 다시 인지할 수 있다.

> "그러면 자네는 업혀 다니게 되어 좋거니와 나는 무슨 팔자로 내 몸도 내가 주체할 수 없는데 남을 또 없고 다닌단 말인가. 참 기막힌 말일세."

---

4) 연구 대상 텍스트는 『한국문학대전집』1(태극출판사, 1976)에 실린 「소경과 앉은뱅이 문답」이다.

<u>하며 희희창탄에 노래 일 곡 부르면서 막대를 두르며 갔더라.</u>

소경과 앉은뱅이의 대화가 마무리되어갈 무렵, 밑줄에서 확인되듯 서술자는 작품 전면에 부각되어 나타나고 있다. 그래서 이 작품은 ① 서술자에 의한 도입－② 소경과 앉은뱅이의 대화－③ 서술자에 의한 결말이라는 구성을 취하고 있다고 말할 수 있다. 그런데 ②를 보다 중요하게 분석해야 한다. 왜냐하면 ②의 소경과 앉은뱅이들 또한 서술자의 역할과 기능을 맡고 있기 때문이다. 이들은 이른바 '리포터로서의 나레이터'5)로서 당대의 시사적 사건을 조목조목 보고하고 비판하고 있다. 이러한 맥락에서 우리는 ①과 ③의 서술자를 주서술자 ②의 서술자를 부서술자로 정의할 수 있다. 그래서 이 작품은 ① 주서술자에 의한 도입－② 부서술자들의 대화－③ 주서술자에 의한 결말이라는 구성을 취한다고 볼 수도 있다.

그러나 ①, ③의 비중이 대단히 미약하여 이 작품이 전체적으로 주서술자에 의해 서술된다고 볼 수는 없다. 주서술자는 전체 서사를 열고 닫아주는 기능을 맡고 있으며 대신에 소경과 앉은뱅이라는 두 인물－목격자로서의 나레이터의 역할과 기능을 맡고 있는－이 직접 대화하며 전체 서사를 진행시키고 있다. 소경과 앉은뱅이는 대화를 나누면서 전황 문제, 통감부 설치 문제, 허명 개화 문제, 교육 문제 등등에 관한 비판적 의견을 진술한다.

부서술자로서의 소경과 앉은뱅이는 서술대상으로 설정된 현실 세계를 관찰적6)인 시점으로 바라보는데, 이는 보고적 서술과 호응한다. 주서술자

---

5) 조남현 교수는 대화체 서술 약식에서 대화를 나누고 있는 인물들과 연설체 서사양식에서 연사로 등장하는 각종 동물들을 모두 목격자로서의 나레이터로 정의했다. 필자 역시 조남현 교수의 지적에 동의하면서 소경과 앉은뱅이를 목격자로서의 나레이터로 보고 있다. 조남현, 「개화기 소설양식의 변이양상」, 『한국현대소설연구』(민음사, 1987), p.72.

6) 이 작품의 서술자는 관찰자의 태도를 취하면서 소경과 앉은뱅이의 대화를 경청한다. 그리고 서술자는 그들의 대화 내용을 판단하거나 평가하지 않는다. 그들의 대화 내용에 대한 판단이나 평가는 전적으로 독자의 몫으로 돌려지고 있다.

는 소경과 앉은뱅이의 대화에 직접 참여하지는 않는다. 대화의 과정에서 주서술자는 배제되어 있다. 이런 의미에서 본다면 「소경과 앉은뱅이 문답」은 주서술자의 비중이 대단히 축소된 작품, 대신에 리포터로서의 부서술자의 비중이 상대적으로 확대된 작품이라고 볼 수 있다. "시사문제를 주로 그 대상으로 하여 두 사람 또는 여러 사람들이 모여 서로 자기가 생각하고 있는 바로 개진해 나가거나 묻고 답을 하지 않으면 당시대의 현실적인 문제에 대하여 비꼬아 풍자하는 대화"[7]가 소경과 앉은뱅이를 중심으로 전개되고 있는 것이다.

그러면 왜 이렇게 서술되는 소설이 나오는 걸까? 「소경과 앉은뱅이 문답」은 연설과 토론이 소설화된 초기적 형태에 해당한다고 할 수 있다. 그런 까닭에 작중인물의 행동이나 사건 등에 대한 묘사가 중요한 비중을 차지하지 않는다. 그보다는 시사적 쟁점에 대한 비판적 대화 자체가 상대적으로 큰 비중을 차지한다. 그렇다보니 「소경과 앉은뱅이 문답」에서는 인격화된 서술자의 존재나 구체적인 성격을 지닌 인물의 출현이 중요하게 다루어지지 않고 있다. 그 대신에 대화 행위에 전념하면서 사회적 사건을 보도하는 리포터로서의 부서술자의 존재가 더욱 비중 있게 다루어지고 있다.

그런데 소경과 앉은뱅이의 대화 내용은 참으로 중요하게 판독되어야 한다. 왜냐하면 두 인물의 대화는 당대의 사회적, 경제적 쟁점이 함축되어 있기 때문이다. 위 인용문을 보면 "신화 한 푼 얻어보기 힘들다"는 발언이 등장한다. 이는 결코 과장된 푸념이 아니다. 「소경과 앉은뱅이 문답」이 연재될 때의 잡보란에는 「상업회의소화폐교구방책」이라는 기사가 연재되어 있다. 이 기사는 정부의 재정 정책을 비판하고 대안을 모색해보려는 의도로 작성되고 있다. 개혁한다고 구화를 신화로 바꿔버리자 경제적 공항이 일어났는데, 이를 간과할 수 없어 기사는 작성되고 있다. 이를 보더라도

---

7) 김중하, 「개화기 토론체소설 연구」, 『관악어문연구』2, 서울대학교 국어국문학과, 1977, p.173.

"신화 한 푼 얻어 보기 힘들다"는 발언은 결코 과장된 푸념이 아님을 알 수 있다.

3. 논평적 시점과 논증적 서술 : 「이순신전」

신채호의 「이순신전」은 한문본과 국문본 두 판본이 있다. 한문본은 1908년 5월 2일부터 같은 해 8월 18일까지 연재되었고 국문본은 자매지인 『대한매일신보』에 1908년 6월 11일부터 같은 해 10월 24일까지 연재되었다. 여기서는 국문본을 대상으로 한다.[8]

이른바 역사전기소설[9]의 대표적인 작가로 알려진 신채호는 작가이기 이전에 한국사를 민족주의적 관점에서 옹호한 국사학자로 더욱 알려진 인물이다. 그는 「역사와 애국심의 관계」(『대한협회화보』, 1908년 5월), 「독사신론」(『대한매일신보』, 1908년 8월 27일~12월 14일) 등의 사론을 발표하면서 국민들이 자기 나라 역사에 관심을 가져야 한다고 주장하였다. 그러나 추상적인 성격을 띠는 사론만으로는 자기주장을 제대로 전달할 수 없다는 것을 자각한 신채호는 소설 창작에도 나름대로 성의를 보인다. 그는 "高聲疾呼로 愛國하라 愛國하라 함보다 차라리 祖國 偉人의 傳記를 이야기하며 城內 山川의 讀本을 읽게 하여 내 나라에 대한 觀念을 깊게 함이

---

8) 연구 대상 텍스트는 『신채호 전집』(형설출판사, 1977)에 실린 「이순신전」이다.

9) 역사전기소설은 "자전적이나 회고록 등과 함께 비허구에 포함되는 서사 문학의 한 장르이며, 객관적 사실에 대해 역사적 인식에 바탕을 두는 역사성과 문학성이 공존하는 장르적 특성"(윤명구)을 지닌 장르로 평가받는다. 또한 역사전기소설은 "경험적 서사 문학인 전기 문학은 실제 사실이나 진실에 직결되므로 시간과 공간과 인물에 보증적인 강점이 있으며 역사적 충동과 역사적 진실을 통한 자기인식과 역사적 우의법에 의한 이념표출이 가능하다는 강점을 지니고 있다."(이재선)
윤명구, 「개화기 서사문학 장르」, 김열규·신동욱 편, 『신문학과 시대의식』(새문사, 1981)
이재선, 「개화기 서사문학의 두 유형」, 『국어국문학』 68·69 합병호, 1975.

나으리라 하노라"하면서 국민들의 영웅위인의 전기를 읽어야 한다고 주장했다.

「이순신전」은 「소경과 앉은뱅이 문답」과는 달리 서술자의 존재를 일관되게 인지할 수 있다. 그런데 「이순신전」의 서술자는 작가와는 완전한 분화된 관계의 서술자라기보다는 작가와 아주 근친적인 관계를 서술자다. 이러한 의미에서 우리는 「이순신전」의 서술자를 작가─서술자라고 말할 수 있다.10) 「이순신전」을 서술해가는 작가─서술가와 서술 대상으로서의 이순신의 관계는 논평적 시점으로 연결된다.

작가─서술자는 서술 대상으로서의 이순신을 서술하는 과정에서 줄곧 논평하는 태도를 유지한다. 한 예를 보기로 한다.

> 이십이셰에 훈련원 별과에 가서 몰달기를 시험ᄒ다가 몰 우헤셔 쩌러져 왼다리가 절골이 되어 흔챰을 혼도ᄒ엿ᄂᄃ 보ᄂᆫ 사롬들은 다 말ᄒ기를 리순신이 홀연이 흔 발노 일제히 갈채흔지라. <u>오호라</u> 이거시 비록 적은 일이나 크게 인내ᄒ고 영웅의 영웅의 ᄌ격인 줄을 가히 알지니, 손가락에 조고마흔 가시 ᄒ나만 박여도 밤시도록 고통ᄒ야 입맛ᄭ지 아조 일허ᄇ리ᄂᆫ 더 용렬흔 겁쟝이들이야 무슴 일을 능히 ᄒ리오.

밑줄 대목은 서술 대상에 대한 작가─서술자의 논평이 드러나는 대목이다. 용렬한 겁쟁이들은 고통을 감수하는 인내가 없으나 이순신은 절대 영웅이어서 고통을 감수하는 인내가 있다고 작가─서술자는 논평하고 있다. 위 예문 밑줄에 나오는 '오호라'는 이순신의 생각이나 견해가 아니다. 물론 여타 작중인물들의 생각이나 견해도 아니다. 이는 철저하게 작가─서술자의 생각이며 견해이다.

서술자의 논평은 위 예문에서 확인되듯, 대개의 경우 '오호라'라는 감

---

10) 문학적 전기에서 서술자는 작가와 동일시된다. 슈탄젤, 김정신 역, 『소설의 이론』(문학과비평사, 1990), p.33.

탄사로 시작한다. '오호라'는 서술자의 논평이 노출된다는 일종의 신호 역할을 해주고 있다. 이외에 '슯흐다' 또한 서술자의 논평이나 주석이 노출된다는 신호 역할을 한다. 예문을 보기로 한다.

셔묘년 무즈년에 정읍 현감을 졔슈ᄒ고 태인 현감으로 겸관이 되엿더니, 그 째에 태인 고을이 오래 공관이 되엿ᄂ지라, 그 젹체ᄒ 문부롤 경각에 다 쳐결ᄒ니 온 고을 사롬이 다 놀래여 어스의게 원졍을 드려 리슌신으로 태인 현감을 셔임ᄒ여 달나고 쳥ᄒᄂ 쟈 분분ᄒ엿스니 오호라. 범ᄌ혼 쟝슈의 지략으로셔 목민자관에 지목도 겸비ᄒ엿도다

오호라 리슌신이 이 관직으로 도임혼 지 일년 만에 왜란이 니럿낫스니 이러케 일월이 얼마 되지 못ᄒᄂ 동안에 슈습ᄒ 것으로도 맞춤내 큰 공을 일우윗스며, 쏘혼 긔특혼 지혜를 내여 병션을 신발명ᄒ엿ᄂ되

오호라 어질도다 나라를 스랑ᄒᄂ 쟈는 반ᄃ시 셩을 스랑ᄒᄂ도다. 이튼날 아춤에 왜젹의 패ᄒ여 다라난 곳을 슯혀보니 죽은 왜병의 시신을 열두 곳에 모화 쌋코 불을 질넛스디 챵황히 도망ᄒᄂ 중에 다 살으지 못ᄒ고 갓ᄂ디 손목과 발목이 랑쟈히 허터져져 사롬으로 ᄒ여곰 참혹혼 ᄆᆞᆷ을 동ᄒ케 ᄒ더라

쟝셩ᄒ야셔ᄂ 어려슬 적에 당돌ᄒ고 호협ᄒ던 태도ᄂ 업셔지고 심셩을 비양ᄒ미 ᄌᆺ치 놀던 한량들이 뎌히씨리ᄂ 종일토록 헛혼말노 셔로 희롱ᄒ면서 리슌신의게ᄂ 감히 그럿치 못ᄒ엿스며 비록 셔울에서 셩쟝ᄒ엿스나 두문불출ᄒ고 무예만 혼자 연구ᄒ엿스니, 오호라. 영웅을 비호고져 ᄒᄂ쟈 불가불 심셩ㅅ공부를 몬져 비홀 거시니라

슯흐다. 시대의 힁습이 홍샹 됴혼 남ᄋ를 속박ᄒ야 악착혼 범위 안에서 안자셔 썩게 ᄒᄂ니 리슌신이 츌셔홀 시대에는 유림이 일국에 ᄀ득ᄒ고 쳥한혼 담론만 셩ᄒᆼ홀 뿐더러, 쏘혼 자기의 조여부가 대대로 유림문화 인물이니, 리공은 비록 하늘노셔 내신 군인의 즈격이지마ᄂ 엇지 능히 용이ᄒ게 스스로 발쳔이 되리오. 여러모로 백씨 즁씨 두 분을 좃차 든니며 유도를 비와 이십년의 셰월을 허송ᄒ엿도다

작가-서술자는 서술 대상으로서의 이순신을 긍정적으로 논평한다. 위예문을 정리해 보면 이순신은 "목민관의 자질을 지녔고 전쟁이 날 것을 미리 생각할 줄 알았고, 백성을 사랑할 줄 알았고 심성이 고왔다." 그런데 작가-서술자는 서술 대상으로서 이순신만을 논평하지 않는다. 위의 마지막 예문은 이순신을 논평했다기보다는 조선조의 시대 자체를 논평하고 있다. 그 시대에 대한 논평은 부정적이다. 시대의 분위기가 유림을 존중하였던 까닭에 이순신은 본연의 능력을 제대로 발휘할 수 없었다고 한다. 그래서 이순신은 출세하기가 어려웠는데, 이는 이순신의 개인적 자질의 문제가 아니라 시대의 문제였다는 게 작가-서술자의 생각이다.

작가-서술자의 서사 대상이나 서사되는 세계에 대한 논평을 통해 이순신은 시대를 초월하는 절대 영웅으로 부각시킨다. 절대 영웅 이순신은 구체적인 인격이나 성격을 소유한 인물로 여겨지지는 않는다. 서술자에 의해 서술되는 이순신은 대단히 추상적으로 서술된다. 어떻게 보면 서술자는 '인간' 이순신을 서술한다기보다는 민족주의적 이념을 구현한 영웅 이순신을 서술한다고 보아야 할 정도이다.

작가-서술자의 논평은 구국 영웅적인 인물의 존재론적 타당성 그리고 궁극적으로는 한국 역사의 정당성과 정체성을 입증하는 내용으로 서술되고 있다. 이러한 맥락에서 작가-서술자의 논평적 시점은 정당한 역사를 논증하는 서술과 관련된다고 말할 수 있다. 그리하여 「이순신전」에서 재현된 역사는 식민화를 목전에 둔 암울한 상황을 반전시켜 준다. 작가는 이러한 상황 자체를 받아들이려 하지 않는다. 작가는 사회 상황이 외부적 요인에 의하여 굴절되면 굴절될수록 과거 역사로 시야를 돌린다. 과거의 역사는 작가에게 정당한 역사로 인식된다. 이 과거는 개인적인 경험으로는 접근 불가능하며 개인적인 시각 또는 사적인 평가를 허락하지 않는다. 이 과거는 모든 사람에게 동일하게 평가되고 신성한 절대 과거이다. 작가는 작가-서술자로 하여금 이 신성한 절대 과거를 오늘날에 부활시켜 놓고 있다. 절대 과거를 부활하는 작가-서술자는 대단히 권위적인 성격을 지닌다. 독자들은 작가-서술자의 권위를 함부로 불신할 수 없다. 작가-서술자는 민족주의적 이념에 권위의 근거를 두고 있다. 그 근거는 적어도 당대에는 부정되기 어려운 절대적 근거이다.

이러한 맥락에서 본다면 「이순신전」의 작가-서술자는 「이순신전」이라는 서사 이전에 선험적으로 존재하는 권위적 서술자라고 할 수 있다. 달리 말해 「이순신전」의 작가-서술자는 「이순신전」이라는 전체 이야기와 동일한 차원에 존재하지 않는다. 그렇다면 「이순신전」의 작가-서술자는 어떠한 차원에 존재하는가? 그 차원은 민족주의라는 이념적 공간이다. 이 공간은 대단히 관념적인 이데아의 영역과도 같다.

이야기 외적인 차원에 존재하는 작가-서술자는 이순신에 관한 생애의 정보를 이미 다 입수해 놓고 있다. 이런 점에서 「이순신전」의 서술자는 대단히 전지적이기까지 하다. 즉 「이순신전」의 서술자는 마치 이순신과 관련된 모든 정보를 총괄해서 취급하고 있다. 이 소설의 서술자는 이순신이라는 한 개인과 당대의 역사적 정황에 대한 정보를 이미 다 입수한 상태이고, 이를 근거로 「이순신전」이라는 역사서사를 서술해 주고 있고 궁극적으로 '올바른' 역사를 논증해 주고 있다. 그 올바른 역사는 영웅들에 의해 구현되는 역사로 가령 우리의 경우 이순신 같은 인물이 만들어가는 역사이다.

4. 묘사적 시점과 모방적 서술 : 「혈의 누」11)

「혈의 누」는 『만세보』의 논설과 의미론적 상동 관계를 보여주는 소설이다. 이에 관한 근거를 만세보의 사설에서 일부 확인해 보기로 하겠다.

> 一進하여 日本을 合하고 再進하야 間道를 索還 하고 三進 하야 滿洲를 蓮絡한 然後에 東洋에 一大聯邦을 作 하야 經濟上大進步를 研究치 아니하면 不可하도다
> 否 즉 國家는 滅亡淵에 將陷할것이오 人種은 또한 減縮的에 漸入할뿐이라 旴라 我國에 鐵血宰相 같은 人物이 無하면 我國民에 悲觀이 日至하리로다

위 논설은 1906년 7월 20일 『만세보』에 실린 논설 「삼진연방」이다. 일본과 간도와 만주를 합하여 동양에 일대 대연합을 세워야 한다는 내용의 논설이다. 동양에 일대대연합을 세우지 않으면 조선은 멸망하게 되고 인종 또한 소멸 ─ 황인종이 백인종에게 ─ 한다는 우려를 피력하고 있다. 그리고 이 논설은 하루라도 빨리 동양에 일대 대연합을 세워야 하는데, 이 일을 이끌어갈 철혈재상이 우리나라에는 없어서 걱정까지 한다.

그런데 위 논설의 주지는 『만세보』에만 한정되어 나타나는 게 아니다. 당대에 발간된 신문들은 저마다 연방안을 대안으로 제시하고 있었다. 특히 "한중일 삼국이 일치단결하여 대동합방하는 높은 의리로 공존공영을 추구해야 한다"고 주장하는 신문의 논설은 당대의 일반화된 대안이 될 정도였다.

『한성순보』와 『한성주보』는 중국과 일본에서 논의되는 공영론에 높은 관심을 보이면서 중국과 일본의 후원을 얻어야 한다고 주장했고 『독립신문』은 오늘날의 일본은 "황인종의 앞으로 나아갈 움싹이며 안으로 정치화

---

11) 이인직, 「혈의 누」, 『신소설』(동아출판사, 1995)

법률을 바르게 할 거울이며 밖의 도적을 물리칠 장성이기 때문에 일본과 대동합방하는 의리를 모색해야 한다"고 주장했다.[12] 이렇듯 논설「삼진연방」은 소설「혈의 누」의 선행 담론으로 작용한다. 그렇다면 이 논설은 연방으로 나가기 위해 어떤 방안을 제시하고 있을까?

> 但靑年後進의 聰明한 腦力으로 新知識에 進就하게 할 따름이니 如此히 二三十年을 過하면 頑固輩는 年年北亡에 向하야 減數되고 新知識 靑年은 年年增進할지라 此時에 至하면 我國에 大人物이 無한理는 업슬지나 然하나 此後二三十年이면 世界列强의 進步가 맛당히 如何할넌지 世人의 推測도 有하고 吾人은 絶叫를 不禁하노라

"신진후진은 신지식에 매진"해야 한다고 한다. 그래서 "이삼십년이 지나가면 완고배는 다 망하고 신지식 청년은 년년증진한다"고 한다. 이 논설에서 말하는 신지식 청년에는「혈의 누」의 구완서나 옥련,「은세계」의 옥남, 옥순 등이 해당한다고 볼 수 있다.

작가는 그가 속한 사회 체제를 신뢰할 수 없을 때 현실의 새로운 대안을 제시하려고 한다. 이인직은 누구보다 이 문제에 예민한 작가였다. 그는「혈의 누」에서 일본과의 연방을 새로운 정치 체제의 대안으로 제시하기 위해 최씨의 하인 막동이를 내세워 조선의 봉건 체제를 신랄하게 부정함으로써 더 이상 우리나라를 신뢰할 수 없다는 걸 우회적으로 말해주고 있다.

> (1) 나라는 양반님네가 다 망하여 놓았지요. 상놈들은 죽이면 죽었고 때리면 맞았고 재물이 있으면 양반에게 빼앗겼고 어여쁘면 양반에게 빼앗겼으니 소인 같은 놈은 제 재물 제 계집 제 목숨 하나를 위할 수가 없이 양반에게 매였으니 나라 위할 힘이 있습니까

---

12) 개화기 신문에 나오는 연방안에 대해서는 김민환,『개화민족지의 사회사상』(나남, 1988), p.64를 참조

　　(2) 구씨의 목적은 공부를 힘써 귀국한 뒤에 우리나라를 독일국 같이
　연방도를 삼되 일본과 만주를 한데 합하여 문명한 강국을 만들고자 하는
　비사맥같은 마음이요.

위 예문을 주목해 보자. (1)은 최씨 하인 막동이의 발화다. (2)는 옥련과
동행하여 미국으로 유학 온 구완서의 심경을 드러낸 진술이다. (1)에서는
조선이 부정되고 (2)에서는 새로운 정치 체제가 대안으로 제시된다. 이인
직이 대안으로 제시하는 정치 체제는 우리나라의 자주적 독립을 전제로
하지 않는다. 그에게 자주 독립보다 더 중요하게 고려되는 화두는 연방체
제의 확립이다. 즉 이인직은 소설을 빌려 연방체제라는 새로운 정치적 대
안을 제시한다. 그 대안은 (2)에서 구체화된다. (2)에서 비사맥은 비스마르
크를 말한다. 잘 알려져 있듯, 비스마르크는 독일의 철혈 정치인으로 독일
을 연방체제로 이끌어간 인물로 유명하다. 개화 청년 구완서는 비스마르
크처럼 조선을 연방 체제로 이끌어가고자 한다.

그런데 논설의 주제와 소설의 주제가 의미론적 상동 관계를 보이기는
하지만 그 서술 방식은 동일하지 않다. 소설에서는 허구의 세계를 설정해
연방체제로 나가야 한다는 주제를 이끌고 있다. 즉 이인직은 역사적 사건
에 대한 사실적 접근이 아니라 허구적 사건에 대한 창조로 소설의 주제를
이끌고 있다.

허구적 사건을 설정한다는 것은 작가, 서술자, 작중인물들이 독자적인
분리를 작품 속에서 실천한다는 것을 의미한다. 「혈의 누」는 비록 완전하
지는 않더라도 이 세 관계의 분리를 구현하고 있다. 여전히 「혈의 누」의
작가는 서술자를 통제하고 싶다는 유혹에서 자유롭지 않지만 당대 개화기
작가들과 비교해 볼 때 허구에 대한 인식이 진전된 작가임은 분명하다. 여
기서 「혈의 누」의 도입 단락을 보기로 한다.

평양성의 모란봉에 떨어지는 저녁 볕은 뉘엿뉘엿 넘어가는데, 저 햇빛을 붙들어매고 싶은 마음에 붙들어매지는 못하고 숨이 턱에 닿은 듯이 갈팡질팡하는 한 부인이 삼십이 될락말락하고, 얼굴은 분을 따고 넣은 듯이 흰 얼굴이나 인정 없이 뜨겁게 내리쪼이는 가을볕에 얼굴이 익어서 선앵둣빛이 되고, 걸음걸이는 허둥지둥하는데 옷은 흘러내려서 젖가슴이 다 드러나고 치맛자락은 땅에 질질 끌려서 걸음을 걷는 대로 치마가 밟히니, 그 부인은 아무리 급한 걸음걸이를 하더라도 멀리 가지도 못하고 허둥거리기만 한다.

서술자는 평양 일대에서 일어난 청일전쟁을 피해 급하게 피란하는 한 부인을 묘사하고 있다. 서술자의 묘사에 따르면 그 부인의 "얼굴은 분을 따고 넣은 듯이 흰데 가을 볕에 얼굴이 익어서 선앵둣빛이" 되어버렸다. "걸음걸이는 허둥지둥하고 옷은 다 내려 젖가슴이 다 드러나버렸다." 그런데 흥미롭게 볼 대목은 서술자가 작중인물의 심리상태마저 인지한다는 사실이다. 다시 위 단락을 주목해 보기로 하자. 위 단락 중에 "저 햇빛을 붙들어매고 싶은 마음에 붙들어매지는 못하고" 라는 표현을 보기로 하자. 이 표현에는 부인의 심경이 투영되어 있다. 서술자가 인물의 심경을 독자들에게 전해주고 있다. 이런 면에서 보더라도 「혈의 누」를 완연한 근대소설로 보기가 어렵다. 뿐만 아니라 「혈의 누」의 서술자는 이야기를 서술해 가는 과정에서 은연중 작가의 목소리를 대변하기도 한다. 다음의 예문을 보도록 한다.

평안도 백성은 염라대왕이 둘이라. 하나는 황천에 있고, 하나는 평양 선화당에 앉았는 감사이라. 황천에 있는 염라대왕은 나이 많고 병들어서 세상이 귀치 않게 된 사람을 잡아가거니와, 평양 선화당에 있는 감사는 몸 성하고 재물 있는 사람은 낱낱이 잡아가니, 인간 염라 대왕으로 집집에 터주까지 겸한 겸관이 되었는지, 고사를 잘 지내면 탈이 없고 못 지내면 온 집안에 동토가 나서 다 죽은 지경이라. 제 손으로 벌어 놓은 제 재물을 마음놓고 먹지 못하고 천생 타고난 제 목숨을 남에게 매어 놓고 있는 우리

나라 백성들을 불쌍하다 하겠지든, 더구나 남의 나라 사람이 와서 싸움을
하느니 지랄을 하느니, 그러한 서슬에 우리는 패가하고 사람 죽는 것이 다
우리나라 강하지 못한 탓이라.

　오냐, 죽은 사람은 하릴없다. 살이 있는 사람들이나 이후에 이러한 일
을 또 당하지 아니하게 하는 것이 제일이다. 제 정신 제가 차려서 우리나
라도 남의 나라와 같이 밝은 세상 되고 강한 나라 되야 백성된 우리들이
목숨도 보전하고 재물도 보전하고 각도 선화당과 각도 동헌 위에 아귀귀
신 같은 산 염라대왕과 산 터주도 못 오게 하고, 범 같고 곰 같은 타국 사
람들이 우리나라에 와서 감히 싸움할 생가도 아니하도록 한 후이라야 사
람도 사람인 듯 싶고 살아도 산 듯 싶고, 재물있어도 제 재물인 듯 하리로다.

이 예문을 서술하는 서술자의 태도는 대단히 전지적이다. 서술자는 작
중인물들의 마음 안으로 '침입' 해 있다. 즉 서술자는 작중인물의 내적인
사고나 감정을 두루 알고 있다. 작중인물의 현재와 미래를 알고 동시에 그
들이 수행하는 일들을 다 알고 있다. 이러한 의미에서 「혈의 누」에서의 묘
사적 시점은 완전한 객관성을 유지하고 있는 게 아니다. 서술자는 은연중
에 독자에게 간섭하고 있다. 그럼에도 불구하고 「혈의 누」가 앞의 두 소설
과 달리 돋보이는 이유는 서술자의 전지적 태도나 독자에 대한 개입에도
불구하고 장면적 제시라는 방법을 통해 현실 자체를 허구화한다는 특징을
보여준다는 데 있다.

　(1) 옥련의 눈에는 무두 처음 보는 것이라. 항구에는 배 돛대가 삼대 들
어서듯 하고, 저자거리에는 이층 삼층집이 구름 속에 들어간 듯하고, 지네
같이 기어가는 기차는 입으로 연기를 확확 뿜으면서 배는 천동지동하듯
구르며 풍우같이 달아난다. 넓고 곧은 길에 갔다왔다하는 인력거 바퀴 소
리에 정신이 없는데

　(2) 우자 쓴 벙거지 쓰고 감장 홀태바지 저고리 입고 가죽 주머니 메고
문 밖에 와서 안중문을 기웃기웃하며 편지 받아 들여가오, 편지 받아 들여
가오, 두 세 번 소리하는 것은 우편 군사라 장팔의 어미가 까마귀에게 열

이 잔뜩 났던 차에 어떠한 사람인지 자세히 듣지도 아니하고 질부등거리
깨어지는 소리 같은 목소리로 우편 군사에게 까닭없는 화풀이를 한다.

(1), (2) 모두 서사 대상이 객관적으로 재현된 장면으로 「혈의 누」가 앞
의 두 소설과는 달리 장면적 제시를 활용하는 소설이라는 것을 입증시키
는 예문들이다. 「혈의 누」에서의 장면적 제시는 위 같은 묘사 이외에 작중
인물들의 생동적인 대화로 나타나고 있다. (2)에 연결된 대화를 보면 다음
과 같다.

> "웬 사람이 남의 집 안 마당을 들여다보아. 이 댁에는 사랑 양반도 아
> 닌 계신 댁인데, 웬 젊은 녀석이 양반의 댁 안마당을 들여다보아."
> "여보, 누구더러 이 녀석 저 녀석 하오. 체전부는 그리 만만할 줄 아오.
> 어디 말 좀 하여 봅시다. 이리 좀 나오시오. 나는 편지 전하러 온 것 외에
> 는 아무것도 잘못한 것 없소."
> "여보게 할멈, 자네가 누구와 그렇게 싸우나. 우체 사령이 편지를 가지
> 고 왔다 하니 미국서 서방님이 편지를 부치셨나베. 어서 받아들여오게."
> "옳지, 우체사령이로구. 늙은 사람이 눈 어두워서……어서 편지나 이리
> 주오. 아씨께 갖다 드리게."

논의한 바와 같이 「혈의 누」는 비록 초보적인 수준이지만 작가, 서술자,
독자의 분리가 나타나는 작품으로 당대 어떤 개화기 소설보다 허구적인
성격이 강하다. 그렇지만 작가는 서술자와 인물을 통제하고 싶다는 유혹
에서 여전히 자유롭지가 않다. 그럼에도 불구하고 서술자에 의한 장면적
제시 그리고 구체적인 정황 안에서의 인물들의 대화는 개화기 소설 서술
의 새로운 경향으로 인정될 수 있다. 그는 당대의 누구보다도 묘사적 시점
에 대한 진전된 이해를 지니고 있다.

5. 맺음말

필자는 개화기 소설의 시점 양상을 정리하기 위해서는 개화기 소설 작가들의 직업을 주목할 필요가 있다고 말했다. 그들은 기자-소설가라는 이중의 지위를 반영하는 작가들이었다. 기자-소설가들은 공론 형성의 토론장이라고 할 수 있는 신문사에서 소설을 통해 시사적인 쟁점을 보고하거나 특정 이념의 정당성을 주장하거나 사회체제의 새로운 대안을 제시하는 역할을 수행했다. 그만큼 그들의 소설은 기본적으로 사회와의 긴장 관계를 유지하고 있다. 이 기자-소설가들의 작품 중에서 「소경과 앉은뱅이 문답」, 「이순신전」, 「혈의 누」를 살펴보게 되었는데, 이 소설들의 시점과 서술의 특징을 정리하면 다음과 같다.

작　품	시점과 서술의 특징
① 「소경과 앉은뱅이 문답」	관찰적 시점과 현실을 보도하는 서술
② 「이순신전」	논평적 시점과 역사를 논증하는 서술
③ 「혈의 누」	묘사적 시점과 일상을 모방하는 서술

①에는 두 층위의 서술자가 있다. 작품 전체를 열고 닫는 주서술자, 실질적으로 작품의 서사 진행을 이끌어가는 리포터로서의 서술자(부서술자)가 있다. 소경과 앉은뱅이가 리포터로서의 서술자의 역할과 기능을 맡고 있는데, 독자들에게 당대의 문제점을 낱낱이 비판적으로 보고해주고 있다.

②의 서술자는 더 구체적으로 말하자면 작가-서술자에 가깝다. 작가-서술자는 절대적 과거로 회귀하여 영웅의 존재론적 정당성 그리고 궁극적으로는 한국 역사의 정당성을 논증하고 있다. 서술 대상으로서의 이순신에 대한 작가의 논평은 처음부터 끝가지 일관되게 유지된다. 작가-서술자는 이순신 생애에 관한 모든 정보를 이미 입수해 놓은 상태에서 역사에

대한 자기의 신념을 서술해 나간다.

③에서는 작가와 서술자, 작중인물의 분리를 주목할 수 있다. 그렇다고 해서 ③의 서술자가 작가와 작중인물들과 완전히 독립되어 존재하는 서술자라고 보기는 어렵다. 여전히 ③의 서술자는 작가로부터 자유롭지가 않다. 그러나 작가의 목소리가 ③을 완전히 조정, 통제하지는 않는다. 비록 부분적인 경향에 그친다 하여도 ③에서는 작가와 분리된 서술자에 의해서 사건이 장면으로 묘사되는 장면 제시 현상을 볼 수 있다.

제2부

근대소설의 시학과 해석

- 1910년대 단편소설의 플롯에 관한 시론적 고찰
- 김동인이 발견한 예술가의 의미
- 「약한 자의 슬픔」 다시 읽기
- 홍명희의 『임꺽정』 연구
- 현진건의 『무영탑』 연구
- '부자'(父子) 모티프의 문학 주제학적 연구
- 근대소설은 과학을 어떻게 사유했는가?

1910년대 단편소설 플롯에 관한 시론적 고찰

—이인직, 양건식, 현상윤의 소설—

1. 1910년대 단편소설과 플롯

개화기 소설의 서사양식은 한 가지로 통일된 게 아니었다. 전기적 양식의 소설이 있었는가 하면 토론·문답체 양식의 소설이 있었다. 그러나 이질적인 서사양식의 복잡한 공존에도 불구하고 개화기 소설은 일인칭으로 기호화된 서술자의 서술을 통해 서사가 진행되는 특징, 즉 허구성을 강화하는 특징을 두드러지게 보여주면서 전개되어 갔다. 이에 따라 허구성이 결핍된 서사양식으로 서술된 소설들은 소설의 지위를 서서히 상실하게 된다. 이와는 반대로 허구적 서사들은 독자들에게 '진정한' 소설로 인정받는 등 개화기 소설은 그 성격이 더욱 허구성과 밀착되어 전개된다.

필연적으로 그렇다는 말은 아니지만, 개화기의 역사전기류 소설들은 대부분 전기적 플롯[1]으로 서술되었다. 이런 류의 소설들은 대부분 위대한 영웅의 탄생—성장—죽음의 과정을 핵심 사건으로 취급한다는 점에서 전기적 플롯으로 서술된다고 할 수 있다. 그런데 전기적 플롯으로 서술된 역

---

1) 스콜즈와 켈로그에 따르면 전기적 형태의 플롯은 한 인물의 출생·생애·죽음에의 진행 과정을 보여주는 플롯이다. 그들에 따르면 전기적 형태의 플롯과 대립되는 또 하나의 플롯 형태가 있으니 역사적 형태의 플롯이다. 이 플롯은 원인과 결과로 구성된 사건 위주의 플롯이다.
R.Scholes/R.Kellogg, *The Nature of Narrative*(Oxford UP, 1966), p.214.

사전기류 소설들은 사전제시나 사후제시 같은 시간 착오의 기법으로 서술되지 않았을 뿐만 아니라 그 외의 다양한 서사 기법으로 서술된 게 아니어서 서사 구성 방식은 대단히 단조롭다는 평가를 받았다.

그런데 1910년대로 접어들면서 역사전기류 소설들의 존재는 서서히 사라지고 그 대신 이인직류의 신소설을 계승한 허구적 서사들이 때로는 장편소설의 형태로 때로는 단편소설의 형태로 나타났다. 이 중에서 1910년대 초반에 발표된 이 단편소설들은 서사를 구성하는 방식이 더욱 혁신적이어서 주목된다. 즉 이 단편소설들은 아주 원숙한 수준은 아니지만 그 이전의 소설들과 비교해 볼 때 서사를 구성하는 방식만큼은 더욱 진전된 수준을 보여준 사례들에 속한다. 달리 말해 1910년대 단편소설의 플롯은 그 이전의 장편 신소설이나 역사전기류 소설과 비교해 볼 때, 구조적으로 한층 정교화된 특징을 지니고 있는 것이다.

1910년대 단편소설들이 전기적 플롯을 따르지 않는다는 말은 연대기적 시간 논리에 입각하여 서사를 구성하지 않았다는 것을 의미한다. 그러니까 이 시기의 단편소설은 인간의 탄생―성장―죽음에 호응하는 시간의 논리, 즉 시작―중간―끝으로 분별되는 시간 논리에 입각하여 서술되지 않았다는 것이다. 이런 점에서 진정한 의미에서의 근대소설은 전기적 플롯을 붕괴하며 형성되었다고 말할 수 있다. 이렇게 말할 수 있는 이유는 소설은―특히 근대소설은―기본적으로 새로운 인간 경험을 주목하는 장르이기 때문이다. 개화기의 새로운 인간 경험은 탄생―성장―죽음 내지 시작―중간―끝이라는 거시 시퀀스와 완결되고 폐쇄적인 시간론으로 탐구되는 경험이 아니다. 이렇게 탐구되는 경험은 엄밀하게 말해 '이미 완료된' 과거의 경험이다. 새로운 인간 경험은 완료된 과거의 경험이 아니라 형성되는 경험이므로 전기적 플롯으로 당대의 인간 경험을 의미화하기에 한계를 노출할 수밖에 없다.

그러면 새로운 시대, 새로운 인간 경험을 탐구하기 위한 적절한 플롯은 무엇이었을까? 아쉽게도 여기에는 명쾌하고 적절한 답이 없다. 왜냐하면 이 시기의 작가들이 어떤 선험적인 플롯에 입각해 소설을 썼다기보다는 새롭게 발견된 여러 유형의 플롯에 입각해 소설을 쓰려 했기 때문이다. 아주 흥미로운 점은 이 시기의 작가들이 각기 다른 서사적 전략을 취하기는 했지만 일상의 시간 논리[2]를 반영하는 플롯에 입각해 소설을 쓰려 했다는 데에 있다.

1910년대의 단편소설이 일상의 시간 논리로 구조화된 플롯으로 처리된 소설이라는 것은 참으로 의미 있는 현상이다. 왜냐하면 일상의 시간 논리에 입각하여 소설의 플롯이 구성된다는 것은 삶의 구체성을 숙고하며 삶의 현장을 이야기하는 소설이 출현한다는 것을 의미하기 때문이다. 그러니까 1910년대의 단편소설들은 작가에 따라서 플롯의 조직 방법이 각각 다르지만 현실 세계의 진실이나 위기, 고뇌 등을 의미화하기 위한 플롯이었다는 공통된 특징을 내포하고 있다.

그러면 이제부터 논의를 본격적으로 열어가기로 하겠다. 실제 1910년대의 단편소설을 대상으로 플롯의 특징을 밝혀볼 계획이다.[3] 여기서는 이인직의 「빈선랑의 일미인」, 현상윤의 「핍박」, 양건식의 「슬픈 모순」을 다

---

2) 일상의 시간 논리는 연대기적 시간 논리와 차별되는 의미로 쓰인다. 연대기적 시간 논리가 한 인간의 탄생－성장－죽음에 호응하는 추상적인 시간 논리라 한다면 일상의 시간 논리는 현실의 리얼리티가 구체적으로 포착되는 구체적인 시간 논리를 의미한다.

3) 소설은 시간의 전후관계에서 발생되는 사건들의 재현으로 이해된다. 소설의 플롯 연구는 사건들이 어떻게 하여 의미 있는 사건으로 바뀌는가에 대한 연구이기도 하다. 즉 소설의 플롯 연구는 시간을 통해서 발생되는 사건들의 관계에 대한 연구로 볼 수 있다. 이렇게 얘기할 수 있는 이유는 스토리가 서사의 연대기적 요소 내지 질서로 이해되는 반면 플롯은 서사의 인과적인 혹은 동기적인 요소 내지 질서로 이해되기 때문이다. 다시 말해 플롯은 사건들의 인과적인 혹은 동기적인 배열로 서사 논리의 기본적인 규칙으로 이해될 수 있다. 그러므로 문학에서의 플롯 연구는 특히 사건들의 연결 혹은 결합 관계를 주되게 밝히는 것을 중요하게 여긴다. 플롯의 정의는 Kieran Egan을 참고.
Kieran Egan, "What is a Plot?", *New Literary History* (Winter, 1978)

뤄보려 한다.4)

2. 이인직의 「빈선랑의 일미인」: 일상 사건의 첨가와 서사의 확장

이 작품의 지은이는 개화기의 일급 소설가로 평가되던 이인직이다. 그런데 대단히 흥미롭게도 「빈선랑의 일미인」은 「혈의 누」와는 전혀 다른 문학적 주제를 추구한다. 「혈의 누」에서 이인직은 문명개화를 문학적 주제로 추구한 반면 「빈선랑의 일미인」에서 이인직은 조선의 가난과 빈곤을 문학적 주제로 추구한다. 이리하여 「혈의 누」, 「귀의 성」 등에 열정적으로 표현되던 계몽의 정신은 「빈선랑의 일미인」에서 완전히 제거되어 버렸다고 말해도 좋을 정도이다.

단편이라고 해도 너무도 분량이 짧은 「빈선랑의 일미인」은 일상의 삽화를 묘사한다. 그 일상의 삽화에 등장하는 인물은 조선인 남편, 일본인 아내, 손님 등이다. 일본인 아내는 돈 벌이가 시원치 않은 조선인 남편에게 적빈의 고통을 하소연한다. 그녀의 하소연이 이어지던 중에 손님이 방문하게 되고 손님과 남편이 돈벌이 궁리를 의논하던 중에 손님의 말이 허황되어 남편이 손님을 힐난한다는 게 이 소설의 내용이다. 아내의 하소연, 친구의 방문, 친구와의 대화, 친구에 대한 힐난과 같은 일상의 사건들로 이 소설은 서술되어 있다.

이렇게 간단한 사건으로 서술된 소설이지만 이 소설을 주목해야 하는 이유는 이 소설이 '빈곤'이라는 삶의 구체적인 한 양상을 재현하는 사건들을 서술하기 때문이다. 작가는 일본인 아내와 조선인 남편의 가정을 파고들고 있는 빈곤의 현실을 나름대로 재현하고 있는데, 이 재현은 일상의 시

---

4) 연구 텍스트는 창작과비평사에서 1996년에 출간한 『한국현대대표소설선1』에 수록된 이인직의 「빈선랑의 일미인」, 현상윤의 「핍박」, 양건식의 「슬픈 모순」 등이다.

간에서 시작되어 일상의 시간에서 마무리된다고 말할 수 있다. 그러면 「빈선랑의 일미인」을 사건5) 위주로 정리해 보기로 하되, 문장 형식으로 정리하기로 한다.

① 아내가 남편에게 생활의 고통을 하소연한다.
② (마침 창밖에서 식품조합소 반또 목소리가 들린다.)
　　아내는 반또를 달래어 외상 물건값을 미룬다.
③ 다시 아내는 남편에게 생활의 고통을 하소연한다.
④ 손님이 방문한다.
⑤ 남편과 손님이 돈벌이 궁리를 한다.
⑥ 손님의 말이 황당하여 남편은 손님을 나가게 한다.

이 사건들 중에서 핵심 사건은 '아내가 남편에게 생활의 고통을 하소연하기'다. ①과 ③에서 확인되듯, 이 소설은 주되게 어느날 조선인에게 시집 온 일본인 아내가 남편에게 구차한 살림으로 일어나는 고통을 하소연하는 내용을 서술하면서 진행되고 있다. 이런 점에서 남편에게 생활의 고통을 하소연하는 아내의 행위와 발언의 내용이 이 소설의 핵심 사건에 해당한다고 할 수 있다.

한 마디로 말해, 「빈선랑의 일미인」은 1910년대 한일합방 이후 조선의 보편적 사회 현상으로 대두된 빈곤의 문제를 일본인 아내의 시선으로 바라보는 소설이다. 작가는 식민지 조선에서 흔히 발견되는 빈곤의 문제를 아내를 빌려 이렇게 하소연한다.

① "여보 여보 영감이상. 내일이 그믐날이오구려. 보아라. 내 혀가 있느

---

5) 사건은 몇 종류의 물리적/정신적 활동, 즉 시간상의 사건(인간 행위자에 의해서나 인간 행위자에 의거하여 수행되는 행위) 혹은 시간상에 존재하는 상태(사고, 느낌, 소유와 같은)를 의미한다. 사건의 정의에 대해서는 스티븐 코헨과 린다 샤이어스를 참고. 스티븐 코헨 · 린다 샤이어스, 임병권 · 이호 역, 『이야기하기의 이론』(한나래, 1997), p.8.

냐 하던 그런 혀로 집세 재촉을 당할 때는 말대답 한마디 못하니 웬일이
오? 집세 못 내기는 일반이니 뒷간이나 좀 깨끗한 집을 얻을 일이지.”

　　② “여보, 영감이상, 내가 영감을 원망하는 것이 아니라 내 팔자 한탄
이오. 나같이 어림없고 나같이 팔자 사나운 년이 어디 또 있겠소. 영감이
내지에 있을 때에 얼마나 풍을 쳤소. 조선 있는 사람은 아무것도 모르는
병신 같고 영감 혼자만 잘난 듯 조선에 돌아가는 날에는 벼슬은 마음대로
할 듯 돈을 마음대로 쓰고 지낼 듯 그런 호기쩍은 소리만 하던 그 사람이
조선을 오더니 이 모양이란 말이오 (…중략…) 나는 마차도 싫고 금테도
부럽지 아니하고 돈 얼굴을 한달에 한번씩만 얻어보고 살았으면 좋겠소.
여보, 큰기침 고만 하고 어디 가서 한달에 이삼십원이라도 생기는 고용도
못 얻어 한단 말이오?”

　일본인 아내는 하루하루를 힘겹게 살아가는 처지다. 남편은 이런 아내
의 불만에 대하여 변변하게 응대하지 못하는 경제적 무능력자로 묘사되고
있다. 그러니까 이 소설은 곤궁한 처지에 빠진 부부의 일상의 한 순간을
재현하고 있다고 말해도 괜찮다. 바로 궁핍한 일상의 재현을 이 소설은 보
여준다.

　그러면 각 사건들은 어떻게 연결되는가? 예기치 않은, 즉 위성 사건들
이 첨가되는 식으로 사건들은 연결된다. 어떤 사건들인가? 예컨대 ②와
⑤다. ②와 ⑤는 채트먼식으로 말해 위성 사건[6])과 같다. 이 사건들은 두
부부 뿐만 아니라 독자들 또한 예상할 수 없었던 사건들로 남편에 대한
아내의 불만이라는 기본 사건에 첨가된 위성 사건들이다.

　사건 ②에서 예기치 않은 한 인물이 나타난다. 외상값을 받으러 온 식
품 조합소의 우두머리다. 아내는 식품 조합소 외상 장부를 받아 남편에게

---

6) 채트먼에 따르면 위성 사건은 플롯의 논리를 파괴하지 않고서도 생략될 수 있다. 물
　론 그러한 생략이 미학적으로 서사를 빈곤하게 만들 수 있다. 위성 사건들은 채워 넣
　기, 정교하게 하기 등의 기능으로 중핵 사건을 완성한다. 시모어 채트먼, 김경수 옮
　김, 『영화와 소설의 서사구조』(민음사, 1990), pp.62~63.

보여준다. 그러나 남편은 더 할 말이 없다. 아내는 마음을 고쳐먹고 식품 조합소 우두머리를 달래어 보낸다. 이와 같이 우연하게 일어나 사건 ②에 의해 이야기는 진행된다. 그리고 이어 다시 아내가 남편에게 적빈의 고통을 하소연하는 기본 사건이 반복된다. 그런데 이 기본 사건은 또 하나의 예기치 않은 우연한 사건⑤에 의해 중단된다.

특히 ⑤와 같은 사건은 우연적으로 일어난 사건이긴 하지만 또다시 상황을 악화시킨다는 점에서 주목된다. ⑤에 나타난 손님은 주팔이로 남편과 친숙한 동향인으로 짐작되는 인물이다. 그런데 이 인물 또한 남편처럼 경제적으로 무능한데, 하는 말마다 허황하여 결국 남편한테 박대당한다. 여기서 남편과 손님은 경제적으로 무능하고 구태의연한 사고에 길들여진 당대의 조선 남성을 상징한다. 그러므로 두 사람의 대화는 생산적인 대화라기보다는 오히려 그들의 무능을 드러내는 대화로 판명된다. 이런 점에서 ⑤는 우연하게 첨가된 사건이긴 하지만 식민지 조선에서 할 일이 없는 조선 남성들의 무력함을 드러내는 또 다른 상황을 드러낸다는 점에서 주목되는 사건이다.

이와 같이 「빈선랑의 일미인」의 플롯은 기본 사건에 위성 사건들을 첨가하여 확장하는 형태로 나타난다. 자세히 설명하자면, 아내의 하소연이라는 기본 사건에 식품 조합소 직원의 방문, 동향 친구의 방문과 같은 위성 사건들이 첨가됨으로써 기본 사건의 해결은 지연되고 그에 따라 기본 사건이 환기하는 정서—빈궁함이나 가난과 관련된—는 증폭된다. 그러므로 우연히 첨가된 위성 사건들은 기본 사건의 의미, 즉 가난과 빈곤의 의미를 심화하는 사건들이어서 기본 사건과 관계없는 사건들이 아니라 대단히 유관한 사건들로 평가될 수 있다.

3. 현상윤의 「핍박」: 관념의 고백과 사건의 종속

현상윤은 「핍박」[7]에서 식민지 조선에서 실업자의 처지로 방황하는 청년의 고뇌를 그린다. 청년의 고뇌가 구체적으로 제시되지 않는다는 문제에도 불구하고 식민지 초기 시점에서 사회적 자아로 존립할 수 없는 젊은이의 고뇌가 그려지고 있다는 점에서 「핍박」은 주목받을 만한 작품이다.[8]

「핍박」은 「빈선랑의 일미인」과 마찬가지로 일상의 시간을 소설의 내적 시간으로 활용하고 있다. 즉 「핍박」은 종래 소설의 연대기적 시간 논리로부터 확연하게 구분되는 시간의 논리를 보여준다. 말하자면, 「핍박」의 이야기 시간은 한 사람의 일생만큼 길다거나 가계의 몇 대를 오르내릴 만큼 광범위하지 않다. 어디까지나 「핍박」의 이야기 시간은 삶의 구체적 현장인 일상의 순간들로 집약되고 있는데, 그만큼 이야기 시간의 길이는 제한되어 있다.

그러면 논의를 보다 명확하게 하기 위해 「핍박」을 사건 위주로 정리해보기로 하되, 문장 차원으로 정리하기로 하겠다.

---

7) 현상윤 문학을 전체적으로 조명하는 논문은 최시한 교수에 의해 제출된 바 있다. 최시한 교수에 따르면 "일인칭 주인공 시점의 「핍박」은 당대 지식인의 내면세계를 직접적으로 표백한 작품으로, 정주라는 공간적 배경, 유학생인 인물의 설정 등으로 미루어 거의 작자 자신의 내면적 기록에 가깝다. 비교적 짧은 시간 동안에 일어난 사건들을 시간적 순차에 따라 나열해 간 이 작품은 시점과 주제상 초점이 비교적 선명하여 단편소설로서의 응집력을 보여준다. 그러나 한편으로는 빈약하고 산만한 줄거리 때문에 오늘의 수필에 가까운 면도 지니고 있다. 무기력하고 자조적인 식민지 지식인인 '나'의 신경증적 강박상태에 놓인 심리가 그려질 뿐, 세계 자체의 객관적 묘사나 자아의 갈등을 동기화하기 위한 배려가 충분하지 못하다." 최시한, 「현상윤의 장르의식」, 『서강어문』3집, 서강어문학회, 1983, pp.118~119.

8) 이 작품을 주목해야 하는 또 하나의 이유는 「핍박」이 허구적 소설로서의 특징을 분명하게 보여주기 때문이다. 그렇게 볼 수 있는 근거는 '나'라는 서술자의 존재가 이 소설에서 확연히 드러나기 때문이다. 독자들은 이 소설을 읽으며 서술자의 존재를 일관되게 확인할 수 있다. 작가와 서술자의 경계가 확연하다는 점 그리하여 소설의 허구성이 더욱 분명하게 입증된다는 점에서 현상윤의 「핍박」은 주목받을 만하다.

① 하루는 볼일이 있어서 '나'는 정주성내를 들어간다.
   ('나'는 죄지은 사람처럼 기죽어한다.)
② 저녁밥을 먹고 너무 무료한 '나'는 농부들의 집회한 곳을 찾아간다.
   (주위 사람들은 '나'를 힐난한다.)
③ '나'는 마을 앞 세거리 길을 산책한다.
   (인생이 슬픈 것이라 생각한다)

「핍박」의 기본 사건은 '나'는 인생을 비관적으로 생각하며 산책하기로 정리된다. '나'는 정주시내를 들어가든 농부들의 집회 장소를 찾아가든 마을 앞 세거리 길을 걷든 인생을 대단히 비관적으로 판단한다. 그런데 이미 앞에서도 말한 바와 같이, '나'가 인생을 왜 비관적으로 판단하는지 그 이유는 제대로 설명되지 않는다. 추측컨대, 식민지하의 청년들이 공유하는 괴로움, 즉 사회에 속할 수 없는 박탈된 자아로서의 괴로움이 아닐까 생각된다.

인생을 비관적으로 판단하는 '나'는 ①, ②, ③에서처럼 어딘가를 들어가거나 찾아가거나 산책한다. 그런데 여기서 ①, ②, ③은 연관되는 사건이 아니라 분리된 사건들이다. 분리된 사건들이라는 말은 그 사건들이 장을 달리하며9) 다른 시공간 속에서 일어난다는 점 때문에 그렇다. 그럼에도 불구하고 ①, ②, ③은 산책이라는 동일 사건의 반복이라는 특징을 보여준다. 그러니까 사건 ①은 사건 ②로 사건 ②는 사건③으로 반복되어 간다고 말할 수 있다. 문제는 이 반복이 어떤 형태의 반복인가를 규명하는 데에 있다. 이 반복은 유사한 사건들, 즉 산책 행위의 반복이라는 점에서 환유적으로 조직되어 있다고 할 수 있다. 달리 말해 이 소설은 인간의 수많은 행위 중에서 산책이라는 행위를 선택하고 이 행위를 행위자로 하여금 반복하게 하는 특징을 보여준다. 이 반복을 통해 「핍박」의 사건들은 확장되어 나간다.

---

9) 이 소설은 여섯 장으로 구성되어 있다.

그런데 문제는 사건 ①의 앞과 사건 ③의 뒤에 나타나는 관념의 고백이다. 사건 ① 앞에는 두 장 정도의 짧은 분량으로 '나'의 관념 고백이 나타난다. 그 부분을 간단히 인용해 보기로 한다.

> 이즈음 병인가 보다. 그러나 무엇으로든지 병일 이유는 없다. 신선한 공기가 막힘 없이 들어오고 영롱한 광선이 가림 없이 비치고 새는 울고 꽃은 웃고 샘은 맑고 산은 아름다운데, 조금도 병일 까닭이 없다. 그러나 병은 병이로다. 낮에는 먹는 밥이 달지 아니하고 밤에는 잠이 편치 못하며 얼굴은 파리하고 살은 깎이며 피는 왕성치 못하고 힘줄은 신축이 자유롭지 못하고 반가운 친구를 만나도 웃음은 발하지 아니하고 남에게 칭예를 받아도 기쁨이 나오지 아니한다.

이번에는 사건 ③ 뒤에 나오는 '나'의 관념 고백을 간단히 인용해 보기로 한다.

> 핍박! 핍박! 도무지 견딜 수가 없다. 몸 피할 곳이 전혀 없다. 친구를 대하여도 여행을 하여도 마을에 산보를 하여도 앉아도 서도 조금도 나를 덮어둘 곳이 없다. "이 놈아, 약하고 게으른 놈아."하는 말은 사방에서 들린다. 비웃고 꾸짖고 욕하고 미워하고 비방한다. 이것이 곧 병된 이유로다. 아아 핍박! 못살게 구는 핍박!

이와 같이 「핍박」은 1)관념의 고백 – 2)사건들의 진술(①,②,③) – 3)관념의 고백으로 마무리되고 있다. 여기서 「핍박」의 시작과 결말이 대단히 독특한 방식으로 서술되어 있다는 점을 주목해야 한다. 「핍박」의 시작은 한 인간의 관념으로부터 출발한다. 전통소설의 시작이 처음부터 시작하기[10]의 양식적 특징을 보여주고 신소설들이 사건의 장면적인 시작이라는

---

10) 이재선 교수에 따르면 조선시대의 전통적인 소설 즉 전근대소설의 시작 양식은 거의 대부분이 처음부터 시작하기이다. 예컨대 '숙종대왕 즉위초'나 '송문제 즉위' 식으로 전근대소설은 소설의 시작을 열어간다는 것이다. 이재선, 「서사 시간의 근대소설적 전환」, 성현경·이재선·김경수·송효섭, 『전환기의 서사담론』(서강대학교 인

양식적 특징을 보여준다면 「핍박」의 시작은 전혀 다른 양식적 특징, 즉 관념의 고백적 시작이라는 특징을 보여준다. 결말 또한 관념의 고백으로 나타나는 시작에 호응하여 관념의 고백으로 마무리된다. 즉 「핍박」의 시작과 결말은 관념의 고백이라는 양식적 일치를 보여주고 있다.

그런데 문제는 관념의 고백과 사건들과의 관계이다. 이 관계가 어떠한 관계인가를 설명해야 플롯의 특징이 논의될 수 있다. 시작과 결말에 나타나는 관념의 고백은 보다 엄밀하게 말하자면 이 소설의 주제를 노출하는 진술이고 2)는 행위주의 상태를 지시하는 사건으로 이해할 수 있다. 그렇다면 위의 1),   2),   3)은 1)주제의 진술 – 2)행위주의 사건 – 3)주제의 진술로 고칠 수 있다. 문제는 다시 거론하거니와 1), 2), 3)의 관계다.

2)만을 보자면, 즉 행위주의 사건만을 보자면 행위주의 산책 행위가 반복되고 있다는 점에서 사건의 환유적 관계를 거론할 수 있다. 문제는 2)와 1), 3)의 관계다. 필자는 사건 2)를 이 소설의 주제를 노출하는 관념 1)과 3)에 종속된 사건으로 판단한다. 요컨대 사건 2)가 주제적 차원의 관념인 1)과 3)의 의미를 강화하는 에피소드로 작용하기 때문에 사건 2)는 관념 1), 3)에 종속된다고 할 수 있다.

종속된 관계로 볼 수 있는 이유는 2)에서 보이는 행위주의 사건들이 '나는 핍박받는다'는 1)과 3)의 관념적 고백을 타당한 고백으로 입증시키는 외적 정보로 이해되며 읽히기 때문이다. 그러면 어떤 외적 정보들이 나타나는가? 그 결정적 근거는 저녁밥을 먹고 너무 무료하여 찾아간 농부들의 집회 장소에서 제공된다. 여기서 한 농부가 "저 건너골 백선달 아들도 벌써 토지조사국 기수라든가 했다구 저 어른도 기뻐하더니 접때 잠깐 단길러 왔다는 것을 보니 과연 그럴듯하더라. 싯누란 금줄을 두르고 길쭉한 검을 늘였는데 참말 좋더라. 너도 그걸 해보아라"고 말하는데, 이 농부의

문과학연구소, 1998), 45쪽.

전언은 사회적으로 박탈된 자아인 '나'의 처지를 확연히 드러내주고 있다. 한 마디로 말해 '나'는 사회에 속할 수 없는 주변인인 것이다.

요컨대 「핍박」은 관념의 고백 ― 행위주의 산책 행위 반복 ― 관념의 고백으로 구성된 텍스트라고 평가할 수 있다. 이와 같은 구성 방식은 확실히 새로운 구성 방식으로 1910년대 단편소설의 성과라 할 수 있다. 그러나 전체적으로 보아서 「핍박」은 근대소설로서의 플롯을 완숙하게 보여준 사례라고는 말하기 어렵다. 그렇게 말할 수 있는 근본적인 이유는 관념의 고백이 소설로 육화되기보다는 그 자체로 생경스러울 만큼 초점화되어 나타남으로써 이야기의 진행이 위축된다는 데에 있다.

4. 양건식의 「슬픈 모순」: 사건의 환유적 반복과 사건의 중첩

1918년에 발표된 양건식의 「슬픈 모순」[11]은 제목 그대로 인생의 모순을 조명하는 작품이다. 인생의 모순을 조명하는 방법은 '나'의 외출을 통해서다. '나'의 외출은 한량의 유랑이 아니라 고뇌하는 지식인의 세상 탐구라는 데 그 의의를 둔다. 인생의 모순을 외출을 통해 탐구한다는 문학적 발상법은 진정 1910년대 단편소설의 성과이며 한국소설의 상징적 자산으로 여겨질 만큼 그 의의는 깊다. 그러면 논의를 열어가기로 한다.

'나'는 점심을 먹으라는 어머니의 말을 뒤로하고 외출한다. 그런데 이 외출은 충동적으로 이루어지고 있다. 그러니까 '나'의 외출은,

> 물론 나는 목적이 있어서 나오지는 아니하였다. 다만 발 가는 대로 설렁 설렁 성밑 길로 이미장을 걸어 나갔다.

---

11) 양건식의 대표적인 작품으로 인정되는 「슬픈 모순」은 사상과 현실의 괴리 내지 모순의 미학을 원리로 한 작품 내지 사회적 과도기의 비극적 세계관을 보여주는 작품으로 평가되고 있다. 한점돌, 「양백화 소설과 모순의 미학」, 『한국 현대소설의 형이상학』(새미, 1997)

내리고보니 또 목적지가 없다. 한참 생각하다가 아무렇든지 또 타기로
하고 이번에는 동대문행의 전차를 탔다.

처럼 발길 닿는 대로 나가는 외출이다. 목적 없이 밖으로 나온 '나'는
전차에 탑승하거나 걷거나 인력거를 탄다. 그러면서 '나'는 생활의 모순을
인식한다. 예컨대 '나'는 주객을 호통하는 순경을 구경꾼들과 함께 바라보
며 "나는 퍽 웃고 생각하였다. 조선 사람의 향상심과 자각 없는 것은 말할
필요도 없거니와 병문꾼 대 순사보가 자각이 없고 향상심이 없어 지위에
만족함은 다 일반이다. 그 사이에 별로이 큰 차등을 발견하기 어렵다. 다
만 관복을 입고 칼을 찬 까닭에 순사보는 막벌이꾼을 징계하는 권리와 자
격이 있다"는 식으로 생활의 모순을 느낀다.

그런데 더욱 중요한 사실은 모순이 생활의 영역만이 아니라 '나'에게도
있다는 것이다. 이렇게 판단하게 된 이유는 '나'는 생활 현장의 냉정한 논
리를 미처 깨닫지 못한 미숙아에 불과하며 그만큼 세계와의 관계에서 압
도당한 위축된 자아라고 생각하기 때문이다. 한 마디로 말해, '나'는 생활
의 논리에 압도당한 무능한 인텔리에 불과하다는 판단이다.[12]

이제 다시 논의를 플롯으로 되돌려 보자. 과연 어떤 논의를 할 수 있을
까? 「슬픈 모순」은 기본적으로 '나'의 외출을 주되게 조직화하는 플롯을
보여준다. '나'의 여로를 다음과 같이 정리해 보기로 한다.

① 어머니가 점심을 먹으라고 밥상을 들고 '나'의 방으로 들어온다.(나는
　밥을 안 먹는다.)

---

12) 1918년 발표된 소설에서도 산책형 주인공을 만날 수 있다. 그 인물은 "새벽을 다
　밝을 임시에 산란한 꿈을 꾸고 이내 깨어 자리 속에서 뒤치적거리다가 일어나면서부
　터 들 수 없이 무거워 무엇이 위에서 내리누르는 것 같아서 심기가 슷치 못한 나는
　아무것도 하기가 싫어 서재에 꾹 들어앉은 채로 멀거니 서안을 대하고 있었다. 이즘
　애독하던 『학대받는 사람들』이라는 소설도 그 앞에 놓여 있건마는 아주 볼 생각도
　없어 돌연히 용트림을 하여 오륙본이나 아사히"를 피우는 지식인이다.

② 발 가는 대로 성밑 길로 이마장을 나아갔다. 광희문 행 전차를 탄다.
  (종로에서 내린다.)
③ 이번에는 동대문행 전차를 탄다.(사동 병문에서 내린다.)
④ 안동을 향해 걷는다.
⑤ 안동에 도착한다.(순사보가 막벌이꾼들을 닥달한다.)
⑥ 송현 입구 인력거장까지 걷는다.(나는 이 사실 모른다)
⑦ 인력거를 탄다.(종로통으로 황토현 지나 야조현 병문에서 내린다.)
⑧ 김영환을 만난다.(영환으로부터 백화 소식을 듣는다.)
⑨ 귀가한다.(백화의 편지를 읽는다.)

이 줄거리에서 확인되는 바와 같이 집을 나온 '나'는 걷고 타고 내리고 또 타고 걷고 보고 걷고 타고 만나고 귀가하는 단조로운 외출을 반복한다. 그러니까 '나'의 외출은 집을 출발하여 다시 집으로 되돌아오는 순서 혹은 집 나가기와 집으로 돌아오기의 순서로 이루어진다고 요약될 수 있다. 그런데 '나'의 외출을 진정 주목해야 하는 이유는 바로 여기에서 플롯의 특징이 논의될 수 있기 때문이다.

위 줄거리에서 확인되는 특이한 사항은 바로 '나'의 반복되는 외출이다. 즉 반복되는 외출은 동일한 사건의 중첩으로 그 성격을 얘기할 수 있다. 단일한 사건의 중첩 반복은 다른 사건들보다 그 사건을 강조하는 것으로 볼 수 있는데[13], 그만큼 외출 사건은 다른 사건들보다 강조되고 있다.

플롯의 차원에서 보자면 이는 무엇을 의미하는가? '나'의 외출은 ②가 ③으로, ③이 ④로, ④가 ⑤로, ⑤가 ⑥으로, ⑥이 ⑦로 대치되는 특징을 보여준다. 이리하여 '나'의 외출은 결국 김영환과의 만남으로 귀결된다. 이 대치되는 외출 행위들은 대단히 유사한 성격을 보여준다. 달리 말하자면, 이 외출 행위들은 유사한 성격의 사건들로 반복되고 있다. 이런 점에서 사건 ②, ③, ④, ⑤, ⑥, ⑦은 환유적으로 연결된 사건으로 얘기될 수

---

13) 스티븐 코헨 · 린다 샤이어스, 위의 책, p.127.

있다.

이런 점에서 「슬픈 모순」은 '나'의 외출 행위가 반복되면서 소설의 이야기가 확장되어간다는 점을 우리는 주목해야 한다. 그렇다면 우리는 여기서 또 다른 표현으로 플롯의 특징을 얘기해 볼 수 있다. 「슬픈 모순」의 플롯의 특징은 사건들이 환유적으로 조직된다는 데에서 논의될 수 있다. 즉 「슬픈 모순」은 유사한 사건들의 반복적인 대치를 통해 서술된 소설이라는 점을 우리는 알고 있어야 한다.

유사한 사건이 환유적으로 조직되어 있다는 점에서 「슬픈 모순」은 「핍박」과 플롯의 성격이 어느 정도 일치한다. 그러나 「슬픈 모순」은 사건들의 환유적 관계가 '더욱' 심화되어 있고 결속되어 있다는 점에서 「핍박」과는 그 차원이 다르다. 뿐만이 아니라 「슬픈 모순」의 사건들은 관념에 종속되어 있지도 않다. 이런 점에서 「슬픈 모순」은 사건들을 환유적으로 긴밀하게 엮은 소설로 평가받을 수 있다. 즉 「핍박」의 외출 사건이 각 장마다 분리된 행위로 나타나는 반면 「슬픈 모순」에서의 외출은 하루 동안 내내 지속되는 연속적인 행위로 나타난다는 특징을 보여준다. 즉 「슬픈 모순」의 사건들은 철저하게 '나'의 반복되는 외출로 이루어진 사건들이며 그 사건들은 유사한 또다른 사건으로 결합된 사건들이다. 이런 점에서 「슬픈 모순」은 「핍박」보다 환유적으로 더욱 조직된 소설이라고 평가받을 수 있다. 이렇게 볼 수 있는 또 다른 근거는 「슬픈 모순」이 지식인의 고뇌를 생경하게 노출하기보다는 그 고뇌마저 철저하게 소설의 경계 안으로 포섭한다는 데 있다.

5. 맺음말

서론에서 말한 대로 이 논문은 하나의 테마를 심층적으로 분석하여 완결된 결론을 도출하는 논문은 아니다. 이 논문의 성격은 어디까지나 시론적이라는 점을 다시금 밝혀 두고 싶다. 필자는 1910년대의 단편소설 중에서 이인직, 현상윤, 양건식의 단편소설을 대상으로 논의를 진행했다. 그 결과 이인직의 소설 「빈선랑의 일미인」은 일상 사건의 첨가와 서사의 확장, 현상윤의 소설 「핍박」은 관념의 고백과 사건의 종속, 「슬픈 모순」은 사건의 환유적 반복과 사건의 중첩이라는 논점으로 플롯의 특징을 정리할 수 있었다. 더욱 많은 1910년대 소설들을 연구 대상으로 삼아야 객관적이고 타당한 연구 결과를 도출할 수 있겠으나 그러하질 못했다. 부족하지만 이 세 편을 통해 필자는 1910년대 단편소설들의 플롯의 특징을 논의할 수 있었는데, 후속 연구가 요청된다 하겠다.

2

김동인이 발견한 예술가의 의미

－「광염 소나타」와 「광화사」를 중심으로－

1. 근대문학의 풍경

이인직은 「혈의 누」를 1906년 『만세보』에 연재한다. 뒤를 이어 이해조, 안국선, 신채호 등이 우리 문학사에 기념비로 남을 작품들을 발표한다. 잘 알려져 있듯 이 작가들이 지향하는 문학관, 정치관, 세계관은 상이한 차이를 보여준다. 예컨대 「혈의 누」에서 일본과의 연방론을 주장할 정도로 노골적인 친일성을 드러낸 이인직과 「을지문덕」, 「이순신전」 등에서 구국영웅을 예찬하며 저항적 민족주의의 정당성을 강력하게 옹호한 신채호의 문학관, 정치관, 세계관은 대단히 대조적이다. 그러나 이 두 작가의 소설은 아이러니하게도 계몽서사의 성격을 띤다는 점에서 동종소설에 속한다. 요컨대 그들의 소설은 근대국민국가의 형성이 좌절되는 상황에서 사회적 쟁점이 될 만한 이념적 메시지를 전달하는 계몽의 언어로 쓰인 동종소설이라는 말이다.

이로부터 만 10년의 세월 흐른 1917년. 이광수는 이 해에 『무정』을 『매일신보』에 연재한다. 연구자들 사이에서 논란이 없는 것은 아니지만 이광수의 『무정』은 우리 근대문학의 출발을 알리는 작품으로 그 문학사적 의의를 여러 연구자들에게 인정받고 있다. 그렇다면 이광수의 『무정』은 그 이전 시기의 선배 작가들이 쓴 소설과는 완전히 다른 성격의 소설인가?

넓은 의미에서 보자면, 이광수의 『무정』도 계몽의 언어로 쓰인 소설이라는 점에서 이전 시기의 소설들과 성격이 근본적으로 유사한 동종소설이라고 말할 수 있다. 요컨대 20세기 우리의 근대문학 여명기를 장식하는 소설들은 계몽주의적 성격을 강력하게 드러낸 소설이라는 평가를 받을 수 있다는 것이다.

그런데 특기할 만한 사건이 1919년 2월에 일어난다. 김동인, 주요한, 전영택 등 나이 어린 동경 유학생 몇몇이 『창조』라는 문학 잡지를 만들더니 이 잡지에 선배작가들의 소설과는 그 성격이 전혀 다른 새로운 스타일의 소설을 발표한다. 더 살펴보기로 하자. 『창조』 창간호에는 김동인의 「약한 자의 슬픔」과 전영택의 「혜선의 사」 등이 발표된다. 이 두 편의 소설은 작위적인 결말 구도, 시점 처리의 미숙 등 습작 중의 습작이라고 불러도 좋을 만큼 문제점을 적지 않게 노출한다. 그럼에도 불구하고 이 소설들은 당대 신여성들의 일상적 현실을 다룸으로써 계몽주의적 성격이 압도적이었던 우리 소설의 외연과 내연을 새롭게 하는 의의를 지닌다. 그러나 이 새로움은 당대의 문학적 주류로 인정받는 새로움은 아니었다. 문이도재적 글쓰기의 오랜 전통과 당대 소설의 계몽주의적 성격이 큰 목소리를 내는 상황에서 이 새로움의 울림은 빈약하기만 했다. 그렇지만 이 새로움은 소멸되는 새로움은 아니었다. 비록 사회적으로 확산되는 속도는 더뎠지만 이 새로움은 우리 근대문학의 또 하나의 전통을 만들어 나갈 문제성을 지니고 있었다.

여기서 우리는 김동인이 1921년 『창조』 9호에 발표한 단편소설 「배따라기」를 기억하기로 하자. 액자형식으로 여러 연구자들에게 미학적 가치를 주목받은 「배따라기」는 예인 묘사[1]로도 그 톡특성을 인정받는 소설이

---

1) 「배따라기」의 예인은 스스로 예술 행위를 한다는 자의식이 없다는 점에서 예술가소설에서 흔히 볼 수 있는 예술가의 이미지를 띠지는 않는다. 그러나 전통 민요를 부르며 정처 없이 떠돌아 다니는 가객이라는 점에서 예인형 인물이라고 볼 수 있다.

다. 「배따라기」에 묘사되는 예인의 운명은 비극적이다. 정처 없이 객지를 떠돌아다니는 운명, 떠도는 가객으로 살아가며 죽은 아내와 집 떠난 아우를 그리워하는 예인의 운명이 이 소설에 슬프게 묘사되어 있다. 이로써 이인직, 이광수 소설의 작중인물들과는 다른 차원에서 인생 행로를 살아가는 인물이 탄생하고 있다.

「배따라기」의 주인공은 누구인가? 이 주인공은 이인직과 이광수가 그들의 소설에서 만들어 낸 인물, 예컨대 근대화된 일본과 미국의 학교를 다니며 서양 근대 문물을 탐구하는 학생 주인공, 이성조차 문명개화의 동지로 여기는 학생 주인공과는 다르다. 「배따라기」의 주인공은 화가 나면 처를 떼리고 물건을 부수는 난동을 서슴지 않았다. 마치 그는 파괴의 주신(酒神)처럼 살아간다. 남편의 오해를 받고 집나간 처는 죽게 되고 이 사실을 안 아우는 집을 떠나 버린다. 이 주인공은 아우를 수소문하며 자기 행동을 후회하고 죽은 처를 그리워한다. 이 주인공은 동생의 행방을 탐문하던 중 우연히 아우가 부르는 배따라기를 듣게 되고 그 자신 또한 자기 회한이 투영된 배따라기를 부르는 가객으로 살아간다.

이와 같은 예인형 인물의 발견은 이인직, 이광수 등의 소설에 나타나는 계몽형 주인공들에 비해 열등하다고 평가해야 하는가? 예인의 존재를 소설의 전면에 드러내는 작가의 발상법은 현실 도피적으로만 비판받아야 하는가? 아니면 한국근대문학의 질적 갱신을 추구한 성과로 평가해야 하는가? 일단 여기에서는 이 질문에 대한 필자의 대답을 유보해 두기로 하겠다. 이 대답은 결론에서 내리기로 하되, 예인의 발견—논의에 더 적절한 용어로 바꿔 말해, 예술가—이 계몽 일변도로 진행되어가던 한국 초기근대소설의 스타일을 변모시킨 중요한 내적 동력이 되었다는 것을 미리 밝혀두고자 한다. 이인직과 이광수의 계몽서사가 우리 근대소설의 성과와 한계를 보여주고 있듯 김동인의 예술서사는 또 다른 차원의 우리 근대소설의 성과와 한계를 보여주고 있다고 필자는 생각한다. 필자는 이 논문에서 이 성과와 한계를 조명할 계획이다.

2. 왜 김동인인가?

1919년 2월에 발간된 『창조』의 문학사적 의의는 주목할 만하다. 이 잡지에 기고된 문학작품의 수준이 월등하기에 그런 것은 아니다. 그와는 반대로 『창조』에 기고된 문학작품은 그들이 비판하는 선배 문인 이광수의 문학작품보다는 한 수 아래의 수준이었다. 그러나 작품 수준보다 더 고려해야 할 점은 근대문인들만의 관계로 구성된 예술 공동체가 최초로 출현했다는 사실이다. "오로지 우리들의 관심은 정치 운동이 아니라 문학이며 예술"이라는 발언을 하며 김동인, 주요한, 전영택 등 몇몇의 젊은 문인들이 결의하여 이 잡지를 만들었는데 이로써 우리 근대문학의 양상은 더 한층 복잡해지는 결과를 낳게 된다.2) 왜냐하면 『창조』의 발간은 당대 계몽주의 문학이 간과해버린 문학의 예술성 지향을 우리 문단에 낳기 때문이다. 그렇지만 김동인과 『창조』를 예술주의 문학의 기원으로 인정하기는 어렵다. 아무리 20세기 초반 우리 근대문학의 작가와 독자의 층이 엷었다 해도 천재적인 일인 작가와 어떤 한 잡지가 선구자처럼 전에 없는 새로운 스타일을 만들어갈 수는 없는 까닭이다. 왜 이렇게 말해야 할까?

독립된 예술로서의 문학은 1910년대 잡지들이 적극적으로 다룬 담론 주제 중 하나였다. 잘 알려져 있다시피 이광수는 「문학의 가치」(1910년)에서 "정의 분자를 포함한 문장"을 문학이라 정의했으며 6년 후 발표한 「문학이란 하오」에서 문학은 "인의 정을 만족케 하는 서적"이라고 주장하

---

2) 『창조』 이전에 잡지가 없는 것은 아니었다. 『학지광』, 『신문계』, 『태극학보』 등이 1910년대에 출현한 잡지들이다. 그러나 『창조』는 『학지광』, 『신문계』, 『태극학보』처럼 학술잡지가 아니었고 스스로 자기 영역을 문예로 한정시킨 문예지, 동인들에 의해 창간된 문예지였다.

였다. 비슷한 시기『학지광』에는 지·정·의의 심리학상의 구분을 들어 "요하건대 문학은 글 가운데에 정의를 늣는 것"이라는 결론을 내린 최두선의 글이 실렸으며 백대진은 한 걸음 앞서『신문계』에 "문학은 문장에 정의를 부착흔 자"라고 주장하는 글을 발표하는 등 문학을 새롭게 정의하는 논문이 이 시기 잡지들에 발표되고 있다.3)

그런데 1910년대에서 예술이란 용어는 동경 유학생들이 이중적 번역의 차원으로 잡지에 소개하는 수준에 머물고 있다는 인상을 준다. 그러니까 1910년대의 예술론은 서구의 예술론을 번역하여 이해한 일본 근대문인, 지식인들의 예술론을 다시 한 번 번역하여 이해하는 이중의 번역으로 논의되는 성격이 짙다. 황종연에 따르면 "애국계몽기에 활발하게 나타난 신학문의 보급이란 서양에 스스로를 적응시키는 통언어적 실천의 사례에 속한다. 애국계몽기에 새로운 지식의 광장 구실을 했던 많은 학보들은 따지고보면 근대 일본에서 만들어진 허다한 서양어의 역어들의 실험실과 다를 바가 없다."4) 그러나 여기서 간과하기 어려운 사실은 번역의 수준으로 이해되는 예술론이며 문학론이었지만, 이 예술론과 문학론들이 우리 근대문학의 또 하나의 새로움을 형성하는 기원의 영향력을 미쳤다는 것이다.

여기서 우리는 우리 문학사의 예민한 문제를 만나게 된다. 민족국가의 형성이 실패하는 상황에서 과연 예술담론의 형성과 옹호가 지식인의 사치이며 퇴행 의식이 아닌가라는. 달리 말해 민족국가의 형성이 실패로 귀결되는 상황에서 예술담론의 형성은 작가들이 의도하지 않았다 하더라도 식민지 체제를 강화하는 역설의 모순을 낳고 있다는 비판을 우리는 충분히 예상할 수 있다.

그렇지만 필자는 민족국가의 형성이 좌절되는 상황에서 계몽주의는 사

---

3) 권 보드래,『한국근대소설의 기원』(소명출판, 2000), p.30.
4) 황종연, 「문학이라는 역어」, 문학사와비평연구회, 『한국문학과 계몽 담론』(새미, 1999), p.12.

회적으로 요청되는 의미 있는 이념이지만 그렇다고 하여 여기서 이탈된 시각—예를 들어, 예술의 심미성을 중시하는 시각—이 전적으로 비판받아야 하거나 무의미하다고만 말할 수 없다고 생각한다. 특히 근대문학사라는 좀더 넓은 범주에서 보자면, 계몽주의에서 이탈된 시각 혹은 다른 시각은 오히려 이탈되었고 다르기 때문에 의미 있다는 평가를 받을 수 있다. 더 연구하여 밝혀야 할 문제인데, 20세기 초반의 계몽주의의 논리는 우리 근대문학을 민족, 정치, 사회의 범주에서 형성하게 했다면 이 논리에서 이탈된 심미적 시각은 우리 근대문학을 예술의 범주에서 형성하게 한 측면을 지닌다. 요컨대 계몽성과 차별되는 예술성의 논리는 근대소설의 수준을 더 한층 복잡하고 두텁게 만드는 결과를 낳고 있다는 점을 우리는 주목해야 한다.

그런데 1930년대 김동인의 행적은 근대소설 연구자들을 얼마나 당황하게 만들고 있는가? 1935년 김동인은 윤백남이 경영하는 잡지『야담』에 강담류의 이야기들을 일년 내내 발표함으로써 스스로 대중 소설가의 자리로 가버린 작가가 아닌가? 어디 이 뿐인가? 김동인은 황군위문작가단의 일원으로 1939년 4월 15일 남산 조선 신궁을 참배하고 그 날 북행 열차를 타버린 작가가 아니었던가? 이처럼 자기 모순과 파행을 거듭하며 살아간 김동인이지만 그는 「배따라기」, 「명화 리디아」, 「광화사」, 「광염 소나타」 등 예술 그 자체의 심미성을 고민하게 하는 작품을 우리들에게 남겨 놓았다.

비유하건대, 우리 근대문인들은 영광과 상처와 과오가 한꺼번에 뒤엉킨 지상에 유배 받은 자들이다. 이 유배 받은 자들의 한 가운데에 김동인이 있다. 근대문학의 중요한 특성 중 하나인 예술의 심미성을 논의하게 될 때 김동인을 외면한다는 것은 허구이다. 그를 제쳐놓고 이 주제의 진정성은 탐구될 수 없다. 그렇기에 우리는 유배 받은 자들 중 한 가운데에 놓인 김동인을 주목할 수밖에 없다.5)

3. 추의 미 혹은 잔인한 아름다움

이광수의 「문학이란 하오」는 우리 근대문학론의 원론처럼 읽히는 글이다. 이 글에서 이광수는 문학을 '정'의 산물로 정의하고 있다. 이광수에 따르면 "문학은 '지' '정' '의' 중에서 '정'의 산물이며 '정'은 더 이상 '지'와 '의'의 노예"가 아니다. 그리고 "문학자는 인에게 기 사물에 관한 지식을 교하는 자가 아니요, 인으로 하여금 미감과 쾌감을 발케 할 만한 서적을 작하는 자"라고 이광수는 같은 글에서 정의하고 있다.

문학을 정의 산물로, 문인을 독자들의 미감과 쾌감을 일으키는 자로 주장하는 이면에는 문학을 독립적이고 자율적인 예술로 간주하는 이광수의 판단이 반영되어 있다. 그런데 문학의 독자적인 정체성 확립을 촉구하는 이광수의 주장이 문학의 심미성을 치열하게 추구하는 양상으로 이어지지는 않았다. 그 단적인 예가 『무정』이다. 『무정』에서 이광수가 말하는 미감과 쾌감의 근거가 전혀 없다고 말할 수는 없지만 문학의 심미성을 논의할 내적 근거는 허약하다. 요컨대 이광수는 주정주의자이기는 하되 유미주의자는 아니라는 얘기다.

이광수를 비판하며 새로운 소설을 쓰고자 한 김동인6)은 어떠한가? 먼저 이 얘기부터 해야 할 듯하다. 일본으로 유학하여 서양문학을 배우고 파악한 이광수나 김동인 등은 그들의 문학이 조선에서 새로운 문학의 기원이 되기를 내심 바라고 있었으리라 여겨진다. 이 시기의 문인들은 저마다 자기들의 작품이 새로운 문학의 기원이 되기를 강렬하게 욕망한 존재들이

---

5) 연구 대상 텍스트는 동아출판사에서 1995년에 간행한 한국소설문학대계 4권 『배따라기 외』다. 인용 페이지는 괄호로 처리한다.

6) "우리 근대소설의 독자성을 처음으로 천명하고 또 그것을 지속적으로 한 시대의 한 가운데에서 설득력있게 추진한 무대가 동인지 『창조』였으며 그 중심인물이 김동인이었다 함은 이미 움직일 수 없는 문학적 사실로 되어 있다." 김윤식·정호웅 『한국소설사』(예하, 1993), p.81.

었다. 그들은 그들이 처한 시대를 새로운 시대의 도래로 인식하고 있었고 이에 따라 과거 문학과의 급격한 단절을 통해 새로운 문학의 질서를 만들어 보려고 한 작가들이었다. 특히 김동인의 처지에서는 진정으로 새로운 문학을 하려면 도덕과 계몽의 노선이 아니라 일본 유학 중 그가 탐독했을 모리 오오가이(森鷗外)처럼 젊은이들의 성욕을 묘사하거나 타니자키 쥰이치로오(谷崎潤一郎)처럼 인간의 악마성을 조명하는 태도가 더욱 중요하다는 판단을 내릴 수 있다.

그런데 김동인을 두고 유미주의자 혹은 탐미주의자의 전형적 작가로 말하기는 어렵다. 김동인을 유미주의'적', 탐미주의'적' 경향을 탐색한 작가로 볼 수 있지만 엄밀한 의미에서 그를 유미주의자, 탐미주의자의 전형으로 인정할 수는 없다. 김동인은 「광염 소나타」, 「광화사」 말고는 그의 유미주의적 경향을 탐색한 소설을 쓴 게 없다. 그는 눈을 감는 그 순간까지 이 경향을 밀고 나간 작가, 그렇기 때문에 유미주의의 전형적 작가로 불러줄 만큼의 문학적 실천을 보여주지는 않았다.7)

그런데 김동인은 이와 같은 한계에도 불구하고 유미주의적 작가로서 이광수와는 차별화된 근대문학을 시도한다. 그렇다보니 김동인은 예술가가 되고자 한 젊은이들의 생애와 그들의 존재 방식과 심리적 갈등을 그린 소설, 예술은 어떠해야 하는지를 탐구하는 예술 소설들을 발표하게 된다. 이와 같은 특징을 드러내는 소설이 바로 「명화 리디아」, 「광염 소나타」, 「광화사」 등이다.8)

---

7) 김춘미 교수는 일본 문단과의 영향 관계를 비교하면서 동인을 엄밀한 의미에서 미를 추구하는 탐미주의자는 아니라고 말한 바 있다. 김춘미, 「김동인의 탐미의식의 비교 문학적 조명」, 김열규 편, 『김동인 연구』(새문사, 1981)

8) 「광염 소나타」와 「광화사」를 비판한 논문들이 적지 않다. 그 비판의 예를 보면 다음과 같다. "무엇보다 「광염 소나타」가 안고 있는 가장 큰 문제점은 이 소설에서 미의 우월성을 강조하는 작가의 거친 육성을 들을 수 있을 뿐, 아름다움은 없다는 것이다. 특히 주인공의 시체 모독 등 이해하기 힘든 광태는 미는커녕 섬뜩한 전율과 혐오감만을 느끼게 해줄 뿐이다." 장양수, 「한 작곡가의 귀기 어린 탐미 행장」『한국예술가

이광수가 「문학이란 하오」에서 재래 문학이 아니라 서양어로서의 문학이 중요하다는 주장을 강조한 것은 널리 알려진 일이다. 이처럼 이광수는 재래 문학과 단절된 새로운 문학의 탄생을 강조했지만 재래 문학과 이광수의 단절은 김동인과 비교해보면 그렇게 강렬하지는 않아 보인다. 김동인은 이광수보다 강렬하게 윤리와 미학 사이의 단절을 기도한 작가다. 요컨대 그의 혁명은 미학적 혁명이며 그의 이단은 윤리로부터의 이단이고 그의 정열은 문학에 따라붙은 계몽의 잔재를 털어 자명한 예술을 세우려는 정열이었다.

김동인에게 계몽의 효과나 소설 창작의 현실적 계기는 썩 중요한 개념이 아니다. 그는 오히려 철저하게 비현실적 계기로써 미적 판단을 내리려는 작가로 존재하려고 했다. 우리는 이 점을 그의 소설 「명화 리디아」에서 확인할 수 있다. 이 소설은 이렇게 시작한다.

> 벌써 삼백 육십여 년 전, 무대는 그때의 남유럽의 미술의 중심지라 할 T시.

미술의 중심지 T시는 "그의 이름이 혁혁히 빛나는 대화가 벤트론"이 활동했던 도시로 유명하다. 이 화가가 죽고 난 후 화가의 그림을 감상하기 위해 공작과 비평가가 방문한다. 그런데 이들이 걸작으로 판정한 그림은 벤트론이 그린 그림이 아니라 벤트론의 제자--벤트론이 파문한 제자-가 그린 "여자의 괴상한 그림을 그린 초상화"다. 아이러니하게도 벤트론이 그린 그림이 아니라 그가 내쫓은 제자의 그로테스크한 그림이 걸작으로 꼽힌다. 이를 놓고 우리는 다음과 같은 점을 추론할 수 있다. 김동인이 탐

소설론고』(한울아카데미, 1998), p.46.
"작가는 「광화사」를 통해 탐미주의란 어떤 것인가를 독자에게 계몽하려는 데 치우쳐 있어 이 소설은 아름다움을 느낄 수 없으며 다만 작가의 탐미주의에 대한 육성의 강화만을 들을 수 있을 뿐이다." 앞의 책, 「아름다움 없는 아름다움 예찬 강화」, p.243.

색하는 미는 추의 미이며 그는 추의 미야말로 지상 최고의 미로 여기고 있다는 것을.

「명화 리디아」를 읽다보면 '좋은 것들은 한때에는 모두 나쁜 것들이었다'는 니이체의 명제와 '태초에는 두려운 것들이 존재했다'는 셸링의 명제를 연상케 된다. 즉 이 소설은 미는 순수한 본질로서의 미가 아니라 오히려 그러한 미에 대한 안티테제로서의 추한 미를 독자들에게 연상하게 한다. 이런 까닭에 김동인을 두고 유미주의적 작가로 표현하기는 하되, 이 표현이 그리 정확하지는 않다는 것을 인정해야 한다. 그는 유미주의적 작가이기는 하되 추의 미를 탐색한 유미주의적 작가, 잔인한 미를 탐색한 유미주의적 작가로 불러야 할 것이다. 추의 미를 존중하는 김동인의 발상법은 자연스럽게 그 동안 계몽주의 서사들이 간과한 기괴한 것, 욕망적인 것, 비정상적인 것의 가치를 복원하는 특징을 부각시킨다.

> 송장의 옷을 모두 찢어서 사면으로 내어던진 뒤에 그 벌거벗은 송장을, 무서운 힘으로써 높이 쳐들어서, 저편으로 내어던졌습니다. 그런 뒤에는 마치 고양이가 알을 가지고 놀 듯, 다시 뛰어가서 그 송장을 들어서, 이편으로 던졌습니다.   — 「광염 소나타」에서

> 우르륵 몸이 떨린다. 그 곁 침대에는 팔을 자른 사람이 붕대 속에 감추인 조그만 팔을 보이지 않는 정도로 움직이고 있다. 또 그 곁에는 다리 자른 사람이 있다. 또 그 곁에는 배 짼 사람이 있다. 형형색색의 부르짖음이여, 거기서 삶과 산 사람을 저주하고 있다. 마치 무간지옥의 축소도다. 아니 확대도다.   — 「목숨」에서

> 생각나는 저주의 말을 연하여 퍼부으면서 소경의 멱을 잡고 흔들었다. 그리고 병신다이 멀겋게 뜨인 눈자위 원망의 빛깔이 나타나는 것을 보고 더욱 힘있게 흔들었다.   — 「광화사」에서

김동인의 소설들은 이처럼 육체의 욕망, 육체의 절단과 광기 등 추의

형상들, 이미지들을 반복한다. 20세기 초반의 신소설과 이광수의 소설에서 읽기 어려운 장면들을 김동인의 소설들은 반복하고 있다. 그는 선배 작가들과 비교해 볼 때 적대적이라 할 만큼 이질적인 문학 지형을 만들어내고 있다. 이와 같은 장면들은 미를 추구하되 추의 미를 추구한다는 작가의 창작 태도의 산물이다. 그러므로 그가 「광염 소나타」와 「광화사」의 소설에서 창조한 예인들은 고상한 예인이 아니라 마치 범죄자를 연상시킬 정도로 추의 미를 추구하는 광인들로 묘사된다. 그들의 영혼에는 도덕과 윤리가 없다. 그들의 영혼에는 오로지 아름다움이 존재하되 그 아름다움은 잔인한 아름다움이다.

문제는 그가 왜 추의 미를 추구하느냐는 데 있다. 김동인은 인공미가 아니라 가공되지 않은 미를 발견하려고 한 작가이며 그가 창조한 예인들은 이러한 미를 탐구하는 예인들이다. 가공되지 않은 본능의 미를 그 예인들은 발견하려고 하고 있다. 이 노력을 극단적으로 추구하는 이 예인들을 광기와 영감을 구체적으로 살펴보기로 하자.

4. 「광염 소나타」의 예술가

「광염 소나타」는 김동인이 1930년『삼천리』에 발표한 단편이다. 우리 근대문학사에서 1930년의 의미는 각별하다. 이 시기는 우리 근대문학의 외연과 내연이 더 한층 확대되고 깊어져 문학사의 층이 두터워진 시기로 알려져 있다. 이 시기에는 염상섭, 현진건의 소설만이 아니라 이기영, 최서해, 김기진, 박영희 등의 다양한 성격의 소설을 독자들이 읽을 수 있었다. 그러나 1919년『창조』를 발간하며 문학의 예술성을 표나게 강조한 김동인의 판단으로는 이기영, 김기진, 박영희 등의 소설이 예술성의 미달로 보일 수밖에 없었다.

"나는 온갖 것을 미의 아래 잡아 넣으려고 하였다. 나의 욕구는 모두 다 미다. 미는 미다. 미의 반대의 것도 미다. 사랑도 미이다. 미움도 또한 미이다. 선도 미인 동시에 악도 또한 미다. 가령 이런 광범한 의미의 법칙에까지 상반되는 자가 있다면 그것은 무가치한 존재다. 이러한 악마적 사상이 움돋기 시작하였다"고 고백할 정도로 미의 욕구를 두드러지게 옹호한 김동인은 마치 카프 계열의 문학을 조롱하기라도 하듯 「광염 소나타」를 발표한다.

「광염 소나타」는 한 음악 평론가가 사회 교화자에게 광인 예술가 백성수의 일대기를 들려주고 사회 교화자의 의견과 그 의견을 반박하는 형식을 취한다. 소설은 소설이되 작가의 논평으로 마무리되는 독특한 형식의 소설이다.

음악 평론가가 들려주는 백성수의 일대기는 한 자연인에서 예술가의 탄생으로 요약되는데, 이 탄생은 철저하게 비합리주의적 계기로 이루어진다. 광인 예술가 백성수는 제도교육기관의 교육 과정 속에서 예술가로 만들어지지 않는다. 백성수의 예술가 됨은 백성수의 감각, 감정, 욕망의 자발적인 인정 내지 발견과 관련된다. 요컨대 백성수의 예술가로의 탄생은 그가 근대 제도에 순응되지 않는 위악적인 인간이라는 점을 긍정하는 일과 관련된다.

감각, 감정, 충동의 존재인 백성수는 고전적 장인 이미지의 예술가가 아니라 충동과 광기 이미지의 예술가와 연관된다. 또한 작가는 예술가 백성수에게서 균형, 조화 등의 이미지를 없애 버리고 그 대신 일탈, 충격 등의 이미지를 부여한다. 요컨대 백성수는 무기교의 기교를 추구하는 예술가, 자유의 야성 상태를 추구하는 예술가로서의 특징을 보여준다.

그런데 더 논란이 되는 문제는 백성수가 예술 창조를 위해서라면 방화, 사체 모욕, 시간, 살인 등을 주저하지 않는 광인으로 묘사되는 데 있다. 더 구체적으로 살피면 이렇다.

저는 다시 그곳까지 가서, 그 무서운 불길에 날아 올라가는 볏짚이며, 그 낟가리에 연달아 있는 집을 헐어 내는 광경을 구경하다가 문득 홍분되어서 집으로 돌아왔습니다.

그날 밤에 된 것이 '성난 파도'입니다.(142)

그리하여 그 송장을 다시 만질 곳이 없이 된 후에 저는 그만 곤하여 그 자리에 앉아서 쉬려다가 갑자기 마음이 긴장되고 홍분되어서 집으로 달려 왔습니다.

그날 밤에 된 것이 '피의 선율'입니다.(144)

아무 표정도 없는 고요한 얼굴은 더욱 처연함을 도왔습니다. 이것을 정신이 없이 들여다보고 있던 저는 갑자기 홍분이 되어, 아아, 선생님 저는 이 아래를 쓸 용기가 없습니다. 재판소의 조서를 보시면 저절로 아실 것이 올시다.

그날 밤에 된 것이 '사령'이었습니다.(145)

마치 백성수는 예술 표현의 자유를 주창하는 전위적인 예술가처럼 당대의 풍속이 허락할 수 없는 금기의 세목들을 하나 하나 침탈하는 예술가처럼 보인다. 음악 작품을 창조하는 과정에서 백성수는 범죄인을 연상시킨다. 뒤에서 더 논의할 예정이어서 간단하게 말해 보자면, 김동인이 그려 내는 예술가는 범죄인과 동형적 인간으로 보일 정도다. 여기에는 예술에 대한 김동인의 전제가 잠재적으로 전제되어 있다. 예술은 그 본질적 속성이 악 혹은 추라는 전제를 확인할 수 있다.

백성수의 일대기를 듣고 난 사회 교화자는 백성수를 벌해야 한다는 의견을 제시하는데 이에 대해 작가적 자아가 투영된 인물인 음악 비평가는 이런 반박을 한다.

사실 말이지 백성수의 그새의 예술은 그 하나하나가 모두 우리의 문화를 영구히 빛낼 보물입니다. 우리의 문화의 기념탑입니다. 방화? 살인? 변변치 않은 집개, 변변치 않은 사람개는 그의 예술의 하나 하나가 산출되는

데 희생하라면 결코 아깝지 않습니다. 천 년에 한 번, 만 년에 한 번 날지 못날지 모르는 큰 천재를, 몇 개의 변변치 않은 범죄를 구실로 이 세상에 서 없이하여 버린다 하는 것은 더 큰 죄악이 아닐까요. 적어도 우리 예술 가에는 그렇게 생각됩니다.

김동인의 예술관을 극적으로 드러내는 결말이다. 오로지 미가 중요하다 는 김동인의 예술관이 이 소설의 결말에 집중적으로 서술되고 있다. 예술 을 위해서라면 백성수의 행위는 충분히 용납될 수 있다는 논리를 김동인 은 결말에서 펼친다. 예술을 위해서라면 당대의 사회적 풍속이 문제될 게 없다는 이 소설은 우리 근대소설 중에서 예술가의 이미지를 가장 극단적 으로 드러낸 사례에 해당한다.

5. 「광화사」의 예술가

「광화사」는 1935년 12월 『야담』에 발표된 단편소설이다. 「광화사」에서 우리는 아름다운 미인도를 완성하려는 예술가의 지독한 탐미 욕망을 발견 하게 된다. 그런데 공교롭게도 이 탐미 욕망의 주인공은 "세상에 보기 드 문 추악한 얼굴의 주인"이다. 더 자세하게 얘기하자면, 이 주인공의 "코는 질병자루 같고 눈이 퉁방울 같으며 귀가 박죽 같고 입은 나발통 같고 얼 굴은 두꺼비" 같은 추악한 인물로 묘사되고 있다.[9]

이 추한 화공은 일찍이 열 여섯에 스승의 중매로 어떤 양가 처녀와 결 혼하게 된다. 그러나 그 처녀는 솔거의 기괴한 얼굴을 보고 집으로 도망쳐

---

9) 추한 남성과 아름다운 여성과의 구도는 나도향의 「벙어리 삼룡」과 이런 구도를 차용 한 소설에서 확인할 수 있듯 소설의 비극적 낭만 미학을 강조하기 위한 형식적 장치 이다. 추와 미의 극단적인 두 범주를 설정하여 이 범주에 소속된 작중인물들의 갈등 의 지속 내지 갈등 해결로서의 사랑의 승화를 서술하는 작품들은 「광화사」 이전에도 더러 있었다.

버린다. 이리하여 솔거는 극심한 대인 기피증 특히 여성 기피증에 걸린 채 세상으로부터 자기를 격리하는 삶을 살아가게 된다. 「광염 소나타」의 백성수가 홀로 방황하며 작품을 만들어 왔듯 「광화사」의 솔거 역시 홀로 칩거하며 작품을 구상하는 예술가다. 우리는 이 사건에서 예술가로서의 솔거의 독특한 특징 한 가지를 확인할 수 있다.

> 화도에 발을 들여놓은 지 근 사십 년, 부득이한 금욕생활 부득이한 은 둔생활을 경영한 지 삼십 년, 여인에게로 소모되지 못한 정력은 머리로 모이고 머리로 모인 정력은 손끝으로 벋어서 종이에 비단에 갈겨 던진 그림이 벌써 수천 점(174)

이 대목에서 예술 창조 행위는 성적 에너지의 승화라는 프로이트의 명제를 떠올릴 수 있다. 예술은 이성의 합리적인 판단 작용으로 만들어지는 산물이 아니라 억압된 성적 욕망을 승화한 산물이라는 프로이트의 명제를 이 대목은 독자들에게 연상시킨다. 이 관점에서 보자면, 솔거의 그림이나 그 그림에 투영된 솔거의 예술적 상상력은 그의 억압된 리비도를 창조적으로 승화한 표현으로 해석할 수 있다. 예술 창조의 기본 동력이 인간의 고귀한 영혼이 아니라 성욕일 수 있다는 점, 예술가의 예술은 어둡고 충동적인 인간의 성적 욕망에서 발원되고 있다는 점을 이 소설을 독자들에게 알려준다.

이와 함께 우리는 솔거의 미인도 창작 행위에서 예술가의 또 하나의 특성을 발견하게 된다. 솔거가 그리려는 미인도는 그의 죽은 어머니를 가상의 형태로 복원하여 소유하려는 시도이기도 하다. 이와 같은 솔거의 태도에서 자연스럽게 모성 고착 내지 근친 상간적 특성을 발견할 수 있다. 솔거에게서 우리는 금기와 그 위반을 통한 예술의 창조라는 예술가의 위상을 환기 받게 된다. 요컨대 솔거는 예술가는 고귀한 영혼을 소유한 존재라는 고전적 명제를 완전히 박탈시키는 예술가의 유형이다. 예술 창조의 동력이 인간 성욕이라는 프로이트적 명제를 솔거는 환기시키고 있다.

솔거는 결국 미인도를 완성하는가? "소경 처녀 하나가 인가에서 꽤 떨어진 이곳. 사람의 동리보다 꽤 높은 이곳. 길도 없는 이곳—하직껏 삼십 년간을 때때로 초부나 목동의 방문은 받아본 일이 있지만 다른 사람의 자취를 받아 보지 못한 이곳"에 아름다운 처녀 한 명이 방문한다.

미인도를 완성해야 한다는 솔거의 소원은 소경 처녀를 만남으로써 해결될 기미를 보인다. 그런데 여기에는 설명이 필요하다. 소경 처녀의 얼굴에 나타난 아름다운 여인의 표정은 솔거가 그 동안 애써 찾던 미인도의 미인 표정이 되기에 충분했다. 소경 처녀를 모델로 하여 눈동자만 제외하고 미인도의 얼굴을 완성하게 된다.

그런데 상황이 반전된다. 아름다운 젊은 여성의 출현은 미인도의 완성을 영원히 유보시킨다. 미인도의 완성이 영원히 유보되는 결정적인 이유는 두 남녀의 억압된 성욕의 분출이다. 소경 처녀의 눈동자에서 솔거가 본 애욕의 표정은 솔거가 구상하던 표정이 아니었다. 이리하여 미인도는 완성되지 않을 위기에 놓인다. 이 위기 상황 앞에서 솔거는 악마적인 광기를 표출하기에 이른다.

> 이런 바보가 어디 있으랴. 보매 그 병신 눈은 깜박일 줄도 모르고 허공을 바라보고 있었다. 그 천치 같은 눈을 보매 화공의 노염은 더욱 커졌다. 화공은 양손으로 소경의 멱을 잡았다.
> "에이 바보야, 천치야, 병신아."
> 생각나는 저주의 말을 연하여 퍼부으면서 소경의 멱을 잡고 흔들었다. 그리고 병신다이 멀겋게 뜨인 눈자위 원망의 빛깔이 나타나는 것을 보고 더욱 힘있게 흔들었다.(188)

이처럼 소경 처녀를 발작적으로 살해하는 과정에서 눈동자는 완성된다. 그런데 그 눈동자는 미인의 눈동자가 아니라 원한의 눈동자, 잔인한 방법에 의해 죽어가던 여인의 눈동자였다. 미인도가 완성된 게 아니라 원한도가 완성되는 순간이다. 아름다운 그림이 아니라 원한의 그림이 완성되는 순간이다. 그리고 솔거는 방랑하다가 이 원한도를 품에 안은 채 죽고 만다.

「광화사」는 「광염 소나타」와 마찬가지로 예술가는 감각, 감정, 충동의 비합리적 인간이라는 점을 다시 확인해 주고 있으며 예술의 창조는 인간 내면에 잠복된 이 정서들이 광기 형태로 역동적으로 폭발할 때 드러나게 된다고 말한다.

6. 예술가의 존재 방식과 존재의 의미: 결론에 대신하여

두 편의 소설은 그 동안 여러 연구자들이 지적했듯 액자소설 형식으로 구성되어 있다. 그런데 이 액자의 방식은 참으로 독특하다. 예컨대 이런 식이다.

> 독자는 이제 내가 쓰려는 이야기를, 유럽의 어떤 곳에 생긴 일이라고 생각하여도 좋다. 혹은 사십 오십 년 뒤에 조선을 무대로 생겨날 이야기라고 생각하여도 좋다. 다만, 이 지구상의 어떠한 곳에 이러한 일이 있었는지도 모르겠다, 있는지도 모르겠다, 혹은 있을지도 모르겠다, 가능성뿐은 있다—이만치 알아두면 그만이다.
>
> 그런지라, 여기 쓰려는 이야기의 주인공이 되는 백성수를 혹은 알벨트라 생각하여도 좋을 것이요 짐이라 생각하여도 좋을 것이요 또는 호모나 기모무라로 생각하여도 괜찮다. 다만 사람이라 하는 동물을 주인공삼아 가지고 사람의 세상에서 생겨난 일인 줄만 알면
>
> 이러한 전제로써, 자 그러면 내 이야기를 시작하자.(「광염 소나타」: 124)

> 샘물!
> 저 샘물을 두고 한 개 이야기를 꾸미어 볼 수가 없을까. 흐르는 모양도 아름답거니와 흐르는 소리도 아름답고 그 맛도 아름다운 샘물을 두고 한

> 개 재미있는 이야기가 여의 머리에 생겨나지 않을까. 암굴을 두고 생겨나
> 려던 음모 살육의 불쾌한 공상보다 좀더 아름다운 다른 이야기가 꾸미어
> 지지 않을까.
> 여는 바위 틈에 꽂았던 스틱을 도로 뽑았다. 그 스틱으로써 여의 발 아
> 래 바위를 가볍게 두드리면서 한 개 이야기를 꾸미어 보았다.(「광화사」:
> 172)

두 인용문은 두 소설의 액자형식의 기능과 미학성을 논의할 때 자주 인용되는 대목이다. 그런데 이 대목은 액자형식의 기능과 미학성과 관련되어서만 아니라 김동인이 묘사하는 예술가의 특성을 함축하고 있기에 그 문제성을 간과해서는 안 된다. 그 특성은 이렇게 얘기할 수 있다.

김동인의 두 소설이 묘사하는 예술가들은 현실의 예술가를 재현한 예술가가 아니다. 김동인 소설의 예술가들은 재현된 예술가가 아니라 그의 정신이 발견한 예술가들이다. 자기 자신의 내적 우위를 확고하게 인식하는 정신, 계몽 의식을 부정하고 미학 그 자체를 목적으로 추구하는 정신이 발견한 인간의 유형이 두 편 소설의 예술가로 구현되고 있다. 그러므로 김동인에게 백성수와 솔거의 핍진성 여부는 중요하지 않다. 중요하게 고려해야 할 것은 김동인이 묘사하는 예술가들이 결코 사회적 인간으로 환원될 수 없는 존재들이라는 점이다. 이런 점에서 두 편 소설의 액자형식은 사회적 인간으로 환원되기 어려운 예술가들의 존재 방식을 그려내기 위한 수사적 장치로도 보인다. 요컨대 작가는 이 액자형식을 통해 예술가로 불려지는 미적 인간들과 비미적 인간들의 부조화의 관계, 비대칭의 관계, 불균형의 관계를 그려내고 있다는 말이다. 예술가들의 존재 방식은 당대 사회가 요청하는 계몽적인 삶의 방식이나 도덕적 요청과는 분리된 자기 자족적인 유희성, 자기 자족적인 창조성과 연관되어 있다고 그의 소설은 말해 주고 있다.

「광염 소나타」와 「광화사」에서 김동인은 오늘날에도 논란이 될만한 예

술가를 만들어 낸다. 이 두 편의 소설에서 예술가들은 광인이며 범죄자이며 일탈 행위자들이다. 그들은 고결한 인격의 주인공이거나 고귀한 신분의 주인공들이 아니다. 그들은 예술가는 일탈적 행동에 대한 열광적인 관심, 억압된 욕망과 금지된 정열에 매혹된 영혼을 지닌 인물이라는 점을 환기시키고 있다. 이 주인공들은 당대의 계몽형 인물과 비교해 볼 때 어리석은 인물, 패륜아라고 비판받을 수 있을 여지를 명백하게 보여준다. 아니 이 예술가들은 오늘날의 독자들이 읽어도 '비이성적'이고 '추'하고 '광기'의 인물로 평가받는다. 한 마디로 악마주의적 성격의 예술가들이다.

그러나 이를 두고 무조건 비판만 할 수는 없다. 김동인이 그려낸 예술가들은 이드로 존재하는 예술가이며 주변의 질서와 공존할 수 없는 정신의 불협 화음이 만들어 낸 예술가들이다. 그는 대단히 의도적으로 고전주의적이고 낭만주의적인 예술가의 이미지를 박탈해 버리고 극단적인 광기의 예술가를 만들어 낸다. 이 예술가들은 우연한 일시적인 충동적인 감각으로 창작하는 특징을 보여준다. 이 예술가들은 고통, 매혹, 전율, 도취의 상태에서 예술을 창작한다. 이런 점에서 이 주인공들은 문학의 근대성이라는 관점에서는 옹호될 만한 인물이다.

더 얘기해 보기로 하자. 이 두 소설의 예술가들은 예술의 창조는 죽음과 동전의 앞뒤를 이룬다는 비유를 생각하게 한다. 창조는 파괴의 짝패라는 점, 예술의 핵심에는 타나토스의 충동이 내재되어 있다는, 더 극적으로 말해 자기 파멸과 붕괴 없이는 예술을 창조할 수 없다는 명제를 생각하게 한다. 분명히 김동인의 두 소설은 근대 예술 미학의 잠재적 특징을 생각하게 한다.

요컨대 김동인이 만들어 낸 예술가는 인간의 본능에 부과되는 여러 형태의 억압에 순응하며 살아가는 인간들은 아니다. 김동인의 예술가들은 그 억압에 민감하게 반응하여 그 억압을 파괴하려는 죽음의 본능을 발산한 자들이다.

3

「약한 자의 슬픔」 다시 읽기

－여성 육체의 재현 양상과 그 문학적 의미－

1. 문제제기

김동인의 인생 행보는 '극적'이란 말의 의미를 실감케 한다. 1900년 10월 2일 평양부 하수구리 6번지에서 태어나 1951년 하왕십리 자택에서 눈을 감을 때까지 김동인은 극과 극을 오가는 인생 행보를 연출했다. 어린 나이의 일본 유학, 우리나라 최초의 순문예지『창조』의 발간과 폐간, 문제적 단편 소설의 연이은 발표, 결혼의 파경과 기생들과의 애정 행각, 아내의 가출과 새로운 여성과의 재혼, 가계의 파산, 야담 이야기꾼으로의 전락, 이광수와의 애증 관계, 친일경력, 전조선문필가협회 결성 주도, 불면증과 약물중독으로 악화된 건강과 같은 극적인 사건이 김동인의 인생 행보에 포함되는 사건들이다. '조선 제일의 소설가'라고 스스로 자부할 정도로 오만했던 작가 김동인. 그는 한국전쟁이 교착 상태에 빠진 1951년 자택에서 쓸쓸하게 죽음을 맞이하게 된다.

잘 알려진 대로, 김동인은 1919년 동경에서 주요한과 함께 우리나라 최초의 순문예 동인지『창조』를 발간한다. 이 때 그의 나이 열아홉. "정치운동은 그 방면 사람에게 맡기고 우리는 문학으로" 돌아가야 한다는 탈정치적 노선을 표방했던[1] 김동인은 이 잡지 창간호와 2호에「약한 자의 슬

---

1) 김동인은 동시대의 어떤 작가보다 그의 행동과 사유를 탈정치화한 작가이다. 여기에

픔」을 연이어 발표한다.[2] 이 소설을 발표한 김동인의 기개는 대단했다. 그는 창간호 후기에서 "여러분은 이 약한 자의 슬픔이 아직까지 세계상에 있는 모든 투의 이야기-리얼리즘 로만티씨즘 심볼리즘들의 이야기-와는 묘사법과 작법에 다른 점이" 있다고 당당하게 선언하고 있다. 요컨대 자기 소설은 이인직류의 신소설이나 이광수의 계몽소설과는 완전히 다른 새로운 소설이라는 선언이다. 그러나 그의 선언은 얼마나 아이러니한가? 한국어보다는 일본어가 익숙한 열아홉 나이의 김동인, 소설 창작 경력이 전무했던 김동인이 쓴 이 소설은 작가의 소설 서술 능력이 천박하다는 사실을 입증하는 아이러니의 예가 되고 있다. 김동인의 「약한 자의 슬픔」을 읽은 연구자 중에 작가의 당당한 선언을 흔쾌하게 인정해 주는 연구자는 별로 없다. 그는 이 소설이 아주 새로운 묘사법과 작법으로 쓰인 것이라고 강조했지만 그렇게 말할 작품 내적 근거는 대단히 빈약하다.

그런데 이 자리에서 「약한 자의 슬픔」을 다시 읽으려는 이유는 이 소설을 비판한 종래의 견해들이 오해였다는 것을 밝히기 위해서가 아니다. 필자가 이 작품을 다시 논의하려는 이유는 이 소설이 근대문학의 중요한 연구 주제를 환기시키기 때문이다. 그 주제는 '여성 육체의 재현과 성적 욕망의 발견'으로 정리된다.

그러면 이제부터 필자가 「약한 자의 슬픔」을 다시 읽는 과정에서 지니

대해서는 김윤식 교수의 연구를 참고할 수 있다. 김윤식 교수에 따르면 "유학생 계층의 상층부는 메이지 시대에서 다이쇼(大正) 시대로 이행하는 과정 속에 놓여 있던 민주주의와 서양 문화에 대한 교양이 크게 융성하는 시기에 노출되어 있었다. 김동인과 주요한은 3·1 운동의 중심부를 이룬 유학생 상층부에 끼여들 수가 없었다. 김동인, 주요한은 그들보다 한 세대가 아래였다. 유학생 상층부가 다이쇼 데모크라시의 물결을 타고 정치에 큰 흥미를 가졌고 따라서 3·1 운동의 추진 세력일 수 있었다면 한 세대 아래인 김동인, 주요한은 정치보다는 문학(문화)에 흥미를 가졌다." 김윤식, 『김동인 연구』(민음사, 2000), pp.114~115.

2) 연구 대상 텍스트는 동아출판사에서 1995년에 간행한 『배따라기 외』로 한다. 인용 페이지는 괄호로 처리한다.

게 된 문제의식을 좀더 자세히 말해 보기로 하겠다. 김동인은 「약한 자의 슬픔」이 묘사법과 작법의 차원에서 우리 근대소설의 새로운 면모를 보여 주고 있다고 말하지만 그 새로운 면모는 다른 데서 찾아야 할 것이다. 여 기에는 우회적인 설명이 필요하다.

1917년 『매일신보』에 연재되었던 이광수의 소설 『무정』은 전형적인 계 몽소설로 평가받는다. 주요 작중인물인 이형식, 영채, 선형 등은 애정의 삼각 관계를 형성하는 인물들이지만 그들의 애정 관계가 결말에 강하게 나타난 계몽 논리에 갑작스레 소멸해 버리는 까닭이다. 작가는 그들을 그 들의 사랑의 욕망으로 살아가게 하기보다는 계몽 논리에 순응하게 한다. 작가에 의해 작중인물들은 철저하게 계몽주의의 당위성에 순응하는 인물 들로 그려진다.

그러나 김동인의 소설 「약한 자의 슬픔」의 강 엘리자베트는 이인직이 나 이광수의 계몽소설의 주요 작중인물들과는 다른 방식으로 존재한다. 흥미롭게도 『무정』의 주인공 이형식과 「약한 자의 슬픔」의 주인공 강 엘 리자베트는 고아 출신 학생이며 가정교사라는 외현적 일치를 드러낸다. 그런데 작중인물의 존재 조건은 동일하지만 그 인물들이 펼쳐가는 삶의 행태는 다르다. 이광수는 이형식을 계몽주의자의 전형으로 그려내려고 한 반면 김동인은 강 엘리자베트에게서 계몽주의자의 이미지를 철저하게 없 애버리고 있다. 그렇다면 강 엘리자베트라는 작중인물이 환기시키는 문제 성은 과연 무엇일까? 앞에서 이미 밝힌 대로, 필자는 강 엘리자베트를 통 해 여성 육체의 재현과 그것의 문학적 의미를 정리할 수 있다고 생각한다.

여러 근대문학 연구자들이 말한 바와 같이 이 소설은 결코 잘 쓴 소설 로 읽어주기 어렵다.3) 그러나 여성 육체를 과감하게 재현하고 그 재현된

---

3) ① "그는 엘리자베드와 같은 여자를 가벼운 경멸감으로 대하기 때문에 경멸에 값하 는 것이면서도 인간적인 그녀의 상황에 깊이 개입하지도 못하고 또 그녀의 처지를 한국 사회의 병리와의 심층적 관련 속에서 보여주지 못한다. 또 이러한 깊이의 결여

육체를 통해 성적 욕망을 드러내 보인 이 소설은 이광수적 계몽소설과는 또 다른 차원의 한국소설의 근대성을 탐구하는 전위적인 문제성을 지니고 있다. 이 글은 바로 이러한 문제성을 좀더 탐구해보려는 문제의식으로 작성되고 있다.

2. 여성 육체의 재현과 문학적 의미

여성 육체의 문학적 재현은 인물론 차원의 논의를 뛰어넘어 소설의 근대성을 판별하게 할 정도로 중요한 문학 연구 주제로 인정받고 있다. 리타 펠스키(Rita Felski)의 연구는 이에 관한 비평적 고찰의 적절한 예이다. 리타 펠스키는 그의 저서 『The Gender of Modernity』[4])에서 근대성과 모더니즘의 담론을 제대로 이해하기 위해서는 이 담론들이 성과 어떻게 만나는가를 살펴야 한다는 주장을 펼친 바 있다. 여성의 근대 경험이 텍스트로 구성되는 방식의 의미, 즉 여성의 육체나 욕망, 생존 방식의 재현 문제를

로 하여 그는 그녀의 이야기를 비극으로 만들지도 못하고 날카로운 풍자의 표적으로 만들지도 못함으로서 단지 호사적인 이야기거리에 그치게 한다는 비판을 받고 있다." 김우창, 『궁핍한 시대의 시인』(민음사, 1997), p.108.

② "이 작품은 주제를 분명히 집약시켜 나가지 못했으며, 사건 진행상 무리한 점들이 많다. 이 같은 문제점은 당시의 동인의 기교적 미숙성 때문이고 또 하나는 과분한 욕심 때문이었을 것이다." 김우종, 「「약한 자의 슬픔」에 나타나는 약자의 의미」, 김열규 · 신동욱 편, 『김동인 연구』(새문사, 1981), p.Ⅲ-9.

③ "「약한 자의 슬픔」은 그렇게 놀라운 작품도 아니고 묘사도 출중하게 잘 된 것도 아닌 것 같다. 주인공 엘리자베트가 남작의 애욕의 제물이 되는 장면에서부터 사모하던 이환이를 비교하는 심리적 갈등은 상세하게 그려나가고 있다. 소녀다운 갈팡질팡하는 마음이 그럴 듯하게 제시되고 있으나 처녀가 남작의 요구를 쉽사리 받아들이는 장면은 자기가 그렇게 설정했으므로 어쩔 수 없는 문제로도 볼 수 있으나, 그렇다 하더라도 누구나가 수긍할 수 있는 타당성을 충분히 제시하지 않은 것은 다소간 어색하지 않을 수 없다." 신동욱 「김동인문학의 하강적 미의식」 이재선 편 『김동인』(서강대학교 출판부, 1998), pp.28~29.

4) 리타 펠스키, 김영찬 · 심진경 역, 『근대성과 페미니즘』(거름, 1998)

면밀하게 살피지 않고서는 문학의 근대성을 단순하게 논의할 수밖에 없다는 생각을 리타 펠스키는 그이 저서에서 밝히고 있다. 요컨대 여성의 경험 혹은 여성의 역사가 고려되는 근대성의 미학과 정치학을 논의해야 한다는 주장, 근대성과 여성성의 복합적인 관계를 해명하는 게 중요하다는 주장을 그는 그의 저서에서 정리하고 있다.

리타 펠스키와 함께 피터 브룩스(Peter Brooks)의 연구는 김동인 「약한 자의 슬픔」을 새롭게 읽게 하는 이론적 모델을 제공해주고 있다. 예술이 인간의 육체를 어떻게 상상하며 재현하고 있는가를 밝히려는 피터 브룩스의 노력은 『Body Work』5)에 체계적으로 정리되어 있다. 피터 브룩스는 이 저서에서 어떻게 인간의 육체가 서양에서 18세기 이후의 서사물에서 중심 주제가 되었으며 그 의미는 무언가를 탐구하고 있다. 그에 따르면 "육체는 의미의 원천이 되는 동시에 중심이고, 육체를 주매개로 삼지 않고는 이야기의 서술이란 애초에 불가능하다." 그런데 브룩스에 따르면 "개인에 대한 현대적 개념이 생성되면서 그 필연적 결과로 한 개인이 공공의 요구에서 해방되어 자기만의 개인적 인격을 가꾸는 장소로서의 사적 생활의 개념이" 생겼으며 "이때 사적 공간 내에서 가장 문제성 있고 흥미로우며 고통의 원천이 되는 것이 육체"라고 흥미롭게 밝히고 있다.

굳이 리타 펠스키와 피터 브룩스의 주장을 예로 들지 않더라도 여성 육체의 재현은 간단한 연구 주제로 보이지는 않는다. 비록 완성도가 결여된 작품이기는 하지만 성적 욕망을 통제할 수 없었던 한 젊은 여성의 타락과 파멸을 보여준 김동인의 「약한 자의 슬픔」은 여성 육체 재현의 문학적 의미에 관한 논의를 전개하는 데 적절한 텍스트로 보인다.

잘 알려진 얘기지만, 김동인은 강박이라고 할 정도로 이광수를 의식하며 소설을 쓴 작가다. 이광수의 소설과는 다른 소설을 써야 한다는 김동인

---

5) 피터 브룩스, 이봉지·한애경 옮김, 『육체와 예술』(문학과 지성사, 2000)

의 발상은 강박 관념에 가까울 정도였다. 이런 점에서 보자면, 김동인의 소설은 이광수 소설의 안티 테제적 표현이다. 김동인은 이광수와는 다른 방향과 지점에서 자기 소설 세계를 기획하고 구축하려 했다. 이광수가 합리적 판단의 능력을 지닌 주체적 인물로서의 남성 계몽주의자를 설정하여 소설을 쓴 반면 김동인은 비합리적 감각을 지니고 욕망 추구적인 여성 인물을 설정하여 소설을 쓰고 있다. 김동인의 안티 테제적 발상은 특히 「약한 자의 슬픔」에서 여성 육체의 재현이라는 수사적 전략으로 나타난다.[6] 그 수사적 전략이 성숙하게 구현되지는 않았지만 김동인은 여성 육체의 재현을 통해 이광수적 의미의 도덕 세계로 독자들을 안내하기보다는 미추의 세계로 안내하려고 한 것이다.

그러면 이제부터 「약한 자의 슬픔」의 스토리 라인을 따라가며 여성 육체가 어떠한 양상으로 재현되는가를 살피고 그 다음으로 이 재현의 문학적 의미를 정리하기로 하겠다.

2.1. 여성 육체의 재현 양상

「약한 자의 슬픔」의 주인공으로 설정된 강 엘리자베트는 그 이름에서 확인되듯 국적 불명의 젊은 여성처럼 보인다. 민족의 기호 혹은 국적의 흔적을 김동인은 아예 작중인물의 이름에서 지워버리고 있다. 여기서 중요한 건 강 엘리자베트의 민족적 정체성이나 국적이 아니라 그녀가 아름다운 육체를 소유한 젊은 여성이라는 점이다. 이 소설에서 파악되는 강 엘리

---

6) "춘원에는 상반되는 두 가지 욕구가 서로 다투고 있는 것은 감출 수 없는 사실이다. 미를 동경하는 마음과 선을 쫓으려는 바람이다. 이 두가지의 상반된 욕구의 갈등! 악귀와 신의 경쟁 춘원에게 재하여 있는 악마적 미에의 욕구와 의식적으로 환기시키는 선에 대한 동경 이 두 가지이 갈등을 우리는 그의 온갖 작품에서 볼 수 있다. 그는 악마의 부하다. 그는 미의 동경자다. 그러면서도 자기의 본질인 미에 대한 동경을 감추고 거기다가 선의 도금을 하려 한다." 김동인, 『춘원 연구』(신구문화사, 1956), pp.186~187.

자베트의 인물 정보는 이렇다. 강 엘리자베트는 K 남작 집에 기숙하는 여학생이며 가정 교사로 일찍 부모를 여읜 고아다. 참으로 간략하게 언급된 인물 정보이지만 이 정보는 중요한 의미를 함축한다. 이 인물 정보는 다음과 같이 더 설명될 수 있다.

이미 말했듯, 강 엘리자베트는 이 소설에서 부모를 여읜 고아로 설정된다. 고아로 설정된다는 말은 강 엘리자베트가 전통적 윤리에서 상대적으로 자유로운 인물이라는 점을 추론하게 하는 조건이 되고 있다. 우리는 이 소설에서 강 엘리자베트가 '아버지의 이름'(the Name of Father)으로 훈육을 받은 인물이 아니라는 점, 강 엘리자베트는 가족의 경계를 뛰어넘어 존재하고 있다는 것을 주목해야 한다.

가족의 경계를 이탈하여 존재한다는 말은 강 엘리자베트가 개인주의의 방식으로 존재하는 인간이라는 것을 암시한다. 그러나 강 엘리자베트가 개인주의의 기호로 해석될 만큼 개인주의의 충분한 구현을 보여준다는 애기는 아니다. 강 엘리자베트는 개인으로 존재하지만 개인주의적 의식 예컨대 개인의 권리, 개인의 주체적 의식 등을 체화한 인물은 아니다. 그럼에도 불구하고 김동인이 만들어 낸 강 엘리자베트는 전통적 봉건 감각에 예속되지 않는 신세대 인물로 존재하는 조건을 확보한 인물임에는 분명해 보인다.

강 엘리자베트는 이환이라는 젊은이를 연모하며 "여학생간에 유행하는 보법으로 팔과 궁둥이를 전후좌우로 저으면서" 걷는 당대 유행에 민감한 여학생이다. 그리고 "십구 세의 소녀이지만 재주와 용자로 모든 동창들에게 존경과 일종의 시기를" 받는 여학생이며 "그리스 조각을 연상시키는 뺨과 목의 윤곽을" 지닌 여학생이다. 이처럼 작가는 엘리자베트의 육체를 유행에 민감한 육체, 아름다운 용모의 육체, 그리스 조각을 연상시키는 육체로 묘사한다.

이 여학생에게 연애로 불려지는 낭만적 사랑의 체험은 대단히 중요한 관심사다. 이 관심은 강 엘리자베트에게 워낙 압도적이어서 여기에 다른 관심 항목들이 대체될 수 없을 정도다. 이성과의 낭만적 교제를 자기 인생의 절대 과제처럼 여기는 여성으로 강 엘리자베트는 철저하게 존재한다. 그런데 엘리자베트가 꿈꾸는 낭만적 사랑－이환과의 결혼, 신혼여행, 노후의 안락－은 실현되는 사랑이 아니라 공상의 형태로만 자족되는 사랑이다. 불행스럽게도 그녀가 꿈꾸던 낭만적 사랑은 친구 혜숙의 집을 방문하고 남작의 집으로 돌아온 그 날 변질된다. 친구의 집에서 귀가한 그 날 밤의 강 엘리자베트를 작가는 나체의 여성으로 묘사한다. 이 장면을 인용하면 이렇다.

> 끝없이 나는 공상을 두 시간 동안이나 한 후에, 이제껏, 희미하니 아물아물 기어가는 것같이 보이던 벽의 흑점이 똑똑히 보이기 시작할 때에, 그는 자리를 펴고 자고 싶은 생각이 났다.
> 아까 저녁 먹을 때에 남작의,
> "오늘 밤에는 회가 있는 고로 밤 두 시쯤 돌아오겠다."
> 는 말을 들은 엘리자베트는, 별로 안심이 되어 자리를 펴고 전라체가 되어 드러누웠다.(19)

이 장면의 의미를 어떻게 이해해야 할까? 사실 이 장면에서 엘리자베트가 전라(全裸)의 모습으로 취침한다는 건 소설 전개의 내적 논리로 보자면 설득력이 없어 보인다. 엘리자베트가 전라가 되어야 할 필연적 동기가 작품 내에서 보이지 않는다는 얘기다. 그럼에도 불구하고 이 장면은 우리 근대소설사에서 획기적인 장면으로 평가받을 수 있다. 리비도적 욕망이 요동치는 여성 육체를 재현하는 장면인 까닭이다. 이어지는 장면은 더욱 문제적이다. "한참 자다가, 열한시쯤, 자기를 흔드는 사람이 있는 고로 그는 눈을 번쩍 떴다. 전등 아래, 의관을 한 남작이 그를 들여다보고 있었다."
전라의 엘리자베트가 한 남성의 욕망의 시선에 포착되는 장면이다. 엘리자베트의 육체는 완벽하게 노출되어 있다. 낭만적 사랑을 공상하던 엘리자베트는 겁탈7)의 위기에 직면해 있다. 그런데 놀라운 건 엘리자베트의 반응이다. 작가는 이 장면에서 정조의 관념을 중시하지 않는다. 작가는 엘리자베트의 육체를 정조 관념이 지배하는 육체로 묘사하는 게 아니라 성적 욕망이 은밀하게 요동하는 육체로 묘사한다. 이 장면에는 남성의 에로틱한 욕망의 시선과 자기 육체에 잠복해 있는 성적 욕망을 깨닫는 젊은 여성의 정신적 혼란이 복잡하게 얽혀 있다. 아주 엄밀히 말하자면, 엘리자베트는 자신의 육체를 적극적으로 방어하는 여자는 아니다. 엘리자베트의 육체는 은연 중에 쾌락을 즐기려 한다. 이 사건을 계기로 엘리자베트의 육체는 "평균 일 주 이 회의 남작의 방문"을 받는다. 이리하여 엘리자베트의 육체는 리비도적 욕망이 요동치는 쾌락의 육체로 변모한다. 리비도적 욕망을 스스로 통제할 수 없는 여성으로 변모한 엘리자베트는 남성들과 접촉이나 그들의 쾌락적 응시를 은밀하게 즐긴다.

① 대개는, 엘리자베트가 예기한 날 남작이 왔다. 남작이 오리라 생각한 날은, 엘리자베트는 열심으로 남작을 기다렸다. 그렇지만 그 방은 남작 부인의 방과 그리 멀지 않은 고로 남작이 와도 그리 말은 사괴지 못하였다. 엘리자베트는 그것으로 남작이 와 있을 동안은 너무 갑갑하여 빨리 돌아가기를 기다렸다. 치만 일단 남작이 돌아가고 보면 엘리자베트는 남작이 좀더 있지 않는 것을 원망하고 무한한 적막을 깨달았다.(23)

② 엘리자베트는 멎는 곳에서 잠깐 기다려서, 오는 전차를 곧 잡아탔다. 비가 너무 와서 밖에 나가는 사람이 적었던지 전차 안은 비교적 승객이 없었다. 이 승객들은 엘리자베트가 올라탈 때에 일제히 머리를 새 나그네 편으로 향하였다. 엘리자베트는 빈자리를 찾아 앉아서 차를 둘러보았

---

7) 김경수 교수에 따르면 "고전소설은 물론 신소설에서조차 분명하게 서술된 적이 거의 없는 겁탈 장면이 극화되었다는 것은 여성비평의 차원에서는 물론이거니와 한국소설의 근대성 확립의 과정을 이해하는 데에 있어서 매우 흥미로운 주제다." 김경수, 「현대소설의 형성과 겁탈」, 문학사와비평연구회, 『한국 현대문학의 근대성 탐구』(새미, 2000), pp.122~123.

다. 그는 자기 편으로 향한 모든 눈에서, 노파에게서는 미움, 젊은 여자에게서는 시기, 남자에게서는 애모를 보았다. 이 모든 눈은 엘리자베트에게 한 쾌감을 주었다. 그는 노파의 미워하는 것이 당연하다 생각하였다. 젊은 여자의 시기의 눈은 엘리자베트에게 이김의 상쾌를 주었다. 남자들의 애모의 눈이 자기를 볼 때에는 엘리자베트는 약한 전류가 염통을 지나가는 것같이 묘한 맛이 나는 것이 어째 하늘로라도 뛰어올라가고 싶었다. 그는 갑자기 배가 생각난 고로 할 수 있는 대로 배를 작게 보이려고 움츠러뜨렸다.

차장이가 와서 엘리자베트에게 돈을 받은 후에 뚱 소리를 내고 도로 갔다,

남자들의 시선은 가끔 엘리자베트에게로 날아온다. 그들은 몰래 보느라고 곁눈질하는 것도 엘리자베트는 다 알고 있었다. 남자들이 자기를 볼 때마다 엘리자베트는 자기도 그편을 보아주고 싶었다. 치만 종시 실행은 못 하였다.(35)

③ 의사는 엘리자베트에게로 와서 저고리 자락을 열고 청진기를 거기 대었다. 의사의 손이 와 닿을 때에 엘리자베트는, 무슨 벌레를 모르고 쥐었다가 갑자기 그것을 안 때와 같이 몸을 옴쭉하였다. 그러면서도 엘리자베트는 의사의 손에서 얼마의 온미를 깨달았다. 이성의 손이 살에 와 닿는 것은, 엘리자베트와 같은 여성에게 대하여서는 한 쾌락에 다름 없었다.(37)

①, ②, ③의 장면에서 엘리자베트는 낭만적 사랑을 공상하는 차원이 아니라 성적 교섭을 은근하게 욕망하는 육체의 여성, 남자들의 쾌락적 응시를 받는 육체의 여성으로 묘사된다. 더 자세히 살피기로 하자. ①의 엘리자베트는 K남작에게 겁탈 당한 여성이면서 동시에 "열심으로 남작"을 기다릴 만큼 남성의 육체를 갈망하는 착종된 이중성을 보여주는 여성으로 묘사된다. 이런 점에서 남작의 겁탈은 엘리자베트의 성적 정체성의 위기가 아니라 공교롭게도 엘리자베트에게 잠복된 성적 욕망을 요동케 하는 사건이 되고 있다. ②의 장면은 강 엘리자베트가 S 병원을 향해 가는 장면

이다. 젊은 여성 엘리자베트의 육체를 향해 전차를 타고 가는 승객들의 시선이 교차하는 장면이다. 노파와 젊은 여인들, 남자들의 시선이 엘리자베트의 육체에 집중되는데, 이 시선 중에서 강 엘리자베트에게 쾌락의 감각을 느끼게 하는 시선은 남자들의 시선이다. 이처럼 전차 내부에서 엘리자베트의 육체는 승객들에게 보여지는 응시의 대상물로 존재한다. 그리고 ③은 S병원에서 강 엘리자베트가 진찰을 받는 장면이다. K남작과 동행하여 임신 여부를 확인 중인데, 남성 의사의 진찰―"한 남자의 손의 온미를 깨달으며"―을 받으며 쾌락의 감각을 느끼는 여성으로 강 엘리자베트는 묘사되고 있다. ①, ②, ③에서 독자들은 육체의 쾌락적 감각을 즐기는 젊은 여성의 확대되는 성적 욕망을 발견하게 된다.

임신은 엘리자베트의 쾌락을 유보시키는 서사적 사건 혹은 성적 욕망을 잠복시키는 서사적 사건으로 기능한다. 엘리자베트의 육체가 아이를 '잉태'하자 남작은 엘리자베트를 멀리한다. 두 사람의 관계가 갈등 관계로 변모하는데, 그 갈등은 재판을 통해 더욱 고조된다.

남작으로부터 출가 요구를 받은 엘리자베트는 소송을 하기로 결심한다. 이 소설에서 재판은 남작에게 버림받은 엘리자베트를 구원해 주는 근대적 제도인가? 이 재판을 통해 엘리자베트는 그의 행위의 정당성을 입증받는가? 그렇지 않다. 엘리자베트는 완벽하게 패소하고 만다.

그런데 우리가 더 살펴야 할 문제는 엘리자베트의 패소에 있는 건 아니다. 엘리자베트의 방, 달리 말해 한 여자의 내밀한 공간에서 이루어진 남녀 간의 사적인 성 관계가 폭로되는 방식을 주목해야 한다. 두 사람의 성 관계는 재판 절차를 거치며 공적인 세계에 폭로되어버린다. 남작을 소송한 엘리자베트의 의도는 남작을 징벌하는 데 있지만, 공교롭게도 부각된 쟁점은 성 관계라는 사적 사건의 외부 폭로이다. 우리는 이 점을 주목해야 한다. 재판은 엘리자베트의 은밀한 성적 관계를 외부에 완전하게 폭로되는 계기를 제공한다. 역설적이게도 재판은 대단히 비밀스러운 사건에 속하는 남녀 간의 성적 관계를 외부인들이 인지하는 공식 사건이 되게 한다. 방 안에서 은밀하게 이루어지던 엘리자베트와 남작의 만남은 검사, 재판관, 변호인, 방청객 등이 모인 재판정에서 공식 사건으로 확인된다. 매력적인 육체의 소유자인 엘리자베트는 남성들이 포진한 재판정에서 정신 이상자로 비판받게 된다. 재판 사건을 계기로 엘리자베트의 육체는 병 든 육체, 고통스러운 육체로 묘사되며 그와 함께 성적 욕망은 잠복한다.

오촌모와 낙향한 엘리자베트는 병을 앓는다. 병을 앓는다는 말은 엘리자베트의 육체에 이상 증세가 발생한다는 얘기며 그녀의 육체적 매력이 희석된다는 얘기이다. 이제 그녀의 육체는 에로스가 아니라 바이러스가 들끓는 병균의 장소처럼 되어 버렸다. 작가는 재판 사건 이후부터 엘리자베트의 육체를 "괴로운 낯을 하고 팔과 다리를 꼬면서 앓는 소리를 내거나 피고하여진 고로 눈을 감거나 등과 사지 맨 끝에서 시작하여 짜르르 온 몸에 추위를 느끼는" 육체로 묘사한다. 그녀의 육체는 병 든 육체이며 성적 욕망이 완전히 비어버린 육체로 묘사되는 것이다.

작가는 엘리자베트의 육체를 대단히 엽기적으로 묘사하기도 한다. 그 엽기적 묘사는 아기를 낙태하는 장면에서 고조된다. 이 장면은 태아를 임신하고 출산하는 여성에게 바쳐진 신화—예컨대 위대한 모성, 위대한 여인—들을 전복시킨다. 더불어 작가는 태아의 신성성을 제로화시킨다. 태아는 희망의 상징이 아니라 제거의 대상으로 추락하고 있다.

> 한참 엎디어 있다가 그는 생각난 듯이 벌떡 일어나서 요강을 내어 놓고 번갯불과 같이 빨리 그 속에 손을 넣어서 주먹만한 핏덩이를 하나 꺼내었다. 이것 때문에. 그는 그 핏덩이에 대하여 무한한 미움이 일어났다.(68)

작가에 의해 엽기적으로 묘사되는 엘리자베트는 히스테리적 증상을 보여주는 정신 이상자, 혐오스러운 여성을 연상시킨다. 정리하자면 이렇다.

스토리 라인을 따라가며 재현되는 여성의 육체는 재판 사건을 전후로 대조적인 차이를 보여준다. 재판 사건 전의 엘리자베트의 육체는 아름답고 관능적이고 성적 욕망이 요동하는 육체로 묘사되며 재판 사건 이후에는 병든 육체로 리비도적 욕망이 탈구되어버린 육체로 묘사된다.

2.2 여성 육체 재현의 문학적 의미

여성 육체 재현의 문학적 의미를 제대로 논의하기 위해 이 시점에서 한국근대문학의 계몽주의적 경향을 상기해 볼 필요가 있다. 한국근대문학의 기원을 어떻게 설정하더라도 그 문학적 경향이 계몽주의적이라는 데에는 별다른 이견이 나오기 어렵다. 이인직, 이광수의 소설 그리고 근대문학의 또 하나의 영역을 확보, 개척한 카프문학은 그 사상적 차이에도 불구하고 목적론적 서사의 경향을 보여준다는 점에서 계몽주의적 경향을 보여준다고 볼 수 있다.

근대문학의 계몽주의적 경향은 어떠한 작중인물을 만들어내었을까? 그 경향은 우리 근대문학이 명석한 이성의 소유자 혹은 합리적 정신의 소유자를 주인공으로 만들어내며, 이 주인공으로 하여금 사회와 세계의 모순을 해결하도록 하였다. 이 주인공들은 과거의 전통소설의 영웅들처럼 천상계와 지상계를 왕래하며 인간 세계를 주재하는 신이한 능력은 없다. 그러나 이들은 그 영웅들에게 결여되었던 능력을 확보하고 있었으니, 바로 이성적 판단 능력의 확보다.[8]

요컨대 계몽주의적 경향의 근대소설은 주체로서의 이성적 판단 능력을 확보한 주인공들로 하여금 그들이 속한 사회와 세계의 다종 다양한 문제들을 해결케 하는 특징을 보여준다고 할 수 있다. 그런데 이러한 소설들은

---

8) 여기에 대한 최초의 근대 서사적 기획이 이광수의 『무정』이라는 것은 너무도 잘 알려진 사실이다. 그리고 이광수의 소설과는 완전히 다른 지점에 놓인 소설이긴 하되 이기영의 소설 『고향』도 이런 맥락으로 독해될 수 있다.

작가가 의도했든 의도하지 않든 육체와 육체를 통해 표출되는 성적 욕망의 억압하는 결과를 낳는다. 육체에 대한 억압은 자연스레 육체의 재현을 소설에서 추방한다. 욕망의 대상으로서의 육체, 욕망의 표현 공간으로서의 육체 재현은 계몽주의적 경향의 근대소설에서 억압되어 버린다. 이런 점에서 계몽주의적 성격의 우리 근대소설은 육체를 타자화하는 소설이라고도 볼 수 있다. 이들 소설의 서사적 의미의 형성에서 육체는 침묵하는 타자처럼 대우받았다고 할 수 있다.

정리하자면 계몽주의적 경향의 근대소설은 인간의 이성적 판단 능력을 옹호하고 육체를 억압하며 만들어진 소설, 서사적 의미의 형성을 인간의 이성에서 찾은 소설로 볼 수 있다는 얘기다. 그런데 문제는 이와 같은 경향이 과잉화할 경우 문학 텍스트가 추상의 텍스트로 변질될 수 있고 인간의 육체를 단죄하며 육체를 혐오하는 위선적인 텍스트가 될 수 있다는 데 있다. 이광수의 『무정』이 예에 들어가는 것은 물론이다.

그런데 김동인의 소설 「약한 자의 슬픔」은 어떠한가? 「약한 자의 슬픔」은 계몽주의적 경향에 합류하지 않는다. 그의 소설은 이 경향을 경멸하며 조롱하고 비튼다. 그는 타자화되어버린 육체를 서사의 세계 안으로 호출하려한 작가다. 스토리 라인을 따라가며 이미 확인했듯 김동인의 「약한 자의 슬픔」은 여성 육체의 재현을 통해 서사적 의미를 만들어 가는 특징을 보여준다. 요컨대 김동인은 주체의 판단 능력을 형성하거나 확보한 인물, 즉 이성적 정신을 긍정하는 인물이 아니라 육체 중시의 인물, 비합리의 인물, 욕망의 인물을 만들어내고 있다. 이처럼 그는 여성 육체의 재현이라는 전략으로 한국근대문학의 주류 경향으로 정착된 계몽주의적 경향, 이성 중시와 합리 중시의 경향에 반기를 든 젊은 소설가였다.

다시 강조하지만 그가 「약한 자의 슬픔」을 통해 발견하려고 한 주제는 육체이며 육체의 욕망이다. 그는 오랜 세월 동안 통제된 인간의 육체가 사실은 문학의 중요한 주제이고 그 육체 안에 잠복되어 있는 욕망의 흐름이 또한 문학의 중요한 주제라고 말하고 있다. 이광수의 『무정』이 육체의 욕망을 은폐하는 소설, 그 대신 계몽이념의 보존을 기획하는 데 초점을 둔 소설 그리하여 계몽적 근대성의 소설 전통을 더욱 단단하게 구축한 소설이라면 김동인의 「약한 자의 슬픔」은 여성 육체 재현과 욕망의 발현으로 이 전통을 비판적으로 해체하려고 한다. 정신분석학적 용어를 빌려 말하면 이렇게도 정리될 수 있다. 이광수가 리비도적 욕망을 억압하면서 슈퍼에고우를 옹호한 작가라면 김동인은 리비도적 욕망을 옹호하고 슈퍼에고가 허위적이라고 비판한 작가라고.[9] 이로 미루어 보건대 김동인에게 소설은 당대의 현실을 전망하는 서사적 기획이 아니라 욕망의 현실을 발견하는 서사적 기획이라 할 수 있다.

문제는 그 기획이 과연 타당한가에 있다. 안타깝게도 김동인은 여성 육체를 재현하면서 딜레마에 빠진 모습을 독자들에게 보여준다. 위에서 살펴본 대로 여성 육체는 두 양상으로 전개된다. 하나는 상승 차원의 양상(재판 사건 이전)이고 하나는 하강 차원의 양상(재판 사건 이후)으로 구분될 수 있다. 왜 작가는 엘리자베트의 육체를 병 든 육체로 묘사하게 된걸까? 왜 작가는 엘리자베트에게서 성적 욕망을 없애버린 걸까? 왜 작가는 엘리자베트를 쾌락의 대가로 고통스런 출산을 하게 한 걸까? 등등의 의문을 이 소설은 갖게 한다.

이광수가 『무정』에서 작중인물들을 철저하게 통제한 것처럼 김동인도 이 소설에서 엘리자베트의 육체를 통제하고 있다고 여겨진다. 작가는 진정으로 엘리자베트의 육체와 욕망을 해방시키거나 엘리자베트를 남성 귀족을 능동적으로 소비하면서 그들의 허위를 폭로하는 프랑스의 나나처럼

---

9) 글쓰기의 이 두 태도 중에서 어느 태도가 절대적으로 옳다고 말하기 어렵다. 옳은 태도는 두 태도 중의 하나가 아니라 두 태도의 대화, 즉 변증법적 대화 관계다. 그리하여 서로가 서로에게 거울이 되어 한국근대문학의 새로운 영역이 만들어지는 근거를 제공하는 태도이다. 이런 점에서 이광수적 소설이나 김동인적 소설은 둘 다 무시할 수 없는 문학사적 위상을 차지한다.

만들어 주지는 않고 있다. 김동인의 미숙함은 바로 이 대목에 나타나고 있다. 작가는 이 소설에서 여성 육체와 성적 욕망을 발견하지만 작가는 여성 육체와 욕망을 혐오하며 소설을 마무리하고 있다. 특히 재판 사건 이후에 재현된 엘리자베트의 단죄 받는 육체는 마치 여성이 성욕을 스스로 통제하지 않았을 때 받게 되는 벌처럼 독자들에게 인지하게 한다.

이런 점에서 우리는 김동인의 여성 혐오의 관점을 추론할 수 있다. 엘리자베트의 이중성과 모순과, 히스테리적 증세는 김동인의 여성 혐오가 구축한 작중인물의 성격이거나 이미지일 수 있다. 김동인이 최초로 쓴 소설 「약한 자의 슬픔」은 개화기의 계몽적 신소설들과 이광수가 은폐한 육체의 욕망을 도드라지게 보여주면서도 성적 욕망을 즐기는 여성은 고통의 운명을 결코 피할 수 없다는 위선적인 플롯으로 귀착하고 만다. 이 소설의 결말이 엘리자베트의 각성으로 끝나지만 그 각성이 위선처럼 들리는 이유는 작중인물을 압도하는 작가의 육성이 들리기 때문이다.

3. 맺음말

일찍이 임화는 김동인의 문학사적 위상을 다음과 같이 지적한 바 있다. "잡지『창조』와 김동인의 소설에서 비롯하는 자연주의 소설이 비로소 조선 현대소설을 신소설의 영향에서 완전히 분리시켰다. 이것은 자연주의가 조선소설사상에 기여한 거대한 재산이다. 그러한 의미에서 조선 현대소설은 진정하게는 김동인에게서 시작한다고 할 수 있다. 김동인이야말로 도덕과 정치와 전통과 환경으로부터 독립한 순수한 의미의 개성이란 것을 소설 가운데서 생각하기 시작한 사람이다."10)

---

10) 임화 「소설문학의 20년」 임규찬·한진일 편 『임화 신문학사』(한길사, 1993), pp.389~390.

그러나 임화의 말대로 김동인이 도덕과 정치와 전통과 환경으로부터 독립한 순수한 의미의 개성을 과연 성공적으로 만들어 냈는지는 앞으로 더 논의해야 할 논란거리다. 하지만 계몽주의적 경향의 소설이 문학의 주류로 인정되는 시점에 그는 여성 육체와 성적 욕망을 재현하고 옹호하는 소설을 씀으로써 한국근대문학의 계몽적 근대성과는 또 다른 차원에서 근대문학의 근대성을 논의하게 하고 있다. 이 근대성을 육체적 욕망의 근대성이라 부르든 다른 이름으로 부르든 중요한 건 그의 소설이 우리 문학의 근대성의 주제에 인간의 육체와 성적 욕망이 들어가야 한다는 점을 알려 주는 적절한 예가 되고 있다는 점이다. 그리하여 우리 근대성의 영역을 평면의 상태에서 입체의 상태로 확대시키고 있다는 점이다.

요컨대 「약한 자의 슬픔」은 당대 및 후배 작가들로 하여금 육체의 재현과 서사화를 고민하게 하는 텍스트, 억압된 육체의 욕망을 환기하는 텍스트로 존재한다. 육체가 서사적 의미의 원천일 수 있고 육체에 대한 상상이 서사 형성의 기폭제가 될 수 있다는 사실을 표나게 의식한 작가가 바로 김동인이다. 그가 열 아홉의 나이에 『창조』 창간호와 2호에 연재 발표한 이 소설은 완성도면에서는 적지 않은 취약점을 안고 있지만 여성 육체의 재현과 성적 욕망을 발견하며 서사적 의미를 만들어 가는 김동인의 전위적인 문제의식은 참으로 소중하다. 그렇기 때문에 그의 소설은 다시 독해되어야 한다.

4

홍명희의 『임꺽정』 연구

-민족을 상상하는 방식에 관하여-

1. 서론

한국근대역사소설의 전개 과정에서 3·1운동이 차지하는 비중은 각별하다. '일본의 한반도 강점에 대한 거족적인 항일운동'으로 이해되는 3·1운동은 우리나라 근대역사소설의 형성과 전개에 획기적인 영향을 미친 사회문화적 사건으로 주목될 필요가 있다는 것이다.

한 사회에서 특정한 소설 장르의 형성과 전개는 몇몇 '천재적인' 문인들의 활약에 의해 그 결과가 나타나지 않는다는 것을 우리들은 잘 알고 있다. 왜냐하면 특정한 소설 장르의 형성과 전개를 가능하게 하는 사회적 조건의 출현과 이를 계기로 한 문화적 분위기의 고양이 없다면 아무리 뛰어난 감각과 재능을 지닌 작가가 출현한다 하더라도 그 문학적 결과를 기대하기 어렵기 때문이다.

3·1운동은 일제에 저항한 정치적 사건이기도 하지만 우리나라의 근대역사소설을 한 단계 진전시키게 한 중요한 사회문화적 사건이라고 보아도 큰 문제가 없다. 이렇게 얘기할 수 있는 주된 이유는 3·1운동이 애국계몽운동 계통의 신지식인층과 종교인 그리고 식민통치로 인해 피해를 입은 민족 자본가층 및 일부 지주층들에 의해 주도되었지만 청년학생, 도시 노동자와 상인, 지방 농민들에 의해 운동의 전국적 확산이 이루어지는 '거

족적인 민족 운동'이었다는 데에서 찾을 수 있다.[1] 요컨대 3·1 운동은 일제에 대응하여 분출된 한국인들의 집단적 자기보존의 표현이면서 동시에 한국인들의 관계를 '민족의 관계'로 경험하게 한 역사적 체험의 의미를 띠고 있다.[2]

한국인들의 관계를 동질적인 언어와 풍속, 역사 및 독립으로 요약되는 정치적 목표를 공유한 민족의 관계로 이해하게 한 3·1 운동은 우리나라의 근대역사소설을 형성하게 하는 동력으로 작용하고 있다는 점을 주목할 필요가 있다. 여기에는 설명이 더 필요하다.

개화기와 애국계몽운동의 시기로 알려진 20세기 초반의 우리나라에는 지식인들에 의해 민족의 위상을 새롭게 발견하려는 지적 움직임이 강하게 주도되고 있었다. 지식인, 지사, 유학생들이 제기한 여러 유형의 민족담론들이 잡지, 신문 등 새롭게 창간된 공적영역에 연이어 발표되었다. 그러나 이 시기의 지식인들에 의해 주장된 민족담론이 실질적인 의미를 지닌 우리 사회의 공적담론으로 변모하지는 않았다. 주장의 내용 자체는 타당했

---

1) 3·1 운동의 역사적 의의에 대해서는 아래의 책을 참고.
   강만길, 『한국현대사』(창작과비평사, 1994)
2) 필자는 민족을 고대로부터 지속되어 온 사회적 실체로 이해하지 않고 있다. 서구에서 민족은 근대국민국가 형성 과정에서 만들어진 사회적 실체이며 비서구 식민지에서 민족은 제국주의 국가들에 대한 저항 과정에서 만들어진 '사회적 실체'로 필자는 이해하고 있다. 요컨대 민족은 서구든 비서구든 근대로 불리는 역사적 범주 속에서 형성된 사회적 실체라는 것이다. 그렇지만 민족을 근대의 산물로 이해한다고 해서 베네딕트 엔더스(Benedict Anderson)을 맹종할 필요는 없다고 본다. 최근 민족을 근대국민국가가 출현하면서 나타난 문화적 조형물로 파악하는 베네딕트 앤더슨의 이론에 영향을 받은 국내 연구자들이 증가하고 있다. 그렇지만 일제의 식민지 지배에 따라 근대국민국가의 형성을 원천적으로 봉쇄당한 우리 입장에서 민족은 근대의 문화적 조형물에 다름 아니라는 서구 지식인들의 민족관을 맹종해서는 안 된다고 필자는 생각한다. 왜냐하면 민족이 상상의 공동체에 다름 아니라는 베네딕트 앤더슨의 민족관은 민족 형성의 역사성을 결여한 서구중심적 민족관이기 때문이다. 필자의 논문에서 상상은 '민족은 상상의 공동체'라는 명제를 만든 베네딕트 엔더슨의 민족관을 연상시킬 수 있겠지만 필자는 엔더슨과는 달리 상상의 역사적 계기와 필연성을 강조하는 차이가 있음을 미리 밝혀 둔다.

으나 이들의 주장은 아래로부터 각성된 주장, 즉 민중 계층의 각성된 주장으로 확산되지 않고 지식인들 내에서만 소통되는 한계가 있었다.

반면 3·1 운동은 민족에 대한 각성이 몇몇 지식인들만의 주장에 그치지 않고 우리 사회에서 실질적인 의미를 지니는 주장이 될 수 있도록 한 계기가 되고 있다. 비록 그 결과는 일제의 강제적인 탄압으로 인해 참담한 실패로 나타나지만 이 운동은 한국인들의 관계를 민족의 관계로 변화시키는 역사적 체험의 성격을 강하게 띠게 된다. 한국인들을 천황의 신민으로 만들어내려는 일제의 강압에도 불구하고 한국인들의 인간관계를 동일한 혈통, 언어, 풍습, 역사를 공유한 민족의 관계로 경험하게 한 3·1 운동의 전개는 문학과 역사가 본격적으로 만날 수 있는 환경을 조성한다.

잘 알려진 대로 1920년대 중반부터 개화기의 역사전기류와는 다른 성격의 역사소설을 많은 작가들이 발표하는데 이 중에서 3·1 운동의 역사성을 가장 적극적으로 수용한 작가는 홍명희라고 할 수 있다. 이광수, 김동인, 박종화, 현진건, 윤백남, 이태준 등도 역사소설의 형성에 큰 기여를 했지만 이들의 소설에는 복고적인 고완취미와 강사적인 의도, 현실의 제약과 억압에서 탈출하려는 도피주의적 성향이 적지 않게 노출되어 있다.3) 반면 홍명희의『임꺽정』은 미완결 작품이라는 약점에도 불구하고 이광수, 김동인, 박종화 등의 작품과는 전혀 다른 성격을 성취하고 있다.4)

---

3) 1930년대 우리나라 역사소설의 부정적 성격에 관해서는 아래의 책을 참고.
　　이재선,『한국소설사:근·현대편 I』(민음사, 2000), p.433.
4) 홍명희 및『임꺽정』에 관한 대표적인 연구 사례는 아래와 같다.
　　강영주,『벽초 홍명희 연구』(창작과비평사, 1999)
　　공임순,「홍명희의『林巨正』연구」, 서강대 석사학위논문, 1994
　　김재영,「『임꺽정』의 현실성 연구』, 연세대 박사학위논문, 1997
　　김진석,「『임꺽정』에 나타난 작가의식 연구」,『한국문학이론과 비평』제9집, 2000.
　　송명희·안숙원,「역사소설『임꺽정』과『갑오농민전쟁』의 담론 양식 연구」,『한국문학이론과 비평』제15집, 2002
　　이남호,「碧初의『林巨正』연구」,『문학의 위족』(민음사, 1990)
　　임형택·강영주 편,『벽초 홍명희와『임꺽정』의 연구 자료』(사계절, 1996)

그 전혀 다른 성격은『임꺽정』이 야담에 불과하다는 작가 자신의 겸사에도 불구하고 식민체제의 편입이라는 강제적인 외적 계기에 대응하여 민족에 대한 상상을 복고주의적이거나 국수주의적 차원이 아니라 '수준 높은 방식'으로 보여준다는 데에서 찾을 수 있다.5) 필자가 밝히려는 문제가 바로 '수준 높은 방식'의 해명에 있다. 홍명희의『임꺽정』이 어떤 방식으로 민족을 상상하는가를 밝혀내는 것이 이 논문의 연구 목적이다.6)

그런데 홍명희의『임꺽정』을 민족을 상상하는 작품의 탁월한 사례로 여기고 있는 필자는 이런 점에 유의하면서 논의를 전개할 계획이다. 흔히 소설은 민족을 재현하는 데 적절한 수단으로 활용된다고 하지만 우리는 먼저 과거에 오늘날과 같은 성격의 민족이 사회적 실체로 존재했는가를 비판적으로 파악해야 한다. 왕조적 전통성 확보와 군주권 강화를 중시한 조선봉건사회를 민족국가로 인정하기 어렵다는 지적은 이제 건전한 상식에 속한다.7) 그러므로 민족을 상상한다는 말의 진의는 사회적 실체로 존

정호웅, 「벽초 홍명희의『林巨正』론－불기(不羈)의 사상」, 『문학정신』9, 1990

차혜영, 「『임꺽정』의 인물과 서술방식 연구」, 한양대 석사학위논문, 1991

차혜영, 「한국 근대에서의 책의 운명, 작가의 운명」, 상허학회편, 『새로쓰는 한국작가론』(백년글사랑, 2002)

채진홍, 『林巨正 연구』(새미, 1996)

한승옥, 「홍명희의『林巨正』」, 『현대작가작품론』(집문당, 1998)

한창엽, 『『林巨正』 서사와 패로디』(국학자료원, 1997)

홍기삼, 『홍명희:어느 민족주의자의 생애』(건국대학교출판부, 1996)

5) 흔히 "『임꺽정』은 불투명한 역사 의식을 드러냈던 일제강점시대의 많은 역사소설들과는 달리, 확고한 역사 의식 아래 현재의 전사로서의 역사를 추구하려는 의지를 실천한 작품이라는 점에서 우선 높이 평가" 받는다. 『임꺽정』의 문학사적 의의에 대해서는 아래의 책을 참고.
이주형, 「한국 역사소설의 성취와 한계」, 유종호 외, 『현대한국문학 100년』(민음사, 1999), p.173.

6) 여기서 다시 한번 이 논문의 연구 목적을 명확하게 정리하기로 하겠다. 필자는 이 논문에서『임꺽정』의 민족문학적 성격과 특성, 의의 등을 주되게 고찰할 계획이 없다. 『임꺽정』이 민족이라는 사회적 실체를 상상하는 미학적 방식을 필자는 중점적으로 고찰할 계획이다. 그러므로 별도로 민족문학의 개념이나 요건 등에 대해서는 거론하지 않기로 하겠다.

재하는 '근대 민족에 대한 상상'에 더 가깝게 놓여 있다. 더 자세하게 말하자면, 근대의 민족 이미지를 과거의 시공간에 재구성한다는 것을 이 말은 중요하게 의미한다. 요컨대 홍명희의 민족에 대한 상상은 과거 재현적 성격의 상상이 아니라 근대의 민족 이미지를 과거에 투사하는 성격이 강하며 이러한 상상은 일제에 대한 문화적 저항의 의미를 띤다고 할 수 있다.

민족을 상상하는 방식은 작가들마다 다를 수밖에 없고 그에 따라 민족의 상상 방식에 관한 연구도 그 해당 작가가 누구인가에 따라서 얼마든지 다른 결과를 낳을 수 있다고 생각하고 있다. 필자는 이 점을 주목하면서 이 논문에서 홍명희의 『임꺽정』이 어떤 방식으로 민족을 상상하고 있으며 그러한 방식의 성과와 한계에 대하여 고찰할 계획이다. 홍명희와 『임꺽정』에 관한 적지 않은 연구에도 불구하고 『임꺽정』이 어떤 방식으로 민족을 상상하는가를 밝힌 논문은 거의 전무한 실정이다. 오늘날에도 『임꺽정』은 '기념비적이라는 과대평가와 계급문학의 전형에 불과하다는 과소평가' 사이에서 여전히 그 면모가 제대로 밝혀지지 않고 있다. 필자는 이 논문에서 우리 근대소설이 민족을 상상하는 한 방식의 한 예를 밝혀봄으로써 『임꺽정』의 면모에 한 발 다가설 계획이다.[8]

2. 전 양식의 중층적 확장과 민족 전기의 창조

필자는 먼저 『임꺽정』이 어떠한 서사 양식을 어떻게 활용하면서 민족

---

7) 임지현 교수에 따르면 "전근대 한반도 사회에 대한 한국사 학계의 논의는 상당 부분이 민족을 초역사적인 자연적 실재"로 전제하고 있다. 그러나 이러한 전제는 식민지 및 남북분단이라는 특수 상황 아래에서 형성된 과잉화된 민족적 정체성의 논리라고 할 수 있다. 임지현, 「한국사 학계의 '민족' 이해에 대한 비판적 검토」, 『민족주의는 반역이다』(소나무, 1999), p.84.

8) 본고의 연구 대상 텍스트는 1985년에 출간된 사계절판 『임꺽정』이다. 인용 페이지는 괄호로 처리한다.

을 상상하는가를 논의할 계획이다. 이에 대한 논의는 우리 근대역사소설 중에서 『임꺽정』이 민족이란 존재를 참으로 성숙하게 상상한 사례에 속한다는 것을 해명하는 중요한 의의가 있다.

1928년 11월 『조선일보』에 처음 연재되기 시작한 『임꺽정』은 1940년 10월 『조광』에 1회 발표된 후 연재가 영원히 중단된다. 13년에 가까운 연재 기간 동안 홍명희는 신간회 활동으로 인한 구속과 투옥, 석방을 반복하는 고초를 치르는데 그런 와중에서도 『임꺽정』 연재는 독자들의 요청과 작가의 남다른 의지, 신문사 후원에 의해 꾸준하게 지속된다.

여기서 잠깐 『임꺽정』 연재가 처음 시작된 1928년에 발표된 소설들을 살펴보기로 하자. 염상섭의 「숙박기」, 최서해의 「갈등」, 이기영의 「채색무지개」, 한설야의 「합숙소의 밤」, 유진오의 「삼면경」, 송영의 「인도병사」, 이효석의 「도시와 유령」 등이 이 시기에 발표된 대표적인 소설들이다. 이처럼 1928년에는 신경향파 계열의 소설이 눈에 띄게 많이 발표되었는데 "신흥문학은 유산계급문학에 대항한 문학"9)이어야 한다고 말할 정도로 신경향파 계열의 작품을 옹호한 홍명희의 『임꺽정』은 이들의 소설과 어떤 중요한 미학적 차이를 드러내고 있다. 그 미학적 차이는 어떤 차이일까?

이 차이는 단편과 장편이라는 장르 외형적인 차이, 작품 주제의 차이보다 더 중요한 미학적 쟁점을 제기한다. 바로 서사양식의 차이다. 홍명희의 『임꺽정』은 연재 당시의 제목이 『임거정전』으로 알려진 것처럼 우리나라의 전통 서사양식인 '전'을 차용하고 있다. 홍명희는 당시 작가들의 대부분이 보여준 일반적 관례와는 달리 서구의 근대소설, 즉 노블(novel) 양식에 기대어 소설을 쓰지 않았다. 바로 이 점이 『임꺽정』이 연재 초기 단계에서부터 인상적으로 드러낸 독특한 특성이다.

19세기말부터 본격적으로 전개된 서양문화의 동양 이식 과정에 따라

---

9) 홍명희, 「신흥문예의 운동」, 『문예운동』, 1926.1.

서구의 노블이 비서구에 대단히 빠른 속도로 유입되기 시작한다. 서구 부르주아들이 창안한 제일의 인기품목인 노블은 비서구에서도 폭발적인 인기를 끌게 되는데, 우리나라라고 해서 예외는 아니었다. 우리나라 근대문학의 형성은 서구문학의 이식이라는 말이 나올 정도로 서구문학의 압도적인 영향을 받은 것이 사실이다. 일본 유학 중에 노블의 막강한 위력을 실감한 이인직, 이광수 등은 국내에 귀국하자마자 노블을 모방한 소설들을 발표하는 노블의 전도사로 활약했고 이들의 후배 작가들도 그들의 소설이 독자들에게 노블로 이해되거나 읽히기를 원했으니 한국근대문학은 서구문학을 모범적 모델로 설정해 놓고 형성, 전개되었다고 말할 수 있을 정도다. 요컨대 노블의 지구적 현존이라는 새로운 문화환경을 우리 근대문인들은 자연스러운 창작 여건으로 받아들이는 상황이었다.10)

홍명희가 걸어간 문학의 길은 노블을 추종하는 길은 아니었다. 홍명희는 노블의 막강한 위력 앞에서 자기 존재를 서서히 감추어버린 우리나라의 전통 서사양식인 전의 가능성을 주목하면서 전인미답의 길을 걸어간다. 이러한 홍명희의 모습은 노블의 현존을 자연스럽게 여기는 작가와 독자들에게 완고한 복고주의자처럼 여겨질 수도 있다. 그러나 홍명희를 이렇게 보는 것은 오해에 불과하다. 왜 이렇게 얘기할 수 있을까?

우리나라만이 아니라 동아시아의 전통 서사양식인 전11)을 적극적으로

---

10) 흔히 노블은 "형태적 측면에서 인물들이 등장하고, 그 인물들이 사회 환경과 자연 환경 아래에서 서로 관계를 맺으며 행동하고, 행동과 행동이 서로 결합하여 사건을 만들고, 사건이 플롯을 통해 유기적으로 결합하여 이야기를 구성하고, 이야기는 작가에 의해 정교하게 고안된 화자나 작중인물의 입을 빌려 독자에게 문자를 통해 전달되는 독서물"로 정의된다. 노블의 정의에 대해서는 아래의 책을 참고.
김진곤, 『이야기 小說 novel』(예문선원, 2001), p.21.
11) 흔히 전은 "사마천의 사기 열전 이래 한자문화권에서 고유하게 발전해 온 수사 양식 내지는 한 인물의 일대기를 서술하면서 그것을 일정한 관점에서 포폄(褒貶)하는 것을 목적으로 하는 서사 양식"이며 인물의 행적에 초점을 맞추는 장르로 정의된다. 전의 정의에 대해서는 박희병 교수의 『한국고전인물전연구』(한길사, 1992)를 참고.

수용12)하여 임꺽정의 50년 일대기와 조선 중기의 풍속과 민속제의, 양반 사대부들의 권력경쟁과 음모, 억압받는 백성들의 고난과 저항 등을 마치 한 시대의 벽화처럼 제작하고 있는 홍명희는 어느 한 잡지에서 조선 정조에 일관된 작품을 쓰는 게 자기의 목표라고 밝힌 바 있다.

> 임거정의 사기는 극히 단편단편으로 떠러져잇는 것밧게 업서서 대개는 나의 복안으로 사건을 꾸미어가지고 나갑니다. 다만 나는 이 소설을 처음 쓰기 시작할 때에 한 가지 결심한 것이 잇지요.
> 조선문학이라고 하면 예전 것은 거지반 지나문학의 영향을 만히 밧어서 사건이나 담기어진 정조들이 우리와 유리된 점이 만헛고, 그리고 최근의 문학은 또 구미문학의 영향을 만히 밧어서 양취가 잇는 터인데 임거정만은 사건이나 인물이나 묘사로나 정조로나 모다 남에게서는 옷한벌 얻어 입지안코 순조선거로 만들려고 하엿습니다. 조선조에 일관된 작품 이것이 나의 목표엿습니다.13)

홍명희가 분명하게 밝히고 있듯, 『임꺽정』은 '조선정조에 일관된 작품'을 쓰려는 작가의 의도를 반영하는 소설이다. 우리는 여기서 "예전의 문학은 중국문학의 영향을 최근의 문학은 구미문학의 영향을 받았는데 사건, 인물, 묘사, 정조를 순조선적으로 드러내는 작품을 쓰고 싶다"는 홍명희의 의도가 전 양식으로 표현되고 있다는 점을 다시 한번 주목할 필요가 있다.14)

---

12) 이와 같은 홍명희의 작의와 전 양식의 활용은 작품의 실상을 면밀하게 탐독하지 않고 그 문면만을 이해하려 하는 독자들에게 그를 완고한 전통주의자로 오해하게 할 수도 있다. 흔히 전통에 대한 강조는 민족주의의 보수화라는 위험한 이데올로기를 만들어 내기도 한다. 국수주의자들이나 쇼비니스트들의 예에서 확인되듯 전통에 대한 비합리적인 과잉 강조는 민족주의를 극단적으로 보수화하여 파시즘으로 나아가게 하는 부정적 계기들을 만들어 내기도 한다. 그러나 『임꺽정』에서 이런 우려는 기우로 그치고 있다.

13) 『삼천리』제5권 9호, 1933.9.

14) 그런데 조선 정조의 반영이 홍명희가 『임꺽정』을 쓰게 된 동기의 전부로 볼 수는 없다. 이 동기 중의 하나가 좌와 우에 편향되지 않는 민족의 존재를 작품에 그려내는

홍명희는 하층 인물들이 입전 대상으로 수용되는 조선 후기의 전 양식을 주목하면서『임꺽정』을 서술하기 시작한다. 17세기 이래의 조선후기 전을 그 전대의 전들과 비교할 때 가장 뚜렷이 드러나는 변화 중의 하나는 그 입전 인물에서 찾아진다. 고려시대와 조선전기의 입전 대상은 주로 지배층에 속하는 인물들이지만 이와 달리 조선후기에 이르면 전대의 전통을 이어받은 인물들과 함께 이인, 거지, 농민, 예술가, 과학자, 상인, 의원, 기녀와 같이 시정의 여러 부류들이 새로운 입전 대상으로 등장한다.[15]

홍명희는 입전 인물의 다양화로 요약되는 17세기 이래 변모된 전 양식의 특징을『임꺽정』에서 최대한 살려내어 이 작품이 민족을 구성하는 인물들에 관한 일대기적 서술의 소설이 되도록 하고 있다. 다시 한번 강조하거니와, 홍명희는 노블이 중시하는 플롯의 완결성, 시점의 일관성과 같은 작품의 형식적 층위보다는 민족을 구성하는 다양한 계층의 인물들의 출생－성장－죽음에 이르는 일대기적 서술[16]에 더 큰 관심을 두면서『임꺽정』을 한 편의 민족 전기[17]로 만들어 가고 있다.[18]

데 있었으니 이는 민족통합단체 신간회의 핵심적 지도자였던 홍명희로서는 자연스런 창작 동기가 될 수 있다. 요컨대『임꺽정』은 조선적인 방식으로 민족의 존재를 상상하려고 한 홍명희의 노력의 결과였다.

15) 조선후기 전의 변모된 양상에 대해서는 박희병 교수의『조선후기 전의 소설적 성향 연구』(성균관대학교 대동문화연구원, 1993)를 참고. 참고로 박희병 교수는 이 책에서 조선후기 전의 변모양상으로 첫째 입전 인물의 다양화, 둘째 설화의 수용, 셋째 허구적 상상력의 개입, 넷째 흥미추구, 다섯째 인물개성의 중시, 여섯째 형식과 문체의 변화 등을 들고 있다.

16) 본고에서 얘기하는 일대기적 서술의 의미는 다음과 같다.『임꺽정』이 전 양식을 수용한다고 해서 본래의 전처럼 이 작품에 등장하는 모든 작중인물의 탄생－성장－죽음의 개인사를 완결적으로 서술한다는 것은 아니다. 이장곤, 갖바치, 임꺽정 등의 일대기는 완결적 형태에 가깝게 서술되고 있지만 나머지 인물들은 일대기의 일부가 서술되고 있다. 그럼에도 불구하고『임꺽정』은 작중인물의 탄생에서 죽음에 이르는 개인사의 행적을 서술한다는 일대기적 서술의 충동이 강하게 흐르는 작품임에는 틀림없다.

17)『임꺽정』은 임꺽정 한 개인의 행적만을 서술하는 소설이 아니다. 이미 말한 대로,『임꺽정』은 임꺽정이 태어나기 이전 시대의 수많은 인물들과 임꺽정과 같은 시대를

『임꺽정』이 민족을 구성하는 인물들에 관해 일대기적 서술을 하는 소설이라는 말은『임꺽정』이 어느 특정 사회적 신분에 편중된 서술을 하지 않는다는 말과도 그 의미가 통한다. 서술의 초점이 임꺽정에 있고 그에 따라 백정으로 불리는 민중의 개인사가 이 소설에서 중점적으로 서술되고 있지만 양반 사대부에 관한 서술도 만만치 않은 분량을 차지하고 있다는 것을 유념할 필요가 있다. 이에 관한 구체적인 예가『임꺽정』의 1,2,3부이다.

『임꺽정』의 제1부인 봉단편은 임꺽정이 태어나기 이전 시대인 연산군 시절의 교리였던 양반 사대부 이장곤의 이야기를 중점적으로 서술한다. 이교리가 어떤 연유로 귀양을 가게 되었고 또 어떤 연유로 귀양지를 탈출해 함경도 백정마을에 숨어들게 되었는지 그리고 반정 이후에는 어떻게 상경하게 되었는지 양반 이교리의 고난에 찬 행적을 독자들에게 들려주고 있다. 이어지는 제2부 피장편에서는 갖바치가 된 양주팔의 이야기를 중점적으로 서술한다. 양주팔은 이교리처럼 양반 사대부에 속하는 인물은 아니지만 조광조 같은 당대의 일급 사대부와 교류할 정도의 높은 식견을 지닌 인물로 설정되는데, 독자들은 피장편을 읽으면서 양반과 천민의 경계에 존재하면서 예지의 능력을 펼치는 양주팔의 행적을 자세하게 파악하게 된다.

제3부 양반편은 중종 말년부터 명종대에 일어난 정쟁을 주요 내용으로 하면서 이 정쟁의 당사자들인 양반들의 행적을 서술하는데, 3부는 1,2부

살았던 다양한 계층들의 행적을 종횡으로 서술하고 있다. 요컨대『임꺽정』은 민족을 구성하는 인물들의 행적을 통시적, 공시적 차원에서 서술함으로써 한 개인의 전기가 아니라 민족의 전기로 그 영역을 넓히고 있다. 민족 전기에 관한 엄격한 정의는 앞으로 더 탐구해 볼 예정이다.

18) 이 일대기적 서술도 유기적 플롯에 의해 진행되지 않고 있다. 홍명희는 임꺽정의 일대기를 서술하는 과정에서 야담, 야사, 실록 등 선행 텍스트들을 활용하는데, 이 활용이 정확한 계산에 따라 진행되지는 않는다. 특히「봉단편」,「피장편」,「양반편」 등은 이 소설이 처음 연재될 때의 광고처럼 강담적 성격이 강하게 노출되어 있어서 어떤 정연한 구성을 찾아보기 어렵다.

와는 달리 한 인물의 행적을 중점적으로 서술하지는 않는다. 양반편이라는 제목 그대로, 중종 말년과 명종대에 실권을 장악하거나 그렇지 못한 양반들의 이합집산의 행적을 서술하고 있다. 이처럼 『임꺽정』의 1,2,3부는 임꺽정이 탄생하기 이전의 전사를 그리되, 그 내용의 대부분은 양반 사대부의 행적을 서술로 이루어진다.

4부 의형제편부터는 서술의 초점이 양반에서 임꺽정으로 이동한다. 안타깝게도 소설이 미완결로 마무리되는 까닭에 임꺽정이 일대기가 완결되어 독자들에게 전달되지는 않고 있지만 임꺽정의 탄생과 성장, 활약 등의 일대기는 다른 인물들에 비해 대단히 구체적으로 서술되고 있다. 그런데 이 소설의 미덕은 단지 임꺽정의 일대기만을 그리고 있지 않는다는 데 있다. 4부 의형제편부터는 청석골패의 두령들인 박유복이, 곽오주, 길막봉이, 황천황동이, 배돌석, 이봉학, 서림 그리고 한량인 한온이, 사기꾼 노밤이와 임꺽정의 처인 운총, 누이, 과부 등 미천한 사회적 신분에 소속된 인물들의 행적을 서술하고 있다. 더 자세하게 살펴보기로 하자.

4부 의형제편의 1은 박유복이, 곽오주의 행적을 2는 길막봉이, 황천황동이, 배돌석이, 이봉학이의 행적을 3은 서림의 행적을 중점적으로 서술한다. 박유복의 이야기에서는 부친을 무고하여 죽게 한 노첨지를 살해한 일, 관가에 쫓겨 도망다니다가 최영 장군 사당에 버려진 처녀를 아내로 얻고 도주한 일이 곽오주의 이야기에서는 장사 곽오주가 박유복과 힘자랑하다가 의형제를 맺게 된 일, 주인집의 주선으로 아내로 맞은 젊은 과부의 죽음과 배가 고파 보채던 아기를 때려죽이게 된 일이 길막봉이 이야기에서는 자형을 불구로 만든 곽오주와 싸우려 하나 임꺽정의 만류로 곽오주와 화해하게 된 일, 안성 처녀와 정을 통해 그 집안의 데릴사위가 되지만 장모의 구박을 받다가 청석골로 들어오게 된 일이 황천황동이 이야기에서는 장기 명수 백이방과 장기를 두고 장가를 가게 된 일, 봉산에서 장교가 된 일이 배돌석이 이야기에서는 돌팔매를 잘 해 역졸이 된 일, 부정한 아내를 죽이고 도망하다가 체포되었으나 박유복이 구해준 일이 이봉학의 이야기에서는 왜적 퇴치의 공으로 제주 현감으로 가게 된 일, 한성 우윤의 주선으로 상경해서 오위부장 된 일, 임진별장으로 좌천된 일이, 서림 이야기에서는 평양 감영에 소속되어 자주 진상품을 빼돌린 일, 평양 진상의 봉물을 청석패 두령들에게 알려주어 이를 탈취하게 한 일 등이 서술된다.

흥미로운 점은 의형제 편 이야기들의 하나하나가 독립적인 인물전의 성격을 지닌다는 말을 들어도 좋을 만큼 서술이 두령들 한 사람 한 사람을 선택해 제한적으로 이루어지고 있다는 것이다. 그러나 서술의 초점이 어떻게 이동하든 『임꺽정』이 조선 연산 및 명조 시대를 살아간 인물들, 달리 말해 민족을 구성하는 상이한 신분 계층의 행적을 입체적으로 그린 소설이라는 평가를 받는 데는 별 문제가 없다.19) 『임꺽정』은 다양한 부류의 입전 인물이 등장하는 조선 후기의 전의 변모 양상을 수용하고 있되, 그 수용은 위로는 임금으로부터 아래로는 노비에 이르는 여러 계층 인물들의 행적을 점층적으로 포괄하는 확장─이른바 전 양식의 중층적 확장─으로 나타나면서 궁극적으로는 민족 구성원의 총괄적인 행적을 서술한 민족 전기를 만들고 있는 것이다.20)

---

19) 민족 전기로 불릴 정도로 숱한 인물들의 일대기를 서술하고 있는 까닭에 이 소설은 플롯이 산만하다는 비판을 종종 받는다. 강영주 교수는 "야사의 소설화로 평가받는 봉단편, 피장편, 양반편은 의형제편 화적편에 비해 전체적으로 플롯이 산만하고 서술의 필치가 이질적"이라고 비판했다. 그런데 이러한 비판은 서구소설의 미학적 기준을 전형적인 비서구 소설에 적용하면서 나타난 비판이기에 그 자체가 또 하나의 논란이 될 수 있다. 이남호 교수는 『임꺽정』은 "플롯의 힘을 빌리지 않더라도 강력한 독자 흡인력을 과시한다. 『林巨正』이 대작이라고 말하는 것은 그것의 산술적 크기보다 그 속에 담겨 있는 세계의 풍부함 때문"이라고 말하면서 『임꺽정』의 서구의 노블과 전혀 다른 성격의 소설임을 강조하고 있다. 『임꺽정』의 플롯에 대한 논란은 강영주와 이남호 교수의 논문을 참고.
강영주, 「홍명희와 역사소설 『임꺽정』」, 임형택 · 강영주 편, 『벽초 홍명희와 『임꺽정』의 연구 자료』(사계절, 1996), p.359.
이남호, 「碧初의 『林巨正』 연구」, 『문학의 위족』(민음사, 1990), p.391.
20) 인간 행동을 재현함에 있어 통일성과 유기성을 요구하지 않는 동양 미학의 체계에

　여기서 우리는 홍명희가 왜 노블의 길을 걷지 않았는가를 추측할 수 있다. 노블로는 민족 구성원의 전체적 관계를 상상하기가 어렵다는 판단, 달리 말해 민족 구성원들의 행적에 대한 서술에는 노블보다는 전이 적합하다는 판단을 홍명희는 내리고 있다고 추측할 수 있다. 홍명희는 공식 역사가 옹호하는 신성한 대상이나 위대한 인물, 양반 사대부들의 모범적 일대기를 예찬하는 전 양식의 고전성을 지양하면서 각종 유형의 인간에 대한 관찰이 가능한 민족 전기를 제작하고 있다.

　이처럼 홍명희는 전 양식의 특징을 최대한 되살려 이 소설에서 어떤 특정한 계급의 인물만이 아니라 한 시대를 살아간 민족 구성원들의 전체적인 모습과 독특한 성격을 구체적으로 상상하고 있다.[21] 민족을 구성하는 다양한 신분 계층의 인물들을 전체적인 관계의 맥락 속에서 상상하려고 하는 홍명희는 임금과 양반과 같은 상층 귀족에서부터 백정과 과부와 같은 하층 민중에 이르기까지 어느 특정 신분을 배제하지 않고 총괄적으로 다루려고 하고 있다. 그런데 여기서 한 가지 더 주목해야 할 점은 이 다양한 신분 계층에 대한 상상이 대단히 구체적이며 실증적인 성격을 띤다는 데 있다. 예컨대 홍명희는 백성으로 불리는 하층 민중들에 대한 상상도 관념적인 조작으로 하는 게 아니라 백정, 하인, 농민, 빈농, 소금장수, 등짐장수, 사기장수, 관노비, 약졸, 아전 등 당시에 현존했던 사회적 지위를 되

비추어 볼 때 『임꺽정』의 인물 묘사는 결점만으로 간주될 수는 없다. 홍명희는 다양하고도 이질적인 신분 계층의 민족 구성원들을 묘사하는 과정에서 그들의 독특한 성격을 인상적으로 부각시키는 데 초점을 맞추고 있다. 예컨대 임꺽정이란 인물은 서구의 근대역사소설이 중시하는 전형적 인물이나 문제적 개인으로 존재하지 않는다. 그렇게 얘기하기에는 임꺽정의 성격이 지나치게 모순적이며 반유기적이다.

21) 계급보다 민족을 중시하는 홍명희의 사고방식은 그의 신간회 활동에서도 잘 나타나고 있다. "1927년 2월에 창립하여 1931년 5월에 해소되기까지 5년 동안 존속했던 민족협동전선체 신간회는 민족해방운동가로서 홍명희가 그의 전생애를 통해 가장 큰 기대를 갖고 심혈을 기울인 활동의 장이었다." 홍명희 신간회 활동에 대해서는 강영주 교수의 저서를 참고. 강영주, 『벽초 홍명희 연구』(창작과비평사, 1999), pp.200~260.

살리는 방향에서 진행시키고 있다. 그의 이러한 태도는 이 소설을 야담으로 흘러버린 당대의 역사소설들과 그 질적으로 다른 지위를 확보하게 한다.

이와 같은 논의에 비추어 볼 때, 민족을 상상하는 『임꺽정』의 방식은 온고지신의 현명함을 성취한 한 사례로 평가받을 만하다. 『임꺽정』이란 소설에 전혀 결함이 없다고 말할 수는 없지만 이 소설은 다음과 같은 문제를 훌륭하게 극복하고 있다. 이 소설은 신채호류의 역사전기작품이 반복한 전 양식의 완고성과 주제의 추상성을 뛰어넘는다. 신채호의 「을지문덕」, 「이순신전」 등은 일인 영웅의 행적만을 서술하면서 민족주의를 옹호하는 수사적 특징을 반복하는데, 『임꺽정』은 이와는 달리 대단히 유연하고 개방적인 태도로 민족을 구성하는 인물들의 행적을 구체적으로 서술한다. 서구문학의 유입이 우리 근대문학의 형성에 결정적인 영향을 미친 1920년대 말이었지만 홍명희가 걸어가고자 한 문학의 길은 조선 전통의 새로운 발견과 이를 통한 민족의 상상이었다.

이 소설에서 홍명희는 민족주의를 강변하는 게 아니라 민족의 범주에 소속되는 한국인들의 다성적인 현존의 실상을 그려내는 데 심혈을 기울이고 있다. 여기서 더 주목해 볼 대목은 작가가 이들의 관계를 동일성의 관계가 아니라 이질성의 관계로 구성시킨다는 데 있다.22) 이를 놓고 보건대, 홍명희가 상상하는 민족은 단일민족의 순결성이나 민족의 동일성이라는 관념에 함몰된 민족이 아니라는 것을 알 수 있다. 그는 이 소설에서 사회적 모순관계에 의해서 갈등하는 민족 구성원의 이질성과 모순성을 보여주고 있는데, 이와 같은 상상 태도는 기본적으로 민족을 사회적 관계 속에서

---

22) 이 소설의 인간관계가 기본적으로 계층의 갈등관계로 설정되어 있다는 점. 임꺽정과 그 일행들은 종래와는 다른 새로운 체제를 지향하는 혁명가들로 그려지지는 않고 있지만 봉건적인 군주 체제와 지속적으로 긴장을 일으키는 저항 세력이라는 점에서 수평적 인간관계를 지향하는 근대 민족의 이미지를 드러내고 있다.

구성된 인간관계의 총화로 이해한다는 점에서 근대적이라고 할 수 있다.23)

이런 까닭에 이 소설을 통념적으로 알려진 대로 계급적 해방을 목표로 한 이념적 리얼리즘 소설로 보기는 어렵다.24) 홍명희는 이 소설을 백정출신의 임꺽정과 당대 양반들과의 대립 구도 속에서 전개시키기는 하지만 이 전개 과정에 개입하면서 임꺽정이 속한 하층 민중의 계급적 해방을 도식적으로 강조하지는 않고 있다. 그리고 이와는 반대로 봉건 양반체제 해체의 당위성을 피력하지는 않고 있다. 이와 같은 중립적 서술 태도는 자기 작품에 대하여 설익은 계몽성을 표명하는 관행이 지속되던 당대 문단의 풍토를 떠올리면 이채롭기까지 하다. 이광수는 이광수대로 이기영은 이기영대로 그들의 작품에 때로는 은밀하게 때로는 노골적으로 개입하여 계몽적 메시지를 독자들에게 직접적으로 전하거나 내포작가를 빌려 간접적으로 메시지를 표명했지만 홍명희는 그렇지 않았다.

노블을 추종하거나 노블을 필연적인 소설 모델로 여긴 당대 작가들의 일반적 관례와는 달리 홍명희는 전으로서의 소설을 13년이나 쓰게 된다. 조선적인 정조가 반영된 작품을 쓰려는 작의를 홍명희는 우리의 전통 서사양식인 전으로 구현시켜 나갔는데, 이 과정에서 홍명희는 임꺽정의 일대기만이 아니라 민족을 구성하는 다양한 인물들의 일대기나 일대기적인 삶이 서술된 민족 전기를 창조하는 결과를 낳는다. 이 소설이 '조선적인

---

23) 종족적 동일성의 논리에 기댄 작품들은 민족 구성원의 구체적 관계—억압 관계, 갈등 관계, 모순 관계, 협력 관계—를 은폐하기에 문제일 수밖에 없다. 다행스럽게도 홍명희의『임꺽정』은 민족의 구체적 실상과 민족 구성원의 구체적 관계를 은폐하지 않는 민족에 관한 성숙한 상상의 수준에 도달하고 있다.

24) 홍명희는 삼천리 창간호에서 "임꺽정이란 옛날 봉건사회에서 가장 학대받던 백정계급의 한 인물이 아니었습니까. 그가 가슴에 차 넘치는 계급적 ○○의 불길을 품고 그때 사회에 대하여 ○○를 든 것만 하여도 얼마나 장한 쾌거였습니까"라고 말한 바 있다. 후대 연구자들 중 몇몇은 이 발언을 근거로 하여 임꺽정이 계급 해방의 소설이라고 평가를 내리고 있지만 작품의 실상은 계급해방과 거리가 멀다.

방식'을 빌려 상상하는 민족은 종족적 동일성의 신화에 갇힌 민족이 아니다. 이 소설에서의 민족은 억압, 갈등, 저항하는 사회적 모순관계를 노출하는 민족이다. 요컨대 『임꺽정』은 임꺽정이라는 한 인물의 일대기가 아니라 민족 범주에 편입될 수 있는 임꺽정 시대의 수많은 인물들의 영고성쇠를 역동적으로 보여준 민족 전기라고 할 수 있으며 민족 전기로서의 『임꺽정』은 일본 파시즘의 강화에 따라 실질적으로 민족의 위기가 심화되는 1930년대의 어둠을 밝혀준 문학사적 의의를 지니기도 한다.

3. 영토의 재현과 민족 지리지의 창조

우리나라가 일본의 식민지로 전락되었다는 말이 환기하는 부정적인 의미는 한두 가지가 아니다. 이 여러 가지의 부정적 의미 중에서 압권은 근대국민국가 형성의 좌절에서 찾을 수 있다. 19세기 말부터 일본 제국주의 세력이 조선에 진출함에 따라 근대국민국가의 형성은 해방 이후의 사회적 과제로 유보될 수밖에 없었다.

식민 통치로 인해 근대국민국가의 형성이 유보된다는 말은 민족의 언어, 역사, 풍속의 전승 공간인 영토가 훼손되어간다는 것을 의미한다. 우리나라는 일본의 식민지로 강제적으로 편입되면서 정치적 주권을 상실했을 뿐만 아니라 민족 구성원들의 생존 공간인 영토를 잃어버리게 된다. 그런데 더 큰 문제는 일제에 의한 우리나라의 식민지화가 단지 영토 훼손의 결과만을 낳는 게 아니라 식민지 체제에 적합한 영토로 변형된다는 데 있다.

잘 알려진 대로 1910년에서 1920년대 중반까지 일제의 식민지 정책은 농업을 중심으로 전개되다가 1930년대에는 군수품 생산과 관련된 공업화 정책으로 전환되어간다. 농업 중심에서 공업 중심으로 식민지 정책이 전환되어가면서 우리나라 영토의 변형과 왜곡은 가속화되어 간다. 이에 대한 명확한 예가 교통 시설의 신설이다. 경부선과 경의선은 이미 합방 전에 부설되었으며 합방 후에는 호남선, 경원선, 함경선이 신설되었고 서울과 지방, 지방과 지방 사이를 연결하는 도로들이 총독부의 계획에 따라 적극적으로 착공되었다.

이런 점에서 보자면 한 나라의 식민지화는 그 나라가 장구하게 유지해 온 영토의 본래적 특성이 강제적으로 왜곡되는 결과를 낳는 병폐가 있다고 할 수 있다. 요컨대 식민지화는 식민지 체제에서 살아가는 대중들로 하여금 자기 영토의 지리적 특성에 관한 기억을 상실케 하는 문제를 야기한다는 것이다. 이런 정황에 비추어 볼 때, 『임꺽정』이 당대에 발표된 많은 역사소설 중에서도 유독 돋보이는 이유는 일제에 의해 왜곡된 민족 영토를 독자들에게 지속적으로 재현하는 힘이 있기 때문이다. 『임꺽정』은 임꺽정과 그 시대 인물들의 파란만장한 민족 전기이기도 하지만 민족의 영토를 재현하는 민족 지리지의 성격을 지니고 있다는 것이다.[25]

민족을 상상하는 방식에 관한 두 번째 논의에서 필자는 이 소설이 지속적으로 추구하고 있는 민족 단위의 영토 재현을 주목하려고 한다. 현대적 개념에서 국가의 주권은 법적으로 구획된 영토 경계 위에서 작용한다고 하지만 식민지 지배는 국가 주권의 작용을 가능하게 하는 영토의 존속을 허용하지 않는다. 『임꺽정』이 문제 삼는 대목은 바로 여기에 있다. 『임꺽정』은 민족 단위의 영토 존속을 원천적으로 불가능하게 한 식민화의 현실에서 민족 단위의 영토를 재현하면서 민족을 상상하고 있다. 영토의 재현이 곧 민족을 상상하는 또 하나의 방식이 되고 있다는 얘기다. 요컨대 홍명희는 민족에 대한 상상을 민족 형성의 필연적 요소인 영토를 구체적으

---

25) 『임꺽정』은 한반도의 지리적 특성을 강하게 재현하는 소설로, 필자는 『임꺽정』의 이러한 특성을 고려하여 민족 지리지라는 용어를 사용하고 있다. 이 용어에 관한 엄격한 정의는 앞으로 보완할 계획이다.

로 실증하고 그와 동시에 그 경계를 명확하게 구분하는 확정 작업을 통해 전개시켜 나가고 있다.

『임꺽정』은 이른바 종족 중심의 지역을 재현하는 소설이 아니다. 달리 말하자면 『임꺽정』은 한반도 내의 어떤 특정 지역을 재현하는 소설이 아니라는 얘기다. 또한 『임꺽정』은 잃어버린 만주 고토의 회복을 주장하면서 영토의 경계를 무한하게 확대하지도 않는다. 다시 한번 강조하건대, 『임꺽정』은 한반도 내의 특정 지역이나 한반도 외의 지역으로 영토의 경계를 협소화하거나 극대화하지 않는다. 『임꺽정』을 읽어본 독자라면 누구나 알 수 있는 사실이지만 이 소설은 민족 단위의 영토 경계를 과소와 과장 없이 충실하게 재현하고 있다.

민족의 영토를 재현하는 홍명희의 방식은 참으로 독특하다. 그는 지역과 지역을 자유롭게 왕래하는 여행자 내지 유랑자들을 설정하여 한반도 내의 지역들을 수평적으로 통합하면서 궁극적으로 민족의 영토를 재현한다. 그리고 그는 이 과정에서 임금으로부터 과부에 이르는 다양하고도 이질적인 신분계층의 인물들을 호출하는 동시에 이 인물들의 생활 현장과 이동 경로, 지역의 지리적 특성들을 되살려내고 있다. 이처럼 홍명희는 이 소설에서 민족 단위의 영토와 경계 내에서의 풍경과 풍속을 재현해내기 위해 심혈을 기울이고 있다. 이 점과 관련하여 우리는 임꺽정과 그의 스승인 갖바치와의 여행 장면이나 청석골 두령들의 유랑 행로를 눈여겨 볼 필요가 있다. 임꺽정과 그의 스승이 걸어간 여행의 행로를 추적해보면 그 경계가 북으로는 백두산에서 남으로는 제주의 한라산에 이르는 지역들로 광역화되어 있다. 그 중의 한 대목을 보기로 하자.

> 늙은 중과 건장한 총각이 작반하여 길을 나섰다. 희천(熙川) · 강계(江界)를 지나 후창(厚昌)으로 나와서 강물을 끼고 올라오며 갈파진 · 혜산진을 거치어서 영변서 떠난 뒤 달포 지난 때에 백두산 지경을 접어들었다. 그 동안에도 인가 없는 곳을 누차 지나왔지만, 앞으로는 산 상봉까지 이백

리 길이 내처 무인지경이라 총각은 짊어진 바랑 속에 감자를 말이 넘게
얻어 넣었다. 범이 내닫거나 곰이 덤비거나 또는 무지한 되놈이 달려들거
나 총각은 겁날 사람이 아니로되, 생후에 처음 보는 크나큰 수림에는 놀라
지 않을 수 없었다. 도끼 소리를 들어보지 못한 나무가 배게 들어서서 하
늘이 잘 보이지 아니하였다. 하늘을 찌를 듯이 꼿꼿이 선 것도 나무요, 다
리 놓이듯이 썩어 자빠진 것도 나무라, 가고 가고 쉬지 않고 가도 전후좌
우에 보이느니 나무뿐이다. 말하자면 나무바다를 헤엄쳐나가는 셈이었다.
만일에 방향을 잃고 헤매게 된다면 십 년 이십 년에도 벗어져 나갈 수가
없을 것 같았다.(288)

꺽정이가 그의 스승과 함께 묘향산을 떠나 백두산으로 여행하던 중 백
두산 경계에 도달한 장면이다. 작가는 이 장면을 무인지경의 수해(樹海)로
묘사하고 있다. 이 무인지경의 수해인 백두산은 세속 사회의 타락한 궁중
권력이 만들어내는 음모술수와 시정잡배들의 탐욕이 판을 치는 서울과 전
혀 다른 이미지로 묘사되고 있다. 백두산을 훼손되지 않은 순수한 영토 공
간의 하나로 묘사하는 홍명희는 이처럼 식민 통치로 오염되지 않은 영토
를 상상하고 있다. 이러한 상상의 태도는 『임꺽정』의 전편에 걸쳐 지속적
으로 나타나고 있으니 그 예를 더 보기로 하자.

백두산 여행을 마친 꺽정이의 일행은 다시 "영흥을 지나 덕원에 와서
회양으로 작로하지 아니하고 동해변으로 내려오며 통천 총석정과 고성 삼
일포를 구경하고 금강산에를" 들르게 된다. 그리고 이듬해 늦은봄에 "대
사와 꺽정이가 금강을 떠나 나와서 금성 · 김화 · 영평을 지나 양주로" 돌
아오고 양주에서 십여 일 쉬다가 "장흥 강진 해남을 느런히 앞에 놓고 나
주를 등으로 가리고 있는 남방의 요해처"인 영암읍을 들르고 토함 이지함
과 동행하여 제주를 왕래하고 다시 전라도로 나와 "장흥을 지나고 보성을
지나고 순천 송광사를 들르고 구례 화엄사를 들른 뒤에 지리산으로" 들어
오게 된다. 그리고 꺽정이 일행은 "지리산을 대강 둘러보고 섬진강 줄기

를 따라서 화개 악양의 좋은 경치를 구경하고 하동으로 나와서 다시 진주 의령을 지나 창녕에 도착한다."

요약 서술로 제시되는 이와 같은 지역 간 이동 장면은『임꺽정』전편에 걸쳐 심심치 않게 나타나는데, 이 장면들은 여행 주체들을 압도할 정도로 반복되기도 하고 상술되기도 한다. 여행이나 유랑 주체들로 설정된 꺽정이, 병해대사(갖바치), 그 외의 일행들은 재현되는 영토의 종속변수처럼 보인다는 얘기다. 어쩌면 작가가 더 공들이는 대목은 꺽정이나 그 일행들의 여행 체험이 아니라 우리나라의 영토를 소설의 세계로 호출하고 그 영토의 지리적 특성을 회복시키는 데 있지 않을까 하는 생각을 하게 할 정도로 민족 지리는 상술되고 있다.26)

13년의 장구한 기간 동안 홍명희가『임꺽정』을 집필하는 과정은 마치 한반도 전역의 지역들을 수평적으로 통합하면서 민족의 영토를 구축하는 과정처럼 보인다. 그는 마치 한 편의 웅대한 민족 지리지를 제작하듯 한반도 전 지역을 하나하나 관측하는데, 그는 이 과정에서 하층 민중들의 활발한 지역 간 경계 이동을 소설의 주요한 특색으로 살려놓고 있다. 유랑형 인물의 설정이라고 말해도 좋을 정도로 이 소설의 하층 민중들은 육로를 활발하게 왕래하고 있다. 이렇게 얘기할 수 있는 적절한 근거가 임꺽정의 의형제들이 청석골에 도달하게 된 행로의 광역화 현상이다. 임꺽정의 의형제들이 청석골 도착에 이르는 행로는 우리의 국토 전역을 포함한다는 점을 상기할 필요가 있다. 한 예로 박유복의 행로는 양주→죽산 칠장사→

---

26) 강영주 교수의 다음과 같은 진술은 대단히 중요한 암시를 제공한다. "「의형제편」 연재 당시 홍명희는 지도까지 붙여놓고 창작에 심혈을 기울이고 있었다.『임꺽정』에 서 그가 폭넓은 지역을 배경으로 하면서도 정확하고 상세한 지리적 정보를 제시할 수 있었던 것은, 조선시대의 고지도와 지리서, 식민지 시기에 출간된 각종 지도 등을 두루 활용한 결과라고 생각된다." 이처럼 홍명희는『임꺽정』에서 한반도의 지리를 재현하기 위해 여러 유형의 지도를 직접 활용하고 있다.
  강영주, 19)의 책, p289.

양지→너더리→다르내재→새원→서울　수구문→양주→한다리→배천→연
인→삽다리→돌장승→해주→영전들→쇠티→강령→취야정→쌍거리→해
주→강령읍→배천→벽란나루→송도　사잇길→한내골→가는골→장지산골
→미촌골→덕적산→송도 부중길→독골→청석골 등으로 정리된다. 이처럼
박유복의 예에서 확인되듯, 청석골에 도달하게 된 두령들이나 이 소설의
하층 민중들의 행로는 한반도 전역으로 확대되어 있다. 독자들은 이들의
행로를 주목하면서 식민지 체제가 은폐하는 민족의 영토를 새롭게 기억하
게 된다.

　다시 한번 강조하건대, 『임꺽정』이 재현하는 민족의 영토가 한반도의
전역으로 확대된다는 점을 주의할 필요가 있다. 서울에 한정되거나 서울
중심적으로 민족의 영토가 재현되지 않는다는 얘기다. 『임꺽정』은 한반도
전 지역을 포괄하면서 연재된 소설로 이는 민족에 관한 상상은 한반도 전
지역에 대한 재현 작업과 동시적으로 병행되어야 한다는 것으로 이해된
다. 요컨대 민족에 대한 상상은 그 민족 구성원의 삶과 운명이 동시적으로
전개된 전 지역들을 전체적으로 재현하는 작업과 함께 진행되어야 한다는
것을 『임꺽정』은 훌륭하게 입증하고 있다는 얘기다.

　이처럼 『임꺽정』은 북으로는 백두산에서 남으로는 한라산에 이르는 영
토의 경계 내에서 전라, 영남, 강원, 서울, 경기, 함흥, 평안도, 제주도 등의
민족 영토의 경계를 이 소설은 확정해주고 있다. 이 영토의 경계 확정이
중요한 이유는 민족의 역사와 풍속, 언어 등이 전승되는 물리적 조건으로
서의 영토 확보가 없이는 민족의 존립 자체가 전적으로 불가능하기 때문
이다. 소설이란 장르가 민족을 상상하는 적절한 수단이라는 말은 홍명희
의 『임꺽정』에 와서 더 깊은 의미를 확보하게 된다. 『임꺽정』은 영토 재현
이 민족을 상상하는 방식의 핵심이 될 수 있다는 점을 입증하는 사례가
되기에 충분하다.

　그런데 홍명희는 『임꺽정』에서 민족의 영토를 재현하면서 이 재현이

정태적인 재현으로 머물지 않게 하고 있다. 왜냐하면 민족의 영토 재현이 작중인물들의 활발한 지역 간 이동과 그로 인한 새로운 사회적 관계의 형성을 낳는 원동력으로 작용하기 때문이다. 이미 말한 바와 같이 『임꺽정』은 서로 다른 지역, 혈연, 계급에 소속된 작중인물들의 활발한 지역 이동을 보여주는 소설이라고 할 수 있다. 『임꺽정』의 작중인물들은 『무정』의 주인공들처럼 매번 기차를 타고 다니며 지역의 경계를 신속하게 이동하지는 않지만 걷거나 말을 타면서 부지런히 지역의 경계를 이동하고 활발한 사회적 접촉을 도모한다.27)

예를 들면 이렇다. 유배를 받은 양반 이장곤은 죽음을 모면하기 위해 함경도의 백정마을로 숨어들어간다. 그리고 여기서 백정의 사위가 되어 목숨을 부지한다. 백정의 딸을 아내로 얻은 이장곤은 연산군이 폐위되자 서울로 돌아와 백정의 딸인 봉단과 함께 새로운 살림을 차린다. 이처럼 이장곤의 위기와 위기 탈출은 지역 이동이 없었다면 불가능한 일이었다. 그런데 이장곤의 지역 이동은 하층 민중의 전형인 백정들과의 접촉을 통해 신분의 변화를 겪는 체험을 동반하는 것이기에 그 의미가 더 각별하다고 할 수 있다.

이장곤의 청을 받아들여 서울로 동행한 양주팔도 이에 관한 또 하나의 예가 될 수 있다. 이장곤의 집에 기거하게 된 양주팔은 이장곤의 허락을 받고 묘향산으로 입산한다. 양주팔은 명산에 은거한 스승 이천년에게서 비법을 전수받고 도인이 되어 다시 서울로 돌아온다. 그리고 그는 서울에서 당대의 사림으로 추앙을 받은 조광조와 교유관계를 맺기도 하고 꺽정의 스승이 되어 꺽정과 함께 전국을 유람하기도 한다. 양주팔의 행보는 한

---

27) 『임꺽정』에서 재현되는 세계는 지역의 경계를 신속하게 이동하면서 인적 물적 교류를 시도하는 근대 세계를 연상시킨다. 근대 세계는 종족과 지역 중심의 지리적 단절을 부정하면서 그 외연을 확장한다. 근대 세계는 더욱 광역화되고 확대된 사회에서의 교류를 중시한다. 이런 점에서 『임꺽정』이 그리는 시대는 명종조의 조선이지만 실제 그가 소설 속에 그린 시대는 활달한 사회적 이동이 전개되는 근대 사회로 보인다.

반도의 전역을 왕래할 정도로 그 범위가 광역화되어 있는데, 그의 행보는 다양한 사회적 지위의 인물들과 접촉을 시도하는 결과를 낳고 있다.28) 이처럼 『임꺽정』에 나타나는 인물들의 지역 이동은 이질적이고 다양한 사회적 지위에 소속된 인물들의 접촉으로 연결되는 의미 있는 결과를 낳고 있다는 점이 주목될 필요가 있다.

이처럼 홍명희는 민족 영토를 재현하는 과정에서 이질적인 계층의 만남과 접촉이 펼쳐지는 관계, 달리 말해 새로운 사회적 관계를 형성하는 민족을 상상하고 있다는 것을 드러내고 있다. 이런 맥락에서 민족 영토의 재현이 자연유람이나 풍속 관찰로만 끝나지 않고 있다는 점을 우리는 이 소설에서 주의 깊게 살펴야 한다. 만약에 자연유람 차원의 민족 영토 재현에 머물렀다면 우리는 이 소설을 두고 근대적 역사소설이라는 평가를 내리기가 어렵다.

그러나 이와 같은 상상의 전략이 언제나 성공의 결과만을 보여주지는 않는다. 때때로 『임꺽정』의 영토 재현은 지리적 정보가 추상적으로 나열되는 아쉬움을 주고 있다. 지리적 정보의 추상적 나열에 그치는 요약 서술이 아니라 지리의 구체적인 형상을 묘사하고 나아가 그 형상 속에서 전개될 수 있는 서사적 사건들이 반영된 장면이 『임꺽정』을 일관하지는 않고 있어서 아쉬움이 남는다는 얘기다. 그렇다보니 독자들은 이른바 민족 영토를 그들의 삶을 형성하는 구체적인 공간으로 이해하기보다는 추상적으로 바라보는 오류에 빠질 수도 있게 된다. 이와 같은 아쉬움에도 불구하고 『임꺽정』은 민족을 상상하는 방식으로 영토를 재현하는 특징을 극대화한 작품으로 손색이 없다는 평가를 받을 수 있다.

---

28) 임꺽정의 의형제들은 하나같이 유랑형 인물로 설정되어 있다. 그들은 누군가를 죽여 도망 중이거나 수배 중이며 여러 지역을 다니는 장사치들로 설정되는 등 지리적 경계를 항상 이동하는 길 위의 인생들이다.

4. 결론을 대신하여

민족담론이 신화처럼 주목받은 1980년대와 냉소적으로 비판받은 1990년대를 통과하면서 우리는 민족의 실체를 좀더 냉정하게 이해할 수 있는 시선을 확보하게 되었다고 필자는 생각하고 있다. 그러나 냉정한 이해의 시선을 확보했다는 말은 어디까지나 상대적인 의미를 지닌다. 왜냐하면 여전히 민족에 관한 논의는 복잡하고 착종된 결과를 낳기 때문이다. 한국사의 전개과정에서 민족은 이질적일 정도의 다양한 표정을 보여주면서 — 때로는 저항의 계기로 때로는 억압의 계기로 — 대중들에게 다가간 게 사실이었다. 그렇다보니 민족을 바라보는 이해의 수준들도 천차만별일 수밖에 없었다.

이와 같은 민족을 둘러싼 오해는 국문학계에도 반영되어 한 동안 연구자들 사이에서는 민족을 표상하고 민족주의를 옹호하는 작품은 진보적이며 그렇지 않은 작품은 보수적이라는 평가가 관행처럼 반복되기도 했다. 그리고 이런 관행은 역전되어 또 다른 작품 판단의 기준을 낳기도 했다.

이러한 관행들이 우리 문학 연구에 생산적인 결과를 가져오리라고는 기대하기 어렵다. 필자는 이분법적 관행과는 거리를 둔 새로운 논의의 틀이 필요하다고 생각하게 되었고 더욱 구체적으로는 우리 문학이 민족을 상상하는 방식에 관한 체계적인 연구가 필요하다고 생각하게 되었다. 먼저 근대문학 영역에서 이 연구를 시작해야 된다고 판단한 필자는 홍명희의 『임꺽정』이 어떤 방식으로 민족을 상상하는가를 연구하게 되었다.

민족의 존재를 초역사적 차원에서 이해하는 사람들이 현재에도 여전히 많지만 필자는 민족을 고대로부터 지속되어 온 사회적 실체로 파악하지는 않고 있다. 민족은 근대의 역사적 범주 속에서 만들어진 사회적 실체로, 우리의 경우 민족에 대한 발견과 상상은 일제라는 강압적인 외적 계기가 초래한 파행의 근대에서 전개되고 있다는 점이 주목될 필요가 있다. 홍명희의『임꺽정』이 1920, 30년대에 발표된 여러 편의 역사소설 중에서도 돋보이는 이유는 바로 이와 같은 파행의 근대에 적극적인 응전력을 확보하면서 민족에 관한 독특하고도 성숙한 상상의 지평을 펼쳐 보여주기 때문이다.

필자는 본론에서 '전 양식의 중층적 확장과 민족 전기의 창조'와 '영토의 재현과 민족 지리지의 창조'라는 논점으로 논의를 전개했다. 이 논의의 핵심은 아래와 같이 정리될 수 있다.

첫 번째 논점에 관한 논의를 전개하면서 필자는 홍명희가 노블을 추종하거나 모방하려고 한 당대의 일반적인 관례와는 다르게 전이라는 전통 서사양식의 가능성을 주목하면서『임꺽정』을 서술하고 있다고 말했다. 특히 홍명희는 입전 인물의 다양화로 요약되는 조선 후기의 전 양식의 특징을『임꺽정』에서 최대한 살려내어 이 작품이 민족을 구성하는 인물들에 관한 일대기적 서술의 소설이 되도록 했다. 홍명희는 노블이 중시하는 플롯의 완결성, 시점의 일관성과 같은 작품의 형식적 층위보다는 민족을 구성하는 다양한 계층의 인물들의 출생－성장－죽음에 이르는 일대기적 서술에 더 큰 관심을 두면서『임꺽정』을 한 편의 민족 전기로 만들어 간 것이다.

요컨대『임꺽정』은 다양한 부류의 입전 인물이 등장하는 조선 후기의 전의 변모 양상을 수용하되, 그 수용은 위로는 임금으로부터 아래로는 노비에 이르는 여러 계층 인물들의 행적을 점층적으로 포괄하는 확장－이른바 전 양식의 중층적 확장－으로 나타나면서 궁극적으로는 민족 구성원의 총괄적인 행적을 서술한 민족 전기를 만들고 있는 것이다

두 번째 논점에 관한 논의에서 필자는『임꺽정』이 민족 단위의 영토 존속을 원천적으로 불가능하게 한 식민화의 현실에서 민족 단위의 영토를 재현하면서 민족을 상상하는 소설이라는 점에 주목하게 되었다. 13년이라는 장구한 기간 동안 홍명희가『임꺽정』을 집필하는 과정은 마치 한반도

전역의 지역들을 수평적으로 통합하면서 민족의 영토를 재현하고 이로써 장대한 민족 지리지를 창조하는 과정처럼 보일 정도다. 민족에 대한 상상은 그 민족들이 삶과 운명이 동시적으로 전개된 전 지역들을 전체적으로 표상하는 작업과 함께 진행되어야 한다는 것을 『임꺽정』은 훌륭하게 입증하고 있다.

민족의 영토를 재현하는 홍명희의 방식은 참으로 독특했다. 그는 지역과 지역을 자유롭게 왕래하는 여행자 내지 유랑자들을 설정하여 한반도 내의 지역들을 수평적으로 통합하면서 궁극적으로 민족의 영토를 재현한 것이다. 그리고 그는 이 과정에서 임금으로부터 과부에 이르는 다양하고도 이질적인 신분 계층의 인물들을 호출하는 동시에 이 인물들의 생활 현장과 이동 경로, 지역의 지리적 특성들을 되살려내고 있다.

앞으로 더 밝혀야 할 문제가 되겠지만 필자는 홍명희의 『임꺽정』이 민족에 관한 성숙한 상상의 수준을 보여주는 사례로 보고 있다. 본론에서 살펴보았듯, 홍명희는 어느 특정 계층에 편중된 태도로 소설을 서술하지 않았다. 왕조중심의 소설을 쓰거나 민중중심의 소설을 쓰지 않았다는 것이다. 홍명희는 위로는 임금 아래로는 백정에 이르는 다양하고도 이질적인 사회적 신분에 속해 있는 인물들의 행적에 관한 서술하고 있지만 이 서술은 어느 계층을 일방적으로 미화하거나 비판하는 결과를 낳지는 않고 있다. 민족의 다성적인 현존을 그려내고 있다는 점. 바로 이 점이 민족을 상상하는 방식과 관련된 『임꺽정』의 뛰어난 성취이다.

이 논문은 앞으로 더 보완될 부분이 많다. 특히 언어적 측면에서의 고찰을 필자는 이 논문에서 하지 않고 있다. 잘 알려진 대로, 『임꺽정』의 언어는 "조선어 광구의 노다지"여서가 아니라 언어의 다성적 성격을 구체적으로 보여주고 있기에 주목받을 만하다. 필자는 이에 대한 고찰을 별도의 논문에서 시도할 예정이다.

5

현진건의 『무영탑』 연구

−민족을 상상하는 방식에 관하여−

1. 문제제기 및 연구방향

현진건은 우리나라 근대단편소설의 모델을 확립한 작가로 널리 알려져 있다. 1920년 11월 「희생화」를 『개벽』 5호에 발표하면서 본격적으로 소설을 쓰기 시작한 현진건은 「빈처」, 「술 권하는 사회」, 「운수 좋은 날」 등의 작품으로 우리나라 근대단편소설의 수준을 깊게 한 공로를 여러 연구자들에게 인정받고 있다.

그런데 학계에 잘 알려진 것처럼 현진건은 '단편소설만'을 쓰고 발표한 작가는 아니다. 현진건은 1933년 12월부터 1934년 6월까지 『동아일보』에 『적도』를, 1938년 7월부터 1939년 2월까지 동지에 『무영탑』을 연재한 장편소설의 작가이기도 하다.[1] 요컨대 현진건은 일본 제국주의 체제가 노골화하는 시점인 1930년대 이전에는 단편소설 작가의 길을 걸었고 그 이후에는 장편소설 작가의 길을 본격적으로 걸어간 것이었다.[2]

단편소설 작가로서 현진건은 물질이 지배하는 속악한 현실과 그런 현

---

1) 1939년 10월부터 『동아일보』에 연재된 『흑치상지』는 1940년 강제적으로 연재를 중단 당한다. 그리고 1941년 4월부터 『춘추』에 연재한 『선화공주』는 미완성으로 끝난다.

2) 『적도』가 현진건이 쓴 최초의 장편소설은 아니다. 1923년 현진건이 미완성 장편 『지새는 안개』를 『개벽』에 연재한 까닭이다. 그렇지만 현진건이 본격적으로 장편소설 창작에 몰두한 시기는 『동아일보』에 『적도』, 『무영탑』, 『흑치상지』 등을 연재한 1930년대로 보는 게 타당하다.

실에 거리를 두려는 지식인의 고결한 정신을 대비하면서 무기력한 지식인의 우울한 고뇌를 그리기도 했고(「빈처」, 「술 권하는 사회」) 아이러니 기법으로 소외계층의 절박한 생존문제와 여성의 이중적 자아의 문제를 조명하기도 했다.(「운수 좋은 날」, 「B사감과 러브레터」) 그런데 1930년대 이후 현진건 문학에서 우리는 주목할 만한 문학적 변모를 확인할 수 있으니 바로 민족을 상상하는 작품의 출현, 요컨대 민족서사의 출현이다.3)

현진건은 역관과 관료를 배출한 집안의 후손으로 새롭게 재편되는 시대적 전환기에서 입신출세의 기회를 누릴 수 있었다. 그러나 그는 이런 세속적 출세와 거리를 둔 삶을 살아갔으니 『시대일보』, 『동아일보』의 기자이면서 작가였던 현진건은 일본 총독부와 긴장관계를 형성하는 지사의 삶을 살아갔다. 중국 상해에서 독립운동을 펼치다가 죽은 의혈지사를 형으로 두고 있는 현진건은 1936년 '동아일보 일장기 말소 사건'의 주역으로 구속되는 등 일제 당국과 긴장관계를 유지하다가 유명을 달리한다.

이처럼 예사롭지 않은 인생경로를 걸어간 현진건은 1930년대 들어 발표한 장편소설에서 특기할 만한 공통적 면모를 보여준다. 『적도』를 제외한 『무영탑』, 『흑치상지』, 『선화공주』 등은 작품의 시대적 배경을 조선왕조 이전인 삼국시대나 통일신라시대, 즉 고대사로 소급시킨 민족서사라는 공통적 면모를 보여준다. 1930년대에 발표된 대부분의 역사소설들이 조선사를 배경으로 한 민족서사라는 점을 감안하자면 이는 대단히 이채로운 면모라고 할 수 있다.4) 조선조의 궁정비사나 민중사에 적극적인 관심을

---

3) 흔히 서사는 이야기(story)와 화자(story-teller)로 구성된 문학작품으로 정의된다. 이와 관련해 필자는 민족서사를 민족의 기원, 내력, 형성, 성격, 정체성, 이미지 등 민족의 존재 방식 전반에 관해 한 편의 이야기를 서술한 문학작품으로 잠정적으로 정의하고 있다. 필자는 사실적인 역사서사들은 이 정의에서 일단 제외시키고 있다. 요컨대 필자의 논문에서 민족서사는 문학작품에 한정된 용어.

4) 현진건의 단편 「술 권하는 사회」, 「운수 좋은 날」, 「고향」 등도 식민지의 궁핍한 현실과 민족의 시대적 고난을 반영한다는 점에서 민족서사에 해당하는 사례들일 수 있겠다. 그러나 주 3)에서 밝히고 있듯, 필자는 민족의 기원과 성격, 이미지 등을 한 편의

보여주면서 대중적이거나 이념적인 역사소설을 쓴 당대의 작가들과는 달리 현진건은 고대사 속에서 민족을 상상하면서 한 편의 민족서사를 만들어놓고 있으니, 그 대표적인 예가『무영탑』5)이다.6)

『무영탑』은 신동욱 교수가 1970년대 초반에「현진건의『무영탑』」이란 논문을 발표한 이래 역사소설의 새로운 성과로 주목받아왔으며, 여러 연구자들도 이 작품을 역사소설의 긍정적 성과로 평가하는데 그렇게 인색하지 않았다.7)『무영탑』의 문학사적 위상을 가장 긍정적으로 고찰한 연구자는 송백헌 교수로, 송백헌 교수는「현진건의 역사소설」8)에서 "아사달의 장인의식과 아사녀의 비장한 애정을 통해서 빙허가 제시하고자 한 것은 진정한 역사의 주체는 민중이라는 사실"이었으며 "일상적인 인물을 역사의 주체로 파악하여 당대의 민중상을 정립함으로써 춘원이나 동인의 역사소설의 세계를 뛰어 넘어 한국근대역사소설의 새로운 지평을 열어 놓았다"는 견해를 제시했다.

이런 평가를 비판하는 반론이 전혀 없는 것은 아니었다. 강영주 교수는

이야기로 구성한 소설을 연구대상으로 설정하고 있다. 이 단편들은 민족 수난의 은유로 읽힐 수 있지만 민족의 기원, 성격, 이미지 등을 중요 주제로 취급하고 있지 않다는 점에서 필자는 민족서사의 사례로 포함시키지 않고 있다.

5) 필자는 두산동아에서 발간한 한국소설문학대계 시리즈판『무영탑』을 연구 텍스트로 취급하고 있다. 인용면수는 괄호로 처리한다. 현진건,『무영탑 외』(두산동아, 1995)

6) 현진건만이 고대사를 배경으로 민족서사를 창작했다는 말은 아니다. 이광수의『이차돈의 사』,『마의태자』,『원효대사』김동인의『백마강』도 이런 예에 속한다.

7)『무영탑』에 관한 대표적인 연구는 아래와 같다.
　신동욱,「현진건의『무영탑』」,『한국현대문학론』(박영사, 1972)
　최원식,「현진건 연구」, 서울대학교대학원, 1974
　송백헌,「현진건의 역사소설」,『한국근대역사소설연구』(삼지원, 1985)
　김윤식,「낭만주의적 역사소설의 수준」,『현진건전집3』(문학과비평사, 1988)
　현길언,『현진건소설연구』(이우출판사, 1988)
　강영주,「현진건의 역사소설」,『한국 역사소설의 재인식』(창작과비평사, 1991)
　김교봉,「'흥'과 '한'의 민족혼을 형상한 무영탑」,『애산학보』, 1996

8) 송백헌, 앞의 논문, p.248.

"『무영탑』은 흔히 작자의 민족주의적 이념을 형상화한 작품으로 간주되어 왔으나, 이는 이 작품의 탈고 직후 현진건이 피력한 역사소설관이 하나의 선입견으로 작용한 탓"이었다고 비판하면서 "『무영탑』은 한편의 낭만적인 연애소설 혹은 역사를 배경으로 한 일종의 예술가소설"일 수 있다는 흥미로운 견해를 제시했다.9) 그러나 이제『무영탑』에 관한 연구는 민족의식을 표현한 작품이어서 좋은 역사소설이라거나 그와는 반대로 전혀 민족의식의 표현과는 무관한 연애소설 혹은 예술가소설에 머물고 있다는 점을 밝히는 수준을 넘어야 한다고 필자는 생각한다.10)

한반도의 식민화가 공고화된 1930년대는 '민족국가'의 완성이 전면적으로 부정되었던 시대로 이 시기의 작가들 중 적지 않은 이가 일본 제국주의에 대응해 민족을 상상적 차원에서 회복하는 문학 작업에 매진했다. 물론 작가들의 세계관과 문학관, 역사관이 서로 다른 까닭에 이 문학 작업의 결과가 동일한 내용과 스타일을 창출하지는 않았지만 민족의 기원과 유구한 내력을 제시하면서 민족 공동체를 상상하는 작품들이 이 시기에 적지 않게 발표되었던 것은 자명한 사실이다.

필자가『무영탑』을 주목한 이유는 바로 여기에 있다.『무영탑』을 일본 제국주의에 대응해 민족을 상상적 차원에서 회복한 사례로 파악하는 필자는『무영탑』이 어떤 방식으로 민족을 상상하고 있으며 어떤 문학적 의미를 창출하는지 연구해야 한다고 생각하고 있다. 이와 같은 연구는 작게는

---

9) 강영주, 위의 논문, p.84. 김윤식 교수도 강영주의 교수의 견해를 받아들여『무영탑』을 "서양의 낭만주의에서의 천재(개인)사상에 입각한" 작품으로 간주하고 있다. 김윤식, 위의 논문 참고, p.300.

10) 현진건은『무영탑』을 연재하기 이전에 「고도순례 경주」와 「단군성적순례」라는 순례기를 발표할 정도로 민족문화와 민족의 기원에 관해 예사롭지 않은 관심을 기울인 작가로 1930년대 이후 발표한 장편소설에서 민족을 상상하는 특징을 강력하게 보여주고 있다. 이 소설은 강영주 교수의 지적처럼 낭만적인 연애소설이나 예술가소설로 이해될 만한 특징을 어느 일면 지니고 있는 게 사실이지만 소설의 전체적 성격은 민족서사적인 면모가 강하다. 이에 관해서는 본론에서 자세하게 진술할 계획이다.

『무영탑』의 새로운 특징을 규명하는 의의가 있으며 크게는 민족서사의 유형과 미학적 특징에 관한 논의를 열어가는 의의가 있는 까닭이다.[11)

그러면 이 논문의 구체적인 연구방향을 밝히기로 하겠다. 필자는 먼저 현진건이 발표한 두 편의 순례기 중에서「고도순례 경주」의 성격을 고찰할 계획이다.『무영탑』의 핵심 모티프와 서사가 기록되어 있는「고도순례 경주」에서 필자는 현진건이 어떤 방식으로 민족을 상상하는지 주되게 고찰하려고 한다.「고도순례 경주」에서 현진건이 보여준 민족을 상상하는 방식이『무영탑』에서도 재현되고 있기에 먼저「고도순례 경주」를 살펴보려는 것이다.[12)

필자는 이어서『무영탑』이 두 가지 문화적 전통−신흥과 국선도−으로 민족을 상상하고 있다는 점을 주목하면서 논의를 전개할 계획이다. 신흥과 국선도라는 문화적 전통으로 민족을 상상하는 방식의 문학적 의미를 정리하되 이 두 전통에 호응하는 인물인 아사달과 경신이 행위주로 관여하는 핵심사건을 분석하면서 정리하기로 하겠다. 신흥과 국선도라는 문화적 전통에 호응하는 두 인물, 달리 말해 민족을 상상하는 매개항으로 설정된 두 인물의 핵심사건을 분석하면서 현진건이 어떤 민족을 상상하는가를

---

11) 필자는 이와 같은 문제의식으로 홍명희의「임꺽정」을 연구했다. 이에 대해서는 필자의 논문을 참고.
양진오,「『임꺽정』연구−민족을 상상하는 방식에 관하여−」,『어문학』79, 2003.
필자는 이 논문에서「임꺽정」의 민족문학적 성격과 특성, 의의 등을 고찰할 계획은 없으며「임꺽정」이 어떤 방식으로 민족을 상상하는가를 주되게 밝힐 계획이라고 말했다. 마찬가지로 이 논문에서도『무영탑』의 민족문학적 성격보다는 민족을 상상하는 방식을 주되게 고찰할 계획이다. 그러므로 민족문학의 개념이나 요건 등에 대해서는 거론하지 않기로 하겠다.
12)「고도순례 경주」는『무영탑』이라는 한 편의 민족서사를 완성케 하는 선행 담론의 역할을 하고 있다.「고도순례 경주」에 소개된 무영탑 전설은『무영탑』의 핵심 사건으로 재현되고 있고 박제상이 왜에 항거한 이야기는 당나라에 항거하려는 경신의 이야기로 대치되고 있으며 무영탑 및 박제상 전설에 나타나는 여성들의 수난 이야기는 아사녀와 주만의 수난 이야기로 대치될 정도로『무영탑』은「고도순례 경주」로부터 원천적 영향을 받고 있다.

밝힐 것이다. 그리고 마지막으로 아사달과 경신과는 달리 어떤 특정한 문화적 전통과 호응하지 않는 두 여성 인물인 아사녀와 주만의 핵심사건을 분석하면서 논의를 완료할 계획이다.[13]

2. 「고도순례 경주」[14]와 문화적 전통의 발견

한반도에서 민족의 형성 계기와 시기를 명확하게 밝히는 것은 생각처럼 쉽지 않다. 연구자에 따라서는 고조선을 우리 민족의 기원으로 주장할 수 있겠지만 일본과 서구 제국주의의 침략이 시작된 19세기말부터 외부 공동체와 구별되는 '우리'들의 정체성에 관한 고민이 깊어지면서 '한민족'은 형성되었다고 얘기하는 것이 타당할 것이다. 한국인들의 민족 형성 체험은 서구와는 달리 제국주의 국가와의 차별화 과정에서 탄생했다고 설명하는 것이 타당하다는 말이다.[15]

일본은 한일합방 이전부터 도쿄제국대학을 중심으로 일본의 신라 정복설, 임나일본부설 같은 식민사관을 유포했으며 조선침략을 본격화한 1915

---

13) 필자는 되도록 객관적이고 중립적인 연구 태도를 유지할 계획이다. 민족을 상상하는 방식, 상상된 민족에 관한 필자의 견해가 없는 것은 아니지만 일단 이 논문에서는 현진건의 방식을 면밀하게 고찰하기 위해서 객관적이고 중립적인 연구 태도를 견지할 계획이다. 여기에 관한 비판적인 검토는 별도의 논문에서 다룰 것이다.

14) 현진건의 순례기에 관해서는 한상무 교수의 선행 연구가 있다. 한상무 교수에 따르면 "현진건의 작가의식의 형성 및 전개 과정에서 그가 쓴 두 편의 기행문 「고도순례 경주」와 「단군성적순례」는 중요한 의미를 지닌다." "20년대의 단편시대와 30년대의 장편시대를 잇는 중간 시기에 쓰여진 두 기행문의 이데올로기를 해명함으로써 그의 문학 전반의 이데올로기의 성격과 그 변화 혹은 심화의 과정에 대한 이해를 보다 깊고 분명하게" 할 수 있다. 한상무, 「현진건의 국토순례기의 이데올로기」, 『선청어문』 23집, 1995.

15) 민족 정체성과 형성에 이론에 관해서는 아래의 저서를 참고.
고부응, 『초민족시대의 민족 정체성:식민주의·탈식민 이론·민족』(문학과지성사, 2002)

년에는 중추원에 편찬과를 두어 조선 반도사 편찬에 나선다. 일본은 한국사의 성격을 반도사로 축소시키면서 조선인을 일본에 동화시키는 제국주의적 역사편찬에 매진한다.16) 총독부가 주동하는 오리엔탈리즘적인 역사조작에 대응하는 움직임이 국내 학자들 사이에서 나타날 수밖에 없었으니 신채호, 박은식, 최남선 등이 이 움직임을 대표하는 역사학자들이었고 이들에 의해 한국사는 일본이나 서구와는 전혀 다르다는 차별화된 사론이 작성된다.

그렇지만 『독사신론』의 신채호, 『한국통사』의 박은식 등은 만주에 활동 근거지를 마련한 대종교의 세계관에 크게 동조한 전투적, 실천적인 학자였다면 「조선역사통속강화」를 쓴 최남선은 고대 유물, 풍속, 국토를 예찬하면서 민족의 기원과 문화 창조 능력을 중시한 문화사학자였던 까닭에 이들을 동일한 역사 패러다임에 속한 학자들로 볼 수는 없다.

현진건은 이 당대의 내로라하는 역사학자들 중에서 최남선의 문화사학에 좀더 이끌린 입장을 보여준다.17) 1922년 현진건은 동명사에 입사한다. 동명사는 시사평론 주간지인 『동명』을 발간하는 기관으로 이 잡지의 발행인은 진학문, 주간은 최남선이었다. 1923년 종간된 『동명』은 『시대일보』로 바뀌는데, 최남선은 이 신문의 사장을 맡는다. 현진건도 『시대일보』에 자연스럽게 입사하게 되었고 여기서 당대의 일급 문인과 사상가들을 만나게 되었으니 이를 박종화는 다음과 같이 기록하고 있다.

> 동명주보가 변해서 일간지 시대일보가 되었는데, 이 때 진영은 굉장했다.
> 육당 최남선 씨가 사장, 벽초가 편집국장, 횡보 염상섭, 도향 나빈, 빙

---

16) 일제의 조선역사 왜곡 편찬에 대해서는 아래의 논문을 참고.
   송찬섭, 「일제의 식민사학」, 조동걸·한영우·박찬승 엮음, 『한국의 역사가와 역사학』하(창작과비평사, 1994), p308.
17) 현진건이 오로지 최남선의 문화사학에만 결정적인 영향을 받았다는 말은 아니다. '상대적으로' 최남선에게 더 큰 영향을 받았다는 뜻이지 신채호, 박은식 사학에 전혀 영향을 받지 않았다는 뜻은 아니다.

허 현진건 등이 모두 사회, 학예면을 맡았다. 시대일보는 학예면으로써 특
색이 있었다.
시대일보가 1,2년이 되어 경제난으로 폐간이 되자, 빙허는 동아일보사
에 입사하게 되었다.[18]

동명사 입사 이후 본격적으로 시작된 최남선과의 만남이나 『시대일보』
기자 시절 이루어진 벽초 홍명희와의 만남은 현진건에게 예사롭지 않은
정신적 체험을 가져오게 한 계기였을 것으로 추측된다. 앞으로 더 밝혀야
할 문제가 되겠지만 현진건은 유형, 무형의 유물을 역사 고찰의 항목으로
포함하고 이 항목들에서 계승해야 하는 문화적 전통을 발견하는 최남선의
문화사학에 깊은 영향을 받고 「고도순례 경주」와 「단군성적순례」를 쓰게
된 것으로 판단된다.

1926년 2월 총독부의 산하단체인 조선교육협회의 기관지 『문교의 조
선』 2월호에 당시 경성제국대학의 예과부장 少田 省吾 교수가 논문 「소위
단군전설에 대하여」에서 단군의 존재를 부인하자 『동아일보』는 이 해 2월
11일, 12일 양일간에 걸쳐 「단군부인의 망」이란 사설을 발표해 少田 省吾
교수의 단군 부정론을 정면 반박한다. 이 사건을 계기로 단군 입론 운동을
펼친 『동아일보』는 최남선에게 3월 3일부터 7월 15일까지 「단군론」을 77
회 연재케 하고 현진건에게는 7월 8일부터 23일까지 묘향산, 평양, 강동
등을 순례한 「단군성적순례」를 연재케 한다.[19] 오늘날에는 단군이 실존
인물인지 신화의 주인공인지 여전히 논쟁거리로 남아 있지만 최남선과 현
진건, 당시 사학자들은 단군을 민족 기원과 주체성의 상징으로 받아들이
는 데 이론의 여지가 없었다.

이처럼 현진건은 '조선 민족의 정체성'을 의도적으로 부인하려는 총독

---

18) 윤병로의 『현진건』에서 재인용. 윤병로, 『현진건』(벽호, 1993), p.248.
19) 이에 대해서는 『동아일보사』를 참고. 『동아일보사』(1920~1945)(동아일보, 1975),
    pp.346~310.

부의 오리엔탈리즘적인 역사 조작에 대응할 목적으로 경주와 단군 성적지를 순례하며 이를 연재하고 있다는 점에서 순례기 연재의 의의는 각별하다. 「고도순례 경주」와 「단군성적순례」가 단지 호사취미 차원의 기행이 아니라 국토 현장을 현진건 스스로 체험하면서 문화적 전통을 발견하려고 한다는 점 그리고 이를 통해 민족의 과거와 현재를 성찰하고 있다는 점에서 이 두 순례기의 의의가 중요하다는 것이다.[20]

그러면 「고도순례 경주」가 어떤 방식으로 민족을 상상하는가를 집중적으로 살펴보기로 하겠다. 현진건은 이 순례기에서 문화적 전통을 발견하면서 민족을 상상하고 있다. 여기서 문화적 전통은 민족을 상상하는 매개 고리와 같은 기능을 하는데, 현진건은 특히 문화 창조의 전통과 저항의 전통을 주목하고 있다. 문화 창조의 전통에 관해서 설명해 보기로 하겠다.

국적 혹은 민족의 정체성을 보증하는 문화적 지표들을 그는 신라사의 주무대인 경주에서 하나하나 살피고 있다. 더 자세하게 말하면 이렇다. 현진건은 박물관 경주분관에 보관된 석기, 토기 시대의 유물을 보고 "인류 발달에 기구가 얼마나 위대한 소임을 하는가"를 깨닫고 있고 신라 금관에서는 "인공을 뛰어넘은 신공"을 발견하고 있고 "동양 서양의 건축사에 가장 영광스러운" 석굴암에서는 "감흥과 법열"을 체험하고 있다. 황옥백옥적을 보고 우리 악기의 독창성에 감탄하고 있고 봉덕사 대종을 보고 "그 음향이야말로 세계에 자랑할 만한 것"이라고 찬탄하고 있다. 요컨대 현진건은 이 신라 유물들을 우리 민족의 영구성을 입증하는 문화적 전통의 예

---

20) 1920년대 후반부터 문화적 민족주의 운동 차원에서 우리나라의 역사와 문화, 풍속과 지리를 새롭게 조명하는 순례기들이 여러 언론매체에 기고되었으니 순례기를 연재한 작가는 현진건만이 아니었다. 문인으로는 이광수(「금강산유기」), 박종화(「남한산성」), 한용운(「명사십리」, 「해인사순례기」), 정지용(「다도해기」), 이은상(「만상답청기」, 「강도유기」, 「한라산등척기」), 이병기(「해산유기」, 「사비성을 찾는 길에」) 등이 학자로는 문일평(「동해유기」, 「조선의 명폭」), 최남선(「백두산근참기」, 「심춘순례」), 안재홍(「백두산 등척기」, 「춘풍천리」, 「목련화 그늘에서」), 고유섭(「송도고적순례」) 등이 순례기를 발표했다.

들로 이해하고 있으며 더 궁극적으로는 우리 민족을 문화 창조 능력의 전통을 지닌 문화 민족으로 주장하는 증거로 이해하고 있다.21)

그런데 현진건은 이 순례기에서 문화 창조 능력의 전통만을 강조하지는 않는다. 달리 말하자면, 최남선적인 발상법으로만 경주 일대를 순례하는 게 아니다. 그는 한편으로 신채호적인 발상법으로도 경주를 순례하고 있다. 이에 관한 구체적인 예가 박제상 전설의 재현이다. 현진건은 이 순례기에 "계림의 개가 될지언정 왜국의 신하는 되지 않겠다"고 항변하며 분사한 박제상 전설(朴提上嶺傳說, 壯烈한光景, 寧爲鷄林狗)을 자세하게 인용하고 있다. 왜에 항거하다가 죽은 박제상 전설은 우리 민족에게 문화 창조 능력만이 아니라 외래 세력에 항거하는 저항의 전통이 있다는 것을 은연중에 암시한다. 현진건은 이 순례기를 통해 경주 일대에 산재한 유물과 전설을 하나하나 살피면서 세계 최고 수준의 작품을 만들어내는 문화 창조 전통과 외래 세력에 항거하는 저항의 전통을 적극적으로 주목하고 있는 것이다. 요컨대 현진건은 이 순례기에서 신라 유물과 박제상 전설을 살피면서 고도의 문화 창조 능력을 지닌 민족, 외래 세력에 저항할줄 아는 항거의 민족을 상상하고 있는 것이다.

이처럼 현진건은 두 가지의 문화적 전통—문화 창조의 전통과 저항의 전통—을 근거로 식민화된 조선의 현실 경계 저 너머에 존재하는 신성한 민족을 상상하면서 동시에 자기 보존의 투쟁 의지가 강한 항거하는 민족을 상상하고 있다. 요컨대 현진건은 한편으로는 최남선적인 발상법으로 또 다른 한편으로는 신채호적인 발상법으로 민족을 상상하고 있다는 것이다.

---

21) 경주 일대에 산재한 유적에서 문화적 전통을 발견하는 「고도순례 경주」의 선행 모델은 최남선이 동명에 연재한 「조선역사통속강화」일 수 있다. 「조선역사통속강화」는 순례기의 형식을 취하지는 않고 있지만 이 글은 선사시대의 석기, 패총, 고분 등에서 우리 민족의 문화 창조 능력을 발견하고 우리의 전래 종교, 신화, 전설, 설화, 언어 등등에서 민족성의 정수를 발견하는 구도로 작성된 까닭에 「고도순례 경주」의 선행 모델이 되기에 충분한 자격을 지니고 있었다.

그런데 이 두 가지 발상법 중에서 상대적으로 우위의 비중을 차지하는 건 최남선적인 발상법이라 할 수 있다. 이 두 가지 발상법 모두 「고도순례 경주」라는 한 편의 순례기를 형성하는 구성 원리가 되고 있지만 더 많은 서술 분량을 차지하면서 경주 유물에 관한 작가의 분석적 비평을 가능하게 하는 건 최남선적인 발상법이다. 이런 까닭에 「고도순례 경주」를 형성하는 주된 발상법은 최남선적인 발상법이라 할 수 있고 그 주된 발상법을 보완하는 발상법이 신채호적인 발상법이라고 할 수 있다.

1930년대부터 더욱 강압적으로 전개된 일본의 식민 정책에 따라 당대 문인들은 민족을 치열하게 고민할 수밖에 없는 상황적 여건과 마주하게 되며, 이런 여건에서 현진건처럼 민족을 두 가지 차원에서 상상하는 문인도 나타나게 되는 것이다. 문제는 「고도순례 경주」가 동양을 타자로 이해한 서양의 오리엔탈리즘을 전도해 우리 민족 이외의 존재를 타자로 설정하는 옥시덴탈리즘의 구도를 띤다는 데 있다. 과거의 전통을 이상화하면 할수록 현재적 모순의 기원인 일본 제국주의는 망각되는 법이고 '우리'를 이상화하면 할수록 '우리' 이외의 존재들은 타자로 규정되기 마련인데, 이런 모순에서 현진건의 순례기가 전적으로 자유롭다고 말하기는 어렵다.[22]

그러나 현진건의 「고도순례 경주」는 국수주의의 옹호 혹은 자민족의 신화화라는 위험성에는 빠지지 않고 있다. 과거의 유물과 전설에서 적극적으로 계승해야 하는 문화적 전통을 발견하고 있는 이 순례기는 문화적 전통을 예찬하되 이 예찬은 현재 상황−문화 창조력과 저항의 전통을 되살려내지 못하는−을 반성하며 이루어지고 있다. 현진건은 순례기의 대목대목에서 '위대한' 문화적 전통과 무관하게 살아가는 '현재' 우리들의 처지와 무능을 비판함으로써 이 순례기가 한 편의 민족 우상기록으로 변질

---

22) 최남선의 역사 이해와 현실 이해의 방식과 문제에 대해서는 조현설의 논문을 참고. 조현설, 「동아시아 신화학의 여명과 근대적 심상지리의 형성」, 『민족문학사연구』16호(소명출판, 2000)

되지 않도록 하고 있다.

3. 신흥의 문화적 전통과 민족의 상상

현진건은 「고도순례 경주」에서 이미 활용한 민족 상상의 방식을 『무영탑』에서도 활용하고 있으니 그것은 바로 문화적 전통의 발견과 이를 통한 민족의 상상이다. 현진건은 『무영탑』에서 두 가지의 문화적 전통에 주목하면서 민족을 상상하는데, 그 하나가 신흥이며 다른 또 하나는 국선도이다. 각각 아사달[23]과 경신이라는 인물과 상응해 나타나는 신흥과 국선도는 민족을 상상하는 근거로 이 작품에서 활용되고 있다. 그러면 먼저 신흥의 문화적 전통을 살펴보기로 하되 아사달을 행위주로 한 핵심사건을 정리해보고 계속 논의를 이어가기로 하겠다.

① 아사달은 대공을 이루기 위해 부여에서 서라벌로 왔다.
② 경덕왕이 불국사를 방문해 아사달의 실력을 칭찬한다.
③ 어느 날 밤 아사달은 탑돌이를 하다가 주만을 만난다.(아사달은 아사녀를 닮은 주만을 보고 놀란다.)
④ 파일날 밤을 거의 지새운 아사달은 신흥을 느끼며 탑을 제작하다가 졸도한다.
⑤ 아사달은 자기를 구해주고 간호해준 주만과 대면한다.
⑥ 금성 일행이 아사달을 공격해 아사달은 곤경에 빠진다.

---

23) 추정적인 학설이기는 하지만 『삼국유사』에서 단군이 도읍으로 정한 아사달은 고조선어 아사달의 한자 소리표기로 아사는 아침의 뜻, 달은 산과 땅의 뜻으로서 아사달은 아침산 혹은 아침땅의 뜻으로 해석될 수 있다고 한다. 이런 추정에 비추어 보자면, 『무영탑』의 아사달은 단지 한 개인으로 존재하는 것이 아니라 민족의 기원 혹은 문화 창조의 기원의 의미를 지니는 민족의 기호로 존재한다는 판단을 낳게 한다. 현진건은 주인공의 이름이 민족 기원의 의미를 함축할 수 있도록 작명하고 있는 것이다. 여기에 대해서는 신용하 교수를 참고. 신용하, 『한국민족의 형성과 민족사회학』(지식산업사, 2000), p.40. 신용하 교수에 따르면 "아사달의 한자 소리 표기를 阿斯達이고 한자 뜻 번역 표기가 '朝陽·朝鮮' 등이다."

⑦ 다시 신흥을 느낀 아사달은 탑을 완성한다.

⑧ 아사달은 아사녀의 자살 소식을 듣고 낙담한다.

⑨ 넋을 잃은 아사달은 영지에서 최고의 신흥을 체험하며 주만과 아사녀
의 환영을 돌에 새긴다.

아사달을 행위주로 한 핵심사건에서 특히 ④,⑦,⑨를 주목할 필요가 있
다. ④,⑦,⑨는 아사달이 신흥과 접속해 탑을 제작하거나 아내의 환영을
조각하는 사건을 담고 있다. 부여 석수 출신으로 사랑하는 아내 아사녀를
부여에 두고 홀로 서라벌로 온 아사달은 평소에는 평범한 한 명의 석수에
불과하지만 적어도 신흥24)이라는 '우리 고유'의 문화 창조 에너지를 내림
받은 순간만큼은 무형에서 유형의 문화를 창조하는 문명의 신처럼 활약하
고 있다. 구체적으로 말하자면 ①,②,③,⑤,⑥,⑧의 아사달은 부여에 두고
온 아내를 그리워하거나 뭇 사내들의 공격에 속수무책으로 당하는 무력한
젊은이지만 ④,⑦,⑨의 아사달은 신흥과 접속해 문화 창조의 주체로 변모
하는 비범함을 보여주고 있다. 요컨대 신흥은 아사달이라는 한 개인만이
아니라 그가 속한 공동체를 거듭나게 하는 문화 창조의 에너지로 묘사되
고 있는 것이다.

이처럼 『무영탑』에서 신흥이 주목받을 수밖에 없는 이유는 신라국왕으
로부터 주만을 따라온 노비에 이르기까지 모든 계층의 성원들이 감동의
태도로 공유하는 문화유산을 창조하는 원동력으로 작용하기 때문이다. 엄
밀히 말하자면 아사달이 석탑을 제작했다기보다는 신흥이 아사달로 하여
금 석탑을 제작하게 한 것이라고 말해도 좋을 정도로 신흥은 이 소설에서
비범한 지위를 차지하고 있다. 이런 까닭에 아사달이 행위주로 나오는 핵

---

24) 신흥을 우리 고유의 문화 창조 원동력으로 묘사하는 발상법은 사실 현진건의 독창
적인 창안이라고는 보기 어렵다. 이미 최남선, 박은식 등은 민족문화의 정수를 발견
한다는 취지에서 조선혼이나 국혼 등의 용어를 여러 문헌에서 쓰고 있다. 이런 점에
서 현진건의 신흥은 말의 표현이 다를 뿐, 국혼이나 조선혼처럼 근본적으로 민족의
존재를 유심론적으로 상상하는 인식의 산물이다.

심 사건 중에서도 신흥이 나타나는 ④,⑦,⑨가 그렇지 않은 사건보다 더 중요한 사건으로 구별될 수 있다.

요컨대 현진건은 신흥을 민족 공동체가 공유하는 문화를 창조하는 '우리 고유'의 역동적인 문화 창조 원동력으로 반복 묘사하면서 신흥과 접속하는 아사달을 마치 민족의 장인, 민족의 주체처럼 확정하고 있다.25) 그렇다면 도대체 신흥은 어떤 성격을 지니는 문화 창조의 원동력일까? 신흥을 묘사하는 대목을 정리하면 다음과 같다.

> 똑 똑 바로 추녀 끝에서 완연히 낙수가 떨어지고 자그륵 자그륵 연잎에 급한 소나기가 지나가는 듯하다가 문득 찡하고 우림함 울림이 지동처럼 울려 온다.
> 성기고 배게, 느리고 자지러지게, 높으락낮으락 그 소리는 저절로 미묘한 곡조를 이루어 쪼는 이의 신흥을 가르쳐 준다.(23)

> 그는 제 핏줄 가운데 제 것 아닌 무서운 힘이 용솟음함을 느끼었다.
> 오래간만에 참으로 오래간만에 어마어마한 신흥(神興)이 저를 찾아온 줄 그의 넋은 벌써 깨달은 것이다.
> 이 흥이 오기를 얼마나 바라었던고, 기다리었던고, 이 '흥'이란 한없이 곱고 한없이 사납고 철석같이 미쁘다가 바람같이 변한다. 너르자면 온누리에 차고 잘자면 겨자알도 오히려 크다. 활달한 적엔 양양한 바다에 봄바람이 넘놀고 까다롭자면 시기하는 지어미도 물러앉을 지경이다. 그러고 갖은 조화를 다 가진 듯 고대 여기 있는가 하면 까마득하게 사라지고, 분명히 손아귀에 들었거니 하다가 돌아서면 간 곳을 찾을 길 없다. 어느 때는 푸드득 나는 새 날개에서 그대로 뚝 떨어져서 품속으로 기어들고 어느 때엔 발부리에 밟히는 조약돌에서도 불쑥 그 안타까운 모양을 나타낸다.(94~95)

---

25 신흥과 접속해 황홀경의 상태에서 탑을 제작하는 아사달의 모습은 강영주 교수의 지적처럼 서구 낭만주의 시대의 광기어린 예술가를 연상시킬 수도 있다. 그렇지만 현진건이 서구 낭만주의 시대의 광인이나 천재 예술가의 이미지를 환기시키기 위해서 아사달의 석탑 제작 과정을 묘사하거나 신흥과 접속하게 하는 것은 아니다.

홍은 인제 이글이글한 불덩어리가 되어 그대로 디굴디굴 구른다.

그는 불채찍에 휘갈기는 사람 모양으로 죽을 판 살 판 정과 마치를 휘둘렀다.

몇 날이 되었는지 몇 밤이 되었는지 그는 모른다. 홍이 끊어진 때나 그에게 낮도 있고 밤도 있었지만 홍이 꼬리를 맞물고 잇달아 일어날 때에야, 기실 그 홍이 계속되는 동안이 그에게는 도무지 한 순간인지 모른다.

머리에는 아직도 꽃불이 재주를 넘고 뒹구는데 몸의 힘은 마음의 힘에 차차 휘감겨 들어가는 듯하다.(100)

예문에서 확인할 수 있듯, 신홍은 객관적으로 정리될 수 없지만 마치 자체 생명력을 지닌 살아있는 유기체처럼 묘사되고 있다. 신홍은 "제 핏줄 가운데 제 것 아닌 무서운 힘", "이글이글한 불덩어리" 같은 것으로 "너르자면 온누리에 차고 잘자면 겨자알"보다 훨씬 작고 "어느 때는 푸드득 나는 새날개에서 그대로 뚝 떨어져서 품속으로 기어들고 어느 때엔 발부리에 밟히는 조약돌에서도 안타까운 모양"을 드러낸다. 요컨대 우주만물의 혼이요, 생명 창조의 기운이요, 재생과 부활의 에너지의 의미로 이해되는 신홍은 민족 공동체가 공유하는 문화를 만들어내는 문화 창조 원동력의 비유이면서 그 자체로 민족의 비유라고 할 수 있다.[26]

신홍에 관한 설명이 비록 추상적이기는 하지만 신홍이 우리나라 전통 연희인 굿이나 놀이마당에서 볼 수 있는 순간적인 접신과 도약, 몰입과 환희의 행동, 새로운 질서를 마련하는 고유의 기운을 환기하는 것은 자명하다.[27] 이런 점을 염두에 둘 때 아사달을 행위주로 한 핵심 사건과 신홍에

---

26) 1920, 30년대의 문인과 학자들 사이에서는 민족적인 것과 계급적인 것 중에서 무엇을 더 중시해야 하는가를 규명하는 논쟁이 활발하게 펼쳐졌는데, 현진건은 「조선혼과 현대정신의 파악」이라는 글에서 "로만티즘도 좋다. 리얼리즘도 좋다. 상징주의도 나쁜 것 아니오 표현주의도 버릴 것 아니다. 오직 조선혼과 현대정신의 파악! 이것이야말로 다른 아무의 것도 아닌 우리 문학의 생명이오 특색일 것"이라고 피력할 정도로 민족적인 것을 중시하는 문인이었다. 현진건, 「조선혼과 현대정신의 파악」, 『개벽』제65호, 1926.

관한 묘사에서 우리는 현진건이 민족을 영원한 생명력을 지닌 유기체로 상상하고 있다는 걸 확인할 수 있다. 현진건이 상상하는 민족은 식민화된 현재의 경계 바깥 달리 말해 고대부터 존속하는 유기체처럼 보인다. 이 민족은 식민지적 근대의 공간과 계몽의 시간에 포섭되지 않는 민족으로 마치 영원불사의 생명력을 지닌 유기체로 보인다. 신흥이라는 문화적 전통을 소설 안으로 끌어들인 현진건은 근대 이전 아니 역사 이전부터 존재한 유기체적인 민족 혹은 무한한 우주와 영원한 시간에 소속된 원형적인 민족을 상상하고 있다는 점을 충분히 추론할 수 있다.

유기체적인 민족, 원형적인 민족을 상상한다는 말은 재생력을 지닌 민족을 상상한다는 말과도 그 의미가 통할 수 있다. 이를 더 설명하면 이렇다. 한 평범한 젊은이를 민족 문화의 구현자로 만드는 신흥은 타락한 외래 문물과는 달리 재생력을 지닌 문화적 전통으로 묘사되고 있다는 것을 주목할 필요가 있다. 『무영탑』에서 불교는 타락한 외래 문물의 예로 제시되고 있다. 현진건은 신흥이 민족을 갱신시키는 원동력이라는 점을 부각시키기 위해 불교의 타락을 상대적으로 강조한다. 불교는 "눌지왕 때부터 몰래몰래 이 나라에 스며들어 온 서천 서역국 부처님 도는 법흥왕 말엽 이차돈의 순교로 활짝 길이 열리고, 삼한 통일을 거쳐 성덕, 경덕에 이르자 그 찬란한 연꽃은 필 대로 피었"지만 "출가란 빈말뿐이요. 어떻게 무섭게 돈을 아는지 던적맞기 짝이 없다오. 어디 재 한번 불공 한번 더 얻어걸리겠다고 이건 대가나 부잣집 아낙네만 얼진하면 치마꼬리에 매어달리듯 졸졸 쫓아다니고 그 비위를 맞추기에 곱이 끼었으니 그것들을 데리고 무슨 일을 할 수 있겠"느냐는 비판이 나올 정도로 종교적 구원과 정화 기능을 상실한 외래 문물로 묘사되고 있다. 요컨대 "몰래몰래 이 나라에 스며들어 온" 불교와는 달리 민족의 문화적 지표인 신흥은 민족을 거듭나게

---

27) 김열규, 『한국의 신화』(일조각, 1977), pp.99~101.

하는 재생의 힘을 지닌 우리 고유의 기운으로 일관되게 묘사되고 있다.

이제까지의 논의를 정리해 보기로 하겠다. 현진건은 신흥이라는 문화적 전통과 이 전통에 호응하는 아사달을 설정해 유기체적인 민족, 원형적인 민족, 재생적인 민족을 상상하고 있다. 이와 같은 상상 방식은 최남선의 조선혼, 박은식의 국혼과 같이 고대로부터 현재에 이르기까지 일관되게 지속하는 민족의 실체를 입증해보려는 유심론적 접근 방식과 그 맥을 같이 한다고도 할 수 있다. 그런데 우리는 여기서 좀더 흥미로운 점을 발견할 수 있다. 여성적인 것을 사회적 상징적 영역 바깥에 존재하는 자족적인 실체로 간주하는 사고의 패러다임을 참고해 볼 때, 현진건은 여성화된 민족을 상상한다고도 얘기할 수 있다. 다시 말해 여성성을 근대성 경계의 바깥에 놓인 원초적인 감정, 열정, 욕망 등으로 정의할 때, 현진건의 민족에 관한 상상은 여성화된 민족에 대한 상상이었다고 말할 수 있다는 것이다.28)

4. 국선도의 문화적 전통과 민족의 상상

필자가 두 번째로 논의하려는 논점은 국선도의 문화적 전통과 민족의 상상이다. 『무영탑』에서 신흥이라는 문화적 전통처럼 중요한 비중을 차지하는 또 다른 문화적 전통이 국선도다. 국선도의 설정은 왜 이 소설이 민족서사가 될 수밖에 없는가를 확인시켜주는 또 하나의 중요한 근거다. 국선도를 민족의 문화적 지표로 파악하는 인식은 현진건의 인식이라기보다는 신채호가 정초한 근대 역사 패러다임에서 나온 것이니, 그 예를 보면 다음과 같다.

---

28) 여성적인 것과 여성성에 관한 정의는 리타 펠스키를 참고. 리타 펠스키, 김영찬 · 심진경 옮김, 『근대성과 페미니즘』(거름, 1998), pp.96~104.

> 서경 전역의 양편 병력이 각 수만에 불과하며, 전역의 수미가 양개년에 불만했지만 그 전역의 결과가 조선사회에 영향을 끼침은 서경 전역 이전에 고구려의 후예요, 북방의 대국인 발해 멸망의 전역보다도 서경 전역 이후 고려 대 몽고의 육십 년 전역보다도 몇 갑절이나 돌과하였으니 대사건이 없을 것이다. 서경 전역을 역대의 사가들은 다만 왕사가 반적을 친 전역으로 알았을 뿐이었으나 이는 근시안의 관찰이다. 그 실상은 이 전역이 즉 낭 불 양가 대 유가의 전이며 국풍파 대 한학파의 전이며 독립당 대 사대당의 전이며 진취사상 대 보수사상의 전이나 묘청은 곧 전자의 대표요, 김부식은 후자의 대표이었던 것이다. (…중략…) 낭은 신라의 화랑이니, 화랑은 본래 상고 소도제단의 무사, 곧 그때에 선비라 칭하던 자인데, 고구려에서는 조의를 입어 조의선인이라 하고, 신라에서는 미모를 취하여 화랑으로 불렸다. 화랑을 국선, 선랑, 풍류도, 풍월도 등으로 칭하였다.[29]

예문에서 확인할 수 있듯, 신채호는 역사의 전개를 낭 불 대 유가의 싸움, 국풍파 대 한학파의 싸움, 독립당 대 사대당의 싸움으로 이해하고 있다. 더 설명하자면 신채호는 국풍파, 독립당, 국선, 선랑, 풍류도, 풍월도 등을 민족의 문화적 지표로 한학파, 사대당 등을 반민족의 문화적 지표로 이해하고 있다. 요컨대 국풍파, 독립당, 국선, 선랑, 풍류도, 풍월도는 자기 동일성의 성격을 띠는 민족의 문화적 지표로 한학파, 사대당을 반민족의 문화적 지표로 설정하면서 민족을 상상하고 있다.

신채호가 그의 사론에서 보여준 민족 상상의 방식—민족의 문화적 지표와 반민족의 문화적 지표를 이항 대립적 관계로 구분하여 민족을 상상하는—을 현진건은 『무영탑』에서 차용하고 있다. 더 자세히 말해 현진건은 경신을 전자의 계열에 속하는 무사로 금성과 금지를 후자의 계열에 속하는 유가로 구분하는 이항 대립적 관계 속에서 민족을 상상하는 서술을 전개하고 있다. 현진건이 국선도의 문화적 전통을 인용하면서 민족을 상

---

29) 신채호, 「조선역사상 일천년 제일대사건」, 『한국의 근대사상』(삼성출판사, 1981), pp.428~429.

상한다는 것은 힘과 용기의 미덕을 지닌 민족을 상상한다는 것을 기본적으로 의미한다.

그러면 이번에는 경신을 행위주로 하는 핵심사건을 정리하면서 논의를 이어가기로 하겠다.

① 용돌이가 검술 공부하는 장소에 경신이 나타난다.
② 금성 일행의 공격으로 곤경에 처한 아사달을 경신이 구해준다.
③ 경신이 유종의 집을 방문하여 주만을 만난다.
④ 경신은 주만에게서 아사달을 사랑한다는 주만의 고백을 듣는다.
⑤ 경신은 화형으로 죽게 된 주만을 구해준다.(그러나 주만은 죽는다.)

신홍과 접속한 아사달이 민족 문화를 창조하는 예인으로 설정되어 있다면 경신은 외래 세력에 저항하는 무인으로 설정되어 있다. 용돌이가 검술 공부하는 장소에 나타난 경신은 국선도의 청년 낭도로 그의 무예실력은 "활줌통이 척 휘어서 거의 부러질 듯하자 잉 소리를 치고 화살은 흐르는 별보담 더 빠르게 날아가서 영락없이 과녁을 들어맞히고 남은 힘이 넘치어 살 위에 꽂힌 새깃이 부르르 떨"게 하거나 아사달을 혼내 주려고 불국사를 찾아온 불량배들을 "쫓기어 자꾸 뒷걸음만 치게"할 정도로 출중하다. 그리고 약자라 할 수 있는 아사달과 주만의 처지를 이해하고 그들을 위기에서 구출해줄 정도로 관용의 폭이 대단히 크고 깊어 마치 경신은 혼란스런 시대를 수습할 완벽한 구국영웅처럼 보일 정도다.

①,②,③,④,⑤의 핵심사건 중에서 우리가 특히 주목해 볼 사건은 ①과 ②이다. 용돌이가 검술 공부하는 장소에 몰래 나타난 경신은 다음과 같이 의미심장한 말을 용돌에게 건넨다.

"여보게 생각을 해보게. 당명황이 안록산에게 쫓기어 멀리 촉나라 두메로 달아났으니 이때를 타서 대군을 거느리고 지쳐 들어갔으면 중원을 다 차지는 못할망정 고구려의 옛 땅이야 다시 찾아오지 못하겠나."

용돌은 무릎을 탁 쳤다.

"옳습니다. 옳습니다. 과연 서방님 말씀이 옳습니다. 조정에서야 어떡
하던 우리의 힘으로나마 군사를 일으켜 보시는 게 어떠하실까요. 온 천하
에 흩어진 낭도를 긁어모으면 그래도 몇만 명은 될 수가 있지 않겠습니까."

"안 되네, 안 되어. 나도 게까지 생각은 해보았네마는 암만해도 될성싶
지를 않네. 첫째로 그만한 큰일을 하자면 신라 온 나라의 힘을 기울여야
성사가 되겠거든. 소위 당학파들이 잔뜩 조정을 움켜쥐고 있으니 까딱 잘
못하면 역적의 누명이나 쓰고 말 거란 말이지. 촉나라까지 쫓겨난 당명황
에게 꾸벅꾸벅 문안사신까지 보내는 판이니 그자들에게 정당론을 끄집어
내어 보게. 천길 만길 뛸 것 아닌가. 기가 막힐 노릇이지."(259)

우리는 이 대목에서 경신이 주장하는 고토 회복이 일본에 의해 강요된
훼손된 민족성을 회복하는 의의를 띠고 있음을 알 수 있다. 고구려 고토를
회복하는 일은 단지 영토 경계를 확장하는 의의를 지니는 게 아니라 더
중요하게는 일본이 훼손시킨 민족성을 회복하는 현실적 의의를 띤다는 것
이다.

이와 함께 경신이 주장하는 정당론은 조선 민족의 기원인 만주를 되찾
아야 한다는 신채호, 박은식 등이 주도한 단군 중심의 역사관을 반영한다
는 것을 주목할 필요가 있다.[30] 신채호는 민족의 기원인 단군이 만주에
활동 근거지를 마련했으며 이 이후 조선 역사의 전개는 단군에서 부여, 고
구려로 이어진다고 그의 사론에서 밝힌 바 있다. 다시 말해 "식민 사관론
자들이 애써 강조해 온 한반도 중심의 역사 무대를 만주 요동반도 및 요
서 지방과 지나 동북 지대에까지 뻗친 역사 무대로 확대시킨"[31] 신채호의
고대사론을 현진건의 『무영탑』은 수용하고 있다는 것이다. 이처럼 경신이

---

30) 현진건이 고구려 고토의 회복을 주장하는 경신과 같은 민족 주체를 설정하게 된 데
    에는 민족사의 기원을 만주로 파악하려는 근대 역사학의 패러다임에 영향 받은 바
    크다. 여기에 대해서는 한영우 교수의 논문을 참고. 한영우, 「1910년대의 민족주의적
    역사서술」, 『한국문화』1, 서울대학교 한국문화연구소, 1980.
31) 이만열, 『한국근대사학의 인식』(문학과지성사, 1981), p.236.

주장하는 정당론의 이면에는 만주를 마치 민족의 기원과 고향으로 상상하는 근대 역사학의 민족주의적 관념이 투영되어 있다.[32]

국선도라는 문화적 전통과 이 전통에 호응하는 경신의 설정을 통해 현진건은 저항하는 민족, 강한 민족, 무력과 용기의 민족 요컨대 영웅화된 민족을 상상하고 있다는 걸 확인할 수 있다. 신흥의 문화적 전통과 아사달의 설정을 통해 유기체적, 원형적, 재생적 민족을 상상하고 있다면 여기에서는 기본적으로 저항하는 민족을 상상하고 있다는 것을 확인할 수 있다. 이런 점에서 적어도 경신이 정당론을 주장하는 대목에서만큼은 현진건이 조선의 식민화라는 구체적인 현실 문제와 관련지어 민족을 상상한다고 얘기할 수 있다.

②에서 곤경에 처한 아사달을 구해주는 경신은 금지와 그의 아들 금성에 비해 상대적으로 혈통이 순수한 왕족으로 판정된다. 경신은 "우선 지체로만 보아도 내물왕의 직계후손이니 금지의 문벌보다 높았으면 높았지 떨어지지 않았다. 경덕왕께서 만득왕자라도 두셨기에 망정이지 만일 무후하시었던들 대통을 이을 이가" 바로 경신이었다. 금지의 혈통은 "당당한 참뼈로 왕족으로 임금과도 그리 멀지 않은 종친"이지만 이른바 혈통의 순수성은 경신이 한 수 위라고 작가는 판정하고 있다.

경신의 혈통이 당나라 한학파인 금성, 금지의 혈통보다 왕족에 가깝다는 혈통 확인 대목에서 우리는 현진건이 민족을 혈연적 동질성의 관계로 상상한다는 것을 추측할 수 있다. 현진건은 민족을 이질혼성적인 관계로

---

32) 경신의 고토 회복은 현실적으로 성취되는 과업으로 진전하지는 않는다. 경신의 고토 회복을 견제하는 한학파 세력의 정치권력이 "잔뜩 조정을 움켜"쥘 정도로 강력한 까닭이다. 이 소설에서 경신이 해결한 일은 아사달의 구출이요, 결혼을 파기해달라는 주만의 요청 수락이고 화형으로 죽게 된 주만을 구출하는 것이다. 현진건은 경신을 고토 회복의 야망을 꿈꾸는 또 하나의 민족 주체로 확정하고 있지만 경신의 원대한 꿈은 꿈으로만 머물도록 처리하고 있다. 현진건은 정치권력을 틀어쥔 '반민족적' 존재들의 견제로 인해 경신의 야망이 좌절되도록 함으로써 고토 회복으로 상징되는 민족성 회복의 과제를 민족의 영구한 문제로 만들어 놓고 있다.

상상하지 않고 있다. 그는 민족을 금지, 금성과 같은 외래적 타자들을 배제한 순수한 혈연으로 상상하고 있다.

또한 현진건은 경신과 혈통 확인 경쟁을 벌이는 금지와 금성을 외모에서부터 언행에 이르기까지 희화화된 외래적인 타자로 묘사한다. 예컨대 "금지는 얼굴이 노리캥캥한데다가 수염이 없어 얼른 보면 고자로 속게 되었는데 이손 유종은 긴 수염이 은사실처럼 늘어지고 너그러운 두 뺨에 혈색"이 좋은 인물이며 경신은 "후리후리한 키에 떡벌어진 어깨판, 탁 트인 이맛전과 너그러운 뺨"을 지닌 인물로 이들의 외모는 상반의 극치를 이룬다. 또한 그들의 성격은 "하나는 깐깐하고 앙큼스럽고, 하나는 괄괄하고 호방"하게 묘사되어 있는데, 이렇게 이질적인 타자로 설정된 금지와 그의 아들에 관한 묘사가 희화적이면 희화적일수록 경신의 위상은 상승하고 있다.

③,④에서 경신은 주만의 외모에 매력을 느끼지만 그는 그의 사적 욕망을 억제한다. 그에게 중요한 것은 사적 욕망의 해결이 아니라 고토 회복이라는 공적 과제의 해결이었기에 경신은 비록 주만에게 매력을 느끼지만 ④와 같은 고백을 들어도 분노하지 않는다. 국선도의 청년 낭도인 경신에게 고토 회복이라는 꿈은 워낙 '원대'하고 '순수'한 것이어서 그는 주만과의 '사사로운' 애정문제에 연루되지 않으려 한다.

현진건은 경신이란 청년 낭도를 자기와 예정된 혼인을 파기해 달라는 주만의 요청을 받아들일 만큼 관대한 인물로 그리지만 여기에는 고토 회복이라는 민족의 숙원 사업이 사사로운 사랑보다 더 중요하다는 구국영웅 신화가 내포되어 있다.[33] 고토 회복을 꿈꾸는 영웅에게 여성이란 존재는 단지 사사로운 상대에 불과할 수 있다는 점을 경신은 은연중에 독자들에게 강조하고 있다.

---

33) 아사달과 두 여성 사이에 에로스의 욕망이 작동하는 반면 경신은 아예 이런 욕망과 거리를 두려고 한다. 경신은 고결한 도덕성과 무사의 출중함을 겸비한 무사로 타락한 귀족과 승려와는 전혀 다른 층위에 존재하는 인물이다.

이제까지의 논의를 정리해 보기로 하겠다. 현진건은 국선도라는 문화적 전통과 이 전통에 호응하는 경신을 설정해 저항하는 민족, 강한 민족, 무력을 쓸 줄 아는 민족 요컨대 영웅화된 민족을 상상하고 있다. 국선도는 외래적 타자와 구분되는 민족 주체들의 공동체로 이와 같은 공동체를 이끌어가는 경신은 마치 가족들의 실수를 관용의 미덕으로 용서해주고 갈등을 해결해주는 가장의 이미지를 띠고 있다. 고구려의 고토를 회복하려는 원대한 꿈을 품고 있는 경신은 아사달을 연모한다는 주만의 고백을 들어도 분노하지 않고 오히려 위기에 빠진 주만을 구해준다. 우리는 이런 대목에서 흥미로운 점을 발견할 수 있다. 국선도의 문화적 전통과 이에 호응하는 경신의 설정을 통해 현진건은 힘과 용기, 무력뿐만 아니라 가장의 관용의 미덕을 소유한 민족 곧 남성화된 민족을 상상한다고도 말할 수 있다.

5. 문화적 전통의 확대재생산과 수난당하는 여성들

아사달과 경신이 각각 신흥과 국선도라는 문화적 전통에 호응한다면 아사녀와 주만은 이 소설에서 어떤 문화적 전통과 호응하고 있을까? 이들도 어떤 특정한 문화적 전통과 호응하면서 아사달과 경신이 수행할 역할을 반복하고 있을까? 미리 결론을 밝히자면, 이 두 여성은 아사달, 경신과는 달리 어떤 특정한 문화적 전통과 호응하지 않는다. 아사달과 경신만이 특정한 문화적 전통과 호응하는 인물로 설정되어 있으며 이 두 여성과는 무관하다는 말이다.

그런 점에서 이 두 여성은 특정한 문화적 전통을 환기시키고 이로써 민족을 상상케 하는 직접적인 매개 고리로는 볼 수 없다. 엄밀히 말하자면, 이 두 여성은 민족 주체로 설정된 아사달과 경신의 위상을 돋보이게 하는 주변화된 주체[34]들로 설정되어 있다. 요컨대 이 두 여성은 어떤 문화적 전통과 호응하지 않는 대신 두 남성―특히 아사달의―의 문화적 전통을 확대재생산하는데 기여하고 있는 것이다. 이를 더 자세히 설명하면 이렇다.

아사달의 여자들이라 할 수 있는 아사녀와 주만은 공교롭게도『무영탑』에서 수난을 당하는 여성 인물로 그려지고 있다. 아사달이 신흥과 접속하여 문화를 창조하고 경신이 국선도의 청년 낭도로서 정당론을 주장하는 민족 주체라면 아사녀와 주만은 공교롭게도 수난을 받는 인물로 그려지고 있다. 요컨대 아사녀와 주만은 민족 주체로 설정된 이 인물들의 활약을 더욱 극적으로 표현하기 위해 자살하거나 화형의 후유증으로 죽는 주변화된 주체로 설정되고 있다는 것이다.[35]

현진건 스스로 의식했든 의식하지 못했든 그는 한 편의 민족서사를 만들어가는 과정에서 이처럼 역전된 젠더관계를 철저하게 전유하고 있다. 이렇게 얘기할 수 있는 주된 근거는 이 두 여성이 수난을 당하는 피해자들이기는 하되, 그 수난이 하나같이 민족 주체들의 과제―특히 아사달의 과제―가 해결되도록 하는 계기가 된다는 점에 있다. 그러면 이들이 어떤 수난을 당하게 되는지 아사녀와 주만의 핵심사건을 정리해 보기로 하겠다.

*아사녀의 핵심사건
① 아사녀는 아사달의 아내로 부여에서 병 든 아버지 부석을 간병을 한다.
② 부석이 죽게 되고 아사녀 혼자 남는다.
③ 부석의 제자들이 아사녀를 겁탈하려 한다.
④ 팽개가 아사녀를 보호한다.
⑤ 팽개는 아사달이 서라벌에서 혼인했다고 아사녀에게 거짓말을 한다.

---

34) 아사달과 경신이 민족을 상상케 하는 민족 주체의 지위에 있다면 이 두 여성 인물은 이들의 주변에서 이들에게―특히 아사달에게―협조한다는 점에서 주변화된 주체라고 할 수 있다.

35) 권명아는 "여성 수난사 이야기는 근본적으로 내부와 외부의 경계를 젠더화된 방식으로 재생산하고 외부에 대한 증오와 적개심을 민족이라는 통합된 주체에 대한 열망으로 전도하는 형식"을 띤다고 말한 바 있다. 권명아, 「여성 · 수난사 이야기의 역사적 층위」,『상허학보』10집, 상허학회, 2003

⑥ 팽개는 아사녀를 겁탈하려고 한다.
⑦ 아사녀는 혼자 서라벌로 떠난다.
⑧ 아사녀는 궁궐 출입을 제지당한다.
⑨ 아사녀는 매파인 콩콩노인의 집에서 기숙한다.
⑩ 아사녀는 자살한다.

*주만의 핵심사건
① 주만은 이찬 유종의 외동딸로 불국사에서 아사달을 만난다.
② 주만은 부모 몰래 자주 불국사를 출입한다.
③ 주만의 불국사 출입이 금성 일당에게 발각된다.
④ 금지가 유종에게 주만의 불국사 출입을 폭로한다.
⑤ 주만은 영지에서 아사녀의 환영을 조각하는 아사달을 만난다.
⑥ 유종이 주만을 화형에 처한다.
⑦ 크게 부상당한 주만을 경신이 구출한다.
⑧ 주만은 죽는다.

하층 평민 출신 아사녀와 상층 귀족 출신 주만은 오로지 한 남성 아사달에게만 사랑의 정념을 드러내는 여성들이다. 이 사랑의 정념은 팽개와 금지의 그 어떤 방해에도 굴절하지 않고 아사달을 향하고 있다. 의도적으로 아사녀와 주만 두 여성 사이에서 일어날 수 있는 애정 갈등을 삽입하지 않은 현진건은 아사달을 향한 그녀들의 사랑을 순수하고 고결한 사랑으로 묘사하고 있다. 문제는 아사달을 향해 사랑의 정념을 드러내는 이 두 여성들의 신체를 훼손하려는 방해자들이 그녀들 주변에 포진한다는 데 있다.

아사녀와 주만의 핵심사건에서 확인되듯 아사녀는 아버지의 제자들로부터 끊임없이 순결 상실의 위기를 체험하며 주만은 금성과의 강제적 혼인으로 순결 상실의 위기를 체험한다. 결국 아사녀의 수난은 자살로, 주만의 수난은 화형 후유증으로 인한 죽음으로 마무리되지만 우리는 이 두 여성의 삶이 순결 상실의 위기에 직면하다가 자살하거나 죽게 된다는 공통

점을 공유한다는 걸 확인할 수 있다.

특히 이 두 여성 중에서 아사녀는 집중적으로 순결 상실의 위기를 경험한다. 아사녀는 술수와 사기로 아사녀를 차지하려는 팽개로 인해 순결 상실의 위기를 극적으로 경험하고 있고 서라벌에서 우연히 만난 매파인 콩콩 노인으로 인해 다시 한번 이 위기를 경험한다. 아사녀는 자신의 신체를 유린하려는 숱한 남성들의 겁탈을 피하다가 결국 자살하고 만다. 상대적으로 주만은 아사녀에 비해 극적인 위기를 집중적으로 체험하지는 않는다. 그러나 금지에 의한 강제적인 혼인 시도와 아버지에 의한 경신과의 강제적인 혼인 결정으로 인해 주만 역시 원하지 않는 남성에게 신체를 허락해야 하는 순결 상실의 위기를 체험한다.

이처럼 현진건은 두 여성을 아사달과 경신과는 달리 원천적으로 결여된 존재로 설정하되, 사랑의 정념과 육체의 순결을 끝까지 보존하면서 아사달의 과업 해결에 '기여'하도록 하고 있다. 이렇게 애기할 수 있는 결정적인 근거를 이 소설의 결말부에서 확인할 수 있다. 석가탑을 완성한 아사달은 곧 부여로 떠날 차비를 한다. 그런데 곧이어 나타난 콩콩 노인은 "무언가에 홀린 듯이 몸을 날려서 물 속으로 뛰, 뛰어들었다는" 아사녀의 투신자살 소식을 아사달에게 전한다. 아사달을 향한 사랑의 정념과 육체의 순결을 보존하다가 투신자살한 아사녀의 소식은 아사달로 하여금 미증유의 신흥을 체험케 한다. 영지 주변을 몇 번이나 배회하다가 아사녀의 환영을 목격하게 된 아사달은 이 환영을 돌에 새기기 시작한다. 아사달의 신흥 체험은 점차적으로 고조되어가니 "정과 마치의 자지러진 가락과 그 황홀한 얼굴빛으로 보아 아사달은 다시금 신흥"에 몰입하게 되었고 그런 까닭에 같이 도망가자는 주만의 요청이 귀에 들어오지 않을 정도다.

"아사달은 넋잃은 사람 모양으로 주만의 돌아서 가는 양을 멀거니 바라보다가 손버릇같이 다시 정을 들고" "아사녀와 주만의 두 얼굴이" "하나로 녹아들어버린" "거룩한 부처님의 모양"을 조각하기에 이른다. 이렇게 하여 다보탑보다도 석가탑보다도 더 완벽한 걸작이 탄생한다. 이처럼 최고의 신흥은 두 여성의 동시적인 수난을 전제로 하여 폭발적으로 작동하고 있는 것이다.

우리는 이 결말 대목에서 아사녀와 주만의 수난과 희생이 아사달의 문화 창조 행위를 더욱 극적으로 드러나게 하는 계기가 되고 있다는 점. 그럼으로써 신흥의 문화적 전통을 확대재생산한다는 점을 주목할 수 있다.

아사녀와 주만은 아사달과 경신과는 달리 특정한 문화적 전통에 호응하는 민족 주체는 아니다. 그러나 그녀들의 수난은 민족 주체들의 과업 해결에 협조하거나 그들의 지위를 한층 빛나게 한다는 점에서 주변화된 주체의 지위를 확보하고 있고 이들의 수난과 죽음은 궁극적으로 아사달과 호응하는 문화적 전통인 신흥을 폭발적으로 상승시키는 계기라는 점에서 그 의미가 각별하다.

6. 맺음말

일본의 식민 통치가 강압적으로 전개된 1930년대부터 장편소설 작가의 길을 걸어간 현진건은 민족을 상상적 차원에서 회복하는 문학 작업에 몰두했으니 그 대표적이 예가『무영탑』이다.

필자가『무영탑』을 주목하게 된 이유가 바로 여기에 있다.『무영탑』을 상상적 차원에서 민족을 회복하는 문학적 작업의 한 예로 인정할 수 있다면『무영탑』이 어떤 방식으로 민족을 상상하고 있으며 그럴 때 어떤 문학적 의미를 창출하는지 연구해야 한다고 생각했다.

『무영탑』에 관한 기존 연구는 나름대로『무영탑』의 문학적 성격과 문학사적 의의를 규명하는데 일조하고 있다. 그런데 여기서 멈추지 않은 새로운 연구가 필요하다고 필자는 판단했고 구체적으로『무영탑』을 대상으로 민족을 상상하는 방식과 그 문학적 의미를 규명해야 한다고 생각했다. 이런 연구는 작게는 『무영탑』의 문학적 성격을 새롭게 규명하는 의의가 있으며 크게는 민족서사의 유형과 미학적 특징에 관한 논의를 열어가는 의의가 있다.

필자는 『무영탑』에 관한 논의로 들어가기에 앞서 「고도순례 경주」가 어떤 방식으로 민족을 상상하는가를 살펴보았다. 현진건은 경주 일대에 산재한 석기 유물, 토기 유물, 신라 금관, 석굴암, 황옥백옥적, 봉덕사 대종 등에서 우리 민족에게 문화 창조의 전통이 있음을 강조했다. 또한 왜에 항거한 박제상 전설을 예로 들면서 우리 민족에게 항거의 전통이 있음을 강조했다. 요컨대 현진건은 고대 유물에서 문화 창조의 전통을 주목하는 최남선적인 발상법과 외래 민족에 항거하는 저항의 전통을 주목하는 신채호적인 발상법으로 이 순례기를 작성하고 있는 것이다. 현진건은 이 두 발상법으로 민족의 문화적 전통을 발견하면서 동시에 원형적이면서 현실적인 성격의 민족을 상상하고 있다.

이어지는 본론에서 필자는 세 가지의 논점을 제시했다. 첫째는 신흥의 문화적 전통과 민족의 상상, 둘째는 국선도의 문화적 전통과 민족의 상상, 셋째는 문화적 전통의 확대재생산과 수난당하는 여성들이다. 이 각각의 논점을 정리하면 다음과 같다.

첫째, 신흥의 문화적 전통과 민족의 상상에 관한 논의에서 먼저 주목해야 하는 것은 최남선적인 발상법의 소설적 재현이다. 신흥은 민족 공동체가 공유하는 문화를 만들어내는 문화 창조 원동력의 비유로 우리나라 전통 연희인 굿이나 놀이마당에서 볼 수 있는 순간적인 접신과 도약, 몰입과 환희의 행동, 새로운 질서를 마련하는 고유의 기운을 환기하는 민족의 문화적 지표다.

이런 점을 염두에 두고 아사달을 행위주로 한 핵심사건과 신흥에 관한 묘사에서 필자는 현진건이 민족을 식민화된 현재의 경계 바깥 달리 말해

고대부터 존속하는 유기체로 상상하고 있다는 것을 추론할 수 있었다. 신흥이라는 문화적 전통을 소설 안으로 끌어들인 현진건은 근대 이전 아니 역사 이전부터 존재한 유기체적인 민족, 원형적인 민족을 상상하고 있다는 것을 충분히 추론할 수 있다. 또한 여성적인 것을 사회적 상징적 영역 바깥에 존재하는 자족적인 실체로 간주하는 사고의 패러다임을 참고해 볼 때 현진건은 여성화된 민족을 상상한다고도 볼 수 있다.

둘째, 국선도의 문화적 전통과 민족에 관한 상상의 논의에서 주목해야 하는 것은 신채호적인 발상법의 소설적 재현이다. 국선도를 민족의 문화적 지표로 파악하는 인식은 현진건의 독창적인 인식이라기보다는 신채호가 정초한 근대 역사 패러다임에서 나온 것이다. 현진건은 국풍파, 독립당, 국선, 선랑, 풍류도, 풍월도를 민족의 문화적 지표로 한학파, 사대당을 반민족의 문화적 지표로 설정하면서 민족을 상상하는 신채호의 사론을 수용하면서 저항하는 민족, 강한 민족, 무력과 용기의 민족, 관용의 미덕을 지는 남성화된 민족을 상상하고 있다.

셋째, 문화적 전통의 확대재생산과 수난 당하는 여성들에 관한 논의에서 필자는 아사달과 경신과는 달리 특정한 문화적 전통과 호응하지 않는 주변화된 두 여성 인물이 수난과 희생을 주목했다. 아사달의 여자들이라 할 수 있는 이 두 여성들은 주변 남자들로부터 끊임없는 성적 겁탈의 위기에 처하다가 결국에는 자살하거나 화형의 후유증으로 죽는다. 이 두 여성 인물의 죽음은 아사달의 문화 창조 행위를 극적으로 드러나게 하는 계기가 되고 있고 그런 점에서 신흥의 문화적 전통을 확대재생산하는 역할을 수행하고 있다.

이처럼 현진건은 신흥과 국선도라는 두 가지의 문화적 전통을 호출하면서 일견 서로 대립적인 성격을 띨 수 있는 민족을 상상하고 있다. 그러나 실제로 작품 내에서 이 두 층위의 민족은 대립적인 관계로 배치되지 않는다. 이렇게 말할 수 있는 결정적인 근거를 제공하는 것은 아사달과 경신의 관계다. 이 둘의 관계는 억압적이거나 구속적이지 않다. 정확히 말하자면, 경신은 아사달을 곤경에서 구해주고 그의 과제 수행을 돕는 조력자에 가깝다. 요컨대 두 민족 주체의 관계는 갈등 관계가 아니라는 것이다. 그러므로 두 민족 주체를 매개로 상상되는 민족의 층위도 위계질서를 형성하지 않는다. 그러나 현진건은 이 두 층위를 변증법적인 통합의 관계로 구현하면서 민족에 관한 총체적인 상상을 전개하지는 않았다. 두 층위의 융합을 도모하기는 했으되, 변증법적인 통합 관계를 지향하지는 않았다는 것이다. 바로 이 대목이 『무영탑』의 한계라고 할 수 있다.

6

부자(父子) 모티프의 문학 주제학적 연구

아버지께선 최근에 저에게 물으셨지요. 왜 아버지가 두렵다는 말을 하느냐구요. 그때 저는 평소 늘 그랬듯이 뭐라고 대답해야 할지를 모르겠더군요. 그렇게 한마디도 못하고 말았던 까닭은 바로 아버지에 대한 제 두려움 탓이기도 했고, 다른 한편으로는 그 두려움의 근원을 이루는 갖가지 요인들이 너무 많아 빠짐없이 정리해서 말씀드린다는 게 힘겨웠기 때문이기도 합니다.

-카프카

1. 연구목적

한국인이라면 누구나 한국문화의 기본적 특징을 '가(家)의 문화'로 인정할 법하다.[1] 한국문화의 핵심은 가족 중심의 문화라는 얘기다. 가족을 떼 놓고 한국문화 혹은 한국문학을 절대로 논의할 수 없다는 얘기다. 이렇게 볼 수 있는 근거를 우리 상고대 신화가 이미 제공해주고 있다. 우리의 대표적 상고대 신화인 단군 신화나 동명왕 신화를 보더라도 우리 민족이 아주 강하게 가족 지향적 문화를 지니고 있다는 점을 어렵지 않게 확인할

---

[1] 김열규 교수에 따르면, "한국이 강하게 가정·가족 지향적 문화를 지니고 있었다는 것은 의심할 나위 없다. 한국은 그만큼 두드러진 가족·가정 지향적인 사회를 형성하고 있었던 것이다. 그것은 klup 교수의 용어를 빌려서 가족주의의 사회라고 부를만할 것이다. 따라서 그 같은 문화 사회적인 특색이 한국문학을 위한 마이크로 컨텍스트로 작용하면서 아울러 원형성을 간직하고 있었으리라는 것은 쉽게 헤아릴 수 있게 된다." 김열규, 『가와 가문』, 서강대학인문연구논총20집, 1989, p.1.

수 있다. 이 두 편의 상고대 신화는 개인의 탄생을 재현하는 데 의미를 두지 않는다. 이 두 편의 상고대 신화는 개인의 탄생보다는 가족의 탄생을 부각한다. 이런 점에서 상고대 신화에서 개인은 '가족에 예속되는' 개인들로 묘사된다. 상고대 신화만이 아니다. 상고대 신화에 나타나는 가족 지향성은 중세에도 계승되어 '삼대기' 유형의 가족 서사체를 전승시키고 있으니 가(家)로 요약되는 한국문화의 특성은 상고대만의 특성은 아니다. 개인은 홀로 존재하는 개인이 아니라 가족의 한 일원이며 가족은 분리된 가족이 아니라 가문의 일부라는 점을 강조하는 중세의 가족 서사체를 보노라면 가(家)를 중시하는 한국문화는 오히려 후대로 들어올수록 더 강화되는 인상을 주기도 한다.

근대문학이라고 해서 예외는 아니다. 전통적인 가족 서사체의 지속이며 창조적 변이형에 해당하는 염상섭의 『삼대』와 채만식의 『태평천하』는 가족사소설 혹은 가족소설이라는 장르 명칭을 얻을 만큼 가족 관계를 동기화하며 서술되는 소설이다. 최근의 문학은 어떤가? 최근에 와서 부자 관계에 얽힌 보편적 모티프들인 부자 갈등, 아비 찾기, 아비 죽이기를 유기복합적으로 원용하는 가운데 현대의 상황성을 형상화하는 작품들이 많이 발표되었다. 최일남의 「흐르는 북」, 한승원의 『아버지와 아들』, 임철우의 「아버지의 땅」은 모두 기본적인 가족 관계로서의 아버지와 아들의 갈등 현상을 날카롭게 제시하는 예이다.[2] 1990년대의 문학은 어떠한가? 1990년대 문학에서 부자 모티프는 완전히 실종되어 버렸는가? 그렇지 않다. 집 떠나간 아버지와 그 아버지에게 애증의 심리를 투사하는 아들의 성장이 잔잔하게 묘사되는 김주영의 『홍어』와 아버지를 회고하며 삶과 죽음의 경계를 통찰하고 유년 시절의 애잔한 추억을 회고하는 현기영의 『지상에 숟가락 하나』는 여전히 독자들에게 대단한 각광을 받고 있다.

---

2) 이재선, 『현대 한국소설사』(민음사, 1991), p.427.

이 몇 예를 놓고 보더라도, 한국문화의 강력한 가족 지향성은 가족 서사체를 제작하고 전승케 하는 문화적 환경이 된다고 말할 수 있다. 이런 점에서 가족 서사체는 통시적 차원에서 모티프의 지속과 변이의 양상을 추적하면서 한국문학의 정체성을 탐구하는 적절한 자료로 여겨진다. 특히 가족 관계 중에서 문제적인 관계인 아버지와 아들의 관계를 의미화하는 부자 모티프 연구는 한국문학의 의미 구조를 해명하는 데 적절한 과제임이 분명해 보인다.

2. 상고대 신화에서의 부자 모티프

상고대 신화에 나타나는 부자 모티프의 기능과 의미를 검토하면서 논의를 열어가기로 하겠다. 서사문학의 기원으로 인정받는 상고대 신화를 배제하고 논의를 열어 간다면, 부자 모티프에 관한 문학 주제학적 연구는 통시적 차원에서 밝혀질 수 없는 까닭이다. 그러므로 부자 모티프에 대한 논의는 반드시 상고대 신화부터 시작되어야 한다.

잘 알려져 있듯, 우리의 상고대 신화는 왕조 신화 내지 왕권 신화의 성격을 띤다. 하지만 그것은 동시에 왕조의 가계(家系) 신화 또는 가조(家祖) 신화라는 성격을 갖추고 있다. 이처럼 신화·전설 복합치인 가계 전승이 우리의 민간 구술 전승 중에서도 특징 있는 한 무리를 이루고 있음은 말할 것도 없다.[3]

상고대 신화의 특징을 가계 신화 또는 가조 신화로 볼 경우, 더욱 부자 모티프를 주목해야 한다. 더 논의해야 할 일이지만, 상고대 신화에서 부자 모티프는 '필연적' 모티프로 분류된다. 상고대 신화에서 부자 모티프는 없어도 되는 자유 모티프가 아니라 서사의 주제를 구성하는 필연적 모티프

---

3) 김열규, 『한국문학의 두 문제』(학연사, 1985), p.7.

라는 말이다. 이러한 필연적 모티프로서의 부자 모티프는 공동체 성원들의 집단 의식에 보존되며 후대에 새롭게 되살아나거나 변형되기도 한다. 예컨대 중세의 가족 서사체나 근대의 가족소설들은 후대에 새롭게 되살아나거나 변형된 부자 모티프들로 구성된 소설이다. 이런 점에서 부자 모티프는 한국인들에게 전승되는 원형 모티프이기도 하다.

상고대 신화의 부자 모티프는 외연적으로는 3대의 혈연 관계로 나타난다. 그렇기 때문에 우리는 상고대 신화에서 조-부-손의 관계를 주목할수 있다. 상고대 신화에서의 조-부-손의 3대는 가계를 창업하여 발전시키고 완결하는 관계를 형성한다. 단군 신화에서는 환인-환웅-단군을 통해 가계의 창업, 발전, 완결이 동명왕 신화에서는 해모수-주몽-유리를 통해 가계의 창업, 발전, 완결이 이루어진다.4) 한 예로 「단군 신화」를 보기로 하자.

> 「위서」에 이렇게 말했다. "지금으로부터 2,000년 전에 단군 왕검이 있었다. 그는 아사달에 도읍을 정하고 새로 나라를 세워 국호를 조선이라고 불렀으니 이것은 고(高)와 같은 시기였다.
> 「고기」에는 이렇게 말했다. "옛날에 환인 서자 환웅이란 이가 있었는데 자주 천하를 차지할 뜻을 두어 사람이 사는 세상을 탐내고 있었다. 그 아버지가 아들의 뜻을 알고 삼위태백산을 내려다보니 인간들을 널리 이롭게 해 줄 만했다. 이에 환인은 천부인 세 개를 환웅에게 주어 인간의 세계를 다스리게 했다. 환웅은 무리 3,000 명을 거느리고 태백산 마루턱에 있는

---

4) 할아버지, 아버지, 아들로 이어지는 가계 전승의 이야기를 삼대담이라고 부른다. 신화를 구성하는 삼대의 가계적 플롯은 조선조의 고소설, 근대의 가족사 소설에 전승된다. 조선조의 『유씨 삼대록』, 『임씨 삼대록』, 『조씨 삼대록』과 같은 소설뿐만 아니라 염상섭의 『삼대』, 채만식의 『태평천하』, 박경리의 『토지』, 박완서의 『미망』, 최명희의 『혼불』 등에도 삼대의 가계적 플롯은 전승, 변용된다. 김열규 교수에 따르면, 삼대담은 "이 땅 서사문학의 가장 오래된 원형을 보여 주면서 후세서사문학의 뮈토스 구실을 하고 있을 뿐만 아니라, 동시에 이 얘기들을 낳은 사람들의 의식이며 그들이 누린 관습, 제도 그리고 사고의 체계 등을 반영하고 있어서 매우 뜻깊은 것이다." 김열규, 『한국문학사』(탐구당, 1983), p.78.

신단수 밑에 내려왔다. 이곳을 신시라 하고 이 분을 환웅천왕이라고 이른 다. 그는 풍백 우사 운사를 거느리고 곡식 수명 질병 형벌 선악 등을 주관 하고 모든 인간의 360여 가지 일을 주관하여 세상을 다스리고 교화했다. 이때 범 한 마리와 곰 한 마리가 같은 굴 속에서 살고 있었는데 그들은 항 상 신웅, 즉 환웅에게 빌어 사람이 되어지기를 빌었다. 이때 신웅이 신령 스러운 쑥 한 줌과 마늘 20개를 주면서 말하기를 '너희들이 이것을 먹고 백일 동안 햇빛을 보지 않으면 곧 사람이 될 것이다' 했다.

　이에 곰과 범이 이것을 받아서 먹고 삼칠일 동안 조심했더니 곰은 여 자의 몸으로 변했으나 범은 조심을 잘못해서 사람의 몸으로 변하지 못했 다. 웅녀는 혼인해서 같이 살 사람이 없으므로 날마다 단수 밑에서 아기 배기를 축원했다. 환웅이 잠시 거짓 변하여 그와 혼인했더니 이내 잉태해 서 아들을 낳았다. 그 아기의 이름을 단군 왕검이라 한 것이다. 단군 왕검 은 당고가 즉위한 지 50년인 경인년에 평양성에 도읍하여 비로소 조선이 라 불렀다. 또 도읍을 백악산 아사달로 옮기더니 궁홀산이라고도 하고 금 미달이라고도 한다. 그는 1,500년 동안 여기에서 나라를 다스렸다. 주나라 호왕이 즉위한 기묘년에 기자를 조선에 봉했다. 이에 단군은 장당경으로 옮겼다가 뒤에 돌아와서 아사달에 숨어서 산신이 되니 나이는 1908세였다 고 한다.5)

　「단군 신화」에서 우리는 환인－환웅－단군 왕검으로 이어지는 3대가 가계를 창업하여 발전시키고 완결하는 관계를 형성한다는 것을 확인할 수 있다. 「단군 신화」에서 환인은 가계 창업의 원조로 묘사된다. 그러나 환인 은 구체적으로 묘사되지는 않는다. 환인은 드러난 존재라기보다는 감추어 진 존재이다. 비유적으로 말해, 환인은 정체를 보여주지 않는 기원과 같다

　감추어진 존재인 환인은 지상에 하강하여 인간 세계를 다스리고자 하 는 환웅을 돕는다. 이런 점에서 환인은 환웅의 파송자이며 동시에 협력자 다. 환웅은 환인에게서 천부인 세 개를 받고 지상으로 하강한다. 이 부분 을 「단군 신화」는 이렇게 서술하고 있다. "그는 풍백 우사 운사를 거느리

---

5) 일연, 『삼국유사』(을유문화사, 1994), pp.51~52.

고 곡식 수명 질병 형벌 선악 등을 주관하고 모든 인간의 360여 가지 일을 주관하여 세상을 다스리고 교화했다.” 풍백 우사 운사를 거느리고 곡식 수명 질병 형벌 선악 등을 주관한다는 말은 환웅이 지상의 혼란을 방치하지 않는다는 얘기다. 환웅은 혼란스러운 지상을 교화하는 행위자다. 이런 점에서 환웅은 지상 세계에 문화를 창조하는 문화영웅으로 평가받을 수 있다.

그런데 환웅의 가계 창업은 완성된 상태가 아니다. 환웅의 가계 창업이 완성되려면 창업한 가계를 이끌어 갈 후손이 배출되어야 한다. 후손이 없는 가계 창업은 불안하다. 환웅의 후손으로 배출된 이가 바로 단군 왕검이다. 단군 왕검이 환웅의 가계 창업을 완성하는 자손으로 출생하게 된다. 단군 왕검은 환인과 환웅의 가계 창업을 결정적으로 완성한다.6)

단군 신화의 환인과 환웅, 환웅과 단군은 가계를 창업하고 문명을 형성하는 역할을 수행한다.7) 이 역할은 뒤로 갈수록 질적으로 발전되어가는 양상을 띤다. 환인과 환웅의 관계보다는 환웅과 단군의 관계가 세계를 문화화하고 문명을 창조하는 점층적 발전의 양상을 띤다.

그런데 여기서 주목해야 할 점은 부자 관계의 확고한 협력 관계다. 우

---

6) “등장인물들의 가족혈연적 관계는 천상과 비지상을 잇는 매개의 역할을 한다. 환인, 환웅, 단군으로 이어지는 삼대기는 천상적 혈통이 인간화되어 가는 과정을 기록한 셈이다. 인간의 국가를 다스리는 데는 거기에 걸맞는 신성성으로 족하다. 그 부분적인 신성성도 환인의 신성한 이념을 구현하는 데 쓰인다. 또한 이러한 신성한 이념은 남성을 중심으로 이어지는 부계적 사회에서 실현되고 있다.” 송효섭, 『설화의 기호학』(민음사, 1999), p.129.

7) “부자 관계는 혈연관계로 밀착되어 있는 동시에, 그 밀착성에 비례하여 대립과 갈등이 언제나 발생할 수 있는 관계다. 그런데 부자 관계를 포함한 모든 인간관계가 접촉의 공간과 시간을 통해서 친밀해지기도 대립을 일으키기도 하는데, 저들 3대는 철저한 대의 교체를 이루고, 접촉의 공간과 시간에서는 협조자가 된다. 이런 점에서 저들 조-부-자의 3대는 대립이나 갈등이 전혀 끼어들 수 없는 것이다.” 양희철, 「시간론을 통한 조-부-자 삼대 소재의 주제론적 변용고」, 김열규 편, 『한국문학의 두 문제』(학연사, 1985), pp.218~219.

리 상고대 신화의 부자지간에는 갈등 관계가 매개되지 않는다. 환인과 환웅, 환웅과 단군은 억압하거나 저항하는 관계가 아니라는 얘기다. 이 점은 서구의 신화와는 다르다. 서구의 신화에서 아들은 아버지를 적으로 체험한다. 예상되는 위험에서 아들을 보호해주는 이는 어머니다. 이 어머니의 보호가 없다면 아들은 아버지에 잡혀 먹는 운명에 처하게 된다. 서구 신화에서 아버지들은 대부분 잡아먹는 아버지로 묘사된다.[8]

이런 점에서 상고대 신화에서의 부자 모티프는 갈등 양상을 수반하지 않는다. 갈등이 매개되지 않는 부자 모티프라고 얘기할 수 있다. 갈등이 매개되지 않는다는 말은 우리 상고대 신화에서 아버지와 아들의 관계는 잡아먹고 먹히거나 죽고 죽임당하는 관계가 아니라는 말이다. 우리 상고대 신화에서 아버지와 아들의 관계는 철저하게 그 권위에 복종하는 관계로 묘사된다.

이 양상을 극적으로 보여주는 신화는 동명왕 신화다. 동명왕 일가는 해모수―주몽―유리에 의해 창업되고 전개되며 완성된다. 이 3대의 관계 중에서 주몽과 유리의 관계는 아버지의 권위에 복종하는 관계를 보여준다. 해모수의 손자이고 주몽의 아들인 3대 유리는 아비로부터 유기된 결실 상황에서 그 아비가 남긴 수수께끼를 풀고 신이함을 보여 마침내 부왕의 태자로 책봉된다. 유리는 세 차례에 걸친 시험 수수께끼를 풀고 단검을 얻는 일―유리의 단검과 부왕의 단검이 하나로 맞추어져 피를 흘려 일검이 되는 일―, 부왕의 요구대로 해에 닿기까지 치솟아 신이함을 보이는 일을 통과하여 태자로 책봉된다.[9] 유리가 부왕으로 책봉된다는 말은 어머니의 세

---

8) 아버지와 아들의 관계만이 아니라 형제들의 관계도 적대적 관계로 묘사된다. 구약 성서나 그리이스 신화에서 형제는 거의 항상 적으로 나타나 있다. 그들이 서로에게 숙명적으로 행하는 폭력은 반드시 제3의 희생물이 있어야만 사라진다. 동생에 대한 카인의 질투는 바로 이 인물을 규정하고 있는 희생제의적 배출구의 부재와 밀접한 관계가 있다.

9) 정금철, 「삼대담의 순접구조 연구」, 김열규 편, 위의 책, p.155.

계를 떠나 아버지의 세계로 완전히 들어간다는 의미이기도 하다. 아버지에게 저항하는 유리라면 아버지의 세계에 반역할 터이지만 유리는 아버지의 요구를 받아들여 부왕으로 책봉된다. 요컨대 우리 상고대 신화에서 아버지와 아들은 가계를 창업하고 완결하는 관계, 자연의 상태에서 문화를 만들어가는 협력의 관계로 묘사된다.

이러한 특징 외에 또 다른 특징을 제시할 수 있다. 남계 중심의 가계 전승이라는 특징이다. 상고대 신화들이 남계 중심의 가계 전승을 보인다는 말은 기호학적으로 남계 > 여계의 관계를 보인다는 말로 해석되기도 한다. 이 관계는 역전되는 관계라기보다는 남계 중심으로 구조화되어가는 관계로 권력화된 왕가의 형성은 성의 '차별'을 통해 이룩된다는 것을 암시한다.

할아버지, 아버지, 아들로 이어지는 가계 전승은 결핍과 결핍의 해소라는 서사적 의미를 동반한다. 그리하여 할아버지에서 아들로 이어질수록 결핍의 상향적인 해소를 보여준다. 결핍의 요소를 지닌 왕가(달리 말해, 불안정한 왕가)는 결핍의 요소를 해소한 왕가(달리 말해, 안정된 왕가)로 탈바꿈한다. 이를 「신라시조 혁거세왕」에서 확인해 본다.

> ① 6부의 조상들이 각기 자제들을 데리고 알천 언덕 위에 모여서 의논하기를 '우리가 위에 백성을 다스릴 군주가 없어, 백성들이 모두 방일하여 제맘대로 하니, 어찌 덕이 있는 사람을 찾아 임금으로 살아 나라를 세우고 도읍을 정하지 아니하랴'하고 높은 곳에 올라 남쪽을 바라보니,

6부는 혈연 연맹을 의미한다. 6부의 조상들은 6부를 통합하는 왕가 혹은 군주의 출현을 고대한다. 백성들이 "모두 방일하여 제맘대로"라는 진술은 공동체의 문명이 제대로 확립되지 않았다는 의미이다. 혼돈 상태에서 문명 상태로의 이동을 6부의 조상들은 바란다. 그들의 바람은 나라 세우기, 도읍 정하기 등 문명 창조로 구체화되는데, 이는 공동체를 관리할

큰 어른의 출현에 대한 희망으로 이어진다.

> ② 양산 아래 나정 곁에 이상스러운 기운이 전광과 같이 땅에 비치더니 거기에 백마 한 마리가 꿇어앉아 절하는 형상을 하고 있었다. 그곳을 찾아가 보니 한 자색 알이 있는데, 말은 사람을 보고 길게 울다가 하늘로 올라가 버렸다.

혼돈의 상태를 통제할 군주 혁거세가 천상 세계에서 하강하는 장면이다. 백마는 천상과 지상을 연결하는 영물인데, 이 영물은 혁거세를 천상에서 지상으로 이동시켜 준다. 왕가의 기원으로서의 남성은 천상 세계 혹은 양(陽)의 세계에 속하는 인물로 비유된다. 6부의 족장들은 전적으로 혁거세를 추종한다. 뿐만 아니라 새와 짐승이 따라 춤추며 천지가 진동하고 일월이 청명할 만큼 전 우주가 혁거세를 뒤따른다.

혁거세 이후 가계 전승은 남해왕, 노례왕, 탈해왕 등으로 이어진다. 남해왕, 노례왕 등은 혁거세의 아들이고 탈해왕은 노례의 매부다. 그러므로 가계 전승의 주행위자는 박씨(혁거세, 남해왕, 노례왕)에게서 석씨로 바뀌지만, 그럼에도 불구하고 가계 전승의 주행위자는 일관되게 남성들이다.[10] 더 정확하게 말하자면, 부자 관계 혹은 형제 관계를 통해 가계 전승되어 가고 문화는 형성되어 간다.

확인하는 바와 같이, 부자 모티프는 우리 서사문학의 근본적인 모티프이다. 근본적이라는 말은 이렇게 설명될 수 있다. 부자 모티프는 그 어떤 모티프보다 원형적, 고형적이라고. 원형적이며 고형적인 부자 모티프는

---

10) 13대 미추왕에 의해서 김씨에 의한 가계 전승은 시작된다. 그런데 남계 중심의 가계 전승을 가부장제적인 가계 중심과 똑같은 의미로 보아서는 곤란하다. 왜냐하면 "유교적 가부장제의 도입과 영향은 이미 고대사회에서부터 시작되었으며 지배권력은 제도화를 부분적으로 시도해왔었지만 그럼에도 불구하고 혼인과 상속 그리고 친속관계에서 모계와 처계를 동등하게 대우하는 관행이 존속하였기 때문이다." 이효재, 「한국 가부장제의 확립과 변형」, 여성한국사회연구회편, 『한국가족론』(까치, 1990), p.21.

우리 서사의 중심 모티프로 서사적 사건들을 통합하고 배열하는 의미 생성의 원형이다. 특히 우리 상고대 신화의 부자 모티프는 가계 창업, 더 크게는 문화 형성이라는 의미를 생성하는 특징을 보여준다. 주목해야 할 점은 우리 상고대 신화에서 부자 모티프는 갈등의 양상을 띠지 않는다는 점이다. 서구 신화에서 부자 관계는 죽이려 하고 저항하는 양상을 되풀이 보여준다. 그러나 우리 상고대 신화에서 아버지와 아들은 서로를 적대하는 관계로 나타나지는 않는다. 철저하게 협력하는 관계, 철저하게 복종하는 관계가 부자 관계에서 나타나고 있다.

3. 고소설의 부자 모티프

고소설의 부자 모티프를 제대로 논의하기 위해서는 '수직적으로 구분된' 가족 관계의 특징을 고찰할 필요가 있다. 가족 사회학자들의 연구가 확인해 주듯, 가부장제의 전면적인 시행과 확립은 조선조의 가족 관계를 유례가 없을 정도로 가장(家長) 중심으로 확립시켜 놓았다. 조선조 초기에 부계친족제도로의 제도적 개혁이 단행되고, 그에 따라 가장권이 확립되어 나감에 따라 조선조의 가족은 수직적으로 구분된 체계로 구성되어 갔다.

수직적으로 구분된 체계로서의 가족은 가족 구성원들의 배타적인 차별을 통해 그 질서를 형성해 나갔다. 부와 모의 관계에서 부는 하늘의 이미지, 모는 땅의 이미지로 구분된다. 그리고 아들은 중심적인 존재, 딸은 주변적인 존재로 구분된다. 이렇게 조선조의 가족 구성원들은 수직적으로 구분된 체계 속에 놓인 배타적인 항목들 같았다. 이 가족 구성원들의 수직적 구분을 합리화하는 기제로 작용한 것은 유교주의였다.

유교주의는 가부장의 부권을 유달리 강조하는 수사학을 창출했다. 그 절정이 『효경』이다. 자식된 도리의 근본은 어버이를 섬기는 데에서 출발하며 다음으로 임금을 섬기는 데로 나아가고 마침내 자아를 정립하는 데로 나아간다고 『효경』은 가르친다. '수신제가치국평천하'(修身齊家治國平天下)라는 경구는 조선조의 정신적 지향을 분명하게 압축한다. 가정에서부터 출발하여 사회, 국가를 거쳐 세계에 도달하기 위해서는 효의 실천이 선행되어야 한다는 내재적 의미를 우리는 이 경구에서 읽을 수 있다.

효를 실천한다는 것은 가장의 권위에 대한 철저한 복종을 의미한다. 가장에 대한 반역과 저항은 꿈을 꿀 수 없는 일로 효의 논리로 무장한 가족 구성원들은 가장의 절대적 권위에 순응한다. 가장의 권위는 아버지에게서 아들로, 즉 한 남성에게서 한 남성으로 독점적으로 전수된다. 조선조의 유교주의는 부자 관계의 중심으로 이루어진 가족의 행위 규범을 절대화한다. 부자 관계는 부자 관계가 아닌 다른 관계들 예를 들어 부부 관계, 부녀 관계, 형제 관계, 자매 관계를 압도한다. 가족 중심이 부자에 놓일 때 거기서 중요시되는 것은 권위 복종의 역학이다. 부부가 가족 중심에 놓일 때 사랑이 가족 제도의 기본 이념이 될 수밖에 없지만 부자가 가족 제도의 중심에 놓일 때 생겨나는 것은 가장의 권위와 그것을 인정하는 다른 구성 인자들의 복종뿐이다.11)

가장의 권위, 가족의 혈통 내지 가문 중시를 정당화하는 유교주의는 가족 구성원들에게 확고한 구속력을 행사하는 조선 사회의 지배적인 규범으로 작용한다. 그리하여 조선조의 소설들은 지배적인 규범으로서의 유교주의를 옹호하는 문학적 특징을 보여준다. 여기에 반발하는 소설이 전혀 없었다고는 말할 수 없겠으나 대부분의 소설들은 유교주의가 지지하는 가족 질서를 긍정하는 사례들이었다. 그 대표적인 예가 「사씨남정기」와 「장화홍련전」이다. 이렇게 조선조에는 일대의 가정사를 다룬 가정소설이 출간되는가 하면 이대 이상의 혹은 두 가문 이상의 복합적 가족 관계사인 가

---

11) 김현·김윤식, 『한국문학사』(문학과지성사, 1973), p.31.

문소설이 만들어지기도 하고 아예 삼대기 형태의 가족소설들이 만들어지기도 했다.

이 일련의 소설들은 이미 말한 바와 같이, 유교주의가 옹호하는 가족질서를 긍정하면서 가족의 질서를 준수하는 것은 인간의 도리를 다하는 행위이므로 보답이 주어지고, 그렇지 않은 행위에는 파멸이 내려진다는 가족에 관한 응보의 논리를 독자들에게 제공했다. 이 가족에 관한 응보의 논리는 보편적인 인간윤리에서 나오는 게 아니라 수직적으로 구분된 가족 질서를 중시하는 유교주의로부터 나온다. 이런 맥락에서 때, 유교주의는 조선조 소설의 상징적인 이데올로기를 생산하는 문화적 이념에 해당한다고 할 수 있다. 이 문화적 이념인 유교주의를 우리가 주목해야 하는 것은 '복종하는 주체'를 배출하기 때문이다. 이에 관한 대표적인 소설이 『홍길동전』이다. 길동은 부친의 집을 떠나지만 그렇다고 그의 부친에게 저항하지는 않는다. 또한 아버지와 동격의 인물인 임금에게도 본질적인 저항을 시도하지는 않는다. 시대의 반항아인 길동도 근본적으로는 복종하는 주체였다는 점. 그 또한 유교주의에 반하는 인물 같지만 결코 유교주의를 초월할 수 없었다는 것을 직시해야 한다.

복종하는 주체를 양산하는 유교주의는 조선조의 사회를 통어하는 기본 이념이라고 해도 과언은 아니다. 상징적 이데올로기로서의 가족주의를 옹호하는 소설들이 여러 편 창작되거나 필사되었다. 다음을 보기로 한다.

> 돌아가신 어머니인 贈(증) 정부인(貞夫人)은 용인 이씨께서 손수 필사하신 책자 가운데, 「蘇賢聖錄」(소현성록) 대소설 15책은 장손 祚應(조응)에게 줄 것이니 가묘 안에 보관하라. 「趙丞相七子記」(조승상칠자기), 「韓氏三代錄」(한씨삼대록)은 내동생 大諫君(대간군)에게 줄 것이며, 또다른 「韓氏三代錄」(한씨삼대록) 일권과 「薛氏三代錄」(설씨삼대록)은 여동생 黃氏婦에게 줄 것이며 「義俠好逑傳」(의협호구전), 「三江海錄」(삼강해록) 일건은 둘째 아들 덕성에게 주고, 「薛氏三代錄」(설씨삼대록)은 딸 金氏婦에게 주니 각 가정의 자손들은 대대로 잘 보호해야 할 것이다. 숭정 기원후

세번째 을사년 동짓달 25일에 불초자 爕(섭)이 삼가 쓴다.[12]

확인되는 바와 같이, 유교적 가족주의를 옹호한 가족소설의 독자 중에는 여성들이 적지 않았다. 남성들과는 달리 활동 범위가 가정으로 제약되었던 여성들은 상대적으로 소설을 읽을 기회와 여유가 있었으므로 때로는 소설을 직접 필사하면서, 필사한 소설을 자손에게 재산으로 물려주거나 이웃들에게도 빌려주기도 하였다. 이러한 행위에는 교훈적 동기가 강력하게 내포되어 있다. 가족의 혈통 내지 법도를 영원히 이어보려는 바람을 그대로 보여주고 있다.

위에서 언급되는 소설들은 후대 학자들에게서 가문소설이라는 장르적 명칭을 얻는다.[13] 일반적으로 가문소설은 '새로운 가문 창달'에 얽힌 복잡한 사건들로 구성되어 있다. 새로운 가문의 창달은 두 가문의 결연을 통해 이루어지는데, 여기에는 두 가문의 갈등이 개입한다. 두 가문 간의 갈등은 사돈들간의 갈등을 의미한다. 예를 들어, 18세기 후반기 대하 장편가문소설들—대표적으로 「옥원재합기연」이나 「옥원전해」—은 사돈간의 갈등을 취급한다. 사돈간의 갈등은 개인적인 갈등으로 이해되기보다는 가문의 집단적인 갈등으로 이해된다. 그런데 사돈간의 갈등은 그들의 후손들이 적자 혹은 장손을 낳으며 새로운 가문을 창달할 때 해소되는 양상을 보여준다. 즉 이 소설들의 기본 관심사는 바로 새로운 가문의 창달에 초점이 맞추어 지고 있다. 그만큼 조선조 가족소설에서의 가문은 절대적인 가치를 지니는 소우주로 존재한다.

---

12) 조용호의 박사학위 논문에서 재인용. 조용호,『삼대록 소설 연구』, 서강대학교 대학원 박사학위 논문, 1995, p.2.

13) 조동일 교수에 따르면, "중세적인 지배체제가 흔들리고 양반이 늘어나자, 기득권을 가진 세력은 가문의 지체·재산·명예를 온전하게 유지해서 지위 하락을 막고자 해서, 장자에게 재산을 집중해서 상속하고, 족보를 일제히 만들어 크게 숭상하고, 반드시 지체를 가려 혼인을 하는 새로운 풍조가 정착되었다. 가문소설의 출현은 그런 변화와 직결되었다." 조동일,『한국문학통사』3판(지식산업사, 1994), p.544.

위의 예 중에서 『한씨 삼대록』이나 『설씨 삼대록』은 가족소설의 전형적인 사례들이다.14) 삼대록 소설은 제목 그대로 일대, 이대, 삼대의 가계 전승에 얽힌 이야기를 다룬다. 사대록, 오대록이 아니라 굳이 '삼대록'이라고 이름 붙인 이유는 할아버지, 아버지, 손자 등을 통해 한 가계의 형성이 완벽하게 이루어진다는 관념에 우리들이 유달리 밀착되기 때문이다.

이런 점에서 고소설의 부자 모티프는 기본적으로 가계 혹은 가문의 번영이라는 의미를 형성하는 모티프로 평가받을 수 있다. 고소설의 부자 모티프는 대개 가, 가문, 가족의 중요성을 인정하는 조선 사회의 유교주의와 완벽하게 호응한다. 예컨대 고소설의 태반을 점유하는 영웅소설의 대부분들도 가문 번창과 영달에 관심을 두고 있는 것이다. 영웅소설의 주인공은 고향집을 떠나 벼슬살이를 하다가, 난리를 만나 장수로서 출전, 마침내 개선장군이 되어 다시 고향의 집으로 돌아오는데, 이 돌아오는 집이 단순한 자기 집이 아니다. 그 집은 부모가 계시거나 아니면, 아버지를 포함한 조상들의 신주가 모셔진 사당이 있는 집, 바로 가문 속의 집이다.15)

이런 점에서 고소설의 부자 모티프는 상고대 신화의 부자 모티프의 지속적 전개이되 더 한층 아버지 중심적이라는 것을 다시 확인하게 해준다. 상고대 신화에 나타나는 부자 모티프는 분리−시련−회귀라는 단원 서사와 호응하며 특히 아들은 이 과정을 체험해야 하는 행위자로 묘사된다. 여기서 회귀는 아버지와의 재회 내지는 화해의 의미를 띠기도 한다. 고소설의 부자 모티프 역시 분리−시련−회귀라는 단원 서사와 호응하며 아들은

---

14) 삼대록은 각각 제 1대 인물 및 그들의 조상과 가문의 내력, 제 2대 인물들이 겪는 갈등과 분규, 제 3대 인물들이 겪는 갈등과 분규, 제 1·2대 구성원들의 퇴사와 죽음, 제 3대 인물들의 계승담의 순서로 서술된다. 그리고 삼대록의 개별 인물들은 혼사−혼사 장애−장애의 제거와 인격의 완성이라는 패턴을 반복한다. 이와 같은 서술의 순서와 인물들의 삶의 패턴은 가문 창달이라는 목적에 기여한다. 삼대록 소설의 전반적인 특징에 대해서는 조용호의 논문을 참고. 조용호, 위의 논문, p.213.

15) 성현경, 「고전 소설과 가문」, 김열규 편, 『가와 가문』, 서강대학교 인문과학연구소, 1989, p.34.

이 세 과정을 체험하는 행위자로 묘사된다. 고소설의 아들들은 대부분이 빼어난 재능을 지닌 인물로 묘사되지만 그 아들들은 다양한 적대자들에 의해서 시련을 겪기도 한다. 그러다가 몰락한 가문을 부흥하게 하거나 위기에 빠진 나라를 구하는 영웅으로 성장하게 된다.

그런데 상고대 신화의 부자 모티프와 고소설의 부자 모티프는 그 내적 성격이 동일하지 않다. 상고대 신화의 부자 모티프는 새로운 생명의 출생 기원 혹은 탄생의 기원을 강조하고 나아가 가계의 창업과 완성을 강조하는 특징이 있다. 고소설에서의 부자 모티프의 양상과 의미를 규정하는 문화적 이념으로 유교주의를 거론할 수 있다. 복종하는 주체를 구성하는 유교주의는 아버지와 아들의 관계를 수직적으로 구분된 관계로 만들어내면서 아버지 세계를 긍정하는 아들들의 형상을 창조하는 문화적 이념으로 작동하고 있다. 요컨대 고소설에서의 아들들은 아버지들이 만들어 놓은 사회적 상징 질서를 거역하기보다는 이 질서를 계승하는 '아버지의 이름'에 철저하게 복종하는 모습을 보여주고 있다.

5. 근대소설의 부자 모티프: 『삼대』를 중심으로

19세기 말부터 이 땅에 유입된 서양의 박래품과 사상, 삶의 스타일 등은 조선 지식인들과 민중들에게 강한 충격을 주었다. 아예 문호를 닫아야 한다는 쇄국의 논리가 지식인들 사이에서 없는 것은 아니었으나 일본 및 서구 열강들의 위세 앞에서 쇄국의 논리는 효력을 잃을 수밖에 없었다. 스스로 원한 일은 아니었으나 여러 여건과 이유로 우리나라는 자본주의적 지구세계의 일부로 편입되어 갔다. 사정이 이렇다보니 개화를 지지하는 세력과 완고를 지지하는 세력 사이에 긴장 관계가 형성할 수밖에 없었고 이 시기의 문학 역시 이 두 긴장 관계를 적극적으로 고찰하기 시작했다.

　　부자 모티프를 개화기 신소설과 관련해서 살펴볼 때 주목해야 할 현상이 있다. 부자 모티프의 양상과 그 의미가 완고와 개화의 양극화 현상으로 나타난다는 것이다. 흔히 개화기 신소설에서 아버지 세대는 완고를 상징하는 보수적 인물로, 아들 세대는 개화문명을 표상하는 인물로 대립적으로 묘사되곤 했는데, 이 대립은 개화기 신소설의 보편적 현상이기도 했다. 요컨대 개화기 신소설의 부자 모티프는 조선조 소설의 부자 모티프와는 달리 세대론적 대립과 갈등을 극명하게 반영하면서 변이되어 갔다. 완고와 개화라는 두 대립적 지향으로 구조화된 개화기 신소설의 부자 모티프는 이전 소설들과는 달리 세대론적인 갈등을 강하게 함축하면서 그 구체적 양상을 드러냈으니 그만큼 개화기 신소설의 부자 모티프는 과거 소설의 부자 모티프와는 그 질적인 의미가 전적으로 달랐다.

　　신소설 작가들은 아버지보다는 아들의 입장에 서서 새로운 세계의 도래를 예고했으니 아버지 세대는 부패한 관료나 고루한 늙은이로 변주되어 묘사되는 반면 아들 세대는 이러한 아버지에 저항하는 신세대로 묘사되는 일이 빈번했다. 그 예를 보기로 하자.

　　　구씨의 목적은 공부를 힘써 하여 귀국한 뒤에 우리나라를 독일국같이 연방도를 삼되, 일본과 만주를 한데 합하여 문명한 강국을 만들고자 하는 비사맥 같은 마음이요, 옥련이는 공부를 힘써 하여 귀국한 뒤에 우리나라 부인의 지식을 넓혀서 남자에게 압제받지 말고 남자와 동등 권리를 찾게 하며, 또 부인도 나라에 유익한 백성이 되고 사회상에 명예 있는 사람이 되도록 교육할 마음이라.　　　　　　　　　　　－「혈의 누」에서

　　　만일 삼십 년 전에 개혁이 되었으면 삼십 년 동안에 또한 중등 강국은 되었을지라. 남으로 일본과 동맹국이 되고 북으로 아라사 세력이 뻗어 나오는 것을 틀어 막고 서로 청국의 내버리는 유리를 취하여 장차 대륙에 전진의 길을 열어서 불과 기년에 또한 일등 강국을 기약하였을 것이오. 만일 이십 년 전에 개혁이 되었으면 이십 년 동안에 나라 힘이 크게 떨치지는 못하였더라도 인민의 교육 정도와 생활의 길이 크게 열려서 국가의 독

립되는 힘이 유의하였을 것이오. 만일 십년 전에 개혁이 되었을 지경이면
오호만의라. 나라일하기가 대단히 어려운 때이라.　　　　－「은세계」에서

　이렇게 발언하는 주인공은 구완서와 옥남이다. 이들은 아버지 세대의
삶의 방식을 존중하기보다는 새로운 방식을 추구하는 전형적인 개혁주의
자들이다. 예문에서 확인할 수 있듯, 구완서의 유학 동기나 옥남의 개혁지
지 발언에는 아버지 세대가 쌓아놓은 사회 및 가족 질서를 부정하는 아들
세대의 비판이 전제되어 있다. 아들 세대가 아버지 세대를 비판한다는 말
은 아버지의 권위가 하향화되어 간다는 의미를 내포한다. 특히 개화 인식
이 결여된 완고한 아버지들은 더욱 하향화된다.
　이처럼 개화기 신소설에서 아들 세대들은 아버지 세대가 구축해 놓은
사회적 상징 질서를 전적으로 부정하면서 새로운 상징 질서를 기획하고
구축하려고 했다. 새로운 주역으로 급부상한 이 아들 세대들을 작가는 긍
정적으로 묘사하는 반면 완고한 아버지 세대들에게는 부정적인 묘사를 서
슴지 않았다. 신소설의 작가들은 완고한 아버지들의 가정을 음모와 살인,
협박이 난무하는 윤리 부재의 가정으로 묘사하고 있다. 요컨대 신소설 작
가들은 완고한 아버지들의 가정과 과거 소설에서 어렵지 않게 볼 수 있었
던 유교주의의 윤리를 분리시킨다.
　이 아버지들은 음모의 주역들이며 술수의 악인들이다. 그런데 이와 같
은 아버지 비판을 논리적인 비판으로 볼 수 있을까? 바로 이 점이 개화기
신소설의 한계다. 개화기 신소설의 아버지 비판은 깊은 성찰로 진행되는
비판이 아니다. 감정적인 비판이 압도적으로 전개된 형국이라고 말해야
옳다.
　아버지 세대에 대한 논리적 비판은 1920~30년대 근대소설에서 비로소
나타나게 된다. 좀더 아버지 세대를 객관화하여 비판적으로 성찰하는 작
가들의 여유는 1920년대 이후에 서서히 나타나기 시작했으니, 그 전형적

인 예가 염상섭의『삼대』다. 우리 근대문학의 최고 작가로 평가받는 염상섭은『삼대』에서 할아버지, 아버지, 손자 세대의 삶의 행로만이 아니라 다양한 계층과 직업에 속하는 인물들을 등장시키면서 한 시대의 실상을 복원하고 있다. 경찰국 고관 및 고등계 형사와 지하운동자들, 부유한 유한계층과 그들의 집 하인 및 병문친구들, 사회주의자와 심퍼사이저, 일본유학생과 여공, 가부장적 권위위식이 강한 아버지와 그에게 순종하거나 반항하는 아들, 뚜장이, 한 남자의 첩으로 만족하는 여자와 그것을 거부하는 여자 등 상이한 대조적 인물들의 등장과 작용으로 식민지사회의 전체상이 역동적으로 제시된다.16) 여기서는『삼대』에 한정해 논의를 진행할 계획이다.

『삼대』는 상고대 신화부터 전개되던 부자 모티프가 지속된 사례지만 더 깊은 차원에서 이 모티프의 근대적 의미가 탐구된 사례라고 할 수 있다. 이렇게 말해야 하는 이유가 있으니『삼대』는 부자 모티프를 서울 상류층 가정의 일상 공간과 화폐의 위용이 점증하는 식민지적 근대라는 시대적 맥락 아래에서 조명해주기 때문이다. 인간의 세속적 욕망과 돈에 관한 문학사회학적인 고찰의 기록이라 할 수 있는『삼대』는 식민지 근대를 살아가는 신흥 부르주아들의 관심사가 돈에 집중되어 있다는 점을 흥미롭게 말해주고 있다.

이 신흥 부르주아들의 최대 관심사 중의 하나는 돈의 향배다. 이런 점에서 아주 엄밀하게 말해, 조의관의 집안에는 유교적 의미의 가족주의가 존재하지 않는다. 그의 집안은 효와 예의 유교주의로 합리화된 공간이 아니라는 말이다. 그의 집안을 현실적으로 규정하는 힘은 유교주의의 정신이 아니라 경제적 기호로서의 돈이다. 이런 맥락에서 볼 때,『삼대』의 돈은 작중인물의 행동과 심리를 규제하는 사회적 은유로도 이해된다.17)

---

16) 이보영,『난세의 문학』(예림기획, 2001), pp.325~326.
17) 사회적 은유로서의 가족은 전통적인 가족소설과 근대적인 가족소설을 질적으로 구

『삼대』에서 돈에 관한 작중인물들의 관심이 고조되는 지점은 조의관의 병원 입원 대목부터다. 조의관이 사경을 헤매며 병원에 입원하자 여러 작중인물이 금고의 향배를 궁금하게 여긴다. 조의관의 후처인 수원댁은 노골적으로 금고의 향배를 주시하고 있어서 덕기 영감으로부터 합법적인 재산 관리인으로 인정된 덕기와 대립한다. 금고의 향배를 주시하는 인물은 단지 수원댁만이 아니다. 덕기의 친인척은 물론이거니와 머슴살이하는 인물들마저 금고의 향배를 주시한다. 덕기가 금고를 보관하려는 금고지기라면, 여타 인물들은 금고를 뺏으려는 금고 탈취인들처럼 보일 정도다. 이를 놓고 볼 때, 1930년대 한국 사회를 규정하는 현실적인 힘이 바로 '돈'이라는 사실이 더욱 확인된다.

이미 말했지만 덕기 영감은 본래부터 진정한 의미의 가족주의자가 아니다. 조의관이 구세대이기는 하지만 그 '구'의 의미가 유교주의의 존중을 의미하는 것은 아니다. 구세대인 조의관은 가족주의를 옹호하는 인물처럼 묘사되기는 하지만, 그 옹호의 방식은 정당한 게 아니며 그의 관심은 유교주의의 효와 예에 있지 않다. 그의 관심은 재산확대며 이를 통한 가문의 위장이다. 그는 양반의 후손이 아니다. 그는 을사조약이 체결된 혼란한 시기에 양반 벼슬을 돈으로 사들인 장사꾼이다. 양반 벼슬을 돈으로 산 이유도 전적으로 재산을 늘리기 위해서이다. 양반족보를 돈으로 구입하고 수원집을 첩으로 들여 앉히고 조상의 제사를 철저하게 준수하는 조의관은 사실 철저한 가족이기주의다. 그의 관심은 양반족보와 조상 제사, 재산 관리에 있지 나라의 존속 여부에 있는 것은 아니다. 바로 여기에서부터 조의관의 가문관이 종래 소설들에서 볼 수 있는 가문관과는 그 차원이 다르다는 근거가 발생한다. 그러므로 조의관의 가문관은 사이비에 가깝다.

분시키는 가족의 이미지이다. 이 자질은 『삼대』에서만 통용되지 않는다. 채만식의 『태평천하』, 김남천의 『대하』의 가족은 사회의 은유적 표현이다.

> 어쨌든 사천 원 돈을 바치고 조상 신주 모시듯이 ××조씨대동보소의 문패를 모셔다가 크나큰 문전에 달고 ××조씨 문중 장손파가 자기라는 듯이 버티고 족보까지 박게 되고 나니 이번에는 ××조씨 중시조인 ○○당 할아버지의 산소가 수백년래에 말이 아니 되었으니 다시 치산을 하고 그 옆에 묘막보다는 큼직한 옛날로 말하면 서원 같은 것을 짓자는 의논이 일어났다.[18]

이처럼 조의관은 철두철미하게 세속적인 동기로 조씨 대동보소를 문전에 내걸어 둔다. 가문 창달은 유교주의 같은 정신적 동기로 이루어지는 게 아니라 화폐의 위력을 앞세운 재력으로 이루어진다는 것을 조의관은 확인시켜주고 있다. 고소설의 가문 창달은 유교주의라는 문화적 이념으로 정당화된다면『삼대』에서는 오로지 조의관의 가족이기주의적인 욕망이 가문 창달의 동기가 된다. 그만큼『삼대』에서 돈은 가문의 창달을 합리화하는 중요한 요소로 작용한다.[19]

그의 아들 조상훈은 무기력한 과도기적 세대의 전형이다. 그는 아버지와 아들과는 달리 삶의 방향성을 잃어버린 기성세대다. 정치계로의 진출이 좌절된 조상훈은 의도적으로 방종과 타락으로 그의 삶을 몰아간다. 그는 마치 삶의 방향을 잃어버린 개화기 신세대들의 자화상처럼 보인다. 새로운 시대가 도래한다는 낭만적이고 이상적인 전망이 일본과의 강제 병합으로 사라지게 되자 삶의 방향성을 갑작스레 잃어버린 세대가 바로 조상훈의 세대라고 할 수 있다.

더 문제가 되는 것은 조상훈이 주도하는 집 문서 탈취 사건의 발생이다.

---

18) 염상섭,『삼대』(상)(창작과비평사, 1993), p.115.

19) 채만식의『태평천하』도 동일한 현상을 보여준다. "맨 처음은 족보에다가 도금을 했습니다. 그럼직한 일가들을 추겨가지고 보소를 내놓고는, 윤두섭의 제 몇대 윤아무개는 무슨 정승이요, 제 몇대 윤아무개는 무슨 판서요, 제 몇대 아무는 효자요, 제 몇대 아무 부인은 열녀요. 이렇게 그럴싸하니 족보를 새로 꾸몄습니다. 땅 짚고 헤엄치기지요." 채만식,『태평천하』(창작과비평사, 1987), p.52.

상훈은 장안에서 유명한 뚜장이에게 김의경을 소개받고 첩살림을 벌리다가 아버지 조의관이 병원에 입원하자 어느날 가짜 형사를 대동해 정미소 문서를 탈취한다. 조의관이 가족이기주의자라면 조상훈은 도덕적으로 타락한 인물이다.

조의관과 조상훈의 부자 관계는 이미 서사 시작단계부터 뿌리 깊은 갈등 관계로 제시된다. 조의관과 조상훈이 대립하는 이유는 조상훈의 종교 행위 때문에 그렇다. 조상훈은 개신교 신자다. 그런 까닭에 상훈은 봉제사에 연연하지 않는다. 이를 조의관이 곱게 볼 이유가 없다. 조의관은 가독의 권한을 아들이 아니라 손자인 덕기에게 전수하려고 한다.

조덕기는 조의관과 조상훈의 대립 곧 가족이기주의자인 할아버지와 도덕적으로 타락한 아버지를 극복하는 새로운 세대의 전형이다. 조덕기는 이 두 세대들과 강한 대립 관계를 형성하지는 않지만 의도적으로 이 두 세대들과는 구분되는 삶의 행로를 걷고자 한다. 할아버지로부터 가독의 권한을 이어받은 덕기는 할아버지와 아버지의 세계관과 삶의 방식을 전적으로 받아들이려 하지는 않는다. 바로 이 대목을 주시해야 한다. 조덕기는 할아버지, 아버지와는 차별화된 삶을 계획한다. 그 차별화된 삶이 타자 배려다. 조덕기는 할아버지와는 달리 불우한 인간들의 막후 보호자를 자처하기도 하고 아버지처럼 함부로 방종을 일삼지 않으면서 주변 사람들과 공존을 모색한다.

요컨대 덕기는 조부와 부친 등 두 세대와는 다른 삶의 길을 걷고자 한다. 그는 전적으로 그의 스타일을 쟁취하려고 한다. 재산 관리인으로서의 삶을 받아들인 덕기는 다른 한편으로 가족이기주의자 삶, 도덕적으로 타락한 삶이 아닌 새로운 윤리의 삶을 모색한다. 그 윤리는 혈연주의가 아니다. 그 윤리는 타자 배려의 휴머니즘이다. 덕기의 휴머니즘은 그와 혈연이 아닌 필순 모녀를 자기가 보호해야 한다는 의무감으로 나타나기도 한다. 이는 타자들에 대해서 배타적인 할아버지나 냉소적인 아버지와는 다른 태도다. 요컨대 덕기는 돈으로 상징되는 할아버지와 음모로 상징되는 아버지 세대와는 다른 타자 배려의 윤리학을 실천하려고 한다.

문제는 이런 태도가 구체성을 획득하지는 않는다는 데 있다. 타자와의 공존을 모색하는 덕기의 모습은 주목할 만하지만 덕기의 휴머니즘은 할아버지와 아버지의 삶의 스타일을 대체할 만한 삶의 새로운 이념으로는 발전되지 않는다는 문제가 있다.

그럼에도 불구하고 『삼대』는 할아버지와 아버지 세대를 사려 깊게 비판하는 손자 덕기의 설정을 통해 혈연주의에 맹종하지 않는 새로운 생활의 윤리를 제시하는 특징이 있다. 이런 점을 주목해 보자면, 『삼대』의 부자 모티프는 가계의 창업과 완성을 도모하는 혈연주의의 경계를 뛰어넘는 양상, 즉 타자 배려의 윤리학으로 나아가는 모습을 띤다고 할 수 있다.

부자 모티프는 상고대 신화부터 지속적으로 전개되는 원형적이고 고형적인 모티프지만 『삼대』에 와서는 식민지적 근대로 요약되는 변모된 사회적 상황성을 반영하는 모티프로 변형되고 있다. 이런 점에서 『삼대』의 부자 모티프에 관한 논의는 상고대 신화와 고소설의 부자 모티프의 지속적 전개라는 관점에서 가능하겠지만 더 중요하게 고려되어야 하는 것은 이 모티프의 근대적 의미라고 하겠다. 이미 여러 차례 거론하고 있지만, 『삼대』의 작중인물들을 움직이는 현실적인 힘은 욕망과 돈에서 나온다. 가족 이기주의자의 전형인 조의관은 신분 관리와 재산 관리의 욕망으로 살아가다간 몰락한 인물이다. 그리고 정미소 문서를 탈취할 정도로 도덕적으로 타락한 상훈은 냉소와 방종과 안일의 삶을 살아가며 자기를 소모하는 인물이다. 덕기는 이 두 세대와 거리를 두면서 타자와의 공존을 도모하는 덕기는 할아버지로부터 물려받은 재산을 합리적 관리하려고 한다. 결국 덕기에게 중요한 것은 어떻게 하면 이 돈을 합리적으로 관리하며 운용하느냐에 있다고 해도 과언이 아니다. 한 집안이 유교주의라는 정신의 힘으로 움직이기보다는 돈으로 움직이며 결국 사람의 삶은 이 돈을 어떻게 관리하느냐에 있는가를 이 소설은 말해주고 있다.

6. 맺음말

우리 서사문학의 정체성을 확인하기 위한 목적으로 씌어진 이 논문은 상고대 신화, 고소설, 근대소설에서 부자 모티프가 어떤 양상과 의미로 전개, 변형되는가를 고찰하고 있다.

상고대 신화에서 부자 모티프는 '필연적' 모티프로 분류된다. 상고대 신화에서 부자 모티프는 없어도 되는 자유 모티프가 아니라 서사의 주제를 구성하는 필연적 모티프라는 말이다. 상고대 신화의 부자 모티프는 새로운 생명의 출생 기원 혹은 탄생의 기원을 강조하고 나아가 가계의 창업과 완성을 강조하는 특징이 있었다. 요컨대 상고대 신화에서의 부자 모티프는 원형적이며 고형적인 모티프로 우리 서사의 중심 모티프로 서사적 사건들을 통합하고 배열하는 의미 생성의 원형적 기제다. 특히 우리 상고대 신화의 부자 모티프는 가계 창업, 더 크게는 문화 형성이라는 의미를 생성하는 특징을 보여준다.

고소설의 부자 모티프는 수직적으로 구분된 가족 관계 내에서 논의해야 하는데, 고소설에서의 부자 모티프의 양상과 의미를 규정하는 문화적 이념으로 유교주의를 거론할 수 있다. 복종하는 주체를 구성하는 유교주의는 아버지와 아들의 관계를 수직적으로 구분된 관계로 만들어내면서 아버지 세계를 긍정하는 아들들의 형상을 창조하는 문화적 이념으로 작동하고 있다. 요컨대 고소설에서의 아들들은 아버지들이 만들어 놓은 사회적 상징 질서를 거역하기보다는 이 질서를 계승하는 '아버지의 이름'에 철저하게 복종하는 모습을 보여주고 있다

근대소설의 부자 모티프는 염상섭의 『삼대』를 놓고 논의를 진행했다.

부자 모티프와 관련해 이 소설을 주목해야 하는 이유는 할아버지, 아버지 세대들과는 달리 혈연주의의 경계를 넘어서면서 타자 배려의 윤리를 모색하는 손자 세대 덕기의 설정 때문에 그렇다. 또한 아버지 세대들을 감정적으로 비판한 개화기 신소설과는 달리『삼대』는 아버지 비판을 좀더 논리적으로 사유하면서 진행한 점도 주목해야 하는 이유에 속한다.

7

근대소설은 과학을 어떻게 사유하는가?

1. 과학담론의 형성

> 올 여름과 가을 이래 괴상하게 생긴 배들이 경상도, 전라도, 황해도, 강
> 원도, 함경도 바다에 은밀히 출몰하여, 혹 쫓으려 해도 따라갈 수 없고 혹
> 상륙하여 물을 길어가고 혹은 고래를 잡아 식량을 하기도 하는데 그 수는
> 헤아릴 수 없이 많다.

헌종 실록의 한 대목이다. 이 대목에서 묘사되는 "괴상하게 생긴 배"들
은 조선을 탐사하는 외국의 이양선으로 보인다. 정체가 묘연한 배들이 연
이어 출현하자 조선에서는 불안감이 점차 고조된다. 때마침 1860년에 중
국 황제가 영·불 연합군에 쫓겨 북경을 버리고 도망가는 사건이 발생한
다. 조선 해역에 출몰하는 정체불명의 배들이 이 나라를 침략하지 않겠느
냐는 불안감이 백성들 사이에 일기 시작한다.

그 우려는 현실로 나타난다. 1876년 "괴상하게 생긴 배" 중의 하나인
일본의 운요오호가 조선 해역에서 시위를 일으킨다. 부산 인천 원산 항구
를 개항하라는 무력 시위였다. 운요오호가 개항 시위를 일으키기 10년 전
대동강을 거슬러 내륙 깊숙하게 들어온 미국의 제너랄 셔먼호는 평양 관
군에 의해 소각 당했다. 그러나 그로부터 10년 후 개항을 강요하는 일본
군함 운요오호를 물리치기에는 관군의 대응이 역부족이었다. 문호가 열린
부산 원산 인천항으로 서양 박래품이 유입되기 시작했다. 양복, 양동이,

양은, 양화, 양장, 양잿물, 양옥, 양철, 양말, 양식 등등 서양 박래품이 홍수처럼 들어왔다.

잘 알려진 대로, 조선은 5백년 가까이를 유교의 정신적 가치를 통치 이념으로 중시하며 존속해 온 국가다. 이런 사정에 비추어 볼 때, 서양의 기술은 마땅히 배척해야 하는 음사지물에 불과한 것으로 비난 받을 수밖에 없었다. 동도서기론을 주장하며 서양과학을 선택적으로 받아들이자는 일부 지식인들의 제안이 없지는 않았으나 이 제안은 조선 사회의 성격을 근본적으로 전환시키기에는 역부족이었다. 왜냐하면 동도서기론의 초점은 동도에 있지 서기에 있는 것이 아니기 때문이다.

그러나 이 관념은 급격하게 교정되어 간다. 1876년 개항 이후 서양 박래품들이 하루가 멀다하고 조선으로 유입되었고 1899년에은 제물포와 노량진간 철도가 놓이고 서울 장안에 전차가 다니고 왕궁에는 전기가 들어오는 등 조선인들은 서기의 구체적인 품목과 구체적인 효용을 경험하게 된다. 동도를 중시하는 전통적 관념은 이 현란한 서양 박래품들 앞에서 그 위용을 점차 상실할 수밖에 없었다.

이처럼 일백 년 전의 조선은 비록 외부로부터 강요되었지만 서양 박래품을 경험하면서 새로운 문명과 조우한다. 이 과정에서 전통 가치와 외래 가치의 충돌이 야기하는 사회적 혼란이 일어났지만 당대의 조선인들은 서양과학이 창안한 물질의 효용성을 체험하면서 소위 근대로 호명되는 생활 세계의 범주 안으로 편입해 들어간 것이다. 이런 환경에서 서양과학에 대한 조선인들의 이해는 그 어느 시기보다 긍정적으로 변화되어 갔으니, '서기'는 더 이상 '음사지물'로 비판받지 않는다. 우리는 이 변화된 인식의 예들을 이 시기에 출간된 신문에서 어렵지 않게 확인할 수 있다.

19세기 말에 간행된 대표적인 관보인 『한성순보』와 『한성주보』는 서양 과학의 수준을 국내에 알리는 기사를 끊이지 않고 게재하면서 국내에 과학담론의 형성을 주도하기 시작한다. 예컨대 『한성순보』 14호에는 "케플

러에 의해 행성삼강지설이 나왔는데 그 내용은 어떤 것이라는 간단한 설명, 또 뉴턴은 사과가 떨어지는 이유를 설명하면서 흡력상인지리를 발견해냈고 라플라스가 그 뒤를 이어 해·달·별의 근원에 대한 이론을 발전시켰다는 설명, 이어 천문학 발달에 가장 공로가 많은 과학자는 코페르니쿠스, 뉴턴, 라플라스 세 사람이며 라플라스의 성운설이 어떠하다는 설명"이 게재되어 있다.1) 두 관보 외에도 민간 신문, 잡지, 교과서와 같은 인쇄매체들은 적극적으로 서양과학의 실상을 보도하거나 소개하고 있으니 사회담론으로서의 과학담론의 출현을 우리는 주목할 수 있다.

그런데 더욱 면밀하게 파악해 보면, 당대 매체들에 게재된 과학 기사는 중국이나 일본을 통해 유입된 모방 기사의 성격을 띠는 것이었다. 그 과학 기사들이 국내 지식인들에 의해서 완전한 이해의 과정을 거친 기사들이 아니라는 얘기다. 이런 점에서 이 시기의 과학담론의 형성을 토마스 쿤이 말한 가설·이론·개념의 총체인 패러다임의 변화 혹은 사회적 진리의 전면적인 변화로 설명하기 어렵다. 그 과학담론들은 진리와 인식을 사유하는 새로운 방법론의 성격을 띠며 형성되는 게 아니라 대단히 소박한 인용과 차용의 수준에서 형성되고 있다.

2. 절대 선으로서의 서양과학

인용과 차용의 수준에서 형성된 과학담론이지만 그 담론의 사회적 영향력은 당대 사회의 전반에 영향을 미칠 정도로 놀라운 파급력이 있었다. 서양과학을 과감하게 받아들여 사회 시스템을 혁신적으로 개혁해야 한다는 논리를 주장하는 지식인들이 속속 출현하기 시작했다. 우리의 근대소

---

1) 박성래, 「개화기의 과학 수용」, 김영식·박근배 엮음, 『근현대 한국사회와 과학』(창작과비평사, 1997), p.61.

설들도 서구 과학의 절대적 영향력 아래에서 출간되기 시작했으니, 이광수의『무정』이 적절한 예에 해당한다.

이광수의『무정』은 시작 장면에서부터 서구적인 삶의 스타일에 적응된 작중 인물이 설정되는 특징을 보여준다. 그 특징을 우리는 다음과 같은 진술에서 확인하게 된다. "경성 학교 영어 교사 이형식은 오후 두 시 사년급 영어 시간을 마치고 내리쪼이는 유월 볕에 땀을 흘리면서 안동 김 장로의 집으로 간다. 김장로의 딸 선형이가 명년에 유학을 가기 위하여 영어를 준비할 차로 이형식을 매일 한 시간 씩 가정교사로 고빙하여 오늘 오후 세 시부터 수업을 시작하게 되었음이다." 이 짧은 단락에는 근대적 시간 관념이 반영되고 있다. 여기서 시간은 이형식과 그 외의 작중인물들을 규율하는 공적 규범으로 작용하는데, 이처럼『무정』은 서구과학의 근본인 근대의 시간 질서에 적응된 인물의 설정으로 시작하고 있다. 요컨대『무정』의 인물들은 고소설의 인물들과는 달리 자연적 시간에 순응해 살아가는 인물이 아니라 체계적인 단위로 구분된 근대적 시간 범주에 적응한 인물들로 그려지고 있다.

이 뿐이 아니다.『무정』의 인물들은 시간과 공간의 전통적 경계를 가로지르는 기차 여행을 통해 그들의 활동을 여러 지역에서 펼치기도 한다. 달리 말해『무정』의 인물들의 이동과 이산의 체험은 근대 과학의 발명품 중 하나인 기차에 의해 가능해지고 있는 것이다. 그런데 과학의 문제와 관련하여『무정』을 읽을 때 우리는 특히 결말 장면을 주목해야 한다. 결말 장면을 보기로 하자.

> 저들에게 힘을 주어야 하겠다. 지식을 주어야 하겠다. 그리해서 생활의 근거를 안전하게 하여 주어야 하겠다.
> 과학! 과학! 하고 형식은 여관에 돌아와 앉아서 혼자 부르짖었다. 세 처녀는 형식을 본다.
> "조선 사람에게 무엇보다 먼저 과학을 주어야겠어요. 지식을 주어야겠

어요”하고 주먹을 불끈 쥐며 자리에서 일어나 방 안으로 거닌다. “여러분
은 오늘 그 광경을 보고 어떻게 생각하십니까.”[2]

형식이 “과학! 과학!” 이렇게 혼자 뇌이게 된 사건이 있다. 홍수 사건이
다. 형식 일행은 유학을 가기 위해 기차에 동승 중이다. 일행이라면 누구
누구인가? 형식, 선영, 영채, 우선 등이다. 특히 욕망의 삼각형의 관계를
형성하는 형식, 선형, 영채 등은 참으로 공교롭게도 기차라는 근대적 교통
수단에 동승하여 유학길에 오르고 있다. 여기서 기차는 세 사람을 새로운
공간으로 이동시키는 교통 수단이면서 동시에 서로를 오인하게 하는 장치
로도 쓰인다. 선형이는 오인한다. 아마 형식이가 다른 객실에서 기생 영채
와 재미있게 놀고 있을 것으로. 선형이의 오인은 더욱 깊어진다. 그리고
형식이는 두 여자 사이에서 진자의 추처럼 망설인다. 그런데 이 세 명의
인간들의 오인과 갈등은 전환된다. 그들은 기차 안에서 굼실 굼실 소용돌
이치는 홍수가 난 낙동강을 목격하게 된다. 그리고 그들은 자선회를 연다.
자선회를 성공리에 마친 형식은 일행에게 외친다. “과학! 과학!”이라고.

정리해 보기로 하자. 형식은 홍수를 자연의 폭력으로 이해한다. 더 자세
하게 말해, 형식은 이 물난리를 자연이 인간에 가하는 폭력으로 이해한다.
이 재해 현장에서 형식은 과학이 중요하다는 판단을 내린다. 그러니까 형
식은 자연의 폭력을 방치하기보다는 자연을 인위적으로 변경하여 자연의
상태를 문명의 상태로 개선해야 한다는 생각을 품는다. 이와 같은 생각을
우리는 계몽주의적 사유로 고쳐 말할 수 있다. 자연을 인간이 완전하게 통
제하거나 관리할 수 있다는 사유 그리고 자연에 대응하여 인간의 자기 보
존을 기획하는 사유라는 점에서 그렇다.

다시 정리해 보기로 하자. 형식은 두 여성에게 말한다. 과학 공부를 하
자고! 과학의 논리는 여자들의 오인을 진정시키고 두 여자 사이에서 진자

---

2) 이광수, 『무정』(동아출판사, 1995), p.370.

의 추처럼 우왕좌왕하던 형식을 진정시킨다. 이 얼마나 놀라운 장면인가? 과학의 논리가 욕망의 삼각형에 갇힌 세 젊은이들을 일순간에 구원하다니. 이런 점에서『무정』에서의 과학은 재난에 빠진 조선 민중들을 구원하는 구원의 수단이고 조선의 젊은 엘리트들의 미래를 향도하는 대안의 방법이다. 과학이 구원과 대안의 방법으로 인식될 때 과학은 계몽의 논리로 승화한다. 계몽의 논리가 완벽하게 구현된 상징이 바로 과학이다. 그런데 과학은『무정』에서 우리나라를 부강 부국의 나라로 만드는 생산력으로도 이해되기도 한다. 그 예를 다시 확인해 보기로 하자.

> 나중에 말할 것은 형식 일행이 부산서 배를 탄 뒤로 조선 전체가 많이 변한 것이다. 교육으로 보든지 경제로 보든지 문학 언론으로 보든지 모든 문명 사상의 보급으로 보든지 장족의 진보를 하였으며 더욱 하례할 것은 상공업의 발달이니 경성을 머리로 하여 각 대도회에 석탄 연기와 쇠마치 소리가 아니 나는 데가 없으며 연래에 극도에 쇠하였던 우리의 상업도 점차 진흥하게 됨이라.[3]

　서양과학을 받아들여야 하는 이유는 이제 명확해진다. 근대 공업을 육성하기 위한 방안으로 과학을 받아들여야 한다는 논리다. 그러니까 과학을 상공업의 발달, 대도회의 형성, 공장의 건축을 가능하게 하는 전략적 수단 요컨대 규모의 경제를 일으키는 수단으로 이 소설은 보고 있다. 과거 소설들이 경전을 탐독하는 선비의 설정을 통해 가문과 나라의 전망을 예견한 반면 이광수의『무정』에서는 과학으로써 상공업의 발달, 대도회의 형성 등 국운을 예견한다.『무정』의 과학 예찬을 우리는 계몽주의적 과학 예찬론으로 말할 수 있다. 그렇게 말해도 좋은 이유는『무정』이 과학을 조선의 절망적 현실을 구원하는 동력, 진보의 동력, 문명의 동력으로 사유하고 있기 때문이다. 그런데 이와 같은 과학 예찬론을 우리는 개화기 소설의

---

3) 이광수, 앞의 책, p.379.

대표작품인 이인직의 소설에서도 확인할 수 있다.

> 옥련의 눈에는 모두 처음보는 것이라. 항구에는 배 돛대가 삼대 들어선
> 듯 하고 저자거리에는 이층 삼층집이 구름 속에 들어간 듯하고, 지네같이
> 기어가는 기차는 입으로 연기를 확확 뿜으면서 배는 천동지동하듯 구르며
> 풍우같이 달아난다.[4]

조선 소녀 옥련의 눈에 비친 풍경은 의미심장하다. 이 풍경은 조선에는 부재하는 것이다. 항구와 고층 가옥, 기차의 동시적 공존을 가능하게 한 원동력은 무엇인가? 그 원동력은 바로 과학이다. 과학이 새로운 세계를 창조하는 원동력이라는 믿음이 이인직의 소설의 심층에 깔려 있다.

이처럼 이인직, 이광수의 소설들은 서양과학을 적극적으로 옹호하는 인식을 보여준다. 그들의 소설에서 과학은 계몽주의의 절대적 구현이며 상징이다. 이런 점에서 그들의 소설은 서양과학을 유토피아의 상징으로 그려내는 특징을 보여준다는 평가를 받을 수 있다. 그러나 알고 보면 이와 같은 인식은 얼마나 일면적인가? 일면적이라고 말할 수 있는 결정적 근거는 과학을 외치는 주인공이 사실은 서양과학의 성과와 한계를 동시적으로 이해할 만한 역량이 없다는 데에 있다. 이형식을 두고서만 이렇게 얘기할 수는 없다. 이형식의 주변 인물들도 과학에 관한 한 상식적 차원의 지식을 결여하고 있다.

> "나는 교육가가 되렵니다. 그리고 전문으로는 생물학을 연구할랍니다."
> 그러나 듣는 사람 중에는 생물학의 뜻을 아는 자가 없었다. 이렇게 말
> 하는 형식도 물론 생물학이란 뜻은 참 알지 못하였다. 다만 자연과학을 중
> 히 여기는 사상과 생물학이 가장 자기의 성미에 맞을 듯하여 그렇게 작정
> 한 것이다. 생물학이 무엇인지도 모르면서 새 문명을 건설하겠다고 자담
> 하는 그네의 신세도 불쌍하고 그네를 믿는 시대도 불쌍하다.[5]

---

4) 이인직, 「혈의 누」, 『신소설』(동아출판사, 1995), p.33.

"과학! 과학!"을 외치는 이형식은 사실 과학을 모른다. 그는 모르면서 말하고 있다. 이런 점에서 이형식의 과학론은 이성적 판단에 근거한 이해라기보다는 충동적 호소의 성격을 띠고 있다. 그런데 문제는 이형식에게만 있지는 않다. 형식이의 말을 전해 듣는 두 여성과 친구도 마찬가지다. 그들은 과학을 이해하면서 과학의 정당성을 주장하는 것이 아니다. 강조하거니와 이형식의 과학 옹호론은 충동적 호소다. 이형식의 과학론은 사이비 과학론에 가깝다.

그러나 이형식과 옥련을 어리석다고만 비판할 수는 없다. 중요한 것은 두 인물의 어리석음이 아니라 서양과학을 옹호하는 당대의 에피스테메의 형성 맥락이다. 그 시대의 신문, 잡지, 대중 연설, 학교의 교과서 등은 서양의 과학과 기술을 반드시 받아들여야 할 절대 선으로 인정하는 경향에 강력하게 이끌리고 있었다. 특히 조선의 현실에 절망한 개화주의자들은 서양과학의 산물인 공장과 철도와 대로의 황홀한 장관에 압도당하며 그 기술력에 열렬한 찬사를 보낸다. 좀더 넓은 맥락에서 보자면, 이형식과 옥련은 조선의 현실을 절망적 현실로 파악하고 서양과학을 최고의 문명으로 옹호하는 당대의 에피스테메, 즉 그들을 '그렇게 생각할 수밖에 없게 만든' 경험 형성의 조건에서 자유로울 수 없었던 작중인물로 여겨지기도 한다.

그런데 두 작가의 모순은 미숙한 작중 인물의 형상화에만 머물지 않는다. 이 두 작가의 소설은 대단히 중대한 오류를 초래한다. 이인직, 이광수는 서양과학의 근본적 모순을 간과하고 있다. 그들의 소설은 형언하기 어려울 만큼 서양과학에 대한 열정을 드러낸다. 그러나 그들은 그 열정에 스스로 압도당하면서 서양과학에 잠재된 대단히 현실적이며 억압적인 모순을 놓쳐 버리고 있다. 특히 서양과학의 제국주의적 모순을 간과하고 있다.

---

5) 이광수, 위의 책, p.374.

안국선의 「금수회의록」의 한 장면을 기억하기로 하자. '금수' 중의 하나인 개구리가 이런 연설을 한다. "조그만치 남보다 먼저 알았다고 그 지식을 이용하여 남의 나라 빼앗기와 남의 백성 학대하기와 군함·대포를 만들어서 악한 일에 종사하니 그런 나라 사람들은 당초에 사람되는 영혼을 주지 아니하였더면 도리어 좋을 뻔하였소"라고. 개구리의 연설은 서양과학의 제국주의적 성격을 날카롭게 비판하고 있다. 「금수회의록」은 서양의 과학 그 자체가 유토피아일 수 없다는 사실과 서양과학의 식민성의 징후를 우리들에게 환기시킨다. 아쉽게도 이인직, 이광수의 소설에서는 「금수회의록」의 비판성을 찾아볼 수 없다. 오로지 서양과학을 열렬하게 예찬하는 편향을 그들의 소설은 보여주고 있다. 이 편향에 이끌린 두 작가의 소설은 식민지 지배의 수단으로 변질된 서양과학의 제국주의적 성격을 간과하고 있다.

3. 의미 없는 풍경의 탄생

과학은 과연 우리를 행복하게 만들어주는가? 살아보니 그런 게 아니라고 말하는 일련의 작가들이 나타나기 시작했다. '양'자가 붙은 박래품을 소비하고 기차와 화륜선을 타보지만 어느새 우리는 기계의 한 부품처럼 살아가는 초라한 인간에 불과하다고 우울한 표정을 띠며 말하는 작가들이 등장한다. 이들은 선배 작가들처럼 서양과학을 극단적으로 찬양하지 않는다. 그들은 그 대신 과학이 만들어낸 독특한 삶의 감각을 주목하기 시작한다.

그 독특한 삶의 감각이란 어떤 것인가? 그것은 기계와 물질을 자연스러운 일상의 품목으로 받아들이며 살아가는 인간들이 반복적으로 체험하는 감각이다. 더 구체적으로 말해, 세상의 모든 관계를 이질적인 풍경의 관계로 만들어버리는 상호 소외의 감각을 말한다. 1930년대의 우리 소설문학

에는 상호 소외의 감각을 예리하게 반영하는 작품들이 적지 않게 나타난
다. 선배 작가들처럼 무조건적으로 과학을 예찬하는 오류를 탈피하면서
과학이 파생시킨 상호 소외의 관계를 탐구하는 작가들이 1930년대에 나
타나기 시작한다.

> 시속 50 몇 킬로라는 특급차 창밖에는 다리 쉼을 할 만한 정거장도 역
> 시 흘러갈 뿐이었다. 산, 들, 강, 작은 다리, 전선주, 꽤 길게 평행한 신작
> 로의 행인과 소와 말, 그렇게 빨리 흘러가는 푼수로는 우리가 지나친 공간
> 과 시간 저편 뒤에 가로 막힌 어떤 장벽이 있다면 그것을 캔버스 위의 한
> 터치, 또 한 터치의 오일같이 거기 부딪쳐서 농후한 한 폭 그림이 될 것이
> 아닐까고 나는 그러한 망상의 그림을 눈앞에 그리며 흘러갔다. 간혹 맞은
> 편 홈에, 부풀 듯이 사람을 가득 실은 열차가 서 있기도 하였다. 그러나,
> 무시하고 걸핏걸핏 지나치고 마는 이 창 밖의 그것들은 비질 자국 새로운
> 홈이나 정연히 빛나는 궤도나 다 흐트러진 폐허 같고 방금 브레이크되고
> 남은 관성과 새 정력으로 피스톤이 들먹거리는 차체도 폐물 같고 그러한
> 차체에 빈틈 없이 나붙은 얼굴까지도 어중이떠중이 뭉친 조란자같이 보이
> 는 것이고, 그 역시 내가 지나친 공간 시간 저편 뒤에 가로막힌 캔버스 위
> 에 한 터치로 붙어버릴 것같이 생각되었다.[6]

최명익의 소설 「심문」의 시작 장면이다. 이 소설의 시작 장면은 풍경의
완벽한 재현으로 서술된다. 문제는 풍경의 성격이다. 이 풍경은 기차 안에
서 조망되는 풍경이다. 시속 50킬로의 속도를 내며 달리는 기차는 산, 들,
강, 작은 다리, 행인들을 구체적인 사물이 아니라 하나의 풍경으로 존재하
게 한다. 사물들이 의미 없는 풍경의 대상으로 전락하게 된다는 것. 풍경
을 바라보는 자와 풍경 사이에는 유기적 관계가 보이지 않는다는 것. 이것
이 최명익의 소설이 포착하는 풍경의 성격이다.

중요한 것은 기차가 아니다. 과학은 시간을 축약하며 공간을 새롭게 구
획하는 놀라운 능력을 보여주지만 그 능력은 자연을 낯선 풍경으로, 인간

---

6) 최명익, 「심문」, 『한국해금문학전집』12(삼성출판사, 1988), p.11.

관계를 상호 소외의 관계로 만드는 불길한 재앙의 원인일 수 있다는 게 더 중요하다. 요컨대 과학은 이 세상의 자연을 유기적 교감을 상실한 개별적인 풍경으로 머물게 하고 인간을 의미 없는 풍경을 의미 없이 바라보게 하는 자로서 머물게 한다는 점을 이 장면은 탁월하게 보여준다. 그런데 어디 최명익의 소설만 그러한가? 박태원의 소설은 어떤가? 박태원의 「소설가 구보씨의 일일」의 한 대목을 보기로 하자.

> 종로 네 거리―가는 비가 내리고 있음에도 불구하고 사람들은 그 곳에서는 끊임없이 오고 또 갔다. 그들은 그렇게도 밤을 사랑하여 마지 않았는지도 모른다. 그들은 그렇게도 용이하게 이 밤에 즐거움을 구하여 얻을 수 있었는지도 모른다. 그리고 그들은 일순, 자기가 가장 행복된 것 같이 느낄 수 있었는지도 모른다. 그러나 그들의 얼굴에, 그들의 걸음걸이에, 역시 피로가 묻어 있었다.[7]

구보에 의해 관찰된 서울 거리는 끊임없이 오고 가는 사람들의 물결로 묘사되고 있다. 달리 말해 고독한 군중들이 오가는 공간으로 서울은 묘사되고 있다. 이 장면에서 사람들의 관계는 익명적인 관계 혹은 바라보기만 하는 관계, 사람들조차 풍경으로 여겨지는 관계로 그려지고 있다. 그 관계는 전면적인 교류가 이루어지지 않는 피상의 관계다. 이상하지 않은가? 왜 군중들은 하나같이 고독해 보이는가? 왜 그들은 하나같이 익명의 형태로 배회하는가?

우리는 다시 이 장면을 눈여겨 살펴야 한다. 거리를 걷는 군중들 사이로 전차가 다니고 백화점이 서있다. 그 군중들은 물질의 풍요를 체험하거나 목격하지만 이 거리의 주인공은 그들이 아니라 전차이거나 백화점 건물이거나 공장이라는 사실을 깨닫게 된다. 그렇다. 어느새 인간은 그들의 자리를 기계와 건물과 공장에 위임해 버리고 살아가고 있음을 산책자 구

---

7) 박태원, 「소설가 구보씨의 일일」, 『한국해금문학전집』3(삼성출판사, 1988), p.312.

보는 깨닫고 있다. '과연 나는 행복하냐'고 구보는 끈질기게 묻지만 그는 그 질문에 대답을 유보하고 귀가하고 만다. 그는 탈주하지 않는다. 그는 인공 도로 위를 걷고 전차를 타고 다방에서 차를 마시다가 결국 귀가하고 만다. 그의 외출과 귀가는 마치 기계의 예정된 작동을 연상시킨다. 참으로 끔찍한 이미지다.

이처럼 상호 소외의 관계가 구조화된 세계 속에서 고독한 행보를 반복하는 인간을 주되게 묘사해온 최명익, 박태원 그리고 이상의 소설은 과학 문명에 예속된 우울한 초상들을 그리는 작가로 그 위상을 평가받을 수 있다. 그러나 아쉽게도 최명익, 박태원, 이상의 소설은 과학 문명을 정공법으로 파고들지는 않는다. 아니 이들의 소설만이 아니다. 우리 근대소설 전체를 통틀어서 과학에 내재한 여러 문제를 조명한 소설의 예를 찾기란 쉽지 않다. 우리의 근대소설들은 과학을 문제적 현상으로 여기기보다는 무비판적으로 찬양해야 할 대상으로 여기며 그 출발을 시작하고 있음을 환기하도록 하자. 이미 개화기 소설에서부터 과학은 진보의 동력, 문명의 동력으로 열광적으로 숭배 받았음을 환기하도록 하자. 그 이후의 작가들 예컨대 1930년대의 모더니스트로 불리우는 최명익, 박태원, 이상 등은 비록 선배 작가들처럼 과학을 열광적으로 숭배하지 않지만 그렇다고 과학의 모순을 직접적으로 사유하지는 않고 있음을 또한 환기하도록 하자. 요컨대 우리의 근대소설은 과학과 치열하게 만난 소설은 아니라는 말이다.

4. 맺음말

새로운 세기에도 여전히 과학은 숭배의 대상으로 여러 사람들로부터 사랑 받는다. 이제 과학은 디지털이라는 이름으로 우리를 끊임없이 유혹한다. 군중들은 과거처럼 거리에서 배회하지 않는다. 그들은 밀실에 들어가 디지털 기술이 만들어내는 가상현실의 화려한 장관에 몰입한다. 그 화려한 장관은 우리를 일백 년 전의 「혈의 누」의 어린 주인공 옥련으로 존재하게 한다. 화려한 장관 뒤의 모순과 어두움을 못 보는 어린아이로 말이다. 우리 소설이 일백 년 전의 수준-과학 기술에 대한 열렬한 찬양-에서 탈피하려면 어떻게 해야 할까? 과학의 모순을 폭로하고 고발하면 될까? 그러나 이런 방식으로 진전된 성취를 얻기가 어렵다.

대단히 아쉽게도 우리의 근대소설이나 최근의 소설이 과학을 고민한 소설이라고 인정받기 어렵다. 과학을 고민한 게 아니라 우리 소설에는 과학이 존재하지 않았다고 해도 그리 틀린 얘기가 아니다. 우리 소설이 과학을 다루었다고 할 경우에도 부수적으로 인용된 측면이 강하다. 아쉽게도 우리에게는 매리 셸리, 쥘 베른의 과학소설의 전통이 없다.

이와 관련하여 꼭 상기해야 할 우리 소설의 취약성이 있다. 과학소설의 침체 아니 부재이다. 역사적 문제를 규명하는 소설, 개인의 존재론을 그리는 소설은 허다하지만 과학의 존재론을 그리는 소설의 예를 찾기 어렵다. 반면 서구소설은 미래 사회의 묵시론적인 경고, 과학의 맹신에 대한 비판, 인간적 정체성의 새로운 구성 등 과학소설로 불릴만한 사례들을 풍요롭게 쌓아왔다.

싫든 좋든 21세기는 디지털로 대표되는 과학 기술이 인간의 삶을 결정적으로 규율하는 영향력을 발휘할 세기로 보인다. 이는 먼 미래의 일이 아니라 지금 우리 눈앞에서 구체적으로 전개되는 일이다. 우리 문학은 과학을 더욱 고민해야 한다. 우리 문학은 과학의 구체적 양상을 예각적으로 주시하면서 그 화려함 뒤에 놓은 불길함을 지적해야 한다. 그리고 물어야 한다. 과학이 과연 우리를 행복하게 만들어 줄지를. 과학을 그리는 소설, 과학과 전면적으로 만나는 소설을 우리는 이 새로운 세기에 기대한다.

한국소설의 시학과 해석

인쇄일 초판 1쇄　2004년 02월 15일
　　　　　2쇄　2015년 03월 23일
발행일 초판 1쇄　2004년 02월 28일
　　　　　2쇄　2015년 03월 26일

지은이 양 진 오
발행인 정 진 이
발행처 새미
등록일 1994.03.10, 제17-271호

서울시 강동구 성내동 447-11 현영빌딩 2층
Tel : 442-4623~4 Fax : 442-4625
www. kookhak.co.kr
E- mail : kookhak2001@hanmail.net
ISBN 978-89-5628-105-6 (93800)
가 격 14,000원

★ 새미는 국학자료원 의 자매회사입니다.
★저자와의 협의 하에 인지는 생략합니다.